ハヤカワ epi 文庫
〈epi 100〉

地下鉄道

コルソン・ホワイトヘッド
谷崎由依訳

epi

JN104090

早川書房

8580

THE UNDERGROUND RAILROAD
by
Colson Whitehead

Translated by
Yui Tanizaki
Published 2020 in Japan by
HAYAKAWA PUBLISHING, INC.
This book is published in Japan by
arrangement with
THE MARSH AGENCY LTD.
acting in conjunction with ARAGI INC.
through THE ENGLISH AGENCY (JAPAN) LTD.

ジュリーへ

目次

地下鉄道

アジャリー

北へ逃げないかという話をシーザーに持ちかけられたとき、コーラは初め、それを断った。

祖母が語ったことだった。ウィダの港で光溢《あふ》れる午後のなかに立つまでは、コーラの祖母は海を見たことがなかった。砦の地下牢ですごしたその後の日々、水はまならうできらめき続けた。彼女たちは地下牢に、船がやってくるまで閉じ込められた。ダホメイ族の侵略者たちはまず男たちを誘拐し、次の月夜に戻ってきて女と子どもたちを誘拐すると、二列にして鎖に繋いで海まで歩かせた。地下牢の真っ黒な戸口を見据えたとき、アジャリーはその先の暗がりで父に再会できると考えた。だが生き残った村人の話によれば、終わりのない行進についていけなくなった父の頭を奴隷商人が叩き潰し、遺体を道中に置き去りにしたということだった。母は何年も前に死んでいた。

砦までの道のりでコーラの祖母は何度か売られ、宝貝やガラスのビーズと引き替えに奴隷商の手から手へと渡った。彼女の値段が幾らだったか知ることは難しい。というのもまとめ買いだったから。ウィダで彼女を含む八十八の人間が、ラム酒と火薬を入れた木箱六十個と交換された。ピジン英語を用いての標準的な値段交渉ののちの値だった。体力のある成人男性や出産適齢期の女性は年少者より値が高く、おのおのの額を算出するのは容易ではなかった。

ナニー号はリヴァプール港を出てから黄金海岸沿いを航行するあいだにすでに二度停泊していた。船長はその都度、別々に買い物をした。積み荷の奴隷がひとまとまりの文化や気質を持つことを憂慮したのだ。囚人たちが共通の言葉を持てば、どんな反乱を企てるかわからない。ここは船が大西洋に乗り出す前の最後の寄港地だった。黄色い髪の二人の水夫が鼻歌を歌いつつボートを漕ぎ、アジャリーを船へと運んでいった。水夫たちの肌は骨のように白かった。

胸が悪くなるような船艙《せんそう》の空気、幽閉の陰鬱、アジャリーの身体と枷で括りつけられた者たちのあげる叫び声で、彼女は気が狂いそうだった。アジャリーはまだ幼かったので、誘拐者たちもその欲求をただちに満たそうとはしなかった。しかし航海が始まって六週間経ったとき、年季の入った水夫たちにより船艙から引っ張り出されることになった。アメリカへと向かう旅の途上でアジャリーは二度自殺を試みた。一度は食べ物を拒み、二度目は溺死しようとした。だがどちらも水夫たちに邪魔だてされた。彼らは奴隷のすることや考えることはお見通しだった。海へ飛び込もうとしたときは舷縁にすらたどり着けなかった。臆病な仕草や悲しげな表情は、彼女以前に何千人もの奴隷たちに共通して見られてきたものだったから、それで悟られてしまった。隣あう奴隷たちと頭と足先、頭と足先とを繋げられ、惨めさは募るばかりだった。

ウィダで競売に掛けられたときは離ればなれにならないよう努めたが、ほかの家族はポルトガルの貿易商に買われていった。彼らが乗ったヴィヴィリア号というフリゲート艦が次に目撃されたのは、その四カ月後、バミューダ島の十マイル沖を漂っているところだった。船内の全員に疫病が猛威を振るっていた。当局は船に火を放ち、ばらばらにして海に沈めた。コーラの祖母はその船のそんな末路を知らなかった。残りの人生のあいだずっと、従兄弟たちは北でもっと優しく寛大な主人のもと、彼女自身が従事するよりも楽な仕事をしているものと考えていた。たとえば機織りとか糸紡ぎとか、野良仕事以外のこと。空想のなかではイセイやシドゥー、それにほかの家族たちは、なんとか金を貯めて囚われの身から自身を買い出し、自由黒人となってペンシルヴェニアという街で暮らしている。かつて白人の男二人が話しているのを耳にした街だ。そうした空想物語はアジャリーの慰めになった。あまりの重荷に身体がばらばらになってしまいそうなときでも。

コーラの祖母が次に売られたのは、サリヴァン島の隔離病院で一カ月過ごした後のことだった。ナニー号の積み荷として運ばれた者たちは、彼女を含め、感染していないと医師の診断が下された。せわしない交易の日がまたやってきた。おおがかりな競りが開かれるとさまざまな群衆が引き寄せられてくる。海岸沿いの北や南から、貿易商や周旋人がチャールストン港へ押しかけた。商品の瞳孔や関節、それに背骨を品定めした。性病やほかの病気の兆候にはとくに念入りになった。見物に訪れた者たちは生牡蠣や焼き玉蜀黍《とうもろこし》を齧りながら、競売屋が宙に張りあげる声を聞いていた。奴隷たちは台の上に裸で立たされた。アシャンティ族の男たちを誰が競り落とすかで諍いが起こった。アフリカのこの部族は勤勉かつ屈強なことで知られていた。石灰岩採掘場の職場主任は子ども奴隷《ピッカニニー》の一団を驚くほどの特価で買いあげた。驚嘆する群衆のなかに氷砂糖を食べる男の子がいて、コーラの祖母は、何を口に入れているんだろうと訝っていた。

陽が沈む少し前、仲買人のひとりが彼女を二百二十六ドルで買った。その時季は若い女が多く出ていて、そうでなければもっと高値がついたはずだった。仲買人のスーツは彼女がそれまで見た服のなかでもっとも白かった。指には色石のついた指輪がひかり、彼女が成熟しているかどうか胸をつまんで確かめたとき、肌に触れた金属がひやりとした。アジャリーは烙印を押された。初めてのことではなかったし、それで最後にもならなかった。そして足枷を付けられて、その日買われたほかの者たちと一緒に繋がれた。数珠繋ぎにされた奴隷たちは南へ向けての長い道のりをその晩出発し、交易商の馬車の後ろをよろめきながらついて歩いた。ナニー号はそのころには砂糖と煙草を山と積み、リヴァプール港への帰路にあった。船艙からは往路のような悲鳴はもう聞こえなかった。

コーラの祖母は呪われていたと誰もが思うだろう。その後の数年間にわたり、幾度も売られ交換され、転売されたのだから。彼女を買った者たちは、じつにしばしば破産した。最初の主人は詐欺に遭った。ホイットニーの綿繰り機の二倍も速く綿と種とを選り分けると謳った装置を売りつけられたのだ。その図には説得力があったが、結局アジャリーは治安判事によって処分を命じられる財産の一部となってしまった。性急な取引のなかで、彼女は二百十八ドルで売られた。価格の低下は地元市場の事情によるものだ。水腫で死んだ主人もいた。寡婦となった彼の妻は、生まれ故郷の清潔なヨーロッパへ帰る旅費を得るために男の地所を売りに出した。アジャリーはウェールズ人の財産として三カ月をすごしたこともあったが、彼もホイストで負けた借金の形《かた》に、三人の奴隷と二匹の豚とともに彼女を手放した。万事そんなふうだった。

アジャリーの価格は変動した。そんなに何度も売りに出されたら、周囲に注意を払うべしという教訓を抱くのも無理はない。あたらしい農園《プランテーション》には素早く適応し、黒んぼ殺しをする者をたんに意地悪なだけの者と見分け、怠け者と働き者を、密告者と口の堅い者を見分ける術を身につけた。主人や女主人たちを意地の悪さで選別し、地所は資産と野心の程度で区別した。農園主たちはときに、慎ましやかな暮らしを送る以上のことを求めなかった。一方で地所の面積を増やす延長のように、世界を手に入れたがる男女もいた。二百四十八ドル、二百六十ドル、二百七十ドル。仕事はどこへ行っても砂糖と藍ばかり。例外として煙草の葉を丸めたこともあったが、一週間経ったところでふたたび売られた。商人たちは煙草農園主を訪ね、繁殖期の年齢にある奴隷、とくにすべての歯が揃っていて聞き分けのよいのがいないかと探した。アジャリーはもう女になっていた。だから彼女はよく売れた。

物事の働きを知るために、白人の学者たちがその内側を覗くことをアジャリーは知った。夜空を横切る星辰の動きや、血液中で四種の体液《フモール》が配合されるその仕組み。綿花の収穫量を存分にあげるために必要な気温。アジャリーもまた自身の黒い身体について考察し、観察を重ねていた。すべての物には価値があり、その価値が変動すれば、ほかのすべてが一緒に変わる。穴の開いた瓢箪《ひょうたん》は、水の溜まる瓢箪よりも価値が劣る。鯰を捕らえた釣り針は、餌を落としてしまった釣り針よりも価値が高い。アメリカでは、人間は物だという警句がまかり通る。大洋を渡る旅に耐えられない老人に掛けるコストは削減するべきだ。強い個体群から出た若い牡鹿に、顧客はよい金を払う。子どもを捻り出す奴隷娘は造幣局のようなもので、金を生み出す金である。もしもあなたが物ならば——荷馬車とか馬とか奴隷であるなら——あなたの価値があなたの可能性を決める。彼女は場所をわきまえていた。

行き着いた先はジョージアだった。ランドル農園の代表者がアジャリーを二百九十二ドルで買った。彼女の目の奥には以前はなかった虚無の表情があらわれており、そのせいで頭が悪いように見えたにもかかわらず。彼女は残りの人生をランドルの土地から離れなかった。何も見るもののないこの島が、彼女の故郷となった。

コーラの祖母は三度夫を得た。老ランドル氏が奴隷を選ぶときと同様、肩幅が広く手のおおきな男を彼女は好んだが、主人と奴隷である彼女とでは、その肩と手に要求する仕事は異なっていた。二つの農園には充分な蓄えがあり、北半分には黒んぼが九十、南半分には八十五いた。アジャリーは概して好きな相手を選ぶことができた。できないときは、我慢した。

最初の夫は玉蜀黍《コーン》ウィスキーなしでは生きられなくなり、そのおおきな手のひらをやがて拳に変えるようになった。彼がフロリダの砂糖黍畑《さとうきびばたけ》に売られ、道の遠くへ消えていったとき、アジャリーは悲しまなかった。彼女は次に南の地所の、優しい青年たちのうちから選んだ。コレラで死んでしまうまで、夫は聖書の物語を好んで語ってくれた。彼が以前仕えていた主人は、奴隷と宗教の問題について寛大な心を持っていた。アジャリーは物語や説話を楽しみ、白人たちの懸念にも一理あると感じた。救済について知ることで、アフリカ人は考えをめぐらせるようになる。哀れなハムの息子たち。最後に彼女の夫となった男は、蜂蜜を盗んだ罪で鼓膜に穴をあけられた。傷跡は膿み、痩せ衰えて死んだ。

夫たちとのあいだに、アジャリーは五人の子どもをもうけた。どの子も皆、丸太小屋のおなじ厚板の上で産んだので、子どもが悪さをしたときにはその板を指さし、こう言った——あんたはあそこから来たんだよ、言うこと聞かないとまたあそこに戻すからね。子どもたちには従うことを学ばせた。そうすれば主人にも従うようになり、生き延びていけるだろう。子どものうち二人は高熱を出して惨めな死に方をした。男の子のひとりは遊んでいる最中に錆びた鋤《すき》で足を切り、血液に毒がまわって死んだ。一番下の子は奴隷頭に木塊で頭を叩かれ、そのまま二度と起きなかった。立て続けに起きた事故だった。だけど売り飛ばされなかったぶんマシだと、年嵩の女がアジャリーに言った。それはほんとうだった——当時ランドルが子どもを売ることはまずなかった。だから子どもがどこで、どんなふうに死ぬか知ることができた。十歳を越えて生きた娘がメイベル——コーラの母親だった。

アジャリーは綿花畑で死んだ。大洋の荒波に砕ける波頭のように白い綿の花々が、彼女を囲んで揺れていた。あの村からの最後の生き残りが、脳にできた血栓のために畝《うね》のあいだに卒倒し、鼻からは血を流して唇は吹いた泡で覆われていた。ほかのどこでもあり得た死に方だった。自由は他人のために留保されていた。千マイル北で栄えるペンシルヴェニアという街の住人たちのために。連れ去られた晩以来、彼女は値踏みされ値踏みし直されて、日々目覚めるごとにあたらしい尺度の皿に載せられてきた。自分の値を知ることだ、そうすればそれに従って、いるべき場所も知ることができる。農園の柵を越えて逃げることとは、自分が存在する根源的な原理を越えて逃げること――つまり、不可能。

その日曜の晩、シーザーが地下鉄道の話を持ちかけてきたときにものを言ったのは祖母の物語だった。そして彼女は断った。

三週間後に、受け入れた。

そのときにものを言ったのは、母親の物語だった。

ジョージア

賞金30ドル

当月5日、ソールズベリー在住の購読者より、リジーという名の黒人少女が逃亡。当該少女はスティール夫人の農場付近に隠れていると予測される。引き渡した者、または州のどこかの監獄にいると情報を提供した者には、上記の報酬を支払う。当該少女を匿《かくま》った者には法律に則り所定の刑罰が科されることを警告する。

W・M・ディクソン
1820年7月18日

ジョッキーの誕生日は、年に一度か二度来るだけだった。皆はきちんと祝おうとした。それはつねに日曜日、半分休みの日だった。奴隷頭は三時に仕事の終わりを知らせ、北の農園では準備のため、雑用の数々を大急ぎですませた。修繕し、苔を毟《むし》り、破れた屋根を繕った。宴会は優先事項だった。街へ行って工芸品を売る許可証を得ていたり、日雇い仕事のために余所から借りられたりしている場合はべつだったが。余剰賃金は見送るとしても――そんなことを望む者はいなかったが――ほかの奴隷の誕生祝いがあるから働けないと白人に伝えるような、無分別な奴隷はいなかった。黒んぼに誕生日はないことは、誰だって知っていた。

コーラは自分の区画の隅で砂糖楓の木塊に座り、手の爪に挟まった泥を落としていた。

誕生日の宴には、蕪か青野菜が採れれば持っていくことにしていたが、今日はどちらも手に入らなかった。道を下ったところで誰かが、恐らくは新入りの青年のひとりが叫んでいた。まだコネリーから完膚なきまでに打たれたことがないのだろう。声は言い争いになりつつあった。怒っているというわけではなく気紛れらしかったが、大声には違いない。すでにこんなに興奮しているのだ、誕生日会は忘れられないものになるだろう。

「もし誕生日を選べるなら、どの日がいい」ラヴィーが訊いた。

ちょうど太陽を背中にしていたので、コーラにはラヴィーの顔は見えなかった。けれどこの友達がどんな表情をしているかはわかる。彼女は複雑な人間ではないし、今夜はお祝いがあるのだ。滅多にないこんな気晴らしの日には、ラヴィーは喜びを露わにする。ジョッキーの誕生日でも、クリスマスでも、または収穫祭の夜でも。収穫祭の晩には、両手のある者は誰しも夜じゅう起きて収穫する。ランドル一家が奴隷頭たちに命じて玉蜀黍ウィスキーを振る舞うので、みんな機嫌がいい。仕事ではあるものの、月が出ているので楽しめる。フィドル弾きにテンポの速い演奏を頼み、真っ先に踊りはじめるのがこのラヴィーという少女だった。離れて見ているだけのコーラを引っ張り込もうとし、嫌だと言っても許してくれない。二人は引っ張り合いになり、まるで腕を組みながら回転して踊っているかのように見える。ラヴィーが男たちの目を惹こうとして、コーラもその真似をするかのように。けれどコーラは踊りには加わらず、いつだって腕を引き離した。彼女は見ているだけだった。

「あたしがいつ生まれたか、教えたでしょう」コーラは答えた。彼女は冬の生まれだった。母親のメイベルはそれがどんなにつらいお産だったか不平を零した。めずらしく霜の降りた朝で、小屋には隙間風が音をたてていた。出血は数日続いたが、半ば幽霊のようになるまでコネリーは医者を呼ばなかった。時折無意識がいたずらをして、コーラのなかでそれは自分自身の記憶に変わってしまう。その場面には幽霊たちの顔が付け加えられる。死んだ奴隷たち全員が愛情を込めて熱心に、寝ている彼女を見下ろすのだ。彼女の嫌っている人間も含まれていた。母親が消えたとき、コーラを蹴りつけ、食べ物を盗んでいった人間も。

「選べるとしたらの話」とラヴィーは言った。

「選べないよ」とコーラ。「誕生日は決まってるんだから」

「もう、機嫌を直しなって」ラヴィーは言うと走っていった。

コーラは脹《ふく》ら脛《はぎ》を揉んだ。脚を休められるのはありがたかった。宴会があろうとなかろうと、コーラは日曜をこの場所で終えた。半日仕事のあとはこの席に座り、手入れの必要なものを探す。毎週この数時間だけは、自分で自分を所有できる。コーラはそんなふうに考えていた。雑草を抜き、芋虫を除け、腐った青葉を間引く。彼女の領分を侵そうとする者には睨みを利かせる。畑の世話は必要な手入れだが、同時に意思表明でもあった。あの手斧の一件以来、決意は揺らいでいないということの。

コーラの足許にある地面には物語があった。知る限りもっとも古い物語だ。農園までの長い行進のあとでアジャリーがここに入植させられたとき、割り振られた小屋の裏手の区画は泥と低木ばかりで荒れていた。奴隷地区のいちばん端で、そこから先には畑が広がり、そのさらに向こうは沼だった。ランドル氏はある晩、夢を見た。見渡す限り遥かに広がる真っ白な海の夢。そしてランドル氏は作物を、手堅い藍から海島綿へと切り替えたのだった。ニューオリンズにあらたな伝手《つて》を作り、英国銀行の後ろ盾を得た投機家と手を結んだ。かつてないほどの金が舞い込んだ。ヨーロッパは綿に飢えており、幾梱《こり》でも呑み込む需要があった。若く屈強な奴隷たちはある日、木々をすっかり切り倒し、そして夜に畑から帰ってくると、今度はその木を叩き割って丸太にし、あたらしい小屋の列を建てていった。

いまこうして丸太小屋と、そこに出入りしながら慌ただしく準備するひとびとを眺めていると、十四の小屋がなかったころなどコーラにはうまく想像できない。森の奥へ分け入ることで消耗し、不平が出ていたにもかかわらず、丸太小屋は西を望む丘として、また地所を二分する道としての永続的な価値を備えたものになった。小屋は不変の輝きを帯びた代わりに、そこに暮らし、やがて死ぬ者たちに時ならぬ感情を掻きたてた――つまり羨望と軽蔑だ。古い小屋とあたらしい小屋のならびのあいだに、より広い空間を取っていれば、数年にわたる悲劇の多くは防げたかもしれない。

白人たちは地図の上で分割された、自分たちから何百マイルも隔たったあちこちの土地の権利をめぐる判断を前に口論を繰り返す。奴隷たちは同等の熱を込めて、足許のちっぽけな土地をめぐって争った。小屋と小屋との細長い隙間は、山羊を繋いだり鶏小屋を建てたり、毎朝台所から供されるふすま粥に載せて腹を膨らせる食料を育てたりできる場所だった。ただし早い者勝ちだ。ランドル氏と後にはその息子たちが奴隷を売ろうと思いついたなら、売買契約書のインクも乾かないうちに誰かがその区画を奪ってしまっている。夕べにそこで穏やかに笑い、歌を口ずさんでいるところを見れば、隣人はその者を力で抑え、脅しや挑発といった手を使って区画から追い出そうとするだろう。懇願など誰が聞いてくれる？　ここには判事などいないのだ。

「でもわたしの母は、誰にも畑を触れさせはしなかった」メイベルは娘に言った。畑というのは言葉のあやだ。アジャリーの区画は二平米半もないのだから。「じろじろ見るんじゃないよ、さもないとそっちの頭に杭を打ち込んでやるからね、って母さんは言ったもんだわ」

ほかの奴隷を威嚇する姿は、コーラの思い出にある祖母の像と一致しなかった。けれど区画の地面を世話しはじめると、その肖像の真実味が彼女にもわかった。繁栄に伴う変化のときにあって、アジャリーは庭を見張り続けた。スペンサー家が運試しのため西へ移住することに決めると、ランドル一族はその地所を買い取り、北へと領地を広げた。彼らは南隣の農園も買い、作物を米から綿花に切り替えた。小屋のならびにあたらしい小屋を二軒ずつ作ったが、アジャリーの区画は相変わらずすべてのまんなかで、不動だった。地中深くへ根を下ろした切り株のように。アジャリーが死んだ後、メイベルはヤム芋やオクラなど、自身の眼鏡に適うものを育てた。騒動が起こるようになったのは、コーラがそれを引き継いでからだ。

メイベルが消えたとき、コーラはみなし子になった。十一歳か十歳くらい――正確な齢はもう誰も知らなかった。動揺のあまりコーラの世界は灰色に衰えた。最初に戻ってきた色は、家族に与えられた地面の赤茶色の輝きだった。ひとや物事に対する感覚も、それは甦らせてくれた。コーラは自分の区画を死守する決意をした。彼女自身ひどく幼く、誰にも世話してもらえなかったのに。メイベルは無口で頑固だったから人望がなかったが、ひとびとはアジャリーを尊重していた。アジャリーの面影が守ってくれていたのだ。最初にいたランドルの奴隷たちのほとんどは、墓に入ったり売られてしまったり、さまざまなかたちでいなくなっていた。祖母に忠実だった者は残っているだろうか？　コーラは奴隷村を調べてまわった。誰もいなかった。みんな死んでいた。

彼女はその土のために闘った。ちいさな厄介者たちがいた。仕事をするにはまだ幼すぎる者たちだ。子どもたちが新芽を踏みつけるのをコーラは追い払い、ヤム芋の種芋を掘り返すのをどやしつけた。ジョッキーの宴会で彼らに徒競走やゲームをさせるとき使うのとおなじ声音だった。持ち前の気立てゆえに、子どものあしらいが上手かった。

しかし偽りの権利を主張する者は脇から入り込んでくる。それがアヴァだった。コーラの母とアヴァとは農園でおなじ時期に育った。二人はおなじようにランドル氏のもてなしを受けていた。茶番は日常のことで、悪天候のようなものだった。その奇怪さといったらあまりに想像豊かで、心が受け入れるのを拒むほどだった。そうした経験はときに人間同士を強く結びつける。そしておなじくらいにしばしば、個人の無力さへの恥の意識が、それを目にした者同士を敵対させる。アヴァとメイベルは仲違いした。

アヴァはしなやかで強かった。沼蝮《ぬまままむし》のように素早く動く手先を持っていた。その素早さは摘み手に向いていたし、自分の幼な子たちの顔を怠けているとかその他の理由で小突くことにも向いていた。アヴァは自分の子どもより鶏が大事で、鶏小屋の拡張のためにコーラの土地をひどく欲しがった。「無駄ってものだよ」と歯に舌を打ち付けて言った。「この子にこんなに使わせるなんて」アヴァとコーラは夜になると屋根裏で隣り合わせに寝た。そこにはほかに八人もが押し込められていたが、コーラには木材のあいだを通ってくるアヴァの不満すべてを嗅ぎ分けられた。彼女の息は怒りのために酸っぱく湿っていた。小用に起きるときにはいちいちコーラにぶつかった。

「お前はホブへ行け」ある昼下がり、綿を梱包する手伝いから帰ってきたコーラに、奴隷頭のモーゼスがそう言った。彼はアヴァと、通貨のようなものを使って取引していた。監督官のコネリーが彼を一介の働き手から奴隷頭――すなわち監督官の用心棒に取りたてて以来、モーゼスは小屋で企まれる陰謀の仲介役を買って出ていた。小屋のならびにおける秩序は保たれねばならず、白人にはできないことというものがある。モーゼスは自分の役割を熱心にこなしていた。コーラは彼が陰険な顔をしていると思った。ずんぐりと湿った木の幹から生える節玉みたいだ。この男の本性があらわれたとき、コーラは驚かなかった。時間が経てば自然とそうなる。夜明けが訪れるのとおなじことだ。コーラはそっとホブへ歩いていった。哀れな者たちが追放される場所だ。頼りにできるものはなく、法は日々書き換えられる。彼女の持ち物はすでに誰かの手で移動されていた。

自分の名前をその小屋に貸すことになった哀れな者のことを、思い出せる人間はいなかった。彼は様々な属性によって身を滅ぼしたが、それらの属性を体現するほどには生きた。監督官の懲罰により不具となった者はホブへゆけ。労働により目に見えるかたちで、または目には見えないかたちで破壊された者はホブへゆけ。正気を失くした者はホブへゆけ。身寄りのない者はホブへゆけ。

傷を負った男、人間未満の男が、初めにホブへ行って暮らした。やがて女たちがその住居を占めた。白人の男や茶色い男たちに乱暴された女たちだ。その赤ん坊は息が止まって、または未熟児で産まれ、さんざん打たれて頭から正気が叩き出された彼女たちは死んだ子どもの名前を暗がりで繰り返していた――イヴ、エリザベス、ナサニエル、トムと。コーラは主室の床にまるく蹲《うずくま》った。屋根裏で女たちと、打ち棄てられた惨めな生き物たちと眠るのは怖かった。勇気があったとしても無力だったが、それでも自身の臆病さが呪わしかった。あちこちの黒い影を彼女は見つめた。暖炉、屋根裏を支える梁、そして壁の釘からぶら下がる道具の数々。生まれた小屋を離れて夜をすごすのははじめてだった。百歩の距離が何マイルにも感じられた。

アヴァが計画の次の段階を実行に移すのは時間の問題だ。そして老エイブラハムとも競わねばならない。老エイブラハムは、じつのところ少しも老いてなどいないのだが、生まれてこのかた首が据わって以来、世を捨てた老人のごとく振る舞っているのだった。彼には含むところはないが、区画が道徳的見地にもとづき運営されることを望んでいる。彼やその他のひとびとは、彼女の祖母がその土地をかつて耕したからといって、ちっぽけな小娘の主張になぜ従わねばならないのか？　老エイブラハムは因習を重んじない。そんな前提に重きを置くには、あまりに幾度も売られすぎた。用事で傍らを通るとき、コーラは何度も、彼が彼女の区画を再配分するよう働きかけるのを耳にした。「あれがあの娘のものだなんて」二平米半もの土地が。

そしてブレイクがやってきた。その夏、若きテランス・ランドルは、自分と兄が農園を引き継ぐ日の準備のために、幾つかの義務を帯びていた。南北のカロライナ州から一群の奴隷を買ったが、仲買人の言を信じるならばその六人は、身体や気質が生来労働者向きのファンティ族やマンディンゴ族だということだった。ブレイクやポットやエドワードほかの者らは、ランドルの土地の部族となったからには、自分に与えられたものでなくても平気で勝手に使った。テランス・ランドルはこの新入りたちがお気に入りだと公言し、コネリーは皆がそれを心に刻むよう命じた。この男たちの機嫌が悪いときや、土曜の晩に林檎酒を飲み干し、酔っているときには脇に退くことを覚えておくように。

ブレイクは巨大な樫の木のような、ひとの二倍はある男で、テランス・ランドルの投資が炯眼だったことを早々と証明してみせた。こうした男ひとりから得られる子孫たちのもたらす対価ときたら。ブレイクは仲間やその他の目につく男たちを組み伏せた。埃を蹴りあげるその姿はどうしたって征服者そのものだ。働くときには畑に声を響かせるので、彼を軽蔑する者でもつい一緒に歌った。人格こそお粗末だったが、その身体から溢れる声はつらい労働にも翼を与えてくれた。

北半分の地所を数週間かけて嗅ぎまわり品定めしたあとで、ブレイクはコーラの土地を、犬を繋ぐのにもっとも適した場所だと決めた。日当たりも風通しもよく、近い。彼はその駄犬を街へ出た際に手懐けて連れてきた。犬はブレイクが働くあいだ燻製小屋のまわりをうろついて待ち、ジョージアの忙しない夜をかけて耳に入る物音すべてに吠えたてた。ブレイクは多少の大工仕事ができた——それはよくあるように、奴隷商が奴隷の値段をつり上げるためにでっちあげた嘘ではなかった。彼は自分の駄犬のためにちいさな家を建ててやり、賛辞を得ようとした。褒め言葉に偽りはなかった。犬小屋はよくできていて、均整が取れ、角度も美しかった。扉には蝶番が付き、奥の壁には太陽や月が刳《く》り抜かれていた。

「素敵な邸宅だろ?」ブレイクは老エイブラハムに尋ねた。ときに身の引き締まるほど率直な意見を言う老エイブラハムに、ここに来て以来一目置いていたのだ。

「えらく立派な仕事だ。あそこにあるのはちいさなベッドかい」

ブレイクは枕カバーを縫い、なかに苔を詰めていた。自分の小屋のすぐ外にある一区画以上に、犬の家を設置するのに相応《ふさわ》しい場所はないと考えていた。コーラは彼にとって、長いこと見えない存在だった。けれどもいま、彼女が近くにいるときには彼はその月を覗き込み、お前はもう不可視ではないと警告した。

コーラは母親の貸した恩のうちから、自分の知っているものを回収しようとした。だが連中は彼女を撥ねつけた。たとえばお針子のボウは、急な熱を出したときにメイベルの介抱を受けて回復したことがあった。まだ娘だった彼女に、メイベルは自分に割り当てられた食事を与え、ふたたび目を開けるまで、肉や根っこを煮出した汁を震える唇へ運び続けてやった。ボウは自分の借りはもう充分すぎるくらい返したと言い、コーラにホブへ帰れと告げた。コーラは思い出した。植え付けの機具が紛失したとき、メイベルがカルヴィンにアリバイを作ってやったことがあったと。彼女が嘘をついて守らなければ、九尾の鞭がお気に入りのコネリーが、カルヴィンの背中から肉を削ぎ落としてしまっていただろう。そして嘘が発覚したら、メイベルもおなじ目に遭っていただろう。コーラは夕食のあとで、そっとカルヴィンに近寄った——助けて欲しいの。彼は手を振って追い払った。例の農機具を彼が何に使ったのか、結局わからなかったとメイベルは言っていた。

ブレイクが皆に企みを知らしめてしばらく経った朝、コーラは目を覚まして侵略行為を知った。彼女はホブを出て、庭を点検しに行った。涼やかな夜明けだった。湿気が白い帯となって地上のそこここに漂っていた。そしてコーラは見た――彼女が初めて作ったキャベツの残骸らしきものを。ブレイクの小屋の階段わきに積みあげられた蔓植物は、すでに半分枯れていた。地面は掘り返され、固められて、犬小屋の庭にふさわしく作り替えられていた。そして犬小屋そのものは、彼女の地所の中央に、大農園の中央に建つ主人の邸宅のように置かれていた。

その扉から犬が頭を突き出した。コーラの土地だったと知りつつも、関心がないことを示すかのように。

ブレイクが小屋から出てきて腕組みをした。そして唾を吐いた。

コーラの視界の隅ではひとびとが動いていた。噂話とお説教の気配だ。コーラを見張っている。母親はいなくなってしまった。彼女は悲惨の家に移り住み、誰も助けに来てくれなかった。そして今度は自分の三倍もある乱暴者が、彼女の土地を奪ってしまった。

コーラは作戦を練っていた。もう何年か経ってからであれば、ホブにいる女たちや、あるいはラヴィーに助けを求めることもできただろう。でもこのときにはできなかった。祖母は常々周囲に警告していた――私の土地に干渉する者は、誰だろうと頭を真っ二つに割ってやる。だがコーラには無理そうだった。彼女はひとまずホブへ取って返すと、壁に刺さった手斧を引き抜いた。眠れないとき見つめていた手斧だ。かつてここに住んでいて、何かしらの不運な結末を迎えた誰かが置いていった。肺病になったか、鞭で背中を裂かれたか、床に内臓をぶちまけてしまったかした、誰かが。

いまや噂はすっかり広まり、見物人が小屋の外にたむろして、首を伸ばして覗き込んでいた。そんな連中の前をコーラは通り過ぎ、疾風へ向かっていくかのように身体を低くした。その仕草はひどく奇妙で、誰も止めようとはしなかった。最初の一撃は犬小屋の屋根に打ち下ろされ、尻尾を半分切断された悲鳴があがった。犬は飼い主の小屋の真下に掘った隠れ穴へ這っていった。次の一撃は犬小屋の左半分をひどく傷つけて、最後の一撃でとどめを刺した。

コーラはあえぎながら立っていた。手はどちらも手斧を握っていた。手斧は幽霊と綱引きでもするように空中で揺れていたが、少女自身はふらつかなかった。

ブレイクは拳を握ると、コーラへと踏み出した。背後で手下たちが緊張していた。ブレイクが立ち止まった。屈強な若者と白いシフトドレス姿の痩せた少女——二人のあいだで何が起こったかは、見る者の位置によって違った。もとからあった小屋のならびから見物していた者の目には、ブレイクの顔が驚きと不安に歪んでいくさまが映った。雀蜂の王国に足を踏み入れてしまったかのように。あたらしい小屋の側にいた者たちには、コーラの黒目がとても素早く往復するのが見えた。相手がひとりではなくて、軍隊に向かって突進していく間合いを測るかのように。事実軍隊であったとしても立ち向かっていっただろう。形勢の如何にかかわらず、重要なのは意志だった。姿勢や表情を通して発せられ、相手により解釈される意志――あんたはあたしに勝てるかもしれないけど、そのツケは高くつくよ。

ふたりはしばらくそうして立っていたが、やがてアリスが朝食の鐘を鳴らした。朝飯のふすま粥を逃したいと思う者などいない。その日、畑から戻ると、コーラは散らかされた区画を片付けた。砂糖楓の木塊を転がして位置に戻す。誰かが小屋を建てるのに使った残り物で、コーラは暇な時間があるといつでもそこへ腰掛けた。

アヴァの計略以前、コーラがホブに属していなかったとしても、いまはそうだった。もっとも悪名高く、もっとも長くいた住人だった。不具者は労働によって身体を壊して死ぬものと決まっていたし、精神に異常を来たした者は、安く売り払われるか自分の喉を掻き切ることになった。そしてすぐに次の住人が来た。コーラは留まった。ホブは彼女の家だった。

コーラは犬小屋を薪にした。おかげで彼女とホブの住人は一晩暖かくすごせたが、それにまつわる伝説は一晩どころか、ランドルの農園ですごした残りの期間、ずっとコーラに付いてまわった。ブレイクとその仲間が物語を語り出した。家畜小屋の裏で昼寝をしていて、目を覚ますとコーラが斧を手にして喚きながら覗き込んでいたのだと、ブレイクはまことしやかに語った。彼は物真似の才能があり、身振りを交えて語るので皆が聞き入った。コーラの胸が膨らみはじめると、ブレイクの仲間でもとくに手に負えないエドワードは、彼女がドレスの裾をひらりとめくって扇情的な誘惑を仕掛けてきたとか、彼が拒むと頭の皮を剝いでやると言って脅されたとか吹聴するようになった。若い女たちは、満月の晩に彼女がしなを作って小屋から出て行くのを見たと言って囁きあった。彼女は森に入っていき、驢馬《ろば》や山羊と姦淫を犯していたと。この最後の噂は到底信じるに足らないと考える者たちでも、変わり者の娘を社会的地位の埒外に置いておくことは有益だと認めた。

コーラに初潮が訪れたという事実を、ほどなくして皆が知ることとなった。エドワードとポット、それに南部農場の奴隷二人が、彼女を燻製小屋の裏手へ引き摺り出した。見ていた者、聞いていた者が仮にいたにせよ、その者たちは止めなかったのだ。ホブの女たちが彼女を手当てした。ブレイクはそのころにはいなくなっていた。あの日彼女の顔を直視した彼は、復讐はよしておけと仲間に忠告していたかもしれない——ツケは高くつくぞ、と。でも彼はすでにいなくなっていた。ブレイクは犬小屋を粉々にされてから三年後に逃亡し、何週間か沼地に隠れていた。警邏《けいら》団に居場所が知れたのは、彼の駄犬が吠えたてでたからだ。当然の報いよ、とコーラも言ったかもしれない。彼に与えられた罰を思うだけで、身体が震えるような状態でなかったなら。

ジョッキーの誕生祝いのために台所から運び出した大テーブルは、すでに食べ物で覆い尽くされていた。片方の端では、罠漁師が洗い熊の皮を剝いでいた。反対側の端ではフローレンスが山と積まれた甘藷から泥をこそげ落としていた。大釜の下では炎が爆《は》ぜ、ひゅうひゅう音をたてていた。黒い鍋のなかではスープが搔き混ぜられていて、浮き沈みする豚の頭のまわりでキャベツのかけらが追いかけっこをしていた。灰色の泡のなかで、豚の目はうつろだった。チェスター少年が大角豆《ささげ》を手のひらいっぱい摑もうとしたが、アリスがお玉でぴしゃりと叩いて追い払った。

「今日は何もないの、コーラ？」とアリスは言った。

「まだ時期が早いから」コーラは答えた。

アリスは少しがっかりした素振りを見せると、食事の支度に戻っていった。

嘘をつくってああいうことだ、とコーラは思い、心に刻んだ。作物ができていなくて幸いだった。前回のジョッキーの誕生祝いに、コーラは二玉のキャベツを寄付した。それは感謝をもって受け取られた。けれど台所を出ていくときに振り返ったのが間違いだった。アリスがそのキャベツを残飯捨てに放るところを見てしまったのだ。コーラは陽差しのなかへとよろめき出た。自分の持ってくる食べ物は汚れていると思われたのだろうか？　過去五年間にわたってコーラが寄付してきたもの、まるまるとした蕪や青菜の束、すべてアリスに捨てられてきたのだろうか？　コーラのときに始まったことなのか、それともメイベル、または祖母の代からずっとそうだったのか？　あの女と争っても仕方がない。アリスはかつて老ランドル氏のお気に入りで、いまではジェイムズ・ランドルに気に入られていた。ジェイムズはアリスのミンスパイを食べて育ったのだ。惨めさには順番がある。惨めさのうちに仕舞い込まれた惨めさ。順に辿るようにできている。

ランドル家の兄と弟。まだちいさな子どもだったころから、ジェイムズはアリスの台所で作るおやつに宥《なだ》めすかされていた。林檎の砂糖漬けで怒りの発作や癇癪が治まった。弟のテランスは事情が違った。テランス様がスープに不満を表明したときの傷跡は、まだ料理人の耳の横にある。テランスはそのとき十歳だった。歩けるようになった年齢から兆候は見られたが、青年期に達するにつれて人格の不快な部分は完成され、実行力を持つようになった。ジェイムズの気質は鸚鵡《おうむ》貝に似て、個人的な趣向に入り込みがちだった。だがテランスは自身の持つあらゆる力を、救いようのない気紛れのもとに行使した。そうする権利があった。

コーラのまわりでは、鍋がかちゃかちゃ音をたて、子ども奴隷たちが来たるべき楽しみに金切り声をあげていた。農園の南半分からは、何も聞こえてこなかった。数年前ランドル兄弟は、コインを放ってその裏表で、半分ずつの農園それぞれの管理責任を決めた。その結果がこれだった。テランスの領地でこんな宴がひらかれることはない。奴隷の娯楽に関し、弟のほうは吝嗇《りんしょく》だった。ランドルの息子たちはおのおのの財産を、自身の気質に従い管理した。ジェイムズは売れ筋の作物を手掛ける安心や、ゆっくりとだが確実に広がる地所といったものに満足した。土地と土地を世話する黒んぼこそ、どんな銀行も提供できない信頼に足るものだった。テランスはもっと積極的だった。ニューオリンズへの出荷量を増やす手段を幾つも構想していた。引き出せる限りドルを搾り取った。黒人の血が金だったならば、この抜け目ない実業家はその血管を切り裂いただろう。

不意に腕を摑まれて、コーラはびくりとした。だけどそれは子どもたち、チェスター少年とその仲間だった。徒競走の時間だった。コーラはいつも子どもたちの足をスタート位置に沿ってならばせ、騒ぎすぎる子を落ち着かせ、必要とあらば年長の子たちの競走に入るよう促してやっていた。今年はチェスターをひとつ上の競走に入れた。彼はコーラとおなじみなし子で、歩けるようになる前に両親が売られてしまっていた。彼の面倒を見たのはコーラだった。髪はごわごわで目は赤い。この六カ月で急におおきくなった。柔らかなその身体のなかで、何かの引き金が一斉に引かれている。コネリーはチェスターが最高の摘み手になる素質を持っていると言った。奴隷頭がそんなふうに褒めるのはめずらしいことだ。

「あんたは走るのが速いから」とコーラは言った。

チェスターは腕組みをして首を傾けた。わかっているさ、という顔だ。自分では気づいていないかもしれないが、チェスターはもう半ば男だった。来年は徒競走には出ないだろう。代わりに道の脇でぶらぶらし、仲間と軽口を叩いては悪巧みをしているに違いない。

若い奴隷や年寄りの奴隷は馬車道の脇に集まっていた。子どもを亡くした女たちは、これからあり得るかもしれないこととけっしてあり得ないこととのあいだで自身を制しながら、ゆっくりとそちらに近づいていく。男たちは林檎酒の杯を交わし、その日受けた屈辱を洗い流す。ホブの女が宴会に参加することは滅多にないが、ナグだけは張り切って手伝いに来る。ちいさな子どもたちを取りまとめ、大騒ぎを鎮めてくれる。

ラヴィーは審判としてゴール地点に立っていた。子どもたち以外は皆、彼女が自分のお気に入りの子の勝ちを宣することを知っている。許されるときはいつもそうだ。ジョッキーもまたおなじ場所でレースを取り仕切っていた。毎晩星を見るとき座る、ぐらつく楓材の肘掛け椅子に腰掛けて。誕生日のときには、その椅子を通路の端から端まで動かし、自分の名においてひらかれた余興に正しく注意を払おうとする。競走が終わると走者たちはジョッキーのところへ行く。その子が何位であろうと、ジョッキーは生姜ケーキを一切れ与えるのだった。

チェスターは膝に両手を当てて息を切らしている。終盤で抜かれてしまった。

「惜しかったね」とコーラは言った。

少年は「惜しかった」と応え、生姜ケーキをもらいに行った。

最後の競走が終わると、コーラは老人の腕を撫でた。白濁したその両目は、どれだけのものを見てきたことか。「何歳になったの、ジョッキー」

「うーん、そうじゃな」老人は居眠りをはじめた。

前回の誕生日会のときは百一歳だと言い張ったことをコーラは憶えている。実際のところはその半分だったが、それでもランドル農園にいた奴隷のなかでは最高齢だ。それくらい歳を取ったなら、九十八歳でも百八歳でもおなじだろう。さまざまな残酷のあたらしいかたち以外に、世界が見せてくれるものはもう何もないのだから。

十六歳か十七歳。コーラは自分をそのくらいだと思っていた。夫を見つけるようコネリーに命じられてから一年。ポットとその仲間に犯されてから二年。乱暴が繰り返されることはなかったが、その日以来まともな男に興味を示されることもなかった。彼女が我が家と呼ぶ小屋、そして狂気じみた伝説を考え合わせればなおさらだ。母親がいなくなってからは六年経っていた。

誕生日についてのジョッキーの流儀はよいものだとコーラは思った。なんの予告もなしに、とある日曜の朝に目を覚まし、今日がその日だと告げる。それはあるときには春の雨のさなかで、あるときには収穫の直後だった。数年を飛ばすこともあったし、忘れていたり、個人的な不満を理由にして農園は祝いの会に値しないと、ひらかなかったりすることもあった。そんな気紛れを咎める者はおらず、皆の知る限りもっとも年老いた黒人であるというだけで、そして白人たちが企て実行してきた大小さまざまな苦しみを生き延びたというだけで充分だった。瞳は曇り、足は萎え、傷めた手はいまだ熊手を摑むようにねじくれたままだったが、それでも彼は生きていた。

白人たちは彼を放っておいた。老ランドルは誕生日に口出ししなかったし、跡継ぎのジェイムズも同様だった。監督官のコネリーは、その月の妻にしている奴隷女を呼び出し、日曜日ごとに姿を消した。白人たちは黙っていた。もう諦めているか、またはささやかな自由こそが最大の罰と知り、真の自由を報賞に示しながら痛ましい休暇しか与えずにいるのかもしれなかった。

いつかジョッキーがほんとうの誕生日を選ぶ日がくるだろう。充分に長生きしたならば。そしてコーラもまた折に触れて誕生日を選んでいれば、いつか本物のそれに当たるかもしれない。実際、今日が誕生日ということもあり得る。この白人世界に生まれ落ちた日を、知ったからって何になるだろう？　そんな日は憶えていても仕方ない。忘れたほうがマシだった。

「コーラ」

北の農園のほとんどは、食事のために台所へ移っていた。だがシーザーだけは居残っていた。そこにいたのは彼だった。シーザーが農園にやってきて以来、これまで話す機会がなかった。新入りの奴隷はホブの女たちに気をつけるよう警告される。関わっても時間の無駄だからだ。

「ちょっと話せるかい」シーザーは訊いた。

熱病で死者が出た一年半前、ジェイムズ・ランドルは彼を三人の奴隷と一緒に旅の商人から買っていた。女二人は洗濯係となり、シーザーとプリンスは畑仕事に加えられていた。彼が湾曲した小刀を使って、松材を削ったり突《つっ》いたりするのを見たことがあった。農園のうちでも面倒な連中とは交わろうとせず、女中のフランシスと連れ立っていることがあるのも知っていた。いまも彼女と寝ているのだろうか？　ラヴィーに訊けばわかるだろう。彼女はまだ子どもだが、男女関係や進行中の情事に詳しかった。

コーラは居住まいを正した。「何か用、シーザー」

聞き耳を立てる者がいないかどうか、彼はわざわざ確かめなかった。誰もいないことはわかっている。そのように仕組んだのだから。「北に戻ろうと思ってる」と言った。「もうすぐだ。逃亡するんだよ。きみに一緒に来てほしい」

彼をこんな悪ふざけに乗せたのは誰か、コーラは考えようとした。「あんたは北に行く。あたしは食べに行く」と答えた。

シーザーは彼女の腕を、静かに、だがしっかりと摑んだ。畑仕事をする若者の例に漏れず痩せて強靱な体軀をしていたが、その強さには軽やかさがあった。顔はまるく、鼻は低くてちいさい。笑ったときえくぼができていたのをコーラは思い出した。なぜそんなことを憶えているんだろう？

「密告はして欲しくない」彼は言った。「その点については、きみを信用しなくちゃならない。でもぼくは間もなく出ていくし、一緒に来てほしい。運を引き寄せるためにね」

そしてコーラにもわかった。からかわれているわけではない。彼は自分自身をからかっているんだ。馬鹿な青年だ。洗い熊の肉の焼ける匂いが漂い、お祭りへと引き戻されたコーラは腕を振り払った。「コネリーに殺されるのは嫌。警邏団にだって、蛇だって」

一皿目のスープを食べはじめてからも、コーラはシーザーの愚かな顔を盗み見ていた。白人は日々ゆっくりと、自分たちを殺そうとする。ときには手早く殺そうとする。どうしてその手助けなんてする？　そんな頼みは断るべきだ。

ラヴィーを見つけたが、娘たちがシーザーとフランシスについて何と噂しているかは訊かなかった。計画が本気なら、フランシスは未亡人になる。

コーラがホブへ移って以来、若い男に提案されたことのうちで、これがもっともおおきなことだった。

ひとびとは松明《たいまつ》を燃やして拳闘試合をしていた。隠してあった玉蜀黍ウィスキーと林檎酒を誰かが持ち出し、やがてその杯がまわされて、観客の熱狂を高めていた。向こうの農園で働く夫たちも、このころには日曜の晩に家族の許に戻ってきていた。何マイルもの道のりを歩きながら、彼らは恋心を募らせていた。今夜夫婦の営みを持てそうな妻たちは、ほかの女たちより幸せそうだった。

ラヴィーは忍び笑いをした。「あたし、あのひとと取っ組み合いたい」メイジャーを指して言った。

メイジャーは聞こえたかのように顔をあげた。彼の若さは盛りを迎えていた。よく働き、奴隷頭たちに鞭を振るわせることも滅多になかった。年頃の女性であるラヴィーには丁重に接していたし、そのうちコネリーが二人を一緒にしてもなんら不思議はなかった。青年は対戦相手と一緒に草の上で絡まり合っていた。真に立ち向かうべき相手に向かっていけないときは、仲間うちで八つ当たりするしかない。元手もなしに賭けをする大人たちのあいだから、子どもたちが顔を覗かせていた。いまは雑草を毟り、作物の屑を拾っているが、いつか畑仕事は彼らをおおきく育て、野原に互いを組み伏せる男たちのようにするだろう。その子を、その少年を摑まえて、学ぶべきことを教えてやらなければ。

　音楽が始まり、踊りの時間になると、皆はジョッキーへの感謝の念を嚙みしめた。今回もまた、正しい日を誕生日に選んでくれたのだ。ひとびとの共有する緊張に、老人は調子を合わせてくれた。日々の強制労働という事実を超えた不安が募りつつあった。けれどここまでの数時間で、それもあらかた霧消した。朝の苦役に、その後もずっとやってくる朝や長い日々に、嫌々ながらも向かっていく気力を回復することができた。この素敵な晩を思い出し、次の誕生日の宴を心待ちにすることで。外側の不名誉から、内側の人間らしい精神を隔てる輪を作ることによって。

　ノーブルがタンバリンを手にして叩いた。彼は畑では早摘みの名手で、畑の外では愉快な扇動者だった。彼はその両方の機敏さをこの晩に発揮した。手を叩き、肘を曲げ、尻を振る。楽器と演奏する人間とがあったが、フィドルや太鼓はときにその奏者自身を楽器にした。そして全員が歌の奴隷になった。お祭り騒ぎの日に相応しく、ジョージとウェズレーがフィドルとバンジョーを手にしたのもそのときだった。ジョッキーは楓材の椅子に座り、裸足の足を土に打ち付けていた。奴隷たちも前に出て踊った。

コーラは動かなかった。音楽が誘引力を持つときは警戒した。何をしでかすかわからない男の隣に、不意に立たされることがあるからだ。すべての身体が動き、許可を与えられる。相手が善意だったとしても、身体を引っ張られて両手を摑まれる。ジョッキーの誕生日会で、ウェズレーが北部で習い覚えてきた曲で皆を楽しませたことがあった。誰も知らない、あたらしい曲だった。コーラは大胆にも前に出て、ほかの踊り手たちのなかで目を閉じ、くるくるとまわった。そして目をあけたとき、そこにはエドワードがいた。欲望に目をひからせていた。エドワードもポットも死んでしまったいまでも――エドワードは綿花の袋に石を混ぜ、重くして量を誤魔化した罰で首を吊られ、ポットは鼠に背中を嚙まれ、青黒い死体となって墓場にいた――コーラは自身を解き放つことに怯えを抱いていた。ジョージがフィドルを弾き、旋律は炎からあがる火花のように夜空へ昇っていった。この生き生きとした狂乱へと彼女を誘う者はいなかった。

音楽がやんだ。輪が崩れた。奴隷は時折、短い解放のときにあって我を忘れてしまう。畝のあいだで不意の夢想に駆られて、または早朝に見た夢の謎をほどこうとして。日曜の晩の熱気のさなかで歌っているときもそうだった。そんなときに限って、監督官の怒鳴り声や労働への点呼、主人の気配などがして、自分は永遠に奴隷であり、ただ一瞬しか人間ではなかったのだと思い知らされる。

ランドル兄弟が邸宅から出てきて、彼らのあいだに立っていた。奴隷たちは脇に退いた。畏怖と敬意を表すために適切な距離はどれだけかと測りながら。ジェイムズの召使ゴドフリーが角灯を高くあげた。老エイブラハムによればジェイムズは母親似で、樽のようにずんぐりした身体に、表情に乏しい硬い顔をしていた。テランスは父親の血を継ぎ長身で、獲物を狙って舞い降りるときの梟《ふくろう》のような顔をしていた。兄弟は父親から土地だけでなく仕立屋も受け継いでおり、その仕立屋はぐらつく馬車に麻布や綿の生地見本を積んで、月に一度やってきた。兄弟の着る服は幼いころからそっくりで、大人になっても変わらなかった。洗濯娘の手で洗われたズボンとシャツは白く、橙色の灯火に照らされると暗闇からあらわれ出た幽霊のように見えた。

「ジェイムズ様」とジョッキーは言った。自由が利くほうの手で椅子の肘掛けを握り、立ちあがろうとするらしかったが、起きることはできなかった。「テランス様」

「邪魔をする気はないんだ」テランスが言った。「兄と事業について意見を交わしていたところ、音楽が聞こえてきたんでね。兄に言ったんだよ、こんなひどい浮かれ騒ぎは聞いたことがないとな」

ランドル兄弟は切り子細工のゴブレットから飲んでいた。すでに数本の酒を空《あ》けたかに見えた。コーラは群衆のなかにシーザーの顔を探した。けれども見つけられなかった。前回兄弟が揃って北の農園にあらわれたときも、彼はいなかった。こうした機会がもたらすさまざまな教訓は覚えておくべきだった。ランドル兄弟が地所に入ってくるときは必ず何か起きる。遅かれ早かれ。あたらしいことというのは、実際に起きてみるまで予測がつかない。

ジェイムズは日々の運営は手下のコネリーに任せており、滅多に顔を出さなかった。有力な隣人や近辺の農園主で物見高い者たちに地所を案内することはあったが、それも稀だった。ジェイムズが自分の黒んぼに話しかけることはほとんどなく、彼がいても気にせず働き続けるよう、奴隷のほうでも鞭でもって仕込まれていた。テランスが兄の農園に来るときはたいてい、奴隷たちをひとりひとり品定めし、もっとも能力があるのは誰か、どの女がいちばん魅力的かなど覚え書きを作った。兄の所有する女たちを色目で見て満足すると、自分の地所の女を心ゆくまで味わった。「おれは自分のスモモを食べるのが好きだ」

とテランスは言い、小屋のならびを歩きまわって自身の好みにあった女を探した。数々の情事を力ずくで物にし、ときには新婚初夜の奴隷を訪れ、婚姻の義務を果たすやり方を新郎に見せつけた。彼は自分のスモモを味わい、皮を破って傷跡を残した。

ジェイムズはべつの考え方をすることで知られていた。父親や弟とは違い、財産を自己の欲求を満たす道具にはしなかった。近隣の女性を折に触れ食事に招き、アリスはその都度もっとも豪華で食欲をそそる夕食を作るよう腐心した。ランドル夫人は何年も前に他界しており、アリスの考えによれば、女性は農園に文化をもたらす存在だった。青白い肌の女たちと、ジェイムズは数カ月単位で付き合い、邸宅へと続く土の道を白い馬車が行き来した。台所係の娘たちは忍び笑いをしながら憶測を囁き合った。そしてまたあたらしい女がやって来た。

従者のプライドフルが語ったところによれば、ジェイムズの性的な活力はニューオリンズのとある館のなかの特別室でのみ発揮された。館の女主人は寛大かつ現代的な思想の持ち主で、人間の抱くさまざまな欲望に精通していた。プライドフルはそれを、数年通ううちに仲良くなった館の娼婦から聞いたと請け合ったが、彼の話は信じがたいものだった。いったいどこの白人が、進んで鞭打たれたりするだろう？

テランスは杖で地面を擦っていた。もとは父親の杖で、てっぺんに狼の頭がついていた。

その頭に肉を噛み切られた覚えが多くの奴隷にあった。「そこでおれは思い出したんだ。いつかジェイムズが話していた、ここにいるひとりの黒んぼのことを」テランスは言った。「そいつは独立宣言を暗唱できるというじゃないか。ちょっと信じられなかった。もしかして、今晩なら見せてもらえるかもしれないと思った。騒ぎからして奴隷全員が外に出ているみたいだったからな」

「決着をつけよう」ジェイムズが言った。「あの少年はどこだ。マイケルは」

誰も答えなかった。ゴドフリーの振る角灯が哀れを誘った。奴隷頭のモーゼスは、運の悪いことにランドル兄弟の近くに立っていた。彼は咳払いをして言った。「マイケルは死んだです。ジェイムズ様」

モーゼスは子ども奴隷のひとりにコネリーを呼びに行かせた。日曜の夜は女と共寝している監督官を邪魔することになったにもかかわらず。ジェイムズの表情は、モーゼスにわけを話すよう命じていた。

話題となっている奴隷のマイケルは、実際、長い文章を暗唱することができた。コネリーが奴隷貿易商から聞いたところによれば、マイケルの前の主人は南米の鸚鵡の能力に惹かれ、鳥が五行韻詩を憶えられるなら、奴隷だって教えればできるはずだと結論した。頭蓋骨を見ただけでも、黒人が鳥よりおおきな脳を持っていることは明白なのだ。

マイケルはその主人に仕える御者の息子だった。一種動物的な賢さ、時折豚に見られるような賢さの持ち主だった。主人とその意外な生徒はまず、イギリスの著名な詩人による簡単な韻詩と短い文章から始めた。黒んぼには理解できない箇所はゆっくりと進んだ。そして聞いた話がほんとうならば、その箇所は主人にすら半分しか理解できておらず、というのも彼の教わった家庭教師は神に見捨てられた人間で、あらゆるまともな職を追放された挙げ句、その最後の職を密かな復讐の舞台にしようと決めていたからだった。だが二人は奇跡を起こした。煙草農園の主人と御者の息子。独立宣言は二人の作り上げた傑作となったのだ。「繰り返された侮辱と権利侵害の歴史」

マイケルの能力は客間の余興以上のものにはならなかった。それは訪問者たちを喜ばせたが、結局は黒んぼの低能さというところに話は落ち着くのだった。主人はやがて飽きてしまい、少年を南部へ売り飛ばした。ランドルのところへやってくるまでに、拷問か体罰のためにマイケルの頭は混乱していた。彼は劣った労働者だった。音や黒いまじないが記憶力を曇らせるのだと訴えた。コネリーはひどく腹を立て、ほんのわずか残っていた脳みそを少年から叩き出してしまった。マイケルはそんな折檻に耐え抜くようにはできておらず、仕打ちはその目的を果たしたのだった。

「報告するべきだったな」ジェイムズは言った。機嫌を損ねているのは明白だった。マイケルの暗唱はこれまでに二度、黒んぼたちを客前に披露した際の新奇な余興となっていた。テランスは兄をからかうのが好きだった。「ジェイムズ」と彼は言った。「財産はもっときちんと管理しないとな」

「口出しするな」

「兄さんが奴隷に酒盛りを許してるのは知ってたが、ここまで派手にやらせてるとは思わなかったぜ。おれの株を落とそうとしてるのか？」

「黒んぼの目を気にしてるなんて振りはやめたらどうだ、テランス」ジェイムズの杯は空になっていた。彼は背を向け、戻ろうとした。

「もう一曲やらせようぜ、ジェイムズ。この音楽が気に入ったんだ」

ジョージとウィズレーは途方に暮れていた。ノーブルと彼のタンバリンはすでに姿を消していた。ジェイムズは唇を固く結んだ。彼が身振りで合図すると男たちが演奏を始めた。テランスは杖で拍子を取った。群衆を眺めるにつれ、その顔は不機嫌になっていった。

「お前たち、踊らないのか？　命令せねばならないようだな。お前、それにお前もだ」

彼らは主人の命を待たなかった。北の農園の奴隷たちは小道の上に集まると、躊躇《ためら》いがちに、先ほどまでの律動にふたたび入っていこうとした。見世物をやるのだ。ひねくれ者のアヴァは、コーラを虐《いじ》めていたときの元気をまだ失っていなかった——まるでクリスマス祭の絶頂にあるみたいに、叫び、足を踏み鳴らした。主人に演じて見せることには馴れていて、少し仮面をかぶればよいだけだった。演技にのめり込んでいくにつれて恐怖はふるい落とされた。跳ねまわり、喚き、叫んで跳んだ！　それはこれまで聞いたうちで間違いなくもっとも活気ある歌だった。黒人の提供しうるもっとも熟練した演奏家たち。コーラもしぶしぶながら輪に入っていき、ほかのみなとおなじように動きの随所でランドル兄弟の反応を確かめた。ジョッキーは膝の上で手を動かし、拍子を取っていた。コーラはシーザーの顔を見つけた。台所の陰に無表情で立っていた。しばらくするといなくなった。

「おい！」

テランスの声だった。彼は眼前に手をあげていた。まるでそれが彼自身にしか見えない、永久に消えない染みに覆われているかのように。やがてコーラにも目に入った——彼の素敵な白いシャツの、袖口のところにワインが一点のちいさな染みをつけていた。チェスターが彼にぶつかったのだ。

チェスターは作り笑いをしながら白人の前で頭を下げていた。「すいません、ご主人様！　すいません、ご主人様！」杖がその肩と頭に何度も何度も砕けた。少年は悲鳴をあげ、打擲《ちょうちゃく》の続くあいだ泥のなかに身を縮めた。テランスは腕をあげては振り下ろした。ジェイムズは疲れて見えた。

一点の染み。ある感情がコーラのうちに生まれ、広がった。ブレイクの犬小屋に手斧を打ち下ろし、空中に木っ端をまき散らしたのを最後に、その感情に支配されることは何年もなかった。彼女は、木に首を吊られて禿鷲や鴉《からす》の餌にされた男たちを見てきた。九尾の鞭で肉を骨まで引き裂かれた女たちを。生きたまま、あるいは死んで薪で燃やされた身体を。逃げられないよう切り落とされた足、盗みをせぬよう切断された手首。彼よりもずっと幼い少年少女が打たれるのを見ながら何もしなかった。その感情はその晩ふたたび彼女の心臓に根を張った。しっかりと捕まえた。そして自分のなかの奴隷の部分が人間の部分に追いつく前に、彼女は少年の前に膝をつき盾となっていた。彼女は片手に杖を、まるで沼地に生きる男が蛇を摑むかのように摑んで、てっぺんについた飾りを見据えた。銀色の狼が、銀色の歯を剝いていた。彼女の手から杖が滑り落ちた。それは頭へと降ってきた。銀色のふたたび頭に砕けたときには銀の牙が視界を引き裂き、彼女の血が地面に散っていた。

その年ホブには七人の女がいた。最年長はメアリーだった。彼女は引きつけを起こすのでホブに来た。口角に狂犬のような泡を吹き、血走った目で地面にのたうった。ベルタという名の摘み手と長年反目しており、とうとう呪いをかけられたためだ。メアリーは子どものころから病気だったと老エイブラハムは不平を述べたが、聞く耳を持つ者はいなかった。発作を目にした者は誰でも、それは彼女が幼いころ苦しんでいたのとは別物だと言った。発作から起きあがるとメアリーはへとへとに疲れていて、混乱していて無気力で、そのせいで仕事に遅れが生じ、罰されることになった。そしてその罰から回復するためにさらに遅れが出るのだった。いったん奴隷頭の機嫌を損ねると、その悪循環に押し流されてしまう。おなじ小屋の仲間の嘲笑を逃れるため、メアリーは荷物ごとホブに移った。誰かが止めてくれるのを期待するかのように、足を引き摺ってゆっくりと歩いてきた。

メアリーは搾乳小屋でマーガレットやリダとともに働いていた。この二人はジェイムズ

・ランドルに買われるまでの苦痛の数々に混乱しており、農園を織りなす秩序のなかに溶け込んでいくことができなかった。マーガレットはその喉からひどい音を、それもひどく折悪しく出すことがあった。動物めいた、耳障りで下品な罵声だった。主人が巡回に来ているあいだ、彼女は口に手を当てて、自身の病気が注意を引かないように気をつけた。リダは衛生面にまるで関心がなく、宥めてもすかしても行動しなかった。彼女はひどい臭いがした。

ルーシーとティタニアは口を利かなかった。前者は自分でそう決めており、後者は前の主人によって舌を切り取られていた。この二人はアリスのもと、台所で働いていた。一日じゅう噂話をするような手合いをアリスは好まなかった。自分の声を聞いていたほうがマシだった。

残り二人の女たちは、その春みずから命を絶った。いつもよりは多かったが、特筆すべきことでもない。名前が記憶されるような者は冬のあいだには来なかった。彼女たちの印象はとても薄かった。残ったのはナグとコーラだった。二人はあらゆる成長段階の綿花を世話した。

一日の仕事のあとでコーラはふらついており、ナグに慌てて支えられた。ナグはコーラをホブへ連れ帰った。畑からゆっくり歩き去る二人を奴隷頭は睨んだものの、何も言わなかった。コーラの狂気は明白だったから、おいそれとは叱責されないのだ。二人はシーザーのところを通り過ぎた。彼は若い職人の一団とともに作業小屋にたむろしてナイフで木片を削っていた。コーラは擦れ違うとき目を背け、顔を石版のような無表情にした。逃亡を持ちかけられて以来ずっとそうしていた。

ジョッキーの誕生日から二週間が経っており、コーラはいまだ治療中だった。顔に浴びせられた打擲のために片眼が腫れて開かなくなり、こめかみにはひどい傷ができた。腫れはおおかた引いていたが、銀の狼が口付けたところはX字型の痛ましい傷跡となっていた。何日ものあいだ体液が染み出した。それが彼女にとっての、あの祭りの晩の記録だった。翌朝コネリーの加えた、無慈悲な鞭の大枝による刑罰はもっとひどかった。

コネリーは老ランドルが最初に雇った人間のひとりだった。ジェイムズは彼の役職を自分の責任下に置き続けた。コーラが幼かったころ、この監督官の髪はアイルランド人らしい鉛色の赤で、麦藁帽の左右から猩々紅冠鳥《しょうじょうこうかんちょう》の翼のように飛び出ていた。そのころはまだ黒い日傘を差して巡回していたものだが、それをやめてしまったいまはよく灼けた肌に白いワイシャツがくっきりと対照を成していた。髪は白くなり、腹はベルトの上に突き出ているが、それを除けばコネリーはコーラの祖母や母親を鞭打ったのと変わらぬおなじ男だった。不均衡な足取りで村を闊歩していくそのさまは、老いた雄牛を思わせた。彼が急ごうと思わぬ限り何者も彼を急かすことはできない。コネリーが俊敏さを見せるのは九尾の鞭に向かうときだけだ。そのときだけは、あたらしい玩具に向かう子どもに似た活力と獰猛さを発揮した。

ランドル兄弟の不意の訪問中に起こった出来事は、この監督官の気に入らなかった。第一に、彼は目下の情婦であるグロリアと耽っていた悦楽を中断された。寝台から起きあがる前に、伝言を持ってきた使いを打ち据えた。第二に、マイケルのことがあった。マイケルが死んだことはジェイムズに報告していなかった。というのも彼の雇用者は、管理を任せている事柄の日常的な些事に煩わされることを好まなかったから。それなのにテランスの好奇心のせいで問題になってしまった。

そしてチェスターのしでかしたヘマとコーラの不可解な行動だ。コネリーは翌日の日の出を待って、この二人を肉が裂けるまで鞭打った。違背の起きた順に従ってチェスターから取り掛かると、血まみれになった背中は唐辛子の水で擦り洗いするよう命じた。チェスターはまともに鞭打たれたのはそれが初めてで、コーラは半年ぶりだった。コネリーは朝の鞭打ちをもう二日続けて行った。家付きの奴隷によれば主人のジェイムズは、自分の所有物に大勢の目の前で弟が手出ししたことに、チェスターとコーラの行動以上に動揺しているらしかった。所有物がもとで生じる兄弟間の怒りは、かくも激しいものだった。チェスターは以後、二度とコーラに口を利かなかった。

ホブの階段を上るコーラをナグが手助けした。小屋に入り、ほかの村人から見えなくなると、コーラは崩れるように倒れ込んだ。「夕食を何か持ってきてあげる」とナグは言った。

コーラと同様ナグも力関係によりホブに移された。彼女は数年のあいだコネリーのお気に入りで、ほとんどの夜を彼のベッドですごしていた。監督官のわずかな好意にあずかる以前から、ナグは黒んぼ娘にしてはずいぶんと高慢だった。青みがかった灰色の目と煽情的な尻。やがて鼻持ちならない女となり、自分だけが免れる苦役を高みの見物で眺めるようになった。彼女の母親はしばしば白人男と付き合い、その淫らな技をナグに教えてくれていた。コネリーは自分の血を分けた子どもも鞭打つような人間だったが、ナグは身を尽くしてその技に入れ込んだ。ランドルの大農園は、南半分と北半分とでつねに奴隷を交換しあっていた。鞭打たれた奴隷や仕事を怠ける労働者、ならず者たちを互いに厄介払いする、それは気紛れな駆け引きだった。ナグの子どもたちはその交換貨幣とされた。子どもたちの巻き毛が太陽の下アイルランド人らしい赤に輝いたところで、コネリーは彼の混血《ムラート》の私生児を放免してやることはできなかった。

ある朝コネリーは、もはや寝床にナグは要らないと言い渡した。彼女の敵たちが待ち受けていた日だ。当人以外の全員が、その日の来ることを知っていた。畑から戻ってくると、ナグの荷物はすべてホブへと運び込まれており、村での地位が失われたことを告げていた。ナグの恥辱はどんな食べ物よりも村に滋養をもたらした。ホブはご多分に漏れず彼女のことも頑なにしていった。この小屋はしばしばその者の人格を形作った。

ナグはけっしてコーラの母と親しくはなかったが、それはナグをこのみなし子に近寄らせる妨げとはならなかった。祭の晩とそれに続く血なまぐさい数日の後、彼女はメアリーとともにコーラを助け、破れた皮膚に塩水や湿布をあてがい、きちんと食事させてやった。ふたりはコーラの頭をあやすように抱き、コーラを通して自分のなくした子たちに子守歌を歌った。ラヴィーもまた友人の許を訪ねてきたが、幼い彼女はホブの評判に怖れをなしていたし、ナグやメアリーやほかの女たちの存在に怯えてもいた。神経をすり減らして間もなく帰っていった。

コーラは床に寝て唸っていた。鞭打たれてから二週間が経っても、目眩《めまい》の発作とずきずきする頭蓋に悩まされていた。たいていのときはなんとか自分を奮いたたせて畑仕事をしたが、日が沈むまでのあいだ身体を起こしているだけで精一杯のこともあった。水汲み娘が柄杓を持ってくるたび、その金属に歯を当てて最後の一滴まで舐め尽くした。彼女にはもう何も残っていなかった。

メアリーが姿をあらわした。「また具合が悪いの？」と言って、濡れた布を持ってきてコーラの眉へ当てた。五人の子どもを失ったあとで、彼女の母性はまだたっぷり残っていた――三人は歩くようになる前に死に、残りの子どもは水汲みや主人の邸宅の草毟りができる年齢に達すると売られていった。メアリーは生粋のアシャンティ族で、二人の夫もまたそうだった。その子どもたちだから、さして宣伝せずとも値がついた。コーラは声を出さずに口を動かし、ありがとう、と言った。小屋の壁が迫ってきていた。屋根裏では残りの女たちのひとり――臭いからしてリダだろう――が、引っ掻きまわして何か探していた。ナグはコーラの両手の傷をさすって、「どっちが悪いかわからないわ」と言った。「明日テランスの旦那様が来たとき、具合を悪くしてここに隠れてるのと、起きて外に出て皆と出迎えるのと」

テランスがやってくると思うと、コーラはぐったりした。ジェイムズ・ランドルは床に伏していた。リヴァプールから来た交易商の一団と交渉するため、ニューオリンズへ出張し、あの不名誉な隠れ処へと赴いたあとで病に倒れていた。帰りの馬車で気を失い、以来人前から姿を消していた。使用人たちの噂によると、兄の療養中にテランスが地所を乗っ取ろうとしているということだ。午前のうちに北の農園を精査し、万事を南の運営基準と調和させるつもりらしい。

それがおぞましい調和であることは、誰ひとり疑わなかった。

友人の手がそっと放され、壁が圧迫するのをやめたと思ったら、コーラは気を失っていた。次に目覚めると真夜中で、彼女の頭は丸めた交織の毛布の上に載せられていた。屋根裏では皆が眠っていた。こめかみの傷を擦ると、まだ染み出しているようだった。身を投げ出してチェスターを守った理由は自分でわかっていた。けれどあの切迫した瞬間、ざらざらとした感情の塊に取り憑かれていた状態を思い起こそうとしても、できなかった。塊は彼女のなかの、それまで隠れていた薄暗がりに帰ってしまい、宥めすかしても出てこようとしなかった。気持ちを落ち着けるために、コーラはそっと自分の区画に出た。楓材に座って夜気を吸い、耳を澄ませた。沼地に棲むものたちが、呼吸し、飛びはね、生ける暗闇で狩りをしていた。この夜のなかに歩み入ること、そして北を、自由州を目指して進むこと。そのためには正気を捨てねばならない。

だが母親はそれをやったのだ。

ランドルの領地にやってきて以来、一度もここを出ることのなかったアジャリーに倣うかのように、メイベルもまたけっして農園を出なかった。逃亡するその日まで。計画をほのめかすようなしるしを誰に見せることもなかった。少なくとも、続く取り調べにおいて知っていたと証言した者はいなかった。九尾の鞭を逃れるために最愛の者すら売ろうとする、裏切り者と密告者ばかりの村にあって、これはたいしたものだった。

コーラは母親の腹に頭をもたせて眠りにつき、そのまま二度と母に会わなかった。老ランドルは警報を発令し、警邏団を召集した。一時間もしないうちに追っ手が、ネイト・ケッチャムの犬の後に従い沼地へと踏み入った。その筋専門の家系に生まれたケッチャムには、奴隷狩り人の血が流れていた。猟犬たちは何世代にもわたり、郡の一帯から黒んぼの匂いを嗅ぎ分けるよう訓練され、道に外れた多くの奴隷を嚙みちぎり八つ裂きにしてきた。この動物が革紐をいっぱいに引き、前足で宙を掻いて吠えると、あたりにいる者はひとり残らず小屋に逃げ込みたくなった。けれどその日の収穫は奴隷にとって最優先事項で、彼らはその命に屈しながら、犬たちの恐ろしい吠え声と血の予感とに怯えていた。

貼り紙とビラとが数百マイル四方にばらまかれた。逃亡奴隷を捕まえることで生計を立てる自由黒人たちは、森を虱潰《しらみつぶ》しに捜してまわり、共犯者になり得そうな者から巧みに情報を引き出した。地位の低い白人から成る警邏団や民警団は、暴力に訴え脅してまわった。近隣の農園すべての地区が徹底的に捜索され、少なからぬ数の奴隷が道義上の理由で打たれた。それでも猟犬は手ぶらで戻ってきたし、その飼い主もまた同様だった。

ランドルは魔女を雇い入れ、自身の領地に呪術を掛けさせた。アフリカの血を引く人間は誰でも、ぞっとするような痙攣に見舞われることなしには出ていけないように。魔女は秘密の場所に呪いの品を埋め、料金を受け取ると、騾馬の引く二輪馬車に乗って去っていった。その呪術に宿る精霊をめぐって、村では熱心な議論が交わされた。魔法は逃亡の意図を持つ者だけに働くのか、それとも境界線を越える有色人種全員に有効なのか？　一週間が経つと、奴隷たちはふたたび沼地に出て狩りをし食べられるものを漁った。食べ物は沼地にあった。

メイベルについては何も見つからなかった。ランドル農園から逃げおおせた者はかつておらず、逃亡奴隷はつねに捕まり連れ戻されてきた。友人に裏切られたり、星座を読み違えてさらなる束縛の迷宮へと入り込むことになったりした。連れ戻された者たちは、激しい暴力に耐えるまで死ぬことすら許されなかった。残された者はその死に際で、身の毛もよだつ苦しみが倍加していくのを目撃させられた。

悪名高き奴隷狩りの名手リッジウェイは、さらに一週間後に農園を訪れた。仲間とともに馬の背に乗って。五人の柄の悪い男たちが、干涸らびた耳を首飾りにした見るからに恐ろしいインディアンの斥候に引き連れられていた。リッジウェイの身長は二メートル近く、顔は四角く太い首はハンマーのようだった。穏やかな物腰を崩さなかったが、恫喝するような雰囲気をつねに醸し出していた。遠くに見えたと思えば頭上で雷鳴を轟かせている積乱雲のようだった。

リッジウェイは半時間の事情聴取を行った。彼はちいさな手帖に記録を取り、邸宅の者の話によると、集中力と修辞を凝らした話術を身につけているらしかった。メイベルを見つけられず、二年のあいだ農園に戻ってこなかった。彼は老ランドルが死ぬ直前にやってきて、みずから失態を詫びた。一団からインディアンの男は消えていたが、代わりに長い黒髪をして、獣皮のヴェストの上から戦利品の耳をおなじように輪にして掛けた若い馬乗りの姿があった。リッジウェイは隣接する農園主を訪ね、捕まえた逃亡奴隷の証拠として革袋に入れて持ち歩いていた二つの首を差し出すために、このあたりまで来ていたのだった。州境を越えることはジョージアでは極刑に値した——主人はしばしば財産が戻ること以上に、その刑の実例を見たがった。

地下鉄道のあたらしい支線が州南部で動いているらしいという噂を、この奴隷狩り人は耳に入れた。ありそうもないことに聞こえるかもしれませんが、と。老ランドルは鼻であしらった。地下鉄道の協力者は根こそぎ見つけ出し、タールと羽根の刑（身体にタールを塗り、鳥の羽根で覆う）に処してやりますとリッジウェイは雇い主に請け合った。またはこの土地の慣習に則った刑に。リッジウェイはもう一度詫びを入れるとそこを辞した。一団は間を置かずに郡道へと飛び出し、次の指令へと向かっていった。彼らの仕事に終わりはなく、途切れ目なくあらわれる逃亡奴隷たちを隠れ穴から追いたてて、白人の明朗会計の許へ連れてゆかねばならなかった。

メイベルは冒険のために荷造りをした。手斧。火打ち石と火口。小屋の同居人の靴も盗んでいた。自分のより足に合ったから。数週間のあいだ、空っぽの庭が彼女の奇跡を証していた。立ち去る前に自分の区画の蕪とヤム芋をすべて掘り返してあった。速やかな逃げ足の必要な旅には、そんな大荷物は不利なはずだった。地面に残された土の山と穴ぼこは、近くを通る者たちに事件を思い出させるよすがとなった。やがてある朝、土は均《なら》された。コーラが膝をついて新しい作物を植えたのだ。彼女の受け継いだ土地だった。

乏しい月明かりのなかで、ずきずきする頭を抱えながら、いまコーラはちっぽけなその庭を点検していた。雑草に穀象虫、動物の不揃いな足跡。祭の晩以来土地を放っていた。そろそろ戻る頃合いだ。

翌日のテランスの来訪は、とある不穏な一時を除けば平和なものだった。コネリーは彼にその兄の事業を案内してまわっていた。というのも前回きちんと案内してから数年が経っていたのだ。へいぜい口にする冷笑的な物言いを控えていると、テランスはあらゆる点において意外なほど洗練されていた。彼らは昨年の取れ高について数字を云々し、先の九月からの計量を記した台帳を吟味した。テランスは監督官のお粗末な筆跡に不快感を示したが、それを除けば二人の男は終始うまくいっていた。奴隷や彼らの住む村の視察はなかった。

二人は馬に乗ったまま、畑をぐるりと一周して南北それぞれの農園における収穫の進歩を比較した。テランスとコネリーが綿花畑を横切ったあたりでは、付近の奴隷が倍の努力をしてすさまじい勢いで働いた。労働者たちは何週間もかけて雑草を刈り取り、畝に鍬を振り立てていた。その茎はいまやコーラの肩の高さに達していて、風になびいたりたわんだりしつつ、若い葉と、朝の来るごとにおおきくなる綿花の蕾を芽吹かせた。来月には莢《さや》がはじけて真っ白に咲くだろう。彼女は綿花が充分に、白人が通るとき隠れ蓑になってくれるくらい高く育ってくれることを祈った。通り過ぎていく白人たちの背中が見えた。テランスが振り返ったのはそのときだ。彼は頷き、杖の先を掲げて彼女を指すと、そのまま行ってしまった。

二日後、ジェイムズが死んだ。腎臓のせいだと医者は言った。

ランドル農園の古参の者たちは、父親の葬儀と息子の葬儀を較べずにはいられなかった。大ランドルは入植者組合の尊敬すべき会員だった。いまでは西部の馬乗りばかり注目されているが、真の開拓者はランドルとその同胞たちだった。彼らは何年もかけて、このジョージアの湿気た地獄から生活を切り拓いてきたのだ。仲間の入植者たちは彼を、地域で最初に綿花に手を付け、率先して利益をもたらした先見の明ある者として丁重に扱った。信用貸しのために首のまわらなくなった若い農場主の多くが、ランドルに助言を求めに来た——助言は惜しげなく幾らでも与えられた——そして彼らは一人前になると、ひとも羨むような地所を所有するようになった。

奴隷たちは老ランドルの葬儀に出るための暇を認められた。白人の紳士や淑女たちが、愛されつつ逝った父に弔意を表しているあいだ、奴隷たちは押し黙った群れのように立っていた。家付きの黒んぼは棺桶担ぎの役を果たし、当初それはけしからぬことと思われたが、よくよく考えれば純粋な愛情の証《あか》しと言えた。そのような愛は弔問の白人たちも自身の使う奴隷とのあいだに持っており、無邪気だった幼少期に吸った黒人乳母の乳房や、入浴に際して泡だらけの水に手を差し入れてくれた付添婦などがそうだった。式の終わりに雨が降り出した。雨は告別式に終止符を打ったが、ひとびとは安堵した。日照りが長く続いていたためだ。綿花は水に飢えていた。

ジェイムズが死ぬころまでに、ランドルの息子たちは父の同僚や被後見人たちとの社会的な繋がりを絶っていた。ジェイムズには書類上の仕事仲間がたくさんいたし、実際に面識のある相手もいたが、友人は少なかった。つまりテランスの兄は、ひとりの人間に与えられて然るべき感傷の取り分を受け取らなかった。葬儀に参列者はまばらだった。奴隷は畑仕事をしていた――収穫が間近に迫るなか、選択の余地はなかった。すべては兄の遺志において明白にされているとテランスは言った。ジェイムズは広大な地所の静かな片隅に、両親のそば、父親の飼っていたマスチフ犬の隣に埋められた。プラトンとデモステネスという二頭の犬は、鶏を追いまわすのをやめなかったにもかかわらず、人間にも黒んぼにも等しく愛された。

テランスはニューオリンズまで旅し、綿花交易商と兄のあいだの関係をただそうとした。逃亡する時機というものがあったためしはなかったが、テランスが南北の地所を監督することは議論を呼んだ。北半分の農園はより温和な気候を享受していた。ジェイムズは白人の例に漏れず無慈悲で乱暴だったものの、弟に較べれば中庸のひとだった。南半分から聞こえてくる逸話は、細部はともかくその規模においてぞっとするものだった。

ビッグ・アンソニーが好機を捉えた。ビッグ・アンソニーは村でもっとも賢い若者というわけではなかったが、時機を見る才がなかったとは誰にも言えないだろう。ブレイク以来初めての逃亡の企てだった。彼は大胆にも魔女の呪いを何事もなく突破して、二十六マイルを逃げおおせたが、干し草置き場でうたた寝しているところを見つかってしまった。巡査がその従弟の作った鉄の檻に入れて送還した。「鳥のように飛んで逃げた者には鳥籠

が相応しい」檻の正面には細い切れ込みがあり、住人の名前を掲示できるようになってい
たが、わざわざ使う者はいなかった。彼らは立ち去るとき、檻も一緒に持って帰った。
ビッグ・アンソニーの処刑前夜——白人が刑を延期するときは、何らかの効果的な見せ方が検討されていることが多かった——シーザーがホブへやってきた。メアリーが彼を招じ入れた。彼女は不可解そうだった。ここへやってくる者は少なく、取りわけ男が訪ねてくるのは悪い知らせを持ってくる奴隷頭くらいのものだった。コーラはこの青年の提案を誰にも話していなかった。

屋根裏には女たちが揃っていて、眠ったり聞き耳を立てたりしていた。コーラは繕い物を床に置くと、シーザーを外へと連れ出した。

老ランドルは息子たちや、いつか持ちたいと願っていた孫のために校舎を建てていた。独り身の大男がその願いを叶えることは当面ないだろう。ランドルの息子たちが教育を終えてしまったので、建物はもっぱら密会とかべつの何かを教えるために使われていた。シーザーとコーラがそこへ歩いていくのをラヴィーが見ていた。面白がって冷やかす友人に、コーラは首を振ってみせた。

校舎は腐って厭な臭いを放っていた。小動物がねぐらにしているのだ。椅子やテーブル

はずっと前に撤去され、落ち葉や蜘蛛の巣に場所を譲っていた。フランシスと付き合っていたとき、シーザーは彼女をここへ連れてきただろうかとコーラは考えた。コーラが鞭打たれるために服を脱ぎ、肌から血が噴き出したのをシーザーは見ていた。

　彼は窓を確認してから、「あんなことがあって気の毒だった」と言った。

「あれが連中の仕事よ」コーラは答えた。

　二週間前、彼女はシーザーを馬鹿だと判断した。今晩彼は実際以上に年長《とした》けて見えた。何日も何週間も経って現実が避けようもないほど差し迫るまで、その真の教訓がわからないような物語を語る老賢者のようだった。

「今度こそ一緒に来てくれるかい」シーザーは言った。「もう出発していい頃合いだと思ってた」

　コーラには彼が理解できなかった。三日続けて彼女が鞭打たれたとき、彼は聴衆の先頭に立って見ていた。奴隷たちが同胞に加えられる折檻を目撃させられるのは、道徳教育上の習慣だった。その見世物のあいだのどこかの時点で、全員がいっときは顔を背ける。矢面に立つ奴隷の痛みを、遅かれ早かれやってくる、自分が鞭の下に立たされるおぞましい日と重ねてしまうからだ。そこにいるのは自分ではないが、それでも自分なのだ。だがシーザーは怯まなかった。コーラの目を覗き込む代わりに、彼女の向こう側にある何かを見据えようとしていた。巨大で、摑みがたい何かを。

コーラは言った。「あんたはあたしを縁起のいいお守りみたいに思ってるんでしょ。メイベルが逃げおおせたから。でも違う。見たでしょう。頭に考えを抱くと、何が起きるかさ」

シーザーは動じなかった。「テランスが戻ってきてからでは形勢は悪くなるだろう」

「すでに悪いよ」とコーラは応えた。「ずうっと悪いまま」そう言って彼を残して去った。

テランスが注文したあたらしい材木が届くと、ビッグ・アンソニーの処罰が遅れていたことの説明がついた。木工職人たちは夜を徹して働き、荒っぽい彫刻ではあるものの野心を込めて拘束台を完成させた。ミノタウロスに豊胸の人魚、その他さまざまな空想上の生き物が木材に遊び戯れた。台は青々と茂るおもての芝生に設置された。奴隷頭が二人がかりでビッグ・アンソニーを固定し、彼はそこにぶら下げられて初日をすごした。

二日目には団体客が馬車で乗り付けた。アトランタやサバンナ市からやってきた威厳ある人物たちだった。テランスが旅の途中で知り合った粋なご婦人や紳士たちに加えて、アメリカの社会情勢を記事にするためロンドンからやってきた新聞記者もいた。彼らは芝生に設けられた食卓に着き、アリスの調理した海亀のスープや羊に舌鼓を打ち、修辞を凝らして料理人を称えたが、それが当人の耳に入ることはなかった。ビッグ・アンソニーは食事の続くあいだ鞭打たれ続け、ひとびとはゆっくりと食べた。新聞記者は食べる合間に走り書きのメモをした。デザートが運ばれてきて、輿に乗ったひとびとは蚊を避けて家のなかに移動した。そのあいだもビッグ・アンソニーへの刑罰は続いていた。

三日目には昼食の直後に畑から労働者が呼び集められた。洗濯女や料理人、厩で働く者たちも仕事を中断させられ、家付きの奴隷も修繕から注意を逸らされた。彼らは前庭の芝生に集められた。ビッグ・アンソニーが油を掛けられ火あぶりにされるあいだ、ランドルの客たちは香辛料で味付けしたラム酒を啜っていた。目撃者たちは悲鳴を聞かずにすんだ。というのもアンソニーは初日に、男性自身を切り取られて口に詰められ、唇は縫い合わされていたからだ。木製の台は燻《いぶ》され、焦がされ、燃えて、彫刻たちは炎のなかで生きているかのように身をくねらせた。

テランスは北と南の奴隷たちに呼びかけた。いまや農園はひとつだ、その目的と手段においてて団結したのだと。兄の死に悲しみを述べ、ジェイムズが天国で父や母とともにあることは慰めだと述べた。彼は話しながら奴隷たちのあいだを歩きまわった。手のひらで杖を叩き、子ども奴隷の頭を撫で、南の農園からきた有力な年配の奴隷に手を触れた。初めて見る青年の歯ならびを調べ、少年のあごを捻って検分し、満足げに頷いた。綿製品への飽くなき要求を抱えたこの世界に報いるために、と彼は言った、すべての摘み手は日々の割り当てを、前年度に収穫した数字に基づいて決定する分だけ増やすことにする。より効率的に畝を増やすため、綿花畑は区画整理しよう。テランスは歩いた。そしてひとりの奴隷の頬を打った。彼は友人が燃える木枠を背にのたうちまわる光景に啜り泣いていたのだ。

コーラのところへくると、テランスは彼女のシフトドレスに手を入れ、乳房を包んだ。そして握りしめた。コーラは動かなかった。演説が始まってから、誰ひとり動いていなかった。ビッグ・アンソニーの肉が焦げる臭いに鼻を摘まむことすらしなかった。もうクリスマスと復活祭を除く宴会はなしだ、と彼は言った。結婚の手配も承認もすべて彼が自分で行う、適切な縁組みによって確実に子孫を残すために。日曜に農園の外で行う労働の賃金にはあらたな税金を掛ける。彼はコーラに頷いてみせると、アフリカ人のあいだをふたたび歩きまわり、彼の改革を知らしめた。

テランスは演説を終えた。コネリーが行っていいと言わない限り、奴隷はここに留まるようにと命じられた。サバンナからきた婦人たちは水差しから飲み物を注ぎ足した。新聞記者の男はあたらしい手帖をひらいてふたたびメモを取りはじめた。テランスは客人の輪に入り、一同は綿花畑の見学に出ていった。

これまではそうではなかったが、いま彼女は彼のものだった。あるいはずっと彼のものだったのに、いま初めてそのことを知った。コーラの意識は乖離していった。燃える奴隷や主人の邸宅や、ランドルの地所を区切る境界線を離れた遥かどこかを漂っていた。彼女はその場所を、それを見てきた奴隷たちの証言から、耳にしたことから、思い描こうとした。けれど何かが見えたと思うたび——白く磨かれた石造りの建物や、木の一本すら目に入らないほど広々とした大洋や、自分以外のどんな主人にも仕えていない黒人の鍛治屋の店が見えたと思うたびに、それは水中の魚のように揺れて逃げ去っていくのだった。自分のものにしたいならば、自分の目で見なければならなかった。

話せる相手はいるだろうか。ラヴィーやナグは秘密を守ってくれるだろうが、テランスの報復が怖かった。まったく知らずにいるほうが、嘘も吐かずにすむ。計画について話し合える唯一の相手は、その立案者だけだった。

テランスの演説があったその晩、シーザーに近づいていくと、彼はあたかも彼女がずっと前に同意していたかのように振る舞った。彼はこれまで出会ったどんな黒人とも違っていた。小柄な老未亡人の所有する、ヴァージニアのちいさな農場に彼は生まれた。ガーナー夫人はパンやケーキを焼くのが好きで、日々花壇を細々と手入れし、ほかのことはほとんど気に懸けなかった。シーザーと父親は畑や厩の世話をし、母親が家事をした。ほどよい量の野菜を育て、街へ持っていって売った。一家は地所の裏手にある二部屋のコテージに、自分たちだけで住んでいた。母親がかつて見た白人の家を真似、白に駒鳥の卵のような浅葱色の縁取りで塗っていた。

ガーナー夫人は晩年を心地よくすごすという以上の欲を持たなかった。奴隷制を容認する世論には賛成はしないながら、アフリカから来た部族の明らかに劣った知能を思えば、それは必要悪だと考えていた。教育が不足していると。一気に枷から放ったなら惨事になるだろう——注意深く、また忍耐強く指導し、監視することなしに、黒人はさまざまな問題を乗り越えることができるだろうか？　ガーナー夫人は自分なりに助けになろうとしていた。奴隷が自身の目で神の言葉を受け取れるよう、彼らに文字を教えていた。通行に関しても寛大で、シーザーとその家族が郡を好きなように行き来するのを許した。近隣の者はそれを苦々しく思っていた。夫人は自身の死に際しては、彼らを解放すると誓っていたから、できる範囲で来たるべき自由に備えさせていた。

ガーナー夫人がこの世を去ると、シーザーと家族は喪に服し、農場の世話をしながら奴隷解放の公的な言辞を待っていた。だが夫人は遺言を残していなかった。唯一の親戚だったボストン在住の姪は、地元の弁護士を雇ってガーナー夫人の財産を処分した。ぞっとするような一日だった。弁護士が巡査とともにやってきて、シーザーとその両親にお前たちは売られることになると告げたのだった。それも南部へ——残虐でおぞましい逸話の数々で知られる土地へと売られるのだと。シーザーと家族は鎖に繋がれた奴隷たちの一行にばらばらに加わった。父はあちらへ、母はこちらへ、シーザーは彼自身の運命の方角へ。痛ましい別れの時間は、奴隷商人の鞭によって短く中断された。奴隷商人はこうした場面に数え切れないほど居合わせており、たいそう退屈していたので、取り乱した家族を打つ鞭にも身が入っていなかった。おざなりなその鞭打ちは、シーザーにしてみればこの先待ち受ける打擲を乗り切れることの兆候と思えた。サバンナで競りに掛けられてランドル農園に来たことが、彼の悲惨の幕開けとなった。

「字が読めるの」コーラは訊いた。

「うん」立証してみせることはもちろん、不可能だった。しかし農園から脱出できれば、この希有な能力は頼りになる。

二人は校舎や、仕事が終わってひとけのなくなった搾乳小屋のそばなど、場所を見つけて落ち合った。シーザーとその計画に運命をおなじくすることになったコーラは、さまざまな案を出した。満月を待とうと提案した。だがシーザーは反対だった。ビッグ・アンソニーの逃亡以来、監督官と奴隷頭たちは警戒を強めており、取りわけ満月の夜には見張りを怠らない。満月は白いのろしのようなもので、逃亡の心を持った奴隷を搔きたてるのだった。駄目だ、と彼は言った。一刻も早く出発したがっていた。明日の夜。徐々にまるくなってゆく月のあかりで充分だろう。地下鉄道の仲介人が待っているはずだ。

地下鉄道――シーザーはその手配にかかりきりになっていた。それはほんとうにジョージアのこんな奥でも動いているのか？　逃亡するという考えに、コーラは圧倒されていた。彼女自身の準備はともかくとしても、間に合うように鉄道に告げ知らせることはできるのか？　シーザーが地所を離れる口実は日曜までなかった。逃亡はすぐ気づかれて騒ぎになる、そうすれば仲介人も気づくはずだし、わざわざ知らせる必要はない、と彼は言った。

ガーナー夫人はシーザーの逃亡へと繋がる種を幾つか蒔いていたが、とある指南のおかげで地下鉄道の注意を引くことになった。かつて夫人とシーザーは前庭のポーチに座っていた。土曜の午後のことで、正面の目抜き通りをひとびとが週末らしくひっきりなしに通ってゆくのを眺めていた。手押し車を押す商人たち、市場へ歩いていく家族連れ。首と首とを鎖で繋がれ、足を引き摺って歩く哀れな奴隷たち。シーザーが夫人の足をさすっているると、この寡婦は少年に技術を磨くように促した。自由黒人としてやっていくために、おおいに役立つ技術を。彼は木工職人となり、寛大な心を持つユニテリアン派の隣人が経営する店で年季奉公をした。その結果、見目よく彫った木椀を広場で売ることになった。ガーナー夫人が言ったように、シーザーは器用な手を持っていた。

ランドルの地所でもその仕事を続けた。苔売りや掛け接《は》ぎのお針子、日雇いに交じって、街へ行く日曜の行商に加わった。売り上げはわずかだったが、週末ごとの旅は苦くはあるものの、北部での生活を思い出させてくれるものだった。豪奢なその眺め、売り買いと欲望のめくるめく乱舞から、身を引き離す夕刻はつらいものだった。

ある日曜日、背が曲がり、髪も灰色になった白人の男がひとり近づいてきて、店に来るよう彼を誘った。週日のあいだシーザーの工芸品を売ることができるだろう、そうすればお互い利益が出るはずと彼は申し出た。シーザーは以前からその男に気付いていた。黒人の物売りのあいだをぶらつき、シーザーの手工芸品の前で足をとめ、興味深そうに眺めていたのだ。そのときは気に留めなかったが、いまこうして申し出を受けると、疑わしい人物に思えてきた。南部に売られてきて以来、白人に対する彼の見方は劇的に変わっていた。シーザーは警戒した。

男は食糧や布類、農具などを商っていた。店には客がいなかった。男は声を落として訊いた。「きみは字が読めるな？」

「なんですって、旦那？」ジョージアの少年風にそう返した。

「広場で見かけたんだよ。標識を読んでいただろう。新聞も。もっと用心しないと駄目だ。こういうことを目敏く見つけるのは、わたしだけじゃないんだぞ」

フレッチャー氏はペンシルヴェニアの生まれだった。ジョージアに移ったのは、妻にしようとしていた女性がほかのどこにも住みたがらなかったからだ。知ったときにはもう遅かった。彼女は南部の空気が血液の循環を改善すると主張した。空気に関しては一理あると彼も認めたが、そのほかの点ではこの土地はひどいものだった。フレッチャー氏は奴隷制度を、神への公然たる侮辱だと忌み嫌った。北部にいたときは廃止論者の活動に加わったことはなかったが、怪物めいたその制度を間近に見るうちに、自分でも気づかなかった考えが生まれた。街から放逐されるか、もっと悪いことになるかもしれない考えだ。

彼はシーザーに秘密を打ち明けた。この奴隷が報賞金目当てに密告するかもしれない危険を冒して。シーザーもお返しに彼を信じた。こんな白人に以前にも会ったことがある。熱心で、自身の話す言葉を信じている。言葉が真実かどうかはべつの問題だが、少なくとも彼らは信じている。南部の白人男は悪魔の精液から生まれた。いかなる邪悪な所業に出るかは予測不可能だ。

この最初の会合の終わりに、フレッチャーはシーザーの椀を三つ引き取り、来週また来いと言った。椀が売れることはなかったが、二人組の真の企ては議論が進むにつれかたちになっていった。思いつきとは木塊のようなものだとシーザーは考えた。うちに秘められたあらたなかたちを顕わにするには、人間の技と創意が必要なのだ。

日曜日がもっとも都合がよかった。日曜には妻が従兄弟を訪ね、留守にするからだ。フレッチャーは一族のうちでもこの筋とはそりが合わなかったし、従兄弟たちのほうでもそうだった。彼の独特の気質のせいだった。地下鉄道はこの南の果てでは機能していないと思われていると、フレッチャーは言った。シーザーもそのことはすでに知っていた。ヴァージニアでならデラウェアへこっそり越境することもできるし、艀船《はしけぶね》を使ってチェサピークから出ることもできる。警邏団や賞金稼ぎも、機転を利かせ、神の恵みにあずかれれば潜り抜けられる。あるいは地下鉄道が助けてくれるだろう。その秘密の幹線と、謎に満ちた経路によって。

反奴隷制的文書は国のこちら側では違法だった。フロリダやジョージアへと南下してきた廃止論者やその賛同者は、追放され、打たれ、暴徒の攻撃に遭い、またはタールと羽根の私刑を受けた。メソジスト派とその愚かな行動は、この綿花王国の懐においては居場所などないのである。大農園の主たちは思想的汚染に不寛容だった。

それでもなお、駅はひらかれていた。もしシーザーがフレッチャーの家までの三十マイルを辿り着ければ、地下鉄道に送り届けると店主は誓った。

「そのひとは何人の奴隷を助けてきたの」コーラは訊いた。

「ゼロだ」シーザーは言った。声に躊躇いの調子はなく、コーラと、そして彼自身を勇気づけようとするかのようだった。シーザーの言うことには、フレッチャーは過去にひとりの奴隷と接触を持ったのだが、相手は待ち合わせ場所まで辿り着くことができなかったらしい。翌週の新聞記事に、その奴隷が捕まったこと、そしてどんな罰が与えられたかが記されていた。

「騙されてないって、なぜわかるの」

「騙してなんかない」そのことについてシーザーはすでに考えをめぐらせていた。店で相談しているだけで、フレッチャーにとっては吊るされる充分な理由となったのだ。詳細を決めておく必要はない。虫の声に耳を澄ましていると、計画の途方もなさが二人の身に迫ってきた。

「彼は助けてくれる」コーラが言った。「きっと」

シーザーは彼女の手を取ったが、やがてその動作に彼自身当惑した。手を放した。「明日の晩だ」と言った。

地所での最後の夜は眠れなかった。体力が必要だったにもかかわらず。ホブのほかの女たちは屋根裏の彼女の隣でぐっすりと眠っていた。コーラはその寝息を聞いた。これはナグ。一分おきに荒い呼気を吐くのはリダ。明日のこの時間には、コーラは夜のなかに放たれている。母も心を決めたとき、こんなふうに感じてたんだろうか？　母親の像は遠かった。いちばんよく思い出せるのはその悲しみだった。ホブができる以前から、母はホブの女だった。そのころから他人と交わりたがらず、重荷のためにつねに前屈みで、ほかから浮いていた。コーラは母親の像を結ぶことができなかった。あのひとは、誰なんだろう？

いまはどこにいるんだろう？　どうしてわたしを置いていったの？　特別なキスすら残さずに――いまはそうだとわからなくても、いつか思い返したとき、さよならを言っていたのだとわかるキスを。

畑に出た最後の日、コーラはがむしゃらに鋤を、まるでトンネルでも掘るかのように土に振るいたてた。通って行けば、その先に救済がある。

さよならとは口に出さずに、彼女はさよならを告げていた。前の晩の夕食後、コーラはラヴィーと一緒にいたが、そんなふうに言葉を交わすのはジョッキーの誕生日以来だった。この友人にコーラは、優しい言葉をそっと残そうとした。いつか思い出すことができるように。**あんたは気立てのいい女の子だし、あれももちろん、あの子のためにしたこと。メイジャーだってもちろん、あんたを気に入る。あたしとおんなじものをあんたに見るよ。**

最後の食事はホブの女たちのために残しておいた。彼女たちが自由時間を一緒にすごすのは滅多にないことだったが、コーラは皆をおのおのの用事から掻き集めた。このひとたちはどうなるんだろう？　彼女たちは追放された者たちだが、一度ここに来て住んだからにはホブが守ってくれる。奴隷たちが打擲を逃れるため作り笑いや幼稚な振る舞いをするのとおなじ要領で、奇矯さを装う彼女たちは地所のしがらみを逃れてきたのだ。ホブの壁が砦となり、彼女たちを諍いや共謀から救った夜もあった。女たちは白人男に食い物にされるが、ときに黒人男にも食い物にされた。

コーラは戸口に持ち物を小山にして置いてきた。櫛。アジャリーが何年も前にせびり取った、磨かれた四角い銀塊。ナグが「インドの石」と呼んだ幾つもの青い石。そして別れの挨拶だ。

手斧は持っていくことにした。火打ち石と火口も。そして母親がしたようにヤム芋を掘り返した。明日の夜には誰かがこの区画を占領し、土を均すだろうと思った。鶏を囲う柵を作るだろう。犬小屋を。あるいは畑のままにしておくかもしれない。農園が腐敗した水だとすれば、区画は持ち主が流されないよう繋ぎ止めてくれる碇《いかり》だった。彼女が自分の意志で、流れ去ることを決めるまで。

村が寝静まったあと、二人は綿花畑の脇で待ち合わせた。ヤム芋でぱんぱんに膨れたコーラの荷物袋を見ると、シーザーは怪訝な表情をしたが、言葉は発しなかった。丈高い作物のあいだを二人は進み、内省的な気持ちになっていたせいで途中まで走ることを忘れていた。速度を上げると目眩がした。このことの無謀さゆえに。声をあげる者などいないのに、恐怖が彼らを背後から呼んだ。二人がいなくなったことが露見するまで六時間はある。民警団が現時点へ追いつくまでにさらに一、二時間。だが恐怖はすでに追ってきていた。農園にいた日々ずっとそうだったし、彼らと足並みを揃えていた。

土壌が痩せていて植え付けができないため牧場になっているあたりを横切り、二人は沼地に入っていった。コーラがほかの子ども奴隷たちとその黒い水で遊び、熊や待ち伏せする鰐や機敏に泳ぐ沼蝮の話で互いを怖がらせたころから、何年も経っていた。沼地で男たちは獺《かわうそ》やビーバーを狩り、苔売りは木々から苔を集めていた。獲物の追跡は遠くまで及んだが、行きすぎることはなく、見えない鎖により農園に引き戻された。釣りや狩りをする者たちの遠征に、シーザーが同行するようになって何カ月にもなっていた。泥炭や沈泥に踏み込んでいくやり方や、葦の茂みに沿って行ける箇所、そして硬い足場のある小島を見つける方法などを学んでいた。その都度、杖で暗闇を探った。計画ではまず西へと突っ切り、罠猟師のひとりが教えてくれた小島のならびに行き当たったら、今度は北東へ曲がって沼地の干上がるところまで行く。回り道にはなるものの、貴重な硬い地面を行くことは、北への近道となるだろう。

まだ少ししか進まないうちに、声が聞こえて立ち止まった。コーラは指示を乞うようにシーザーを見た。彼は両手を広げ、耳を澄ませていた。攻撃的な声ではない。また男の声でもない。

声の正体がわかったとき、シーザーは首を振った。「ラヴィー――しーっ！」

二人が見つかったからには、あとは静かにするだけの分別がラヴィーにはあった。「何かしようとしてるのは、わかってたわ」追いついてきてからそう囁いた。「彼とこそこそ歩きまわって、でもその話はしようとしない。それにまだ熟してもいないヤム芋まで掘り返してたんだもの！」彼女は古布を硬く縛って鞄にし、肩から斜めに掛けていた。

「ぶちこわしにする前に、帰ってくれ」シーザーが言った。

「あんたたちの行くとこにわたしも行くわ」ラヴィーは答えた。

コーラは眉を顰《ひそ》めた。もしラヴィーを帰らせれば、小屋に忍び入っていくところを見つかるかもしれない。ラヴィーは口が堅い娘ではない。出発時の時間稼ぎは無駄になる。この少女の責任を取るのは嫌だった。判断がつきかねた。

「あのひとは三人も連れて行けないよ」シーザーが言った。

「あたしが来ることを、彼は知ってるの？」コーラが訊いた。

シーザーは首を振った。

「じゃあひとり増えても二人増えても、びっくりさせるのには変わりないね」コーラは言って、袋を持ちあげた。「いずれにせよ、食料はあるんだし」

その考えに馴染むのに、シーザーは丸一晩使える。眠れるまでには長い時間が掛かるだろう。しばらくしてラヴィーも、夜行性の生き物が急に物音をたてたり、思いがけず深い沼に入ってしまって腰まで水が押し寄せたりといったことでいちいち悲鳴をあげることはなくなった。ラヴィーの恐がりな性格はコーラもよく知っていたが、友人のもうひとつの面には気づいていなかった。逃亡を決意するような何らかの思いを持っていたとは。だが奴隷は誰もが逃げることを考える。朝にも、昼にも、夜にも。そのことを夢見ている。すべての夢は逃げる夢だった。一見そうではなかったとしても。たとえばあたらしい靴の夢でも。そして機会が訪れたとき、ラヴィーはそれに乗ったのだ。鞭の危険も顧みずに。

三人は西へ進んだ。黒い水を一歩ずつ歩んだ。コーラは先頭に立つことはできなかった。シーザーがどうしてやってのけているのか不思議だった。でも彼には驚かされ通しだった。無論地図が頭に入っているんだろうし、文字と同様星も読めるのだろう。

ラヴィーが休みたいときに溜め息や悪態をついてくれるおかげで、コーラは頼む手間が省けた。ラヴィーの担いだ頭陀袋《ずだぶくろ》のなかを見せるように言うと、そこにはまったく役に立たないものしか入っていなかった。ちいさな木の家鴨《あひる》や青い小瓶といった、彼女の溜め込んできた思い出の品ばかりだった。シーザーのほうの実用性に関しては、彼は小島を探すことにかけては有能な案内人だった。自分の決めた道順を彼が守っているのかどうか、コーラにはわからなかった。一行は北東に向けて進み、あたりが白みはじめるころには沼地を抜け出ていた。「やったわ」橙色の朝陽が東にあらわれたとき、ラヴィーは言った。三人は休むことにして、ヤム芋を薄く切った。蚊や蚋《ぶゆ》が彼らを悩ませた。陽射しの下で見ると三人ともひどい格好で、首まで泥まみれだったし、植物の毬《いが》や蔓だらけだった。けれどコーラは構わなかった。こんなにも家から離れたことはかつてなかったことだった。この瞬間に鎖に繋がれ連れ戻されたとしても、歩んできたこの数マイルは自分のものだ。

シーザーは杖を地面に投げ捨て、一行はふたたび進みはじめた。次に立ち止まったとき、彼は二人に、郡道を探してこなければならないと言った。すぐに戻ると約束したが、進捗具合を確かめねばならないことも事実だった。戻ってこなければどうなるか、訊かないだけの分別をラヴィーは弁《わきま》えていた。二人を安心させるため、シーザーは自分の鞄と水の革袋を糸杉の根元に置いていった。戻ってこなかったときの助けにもなるはずだ。

「わかってたんだから」とラヴィーは、疲れ切っているにもかかわらず、まだ詰《なじ》ろうとした。少女は木の幹に寄りかかって座った。硬く乾いた土がありがたかった。

コーラはまだ話していなかったことを、ジョッキーの誕生日にまで遡《さかのぼ》って説明してやった。

「わかってたんだから」とラヴィーは繰り返した。

「シーザーはあたしが運を持ってると思ってる。逃げおおせたのは母さんひとりだけだから」

「運が欲しいなら、兎の足を切り取って持ってればいいわ」ラヴィーは言った。

「あんたの母さんは、どうするかな」コーラは訊いた。

ラヴィーとその母がランドルの農園に来たのは彼女が五歳のときだった。前の主人は子ども奴隷に服を着せる有用性を信じなかったので、ここへ来て初めて背中を覆うことになった。母親のジーアはアフリカ生まれで、川のほとりの村での子ども時代や、近くに生息していたさまざまな動物の話を娘や友人に好んで語って聞かせた。彼女は綿花摘みで身体を壊した。関節は腫れて硬くなり、背は曲がり、歩くだけでひどく痛んだ。もう働けなくなったときジーアは、母親たちが畑に出ているあいだその赤ん坊の面倒を見た。苦しんでいたけれど、娘にはいつも優しかった。歯抜けの顔いっぱいの微笑みは、ラヴィーが目を逸らした瞬間斧のように崩れ落ちていたのだとしても。

「あたしのこと、誇らしく思うわ」ラヴィーは答えた。そして横になると背中を向けた。

シーザーは思っていたより早く姿をあらわした。自分たちは郡道に近寄りすぎている、でもよい速度で進んでいると言った。一隊はどんどん進まねばならない、馬乗りたちが放たれる前に、できるだけ遠くまで行くべきだ。馬はあっという間に両者の距離を消し去ってしまうだろう。

「いつ眠るの」コーラが訊いた。

「とにかく郡道から離れて、そこで考えよう」シーザーは答えた。その様子から、彼もまた疲れ果てているのだとわかった。

長く経たないうちに、彼らは荷物を降ろして横になった。シーザーがコーラを起こしたとき、太陽は沈もうとしていた。コーラは樫の老木の根の上にぐったりと横になっていたが、一度も途中で目を覚まさなかった。ラヴィーはすでに目覚めていた。開拓地に近づくころには真っ暗になりかけていた。個人農場の裏手に広がる玉蜀黍畑だった。所有者は家にいて、ちいさなコテージを出入りしながらこまごました用事に追われていた。逃亡奴隷たちは物陰に隠れ、一家がランプを消すのを待った。ここからフレッチャーの農場まで、最短の道は私有地を突っ切ることだが、危険がおおきすぎた。彼らは森をさまよいながら迂回して進んだ。

窮地に陥ったのは野豚のせいだった。一行が野豚の通る獣道を辿っていると、白人たちが木々のあいだから襲ってきた。相手は四人だった。野豚狩りの猟師たちは獣道に囮《おとり》の餌を置き、獲物が来るのを待ち伏せしていた。野豚は暑い時季には夜行性になる。逃亡奴隷は別種の獣だったが、報酬はもっと高かった。

掲示にあった特徴からして、この三人に間違いなかった。猟師の二人はもっとも小柄な娘に飛びかかり、地面に組み伏せた。とても長いあいだ物音をたてずにいたあとで――奴隷たちは狩人に勘づかれるのを避け、狩人たちはその獲物に勘づかれるのを避けようとした――その全員がいっせいに叫び、金切り声をあげながら全力で向かっていった。シーザーは大柄で長い髭のある男と組みあった。逃亡者のほうが若く力も強かったが、相手もまた引けを取らず、シーザーの腰を押さえつけた。シーザーは白人との衝突には馴れているかのように闘ったが、そんなことはあり得なかったし、そうだったならとうの昔に墓場に入っていただろう。墓場こそが逃亡奴隷の闘う相手だった。この白人たちが勝利し、主人に送り還されれば、その場所が彼らの終着地点となってしまう。

泣き喚くラヴィーを白人二人が暗がりへと引き摺っていった。コーラを攻撃してきた男はまだ若く痩せていて、ほかの狩人の息子かもしれなかった。それは不意打ちだったが、青年の手が彼女の身体に置かれたとたん血がのぼった。あの燻製小屋の裏でエドワードとポットとその仲間に強姦された夜に引き戻された。コーラは闘った。四肢に力が漲《みなぎ》って、嚙みつき叩き、殴りつけた。いままでこんなふうには闘えなかった。手斧をどこかで落としたのに気づいた。コーラは手斧が欲しかった。エドワードはいま墓のなかにいるが、この青年もそこに加わるだろう。彼女自身が加えられる前に。

彼はコーラを引き倒した。地面に転がった彼女は切り株にしたたか頭を打ち付けた。彼はコーラに登ると組み伏せた。彼女の血は滾《たぎ》っていた――手を伸ばして石を摑むと青年の頭蓋に叩きつけた。彼はよろめき、コーラは攻撃を繰り返した。青年の呻き声がやんだ。

幻のように時間が過ぎた。シーザーが名前を呼び、彼女を引っ張って立たせた。暗闇に目を凝らして見る限り、髭の男は逃げ去っていた。「こっちだ！」

コーラはラヴィーの名を叫んだ。

彼女の影はどこにもなく、どこに行ってしまったのか知る手立てはなかった。コーラは躊躇っていたが、シーザーが腕を引いて前に進ませた。コーラも導きに従った。

どこに向かっているのか、目印となるものがないことに気づいて、二人は走るのをやめた。暗闇と涙のせいで、コーラには何も見えなかった。水の革袋はなんとか持ってきたが、シーザーは残りの食糧をなくしてしまった。そして二人はラヴィーをなくした。シーザーが星座を目印に方向を摑み、逃亡者たちはよろよろと先へ進んだ。夜のなかに駆り立てられるように。何時間も口を利かなかった。彼らの計画という幹から、まるで枝と若芽のように選択肢と決断とが芽吹いていた。もしもあの少女を沼地から家へ帰らせていたら。もしも農家を迂回するのにもっと奥の道を進んでいたら。もしも最後尾にいて白人二人に捕まっていたのがコーラだったなら。もしも彼らが、そもそも出発しなかったならば。

シーザーは約束の地点を偵察し、二人は木に登り、洗い熊のように眠った。

目が覚めると太陽は高く昇り、シーザーは独りごとを呟きながら二本の松のあいだを歩きまわっていた。コーラは自分のねぐらから降りた。腕や脚は木の枝にもつれて痺れていた。シーザーの表情は深刻だった。昨晩の乱闘のあとでいまごろはもう情報が行き渡っているだろう。警邏団にも進行方向を把握されているはずだ。「地下鉄道のこと、ラヴィーに話したかい」

「話してないと思う」

「ぼくもだ。そこを考えておかなかったのは、迂闊だった」

正午ごろ歩いて渡った渓流が目印だった。近くまで来てる、とシーザーは言った。もう一マイル進んだところで、コーラをおいて偵察に出かけた。戻ってくると、茂みを通して家々がなんとか視界に入るような、森の浅いところを通ることにした。

「あれだ」とシーザーが言った。一階建ての端正なコテージが牧草地に向かって建っていた。土地は開墾されてはいたが作付けはされていなかった。赤い風見鶏がシーザーの教わった家の目印で、裏手の黄色いカーテンが引かれているのは、フレッチャーは家にいるが妻は留守だというしるしだった。

「ラヴィーが口を割っていたらどうしよう」コーラは言った。

見渡す限り、近隣にほかの家はなく、ひとけもなかった。コーラとシーザーは草原を全速力で突っ切った。沼地以来、外に姿を晒《さら》すのは初めてだった。ひらけた場所に出ると肝が縮んだ。コーラはアリスの巨大なフライパンに投げ込まれ、足許で炎が舌なめずりするかのような心地だった。二人は裏口の戸を叩き、フレッチャーが応えるのを待った。コーラは民警団が森に大挙しており、野原をこちらに向かって突撃しようと身構えているのではないかと想像した。もしラヴィーが口を割っていたなら。やがてフレッチャーが二人を台所へと招じ入れた。

手狭だが快適な台所だった。壁には使い込まれた鍋がぶら下がり、黒々とした裏底を見せていた。牧場で摘んだ色とりどりの花が薄いガラスの花器に溢れていた。隅には赤い目の老いた猟犬がいたが、来訪者には興味がないらしく身動きもしなかった。コーラとシーザーは差し出された水差しで貪欲に喉の渇きを癒やした。主人は乗客がひとり増えたことを喜んでいないようだったが、それを言うならとてもたくさんのことが初手からうまくいっていなかった。

店主は彼らの知らなかった成りゆきを聞かせてやった。第一に、ラヴィーの母ジーアが娘のいないことに気づき、小屋を抜け出してこっそり捜しはじめた。ラヴィーは少年たちのお気に入りだったし、ラヴィーも彼らが好きだった。奴隷頭のひとりがジーアを呼び止め、事の次第を聞き出した。

コーラとシーザーは顔を見合わせた。六時間は猶予があるというのは甘い思い込みだった。警邏団ははじめから森の奥に配備されていたのだ。

日が高くなるまでには、郡じゅうの手の空いた者たちが捜索に加わっていた。テランスの示した報酬は前例のないほど高額だった。公共のあらゆる場所に広告が貼り出され、始末に負えないやくざ者たちが狩りに乗り出した。酔っ払い、ごろつき、靴さえ持たない貧乏な白人が、黒人をぶちのめす好機に喜び勇んでいた。捜索隊は奴隷村を襲撃し、自由黒人の住まいを引っ掻きまわして略奪と暴行を尽くした。

神は逃亡者たちに微笑んだ。狩人たちは彼らが沼地に隠れていると思い込んだ――年端もいかない娘が二人もいたら、大胆な賭けには出られないはずだと。奴隷のほとんどは黒い水辺を伝っていくしかなかった。というのもこの南の果てには助けてくれる白人はおらず、道を外れた黒んぼを救う地下鉄道もないからだ。この誤算が三人を、できる限り北東へと逃がしてくれることになった。

だがそれも野豚狩りたちに出くわすまでのことだ。ラヴィーはランドルの許へ送り返された。フレッチャーの家にもすでに民警団が二度訪れ、布告を知らせ、物陰に目をひからせていった。だが最悪の知らせは、猟師のなかで最年少だった者――じつは十二歳だった――その少年が負傷してからまだ意識が戻らないことだった。シーザーとコーラはこの郡では殺人者とも見なされることになった。白人たちは血の報復を望んでいる。

シーザーは顔を覆い、フレッチャーが安堵させるようにその肩に手を置いた。コーラはこの話を聞いても無反応で、それが残り二人の目を引いた。彼らは待った。コーラはパンを一切れちぎり取った。シーザーの示した悔しさだけで、もう充分だろうと思った。

逃亡の物語と森での死闘を彼らの側から聞くと、落胆していたフレッチャーも幾らか気持ちが軽くなった。三人で台所にいるということは、ラヴィーが地下鉄道について知らなかったこと、二人が店主の名前を漏らしていなかったことを意味した。先には進んでいけるだろう。

シーザーとコーラがふすま入りライ麦パンと薄切りのハムをむさぼり食べるあいだ、男二人はいますぐ出発するか、夜が更けてから出るほうがよいか、それぞれの利点を議論した。コーラは意見を控えた。広い世界に出るのは初めてで、知らないことが多すぎた。彼女自身は一刻も早く飛び出すほうに賛成だった。農園との距離が一マイル広がるたび、彼女の勝利となるのだった。その勝利を増やしたかった。

二人は連中の目と鼻の先を移動することに決めた。フレッチャーの荷車に奴隷が乗って、麻布の毛布に隠れるのが手堅いやり方だ。地下貯蔵庫に隠れたりすればフレッチャー夫人が出入りするが、これならその問題からも逃れることができた。「そう決めたんなら」とコーラは言った。猟犬が放屁した。

静まりかえった道で、シーザーとコーラはフレッチャーの荷籠のあいだに蹲っていた。頭上の木の枝を通して落ちてくる陽光が、毛布越しに眩しかった。フレッチャーは馬に話しかけていた。コーラは目を閉じたが、頭に包帯を巻いて寝床に横たわっている少年と、その隣に立って覗き込む髭の大男という映像がちらつき、眠りを妨げた。彼は思っていたより幼かった。だけど彼女に手を触れるべきではなかった。夜中に野豚を狩るなんてことよりべつの遊びを選ぶべきだった。回復しなくても、気にしない。コーラはそう決めた。彼が目を覚まそうと覚ますまいと、どのみち命を狙われるのだ。

街の喧騒で眠りから覚めた。外の様子は推し量るしかなかった。使いに出たひとびとや、混みあった商店、おのおのの方向へ進んでいく馬車や荷車。声はそば近くに聞こえた。姿の見えない群衆がお喋りに熱中している。シーザーが彼女の手を握った。籠のあいだに座った姿勢のせいで顔は見えなかったが、表情は予想できた。フレッチャーが荷車を止めた。次の瞬間毛布が剝ぎ取られ、続いて起こる悶着をコーラは思い描いた。燃えさかる太陽。フレッチャーは打たれ、逮捕される。それどころか私刑に遭う。ただの奴隷でなく殺人犯を匿《かくま》ったのだ。コーラとシーザーは群衆の手で仮借なく打たれるだろう。彼らは二人をテランスに引き渡す手筈をし、主人の考案する罰はどんなものであろうとビッグ・アンソニーへの刑罰を上回るものになる。そして三人の逃亡者が揃うのを待っているのでなければ、その罰はすでにラヴィーに与えられている。コーラは息を凝らした。

フレッチャーが止まったのは、友人に声を掛けられたからだった。その男が寄りかかったために荷車が揺れ、コーラは音をたててしまったが、彼には聞こえなかったようだ。男はフレッチャーに挨拶すると、この小売店主に民警団や捜索の進捗についてあらたな情報をもたらした——殺人者どもが捕まったぜ！　フレッチャーが神への感謝を口にした。べつの声が混じってきて、その噂に異を唱えた。奴隷たちはまだこのあたりにいる。早朝に奇襲をかけて農家の鶏を盗んだんだ。だが猟犬が匂いを憶えた。フレッチャーは白人に神の加護があるようにと述べた。怪我をした少年についてはあたらしい情報はなかった。気の毒に、とフレッチャーは言った。

荷車はそのまま静かな郡道へ戻っていった。「あいつらは自分の尻尾を追いかけまわしているぞ」とフレッチャーは言ったが、奴隷たちに話しかけているのか馬に言ったのかは判然としなかった。コーラはふたたび居眠りをした。過酷な逃亡の疲れがまだ尾を引いていた。眠っていればラヴィーのことも考えずにすんだ。次に目をあけると、暗かった。シーザーが安堵させるように軽く叩いた。轟くような音と金属音、そして閂《かんぬき》の音がした。フレッチャーが毛布をめくり、逃亡者たちは広い納屋に降りると、痛む四肢を伸ばした。

最初に目に入ったのは鎖だった。壁の釘から何千もの手枷や足枷がぶら下がり、怖気を震わせる光景を作り出していた。足首や手首、首などを、ありとあらゆる組み合わせで繋ぎあわせる鎖。人間が逃亡することを妨げ、手を動かすことを妨げる鎖。身体を打擲するために宙にぶら下げる鎖。子ども用の鎖を集めた列もあり、ちいさな手枷と輪がそれぞれに繋がっていた。べつの列には鉄首輪がならび、どんな鋸《のこぎり》でも切れないような太いものや、細いけれども罰のことを考えるとても引きちぎれないようなものもあった。派手な飾りのついた口輪は専用の区画にならべられており、床の隅には鉄球と鎖が山と積みあげられていた。鉄球はピラミッド型に、鎖はS字型になるよう積まれていた。錆びたり千切れたりした鎖もあれば、今朝鍛造されたばかりのような鎖もあった。コーラは収集物の一画に近づいていくと、中心に向かって放射状に尖った釘の付いた金属の輪に触れた。首のまわりに装着するものだとわかった。

「恐ろしい展示だろ」と男が言った。「あっちこっちで拾い集めてきたのさ」

男が入ってくる音は聞こえなかった。初めからずっといたのだろうか？　灰色のズボンを穿いて穴だらけのシャツを着ていたが、それは痩せこけた身体を隠していなかった。飢えた奴隷でもこれより肉がついていたのをコーラは見たことがある。「ちょっとした旅土産だ」白人の男は言った。彼は独特の喋り方をした。その陽気な節まわしは、農園にいた正気を失った者たちの話し方を思い出させた。

フレッチャーは彼をランブリーだと紹介した。ランブリーは弱々しげに握手を交わした。

「あなたが車掌なの？」シーザーが訊いた。

「蒸気機関は苦手さ」ランブリーは答えた。「どっちかというと駅長だ」地下鉄道のことをしていないときは、農場で静かに暮らしていると言った。ここは彼の土地だった。コーラとシーザーは毛布に隠れるか目隠しをしてくる必要があったと説明した。場所については知らずにいるのが望ましい。「今日は三人客がいると思ってたがね」彼は言った。

「広々使えるだろうさ」

それがどういう意味か呑み込む前に、フレッチャーはもう妻のところへ戻る時間だと告げた。「わたしの役目は終わりだ」逃亡者たちを彼は、深い愛情を込めて抱きしめた。コーラは思わず身をすくめた。二日のあいだに二人の白人に身体を触られたことになる。これは自由の代償なんだろうか。

小売店主とその荷車が出ていくのをシーザーは黙って見ていた。フレッチャーは馬に話しかけていて、やがてその声も消えていった。コーラの相方の表情には、気遣いのしるしが見て取れた。フレッチャーは彼らのために多大なる危険を冒してくれた。予想していたより遥かに込み入った状況だったにもかかわらず。この借りを返す唯一の貨幣は、彼らが生き延びること、そして事情が許すならばほかの奴隷たちを助けることだった。少なくとも彼女の決算表では。シーザーはもっと多くを負っていた。彼の店に連れて行ってもらって以来、この数カ月ずっと。それがコーラが彼の表情に見て取ったことだった――気遣いではなく、責任。ランブリーが納屋の扉を閉めた。壁の鎖が震えて音をたてた。

ランブリーは感傷に浸ってはいなかった。角灯に火を点すとシーザーに渡し、自分は干し草を足で退《ど》かすと床の落とし戸を引っ張りあげた。二人が怖じ気づくのを見て、「先に行こう、よければ」と言った。階段は石で縁取りがしてあって、地下からは饐《す》えたような匂いが立ちのぼっていた。それは貯蔵庫には続いておらず、さらに下へと伸びていた。こんな土木作業を行った労力にコーラは称賛の念を抱いた。階段は急だったが、均等にならんだ石の縁取りのおかげで楽に降りることができた。やがて一行はトンネルに着いた。目の前にあらわれた光景について述べるには、どんな賛辞でも足りなかっただろう。

階段はちいさな乗り場へと続いていた。巨大なトンネルの真っ黒な口が両側に開いていた。高さ七メートルはありそうな壁には、暗い色と明るい色の石が交互に模様を描いて飾られていた。こんな事業を成し遂げるには、徹底した努力がなければ無理だ。コーラとシーザーは線路に気づいた。鋼でできた二本の線が、地面に枕木で固定され、トンネルの奥へと目の届く限りずっと続いていた。鋼はどうやら南北に走っており、どこか想像も及ばない源から湧き出て奇跡のような終点へと向かっていた。気の利く誰かが乗り場にちいさなベンチを置いてくれていた。コーラは目眩を覚えて座り込んだ。

シーザーはろくに言葉が出ないようだった。「このトンネルはどれくらい続いてるんだい」

ランブリーは肩をすくめた。「きみらの用が足りるくらいさ」

「何年もかかっただろうね」

「きみの想像以上さ。換気の問題を解決するのに、ちょっと手間取ってね」

「誰が作ったの」

「この国にあるものすべて、誰が作った？」

コーラはランブリーが二人の驚きを愉しんでいるのに気づいた。これを披露するのは初めてじゃないらしい。

シーザーが言った。「でも、どうやって」

「手を使ってさ。ほかに何がある？　それはそうと、きみらの出発について話し合わないと」ランブリーはポケットから黄色い紙を引っ張り出し、目を細めて見た。「選択肢は二つ。一時間以内に出る列車と、六時間後に出る列車とがある。あまり親切な運行じゃないな。乗客がここに到着する時間をもっと調節できればいいんだが。制約の下で運営してるもんでね」

「次のがいいわ」コーラは立ちあがった。考える余地はない。

「ここがからくりなんだが、二つの列車はおなじところには行かない」ランブリーは言った。「一方はこちらへ、他方は……」

「どこへ行くの」コーラが訊いた。

「ここではないどこかさ。わたしに言えるのはそれだけだ。路線上のあらゆる変更を伝達しあうのがどれだけ困難か、わかるだろう。各駅停車、急行、どの駅が閉鎖され、線路がどちらに延長されたか。問題は、ある目的地のほうがもう一方の目的地より、好みに合うかもしれないってことだ。何が待ち受けているか、到着するまでわからない」

逃亡者たちには理解できなかった。駅長の言葉からすると、一方はより近道だが危険だということかもしれない。一方の道はより長いと言っているんだろうか？　ランブリーは詳しくは述べなかった。知っていることは全部話したと彼は言った。最終的に、奴隷の選択がかつてないほど二人の前に迫っていた――逃げてきた場所以外なら、どこでも。相方と相談した結果、シーザーは言った。「次のに乗るよ」

「お好きなように」ランブリーは言った。彼は手を振ってベンチを示した。

彼らは待った。シーザーの求めに応じて、駅長は自分がいかにして地下鉄道で働くことになったかを話した。だがコーラは聞いていなかった。彼女はトンネルに気を取られていた。この場所を作るためにどれだけ人手が必要だっただろう。そしてトンネルを抜けたら、自分たちはどこへ、どれだけ遠くまで運ばれるんだろう。彼女は綿花摘みのことを思い出した。収穫期になると畝をどれだけ速く進んでいったことか。アフリカ人たちの身体はひとつになり、体力の許す限り急いだ。広大な畑地を埋め尽くす何十万もの白い球体は、このうえなく晴れ渡った夜空に満ちる星々のように揺れていた。奴隷たちの作業が終わると、畑地からはその白の色が剝ぎ取られてしまっている。種から梱にいたるまで厖大な作業だったが、自身の労働に胸を張る者は誰ひとりいなかった。それは奪われていたから。搾り取られていたから。このトンネル、この線路。絶望の果てにここの停車駅と時刻表の組み合わせに救済を見た者たち――これは誇るべき奇跡だった。これを建てたひとたちが然るべき報酬を得たかどうか、コーラは考えた。

「すべての州は違っている」ランブリーは言っていた。「おのおのが可能性の州だ。独自の習慣と流儀を備えてる。さまざまな州を通り抜けることで、最終地点に着くまでにこの国の幅の広さを知ることになるだろう」

そのときベンチが揺れた。一同は口を噤んだ。揺れは音へと変わった。ランブリーは二人を乗り場の端へと誘導した。やってきたのは巨大な図体の奇妙なものだった。シーザーはヴァージニアにいたころ列車を見たことがあった。コーラはこの機械について、ひとが話すのを聞いたことしかなかった。思い描いていたのとは違った。蒸気機関車は黒く無骨な装置で、三角形をした牛除けの鋤が鼻先についていた。この動力が進んでいく道にはあまり動物はいなそうだったが。煙突の管が後ろに続いていて、それは煤だらけの筒だった。本体は黒くおおきな箱で、先頭に運転士の部屋があった。その下ではピストンやおおきなシリンダーが十の車輪と一緒にひっきりなしに踊っていた。車輪は小型のが二組前に、三組が後ろについていた。蒸気機関車が牽引している車両は一両だけ、朽ちかけた有蓋貨車で、壁の羽目板が幾つもなくなっていた。

黒人の機関士は運転室から手を振ると、満面の笑みを浮かべて見せた。「出発進行」と彼は言った。

シーザーのまどろこしい質問を省略するかのように、ランブリーはさっさと有蓋貨車の引き戸を開け放った。「いいかい」

コーラとシーザーが乗り込むと、ランブリーは忽ち戸を閉めた。彼は板の隙から顔を覗かせた。「この国がどんなものか知りたいなら、わたしはつねに言うさ、鉄道に乗らなければならないと。列車が走るあいだ外を見ておくがいい。アメリカの真の顔がわかるだろう」そして貨車の壁をぱしんと叩いた。それが合図だった。列車はぐらつきながら出発した。

逃亡者たちはバランスを崩し、干し草の山へとよろけていった。それが座席の代わりだった。有蓋貨車はきしきしと揺れた。それはまったく旧式のもので、旅の途中にコーラは幾度も、この乗り物が崩壊するのではないかと怖くなった。干し草と鼠の死骸、折れ曲がった釘が落ちている以外、貨車は空っぽだった。後に彼女は焼け焦げた一画を見つけた。誰かが火を熾《おこ》そうとした跡だった。不思議なことが立て続けに起きたために、シーザーは茫然として床に蹲っていた。ランブリーの最後の忠告に従い、コーラは割板の隙から外を見ていた。何マイルも何マイルも、そこには暗闇しかなかった。

次に太陽の許に出たときには、彼らはサウス・カロライナにいた。コーラは摩天楼を見上げて目眩を覚えた。いったいどれだけ遠くまで来たのかと、考えた。

リッジウェイ

アーノルド・リッジウェイの父親は鍛冶屋だった。溶けた鉄の夕陽のような輝きは彼を魅了した。溶鉱炉のなかでゆっくりと、やがてすばやく奔流となって、その表面を感情のように色が覆い尽くしていく。物質は不意のしなやかさを得たあと、用途を待つあいだ絶えず身をくねらせた。炉はこの世の原初的な熱量へと続く窓だった。

酒場の飲み友達にトム・バードという男がいた。インディアンとの混血で、ウィスキーに酔っ払うと感傷的になる向きがあった。人生設計から見放された気分になる夜、トム・バードはおおいなる精霊《グレート・スピリット》（北米インディアンの守護神）の話をした。おおいなる精霊はありとあらゆる物のうちにある――大地にも空にも動物にも森にも、すべてを貫いて流れ、聖なる糸で繋いでいる。リッジウェイの父親は宗教を馬鹿にしていたが、おおいなる精霊についてトム・

バードが語る説話は、鉄に対して彼の感じていることを想起させた。彼はいかなる神にも仕えなかったが、炉の内側で世話をしている鉄だけはべつだった。巨大な火山について、山の懐深くから湧き出た炎に破壊されたポンペイの、失われた街について、本で読んだことがあった。液状の炎はこの大地の血液にほかならなかった。その血液を逆流させ、掻きまわし、金属を引き延ばしてこの社会を機能させる有益な何かに変えること。それが彼の使命だった。釘、蹄鉄、鋤、ナイフ、銃。鎖。そのことを、精霊《スピリット》を働かせる、と彼は呼んだ。

若き日のリッジウェイは、許可が出たときには工房の隅に立ち、父親がペンシルヴェニア産の鉄を打つところを見ていた。溶かしては槌で打つ動作は鉄床《かなとこ》のまわりを踊るようだった。その顔を汗が滴り落ちた。頭の先から爪先まで煤で覆われて、父親はアフリカの悪魔より真っ黒だった。「お前も精霊を働かさないと駄目だぞ、坊主」いつかお前も自分の精霊を見つけるだろう、と父親はリッジウェイに言った。

それは励ましだった。だがリッジウェイは孤独な重荷として肩に負った。自分が成りたいと思うような人間の理想を見つけられなかったのだ。鉄床に向かうことはできなかった。父親の才覚を超えていくなど無理な相談だったから。リッジウェイは街なかで男たちの顔をつぶさに見た。父親が金属のうちに不純物を探すのとおなじ目付きで。男たちはいたるところで取るに足らない無駄な仕事に煩わされていた。農民たちは馬鹿みたいにただ雨を待つばかり、店主たちが店にならべるのは必要だがつまらない商品ばかりだった。職人たちの作る工芸品は、父親の鉄が堅固な真実だとすれば、脆い噂にすぎなかった。遙かロンドンでの取引から地元の商売までを動かす富豪たちも、心に響いてはこなかった。リッジウェイは経済界で彼らが占める位置の重要さを知り、おおきな屋敷は数値に基づき建てられるのだとわかった上で、尊敬はできなかった。一日の終わりに身体を多少なりとも汚していない者は、ひとかどの人物とは言えない。

朝の来るたびに父親の打つ鉄の音。それはけっして近寄ってはこない運命の足音だった。

警邏団に興味を持ったとき、リッジウェイは十四歳だった。二メートル近い背丈と図体を持つ決然とした十四歳。その肉体には内面の混乱を示す何らのしるしもなかった。仲間のなかに自分とおなじ弱さが垣間見えるとき、彼は相手を殴りつけた。警邏に出るには幼すぎたはずだが、状況は変わりつつあった。綿花という名の王に仕える奴隷が地方に溢れ返っていたのだ。西インド諸島での反乱と、より近くで起きた幾つかの不穏な事件に土地の農園主たちは怯えていた。奴隷所有者であろうとなかろうと、曇りのない判断力を持つ白人なら恐れないもの。警邏団の人数は、任務が増えるに従って増えていた。少年にも入る余地はあった。

郡の警邏団長は、リッジウェイが出会ったうちでもっとも獰猛な人種だった。チャンドラーというその男は乱暴で手が早く、地元で恐れられていた。まともなひとびとは道で擦れ違うのを避けて、雨で地面がぬかるんでいるときですら道の反対側に渡るほどだった。彼は自分の引っ立ててきた奴隷の誰より長い期間を刑務所ですごしていた。数刻前に捕まえてきた悪漢の隣の独房で、高鼾をかいて眠った。それは完全ではないものの、リッジウェイの探し求めてきた理想に近かった。ルールを内側から守らせながら、同時にルールの外にいる。父親がチャンドラーを嫌ったこともおおきかった――数年前の諍いを、いまだ根に持っていたのだ。リッジウェイは父親を愛していたが、精霊の話を繰り返されると、目的を欠いた自分自身のことが思われてつらかった。

警邏は難しい仕事ではなかった。視界に入る黒んぼを呼び止め、通行証を要求すればいい。自由黒人だと知っている黒んぼを戯れに呼び止めることもあった。白人の所有であろうとなかろうと、アフリカ人を取り巻く力を知らしめておくためでもあった。彼らはまた奴隷村を巡回し、笑いや書物などの不適切なものがないかを調べた。従わない黒んぼは叩きのめした後で刑務所に、あるいは終業時刻に間があるときは、気分次第で所有者のところに直接連行することもあった。

逃亡奴隷が出たという報せがあれば、愉快な遠征に繰り出せた。獲物を追って農園に押し入り、恐れおののく黒んぼたちを次々に尋問した。自由黒人は何が起きるかわかっていたので貴重品を隠したが、それでも白人に家具やガラス製品をぶち壊され、嘆き悲しむことになった。そして被害が物だけに留まってくれればと祈った。大の男を家族の前で辱めたり、睨むような目で見たという理由だけで未熟な若者を暴行したりする快楽をべつにしても、そこには時ならぬ報酬があった。オールド・マッター農場には見目のよい黒人娘たちがいた――マッター氏は趣味がよかった。狩りに興奮した若い警邏団員たちは淫らな気持ちになっていた。また一説によれば、ストーン農園の裏手に古くからある蒸留所では、郡でもっとも上質な玉蜀黍ウィスキーができるという。チャンドラーは検挙に乗じて自分の酒瓶を満たした。

このころのリッジウェイは自分の欲求は抑え気味で、共犯者たちの法外なやり口の陰に隠れていた。警邏団のほかの者たちは老いも若きも悪党ばかり――その手の者を惹きつける仕事なのだ。よその国なら犯罪者になるような連中だが、ここはアメリカだ。リッジウェイのお気に入りは夜の業務だった。森に横たわって待ち伏せし、坂道の上の農園にいる妻の許へと忍んでいく若者を捕まえる。あるいは粗末な食事を作るために栗鼠《りす》を狩ろうと出てきた者を。同僚の警邏団員たちは銃を持っていて、逃げようとする愚か者をすぐに撃とうとするのだが、リッジウェイはそうではなくチャンドラーのやり方に倣っていた。彼には生まれつき、充分な武器が備わっていた。兎を追い詰めるように黒んぼを追い詰め、拳でもって従わせた。外出したという理由で殴りつけ、逃げたという理由で殴りつけた。だがほんとうのところ狩りは不安を解消する治療のようなものだった。暗闇のなかを突っ切り、しなる枝の鞭を顔に受け、切り株に転倒しては肘をつき、また起き上がる。獲物を追い詰める彼の血は歌い、熱く滾るのだった。

　父親が一日の仕事を終えると、そこには労働の成果がならんでいた。マスケット銃、熊手、車両ばね。リッジウェイの場合には、その日捕らえた奴隷男や奴隷女と向き合っている。ひとりは道具を作り、ひとりは道具を取り戻す。父親は彼の精霊をからかった。犬程度の知能しかない黒んぼを追い詰めるなんて、そりゃあいったいどういう精霊なんだ？

　リッジウェイはいまや十八歳、ひとりの男になっていた。「おれたちはどっちもイーライ・ホイットニー氏（綿繰り機の発明者）に仕えてるんだ」と彼は言った。そしてそれは正しかった。父親は先日二人の徒弟を雇い、より小規模な工房と外注契約を結んだところだった。綿繰り機は綿花の増産をもたらし、収穫のための鉄の道具、市場へ運ぶための荷馬車の鉄枠や部品、荷馬車を引く馬の蹄鉄が必要になる。より多くの奴隷とそれらを繋いでおく鉄が要る。農作物は共同体を産み、家の建て材には釘や支柱が要るし、建てるための道具が要るし、家々を結ぶ道路が要るし、それらすべてを営むためにたくさんの鉄が要る。リッジウェイと彼の精霊のことを父親が蔑むのは勝手だ。だが二人はどちらもひとつの経済を構成する部品なのだ。昇り詰めていくこの国の、運命に仕えていた。

所有者が吝嗇だったり、捕まった奴隷が傷物だったりすると、逃亡奴隷ひとりの報酬は二ドルにしかならないこともあった。かと思えば州の外で捕まえた場合は百ドルとかその倍になることもあった。リッジウェイがほんとうの奴隷狩り人になったのは初のニュージャージー行きの後、財産である奴隷を取り戻して欲しいと地元の農園主に依頼されたときだった。その奴隷はベッツィーという名で、ヴァージニアの煙草農園からはるばるトレントンまで逃げていた。従兄弟たちに匿われていたが、市場にいるところを所有者の友人に目撃されてしまった。彼女を連行してきてくれれば二十ドルの報賞と経費を支払うという旨が、所有者である主人から土地の若者たちへと申し出られていた。

こんなに遠くまで旅をしたのはリッジウェイには初めてだった。北へ行けば行くほど、彼の知識にないことばかりだった。この国はなんてデカいのか！　次々あらわれる街はどれも、直前に通過した街より入り組んでいて狂っていた。首都ワシントンの狂騒には目眩がした。曲がり角を曲がって国会議事堂の建設現場を目にしたとき彼は吐いた。胃が空っぽになるまで嘔吐したのは食べた牡蠣にあたったのか、それとも建物の馬鹿デカさに彼の存在そのものが反乱を起こしたのか。リッジウェイは安宿を見つけて横になり、虱に身体を噛まれながら男たちの物語に思いをめぐらせた。ちょっとフェリーに乗っただけでも見たことのない島国にゆける。ぎらつくほどに目映く、心に迫ってくる国へ。

トレントンの刑務所では、保安官代理は彼をひとかどの人物として扱った。黒人の子どもを夕闇に乗じて虐めたり、奴隷たちの宴を戯れにぶち壊したりすることと、それはまったく違った経験だった。一人前の男の仕事だった。リッチモンド郊外の森を通るとき、ベッツィーは自由と引き替えに淫らな交渉を持ちかけてきて、ほっそりとした指先でドレスの裾をまくりあげた。彼女の尻はちいさくて、口はおおきく瞳は灰色だった。彼は何も約束しなかった。女と寝るのは初めてだった。事が終わって鎖を元通り締めると、彼女に唾を吐きかけられた。所有者の邸宅に着いたときにも吐かれた。主人とその息子たちは頰を拭う彼を見て嗤ったが、報賞の二十ドルであたらしいブーツと金襴のコート——首都で富豪が着ていたのとおなじようなコートを手にすることができた。そのブーツを何年も履き続けた。コートのほうは腹が出てきたのでそれほど長くは着られなかった。

ニューヨークが無法時代の始まりだった。ヴァージニアやノース・カロライナから逃げた奴隷が捕まったという報が巡査から入るたび、リッジウェイは引き渡し業務のため北部へ出掛けるようになった。ニューヨークが目的地になることも多く、あたらしい自分を見出したあとでは危険な賭けにも出るようになった。故郷での逃亡奴隷商売はあまりに単純だ。それは頭打ちとなっている。ここ北部の巨大都市では解放運動が持ち上がり、黒人どうしも巧みに結びついていた。それらすべてが奴隷狩りの真の姿を描き出していた。

彼は飲み込みが早かった。学ぶというよりただ憶えていった。反奴隷制支持者とそれに雇われた船長が、市の港に逃亡奴隷をこっそり運んでいた。荷役人足と沖仲士《おきなかし》、事務員とが交互に情報を提供したので、彼は奴隷が船出する瞬間に奪い取ることができた。自由黒人たちは新聞に載った逃亡奴隷の記述と、彼らの教会や酒場、公会堂に身を潜めるようにしている怪しげな者たちの特徴とを見較べては、アフリカの同胞たちを密告するのだった。バリーはずんぐりとした体格で、身長は一七〇センチ弱、額が狭くちいさな目をした軽率な男。ヘイスティーは妊娠後期に入っており、疲労を伴う移動には耐えられないはずで、何者かによって輸送中であると予測される。そしてバリーは啜り泣きに崩折《くずお》れ、ヘイスティーと赤ん坊はシャーロット市へ送り返されるあいだ泣き喚くことになる。

リッジウェイはほどなくして上等のコートを三着手にした。彼はニューヨークの奴隷狩り人の仲間入りをした。黒いスーツに身を包み、馬鹿げた手錠を所持するゴリラの集団。リッジウェイは田舎者ではないところを見せつけねばならなかったが、それは一度で充分だった。彼らは数日にわたって逃亡奴隷を尾行した。逃亡者の職場の外に身を隠し、時機が訪れるのを待って、その黒人の貧しい住まいに夜に押し入り、連行した。農園を離れて何年も経ち、妻をめとって家庭を作り、自分は自由なんだと信じたその後で。まるで所有者は財産のことを忘れてしまったかのような、そんな錯覚が黒人たちを格好の獲物に仕立てた。ファイブ・ポインツのならず者たちは自由黒人を誘拐して手足を縛り、南部へ引き摺っていって競売へ掛けたが、リッジウェイはそうした奴隷商売を鼻で笑っていた。それは見下げ果てた態度、警邏団員の態度だった。リッジウェイはいまやいっぱしの奴隷狩り人なのだ。

ニューヨークは反奴隷制的感情を生み出す街だった。保護した黒人を南へ連れていくには、法廷で契約を締結しなければならなかった。奴隷廃止論者の弁護士たちは書類でもってバリケードを築き、毎週あの手この手の戦略を立ててきた。ニューヨークは自由州だと彼らは主張した。州境を越えて踏み入ればただちに自由になる魔法があるのだと。彼らは公示にある記述と法廷にいる個人とのわかりやすい矛盾もまた利用した――このベンジャミン・ジョーンズが、当該ベンジャミン・ジョーンズと同一人物である証拠はあるのか？農園経営者のほとんどは、奴隷と奴隷との区別がつかない。寝所へ伴った後でさえも。財産を見失うのも当然のことだった。刑務所から黒んぼを引き抜いて、弁護士どもが手口に気づかないうちに持っていってしまうこと。それはゲームとなりつつあった。志の高い愚か者たちの敵は貨幣の力だった。ちょっとチップを弾みさえすれば、市の法務官は彼に収監したての逃亡奴隷を与え、素早くサインを済ますと解放してくれた。リッジウェイは奴隷を連れて、解放論者がまだ起き出さないうちに、ニュージャージーの半分まで進んでしまっていた。

リッジウェイはやむを得ないときには法廷の手続きを迂回したが、しばしばあることではなかった。遺失物の黒人が雄弁な舌の持ち主だった場合には、自由州の路上で呼び止められると厄介なことになるからだ。連中は農園を離れると読み書きを覚える。まったくひどい害悪だった。

埠頭にこっそり運ばれてくる逃亡奴隷を待ち伏せるあいだ、ヨーロッパから来た巨大な船が碇を下ろし、乗客を吐き出すのをリッジウェイは見た。所持品は麻袋の中身だけで、ひどく腹を空かせていた。どこをどう見てもその惨めさは黒んぼと大差ない。だが彼らは然るべき場所に呼ばれていくだろう。リッジウェイ自身がそうだったように。彼が育った南部の世界はすべて、最初のこういった到着の余波のようなものだった。汚れた白人の洪水に居場所はなく、ここから出ていくしかなかった。南部へ。あるいは西部へと。廃棄物も人間も、おなじひとつの法に支配されている。都市の排水溝は捨てられた屑やがらくたで溢れていた――だがやがてはゴミも落ち着くところに落ち着いていく。

乗客たちが踏み板を渡るぎこちない足取りをリッジウェイは見た。目をしょぼつかせ、大都会に圧倒されてよろめいている。ピルグリムたちの面前に広がる可能性は、さながら祝宴のようであり、そして彼らは生まれてこのかたずっと腹を空かせてきたのだ。見たことのないものばかりでも、彼らはこの新天地に足跡を残していくに違いない。あの有名なジェイムズタウンの最初の入植者たちが、歯止めの利かない人種の理論で土地を手に入れていったように。もしも黒んぼが自由を手にしているはずだったなら、鎖で繋がれたりしなかったはず。先住民が自分の土地を手放すはずではなかったなら、それはいまでも彼らのものだったはずだ。もしも白人がこの新世界を摑む運命になかったなら、いまごろ所有してはいなかったはずだというわけだ。

ここに真の偉大なる精神《グレート・スピリット》があった。人類の努力すべてを繋ぐ神聖な糸――手放さずにいることができたなら、それは自分のものなのだ。財産でも、奴隷でも土地でも。アメリカの至上命令だ。

財産を財産のままに確保するその腕前で、リッジウェイは評判を高めた。裏通りを逃亡奴隷が駆け抜けていくとき、その行く先がリッジウェイにはわかる。方角も目的地も。秘訣はこうだ――奴隷がどこに向かおうとしているか考えないこと。そうではなく、彼はお前から逃げてるんだと考えることだ。意地の悪い主人からではなく、奴隷制という巨大な歯車からでもなくて、ほかならないお前だけから逃げようとしているんだと。リッジウェイの鉄の真実だった。裏道でも松の生えた荒れ地でも沼地でも、幾度も幾度もうまくいった。彼はとうとう父親と、その精霊の哲学という重荷とを置き去りにして家を出た。リッジウェイは精霊を働かせてはいなかった。彼は鍛冶屋ではなかったし、秩序への奉仕者でもなかった。槌ではない。鉄床ではない。彼は熱そのものだった。

やがて父親は死に、道の向こうの鍛冶屋がその商売を引き継いだ。いまや南部に戻るときだった――故郷ヴァージニアへ、父の許へ、仕事の導くところどこへでも――彼は一味とともに戻ってきた。ひとりでは捌ききれないほどの逃亡奴隷がいたのだ。イーライ・ホイットニーは父親をぼろぼろになるまで使い倒した。死の床で咳き込む老父は真っ黒な煤を吐いた。そして同様にリッジウェイを狩りに駆り立て続けた。大規模農園は倍に拡大され、その数も二倍になっており、逃亡奴隷は数を増しかつ巧妙になっていて、賞金の額も釣り上がっていた。南部では立法府や廃止論者に干渉されることも少ない。農園主たちがそう取りはからっていた。地下鉄道もここに支線を持っているという話は耳にしない。黒人のドレスを着た囮や新聞の裏ページに記された秘密の暗号。彼らは自分の転覆行為を堂々と自慢して、奴隷狩り人が正面玄関から押し入ってくる瞬間に裏口から急いで奴隷たちを逃がした。それは財産の盗難を助ける共謀罪なのに。リッジウェイは連中の厚かましさを彼個人への侮辱と受け取った。

取りわけ憎たらしかったのは、オーガスト・カーターというデラウェアの商人だった。アングロサクソンの血統に相応しくがっしりとした体格で、持ってまわった御託をならべたが、冷静なその青い瞳のために凡庸な人間はつい聞き入ってしまった。印刷機を持った廃止論者といういちばん厄介な輩だった。「自由の友たちによる大規模集会がミラー公会堂にて午後二時開催予定。人道に悖《もと》る奴隷制度が国家を支配している。否の証言を」カーターの家が地下鉄道の駅になっていることは誰もが知っていたが——川から百メートルと離れていない——急襲を掛けても収獲はなかった。逃亡奴隷たちは活動家となり、ボストンで演説を行ってはカーターの偉業を称えた。メソジスト派の廃止論者たちは日曜の朝に彼の冊子を回覧したし、ロンドンの雑誌はその主張を一切の反駁なしに掲載した。印刷機のせい、そして裁判官たちを味方につけているせいで、リッジウェイはカーターへの襲撃の機会を三度も放棄せねばならなかった。刑務所の外で擦れ違うと、カーターは帽子を取って挨拶した。

この男の家に押し入るのに奴隷狩り人は真夜中過ぎを狙わざるを得なかった。彼は白い小麦の袋から優美な頭巾を人数分縫って準備したが、この襲撃の後はろくに指を動かすことができなかった——カーターの顔を叩きのめしたために、手が二日間にわたり腫れてしまったのだ。リッジウェイは手下どもに、黒んぼ娘にすらしないような仕方でカーターの妻を辱めることを許可した。その後数年にわたり焚き火を見るたび、リッジウェイはその男の家が炎上したときの煙を、その甘い匂いを思い出し、口許に思い出し笑いを浮かべた。カーターはウスターに引っ越し靴修理人になったらしいと後に耳にした。

奴隷の母たちは子どもに言った。「いい子にしてないとリッジウェイさんが来るよ」主人たちは言った。「リッジウェイを呼べ」

最初にランドルの農園に呼ばれたとき、リッジウェイは試練を受けることになった。奴隷たちは彼の手をときどきは逃れるようになっていた。彼は非凡だったが神ではなかった。リッジウェイは失敗し、メイベルが逃げおおせたという事実は彼を必要以上に長く苦しめ、心のもっとも奥の砦に不協和音を響かせた。

ふたたび訪ねると、今度はその娘を捜す任務を課せられた。前回の仕事がなぜあんなにも厄介だったかを知った。あり得ないと思われていたが、地下鉄道はジョージアに支線を張っている。見つけてみせる。そして破壊してみせる。彼は心に決めていた。

サウス・カロライナ

賞金30ドル

届けてくれた者、または私が連れ戻しにいけるよう、州の刑務所に収監してくれた者に支払う。淡い肌の美しい黒人娘、18歳で9カ月前に逃亡。活発で知恵が働くため、自由黒人に成りすますこと疑いなし。肘に目立つ火傷の痕あり。イーデントン付近に潜伏との情報あり。

ベンジャミン・P・ウェルズ

1812年1月5日　マーフリーズボロ

アンダーソン一家は下見板張りの素敵な家に住んでいた。ワシントン通りと目抜き通りの交差点、商取引で賑わう繁華街から数区画離れたところの、富裕なひとびとの私宅がならんでいるあたりにあった。正面の広いポーチには、夕方になるとアンダーソン夫妻が好んで座った。アンダーソン氏は絹の煙草入れを手に、夫人は細かな針仕事をしながら。ポーチの奥には客間、その奥に食堂、そしてその奥が台所だった。ベシーはほとんどの時間をこの一階ですごしていた。子どもたちを追いまわすように世話し、食事を作って掃除をした。階段を昇ったところが寝室で——メイジーとまだちいさなレイモンドはおなじ部屋で寝起きした——第二の浴室もあった。レイモンドは長めの午睡を取った。眠りに落ちていく彼の隣でベシーは窓際の椅子に座り、外を眺めているのが好きだった。そこからはグリフィン楼の上から二階分が見えた。真っ白なその軒蛇腹《のきじゃばら》が陽射しを受けて輝いた。

この日ベシーはパンとジャムとでメイジーに弁当を作ってやり、弟のほうを散歩に連れ出し、銀器とガラス器を磨き上げていた。寝具類を取り替えてから、レイモンドと一緒にメイジーを学校まで迎えにゆき、そのまま公園へ行った。噴水の傍らでフィドル弾きが流行りの曲を奏でていた。子どもたちは友達どうしで隠れん坊や指輪探しをして遊んでいた。ベシーはレイモンドが虐めっ子に近寄らないよう気を配り、その母親の気分を害さないよう言い付かっていたが、どれがその母親か見分けられずにいた。金曜日だったから、買い物をして帰らねばならない。いずれにせよ雨雲が出てきていた。コーンビーフと牛乳と、その他夕食に必要な材料を買うと、アンダーソン家のツケ払いにした。ベシーはサイン代わりに×印を書いた。

アンダーソン夫人は六時に帰宅した。主治医からなるべく家の外ですごすようにと注意を受けていた。あたらしい病院を建てるための資金集めはその点で役に立っていたし、近所の婦人方と昼食に出掛けるのも足しになっていた。アンダーソン夫人は上機嫌で、子どもたちを抱き寄せてキスすると、夕ご飯のあとでおやつをあげる約束をした。メイジーは歓声をあげて跳びはねた。アンダーソン夫人はベシーに感謝の意を告げ、おやすみを言って送り出した。

寮がならぶのは街の向こう端だったが、歩いてもそう遠くはなかった。近道することもできたけれど、活気に満ちた目抜き通りの夜を感じ、街をゆく白人や黒人と混ざり合いつつ歩くのが好きだった。豪奢な建物を眺めて歩き、壁一面のショーウィンドウの前では必ず立ち止まるのだった。仕立屋の窓にはフリルのついたドレスが、針金で作った輪状のパニエの上で色彩溢れる襞を成していた。所狭しと商品のならぶ百貨店は物たちの不思議の国で、目抜き通りの両側では小売り雑貨店が負けじと頑張っていた。陳列棚にあたらしく加わったものはどれか、探す遊びをベシーはしていった。その豊富さにはいまだに驚かされる。なかでも圧倒的なのがグリフィン楼だった。

十二階建ての建物は国でも指折りの高層建築で、南部においては間違いなくもっとも高かった。これは街の誇りなのだ。テネシー産の大理石と円天井の一階は銀行が占めていた。ベシーに用のある場所ではなかったが、しかし上の階には行ったことがあった。先週のこと、父親の誕生日を祝うために子どもたちを連れていったのだ。美しいロビーの床に自分の足音が小気味よく響いた。あたり一帯でここにしかないエレベーターに運ばれて八階へ昇った。メイジーとレイモンドは何度も来ていたのでとくに感動はなさそうだったが、ベシーはこの魔法のような機械に歓喜と恐怖の両方を強く感じ、事故への不安から真鍮の手すりを固く握りしめた。

三人は保険代理店の前を、政府の事務所や輸出会社の前を通っていった。空き店舗はほとんどなかった。グリフィン楼に居を構えれば商売の格がぐんとあがって、恩恵にあずかることができるのだ。アンダーソン氏のいる階には弁護士事務所がひしめいていた。ふかふかの絨毯が敷かれ、壁は深い茶色の木材、扉には磨りガラスが嵌め込まれていた。アンダーソン氏はそこで契約締結の、取りわけ綿花取引に関わる仕事をしていた。家族がやってきたのを見て驚いていた。子どもたちからちいさなケーキを受け取って喜んでいたが、早く書類に戻らなければならないのだとも言った。ベシーは叱られるかと身構えたが、そうはならなかった。この小旅行に送り出したのはアンダーソン夫人だったのだ。アンダーソン氏の秘書が扉をひらいて押さえ、ベシーは子どもたちを急きたてて菓子店へと連れていった。

今夜の彼女は艶やかにひかる真鍮製の銀行の扉の前を通り、家へと足を運んでいった。豪奢で巨大な建築は、環境のなかで根本から変わりつつある彼女自身の記念碑に思えた。歩道をゆく彼女は自由黒人だった。追われることも暴行されることもない。アンダーソン夫人の付き合っている女性のひとりが気づいて、小間使いである彼女に微笑みかけてくることとすらあった。

酒場が軒をならべる歓楽街に差し掛かると、いかがわしい常連客を避けてベシーは道の反対側へ移った。酔っ払いどものなかにサムの顔を探して足を止めた。少し先に見えてきたのは質素なたたずまいの家々で、あまり裕福でない白人たちが住んでいた。ベシーは早足になった。角地に建つ灰色の家の主人は獰猛な飼い犬を放ったらかしにしていたし、居ならぶ粗末な小屋の窓々には空っぽの表情でこちらを眺める女たちがいた。このあたりに住む白人男たちは工事現場の親方か工場労働者だった。彼らは黒人を雇いたがらないため、その生活のことをベシーはほとんど知ることがなかった。

　間もなく寮に着いた。赤煉瓦造りの二階屋はベシーがやってくる少し前にできたばかりだった。建物の周囲に植えられた木々や生け垣はいまだ若木にすぎないが、やがて木蔭を作り色彩を添えてくれることだろう。その様子がすでに目に浮かんだ。混じりけのない色の煉瓦は清潔で、雨の日の泥はねすらついていなかった。芋虫の一匹すら這っていない。なかに入れば白いペンキのまあたらしい匂いが、共有空間や食堂、寝室に漂っていた。ドアノブ以外、怖くて触れないのはベシーだけではなかった。ちいさな染みや掠り傷すらつけてはいけない気がしたのだ。

　歩道で擦れ違う住人たちとベシーは挨拶を交わした。仕事から戻ってくる者が多かったが、これから出掛ける者もいた。親たちが夜の時間を愉しむあいだ、子守りをするためである。住人の黒人のうち土曜に働く者は半分ほどしかおらず、金曜の夜は賑やかだった。

ベシーは十八号棟へ歩いていった。共同部屋で髪を編んでいる少女たちに声を掛けてから、夕食前に着替えをしようと階段を駆け上った。彼女が街にやってきたとき、宿泊室に八十あるベッドはほとんど埋まっていた。あと一日早ければ、窓のすぐ下にあるベッドで眠れたかもしれないのに。誰かよそへ移るひとが出て、よりよい場所に移動できるまでにはしばらく掛かるだろう。ベシーは窓から吹いてくる風が好きだった。寝返りを打てば夜空には星だって見えるかもしれない。

ベシーはベッドの足許に置いたトランクを開けた。引っ張り出した青いドレスはサウス・カロライナに着いて二週目に買ったものだった。膝において皺を伸ばした。柔らかな綿の肌触りにはいまだに感動を覚える。ベシーは着ていた仕事服をまとめてベッドの下の袋へ入れた。洗濯は土曜の午後、学校での授業が終わったあとと決めている。夕方に雑用を片づけるのは朝が遅いからだ。最近は朝はゆっくり眠っていいことにしていた。

夕食はローストチキンに人参と馬鈴薯を添えたものだった。料理人のマーガレットは八号棟に起居していた。寮の掃除や料理をする人間は、自分の住む棟以外を担当するべきだと、寮母たちは考えていた。ささやかだけど有益な考えだ。マーガレットは塩を多く入れるくせがあったけれど、彼女の調理した肉はいつもとびきりの柔らかさだった。夜の予定について交わされる周囲の会話を聞きながら、ベシーはパン切れで皿の脂を拭った。娘たちのほとんどは、明日の親睦会まで寮の建物で夜をすごすらしかったが、若い娘のなかには最近できた黒人酒場に出掛けていく者もいた。約束手形での支払いは通常認められていなかったが、その酒場では受け付けていた。それも酒場を避けたほうがいい理由だとベシーは考えた。食べ終わった皿を台所へ運ぶと、彼女は二階へ戻ろうとした。

「ベシー」と声がした。

「こんばんは。ルーシーさん」ベシーは言った。

ルーシー嬢が金曜の夜遅くまで残っているのはめずらしかった。寮母のほとんどは夕方六時で帰ってしまう。よその大部屋の娘たちの話では、ルーシー嬢の熱心さはほかの同僚を凌《しの》ぐということだ。実際のところベシーも、ルーシー嬢の助言により何度も助けられていた。服装もつねにぱりっとしていて、身体に合っているのを好ましく感じていた。ひとつに纏めて結いあげた髪と細い金縁の眼鏡のために厳しい印象を与えたが、時折垣間見せる笑顔は、その下に潜む性格を物語っていた。

「調子はどうですか」と彼女は言った。

「夜はここんちで静かにしとこっかって思ってます、ルーシーさん」

「寮、でしょう。ベシー。ここんち、ではなくて」

「そうです、ルーシーさん」

「しとこっか、ではなくて、していようか」

「気をつけます。頑張ってます」

「ええ、ずいぶんよくなりました！」ルーシー嬢はベシーの腕をぽんと叩いてみせた。

「月曜、仕事に出掛ける前に、少しお話ししたいことがあります」

「何かマズいことでも？」

「いいえ、ベシー。月曜に話しましょう」ルーシー嬢は軽くお辞儀をすると、事務所へ歩いていった。


黒人娘に、お辞儀するなんて。

ベシー・カーペンターとは、駅でサムに渡された書類に書かれていた名前だった。数カ月経ったいまでも、コーラは自分がジョージアからの旅をどう乗り切ったのかわからない。トンネルは暗く、貨車のなかはあっという間に墓穴そっくりになった。明かりはぐらつく車内の前方、わずかにあいた羽目板越しに機関士の乗る運転室から漏れてくるものだけだった。ある地点で列車がひどく揺れ、コーラは両腕でシーザーを摑むとかなり長いことそのままでいた。さらに揺れがひどくなると二人は互いに強くしがみつき、身体を干し草に押しつけた。彼を抱きしめているのは心地よかった。あたたかな血の流れと上下する胸を感じることができるのは。

　列車はやがて減速した。シーザーはぱっと立ちあがった。まるで信じがたいことだった。逃亡のもたらす高ぶりはだいぶ和らいでいたものの、旅ではひとつの行程が終わったとたん、予想しなかったべつの何かが始まっていた。足枷でいっぱいの納屋、大地にあいた穴、壊れかけの有蓋貨車――地下鉄道の向かう先は不思議なことばかりだった。コーラはシーザーに打ち明けた――小屋に溢れる鎖を見たとき、フレッチャーはテランスとぐるで、自分たちは拷問部屋へ連れてこられたのだと思ったと。逃走、そして到着という筋書きは、よく練られたお芝居の一幕だったかと疑ったのだ。

　到着駅は出発した場所とよく似たところだった。ベンチの代わりにテーブルと椅子があった。壁には角灯が二つぶら下がり、階段の傍らにはちいさな籠が置かれていた。

　機関士は二人を貨車から解放してくれた。彼は頭部にUの字型に白髪を残した背の高い男で、長年の畑仕事のために背中が曲がっていた。汗と煤とを顔から拭うと何か喋ろうとしたが、ぞっとするような咳が出てきて言葉を妨げた。フラスクの酒を何口か飲んでようやく落ち着きを取り戻した。

　二人が礼を言おうとするのを、彼は「仕事だから」と遮った。「ボイラーに飯を食わせてちゃんと走らせる。客を目的地に送り届ける」言いながら運転室へ戻っていった。「迎えのやつが来るまで、ここで待ってな」間もなく走り去っていた。蒸気の渦巻く軌跡と音だけが残っていた。

籠には食糧が備蓄されていた。パン、半羽分の鶏、水、そしてビールがひと瓶。二人はひどく腹が減っていたので、籠からパン屑までふるい落として分けあった。コーラはビールもひとくち啜った。階段を降りてくる足音がした。地下鉄道のあらたな代表者に備えて、二人は心の覚悟を決めた。

サムは二十五歳の白人で、ほかの仕事仲間に見られたような風変わりな特徴はなかった。丈夫な体格に陽気な性格、留め具のついた鞣《なめ》し革のズボンに、厚地の赤いシャツを身につけていた。洗濯板での粗野な洗濯に耐えてきたようなシャツだった。くるりと巻いた口髭は、彼の熱意を示すかのように揺れた。この駅長は握手の手を差し出すと、信じられないという顔つきで二人を称えるように見た。「よくやった」と彼は言った。「よくここまで来たもんだ」

男はさらに食べ物を用意していた。三人はぐらつくテーブルに着き、地上に出たらどんなふうかサムが語って聞かせた。「きみたちはジョージアから遠く離れている。サウス・カロライナは南部のほかの州に較べて、黒人の地位の向上について進歩的な考えを持っている。ここできみたちは安全だし、次の旅の手筈が整うまで待っていればいい。ちょっと時間が掛かるかもしれない」

「どれくらい」シーザーが訊いた。

「わからない。とてもたくさんの人間が移動してるし、駅は一度にひとりずつしか使えない。伝言をやり取りするのも困難だ。地下鉄道は偉大なる神の業《わざ》だが、運営には頭がおかしくなりそうだ」二人が貪るように食べるのを眺めるサムは、明らかに嬉しそうだった。

「それにわからないじゃないか」と彼は言った。「ずっとここにいたくなるかもしれない。さっきも言ったけど、サウス・カロライナはきみたちが見たこともないような街なんだ」

　サムは階段を昇っていくと、衣類と水の入った小振りの樽を抱えて戻ってきた。「身体を洗わなくちゃならない。これは親切で言ってるんだよ」そして二人が彼の目を気にせずにすむように、階段のてっぺんに腰掛けた。コーラに先に洗っていいと告げて、シーザーもサムの隣に座った。裸を晒すことなど慣れっこだったが、かたちだけでも嬉しかった。コーラは顔から洗っていった。汚れていて臭ったし、着ていた服を絞ると濁った水が滴った。あたらしい服は黒人の着るようなごわごわと硬いものではなく、しなやかな綿素材でできていて、纏うと清潔になった気がした。まるで石鹸で擦ったかのように。飾り気のないドレスは水色で、線だけの模様が入っていた。こんな服は着たことがなかった。出荷された綿花がこんな姿になるのだ。

シーザーが身体を洗い終えると、サムは二人に書類を渡した。

「名前が間違っているよ」シーザーが言った。

「きみたちは逃亡者だ」サムは答えた。「きみたちはこれからその人間になる。その名前に慣れなければならないし、その人生を憶えなくちゃならない」

ただの逃亡者じゃない――殺人者かもしれない。地下鉄道に足を踏み入れて以来、コーラはあの少年のことを考えなかった。シーザーが目を細めたので、おなじ勘定をしているのだと知れた。彼女はサムに森のなかでの乱闘について告げる決心をした。

駅長はそのことについて、善いとも悪いとも言わなかった。ただラヴィーの行く末について心底苦しげな表情をした。二人の友人である彼女について、気の毒に思うと彼は言った。「その話は初耳だった。この土地ではその手のニュースは、ほかの場所のようには広まってこない。少年のほうはことによると回復したかもしれないが、きみの立ち場は変わらないだろう。あたらしい名前があってますますよかった」

「ぼくたちは合衆国政府の所有物だと書いてある」シーザーが指摘した。

「それは法的解釈だな」サムは答えた。白人の家族たちが荷物をまとめてサウス・カロライナへ群れを成してやってくる。遠いところではニューヨークから、新聞を見て機会を求めてくる。自由黒人たちもそうだ。かつて例を見ないほどの大人数が流入してきている。

黒人の一部は逃亡奴隷だが、その人数を把握することは不可能で、理由は明白だ。州在住の黒人のほとんどは政府により買われたひとびとだ。競売から救い出された場合もあれば、遺品整理で売られた者もいる。大がかりな競りがあれば仲買人が偵察に行く。大多数が農業をやめた白人から手に入れた者たちだ。大規模農園のなかで育ち、親から受け継いだ場合であっても、田舎暮らしは性に合わなかったりする。時代が変わりつつある。彼らが都会に移住できるよう、政府は寛大にも低い利子と奨励金とを用意している。貸し付けもあれば免税もある。

「そして奴隷も？」コーラが訊いた。お金の話はわからなかったが、ひとびとが財産として売られていることはいまの話で理解した。

「食べ物も得られるし、仕事も家もある。心の向くままにやってきて去ることができるし、好きな相手と結婚し、子どもを産んでも奪われることなく育てることができる。仕事もいい仕事だ。奴隷仕事じゃない。でも間もなく自分の目で見ることになるよ」彼の理解では、どこかの箱のなかに売買証書のファイルが保管されているはずだった。けれどそれだけだ。彼らに力を振りかざしてくるものはないだろう。グリフィン楼で働くサムの信頼できる友人が、二人分の書類を偽造してくれた。

「準備はいいかい」サムが言った。

シーザーとコーラは顔を見合わせた。やがてシーザーが手を差し伸べた。立派な紳士のするように。「さあ、お嬢さん」

コーラは笑みを抑えられなかった。二人はともに昼のひかりのなかへ一歩を踏み出した。

ベシー・カーペンターとクリスチャン・マークソンは、ノース・カロライナでひらかれた破産公聴会で、政府により購入された。街までの道を歩きながら、サムの助けを借りつつ頭に入れた。サムは街から二マイル離れたところで、祖父の建てた小屋に住んでいた。

両親は目抜き通りで銅製品の店をひらいていたが、彼らの死後サムの選んだのはべつの道だった。再出発を夢見てサウス・カロライナへ移住してくる人間はたくさんいて、そのうちのひとりに事業を売った。サムは現在、ドリフトという名の酒場で働いている。友人の所有するその店は彼の性格によく合っていた。人間という動物を間近で観察できるのが気に入っていたし、街が動く仕組みがわかりやすいことも気に入っていた。酒が入ると客はよく喋るのだ。サムは自分の好きな時間に働いており、そのことは彼の携わるもうひとつの仕事においても有利だった。駅はサムの納屋の真下にあった。ランブリーのときとおなじだ。

街外れまで来るとサムは二人に職業指導所までの道順を詳しく伝えた。「迷ったら、とにかくあれを目指すんだ」そう言って、天高く伸びる不思議な建物を指さした。「そして目抜き通りにぶつかったら右へ曲がること」あたらしい情報が入ったら、こちらから接触すると彼は言った。

シーザーとコーラは埃っぽい道を街なかへと向かって進んでいった。信じられない思いだった。一頭立ての馬車が一台、角を回り込んできて、二人は慌てて木々の陰に隠れた。運転手は黒人の少年で、快活な動作で帽子を取ると二人に挨拶をした。平然と、何事もなかったかのように。あの若さにしてあの態度！　彼が視界から去ってしまうと、自分たちの振る舞いの愚かさに二人は声をあげて笑った。コーラは背筋をぴんと伸ばすと、頭をまっすぐにあげた。自由黒人らしく歩くことだって覚えなければならない。

続く数カ月のあいだに、コーラは身のこなしに習熟した。文字の書き方や話し言葉にはもっと気をつけねばならない。ルーシー嬢との会話のあとで、彼女はトランクから教科書を取り出した。ほかの少女たちが噂話に興じ、ひとり、またひとりと寝にいくなかで、コーラは自分の名前を練習した。次にアンダーソン家のために食料の買い出しに行ったら、丁寧な字でベシーと書こうと思った。手が疲れて攣《つ》りそうになると、蠟燭を吹き消した。

ベッドはこれまで横たわったうちでもっとも柔らかだった。でも思えば、それは彼女がこれまでに横たわった唯一のベッドだった。

ハンドラー嬢は聖人のなかで育てられたに違いない。あたらしく入ってきた老人は読み書きや会話のごく初歩的な基礎すらできていなかったが、教師である彼女はどこまでも礼儀正しく優しかった。土曜午前の学校は生徒でいっぱいで、老人が授業で教わることを言おうとしてうまく言えず唾を飛ばしたり、喉を詰まらせたりし続けるので、机についた皆は落ち着かず身体を動かした。コーラの正面に座った二人の娘は、老人がヘマをやるたびに寄り目を作っては互いに忍び笑いをした。

コーラは苛々しながら授業を受けていた。こうした標準的な場では、ハワード老人の発話はほとんど理解されない。老人はもはや失われたアフリカの部族の言葉と、奴隷言葉をごちゃ混ぜに使った。昔、母親に教わったことがある。半分ずつの混成言語が大規模農園の声なんだと。遥かアフリカの故郷の村から拉致されてきた奴隷たちは、複合的な言語を使う。大洋を渡る以前の言葉は、時とともに身体から叩き出されてしまう。主人にわかりやすいように、身元を忘れさせるために、反乱を起こさせないために。残るのはただ、自分が誰だったかまだ憶えている者の、身体の奥深くに鍵を掛けて仕舞われた言葉だけ。「そのひとたちは、このうえなく貴重な黄金のようにそれを隠すの」メイベルはそう言った。

だけど母親や祖母の時代は終わったのだ。ハワード老人の「私は」と言おうとする努力が、貴重な授業時間を奪っていた。週日働いたあとの、ただでさえ短い時間なのに。コーラはここに、勉強に来ているのだ。

強い風が吹いて、鎧戸の蝶番を鳴らしていった。ハンドラー嬢は白墨を置いた。「ノース・カロライナでは」と彼女は言った。「わたしたちのやっていることは犯罪にあたります。わたしは百ドルの罰金を科されるだろうし、あなたがたは三十九回の鞭打ちに遭うでしょう。そういう法律だからです。あなたがたを所有していた主人なら、もっとひどい罰を与えたでしょうね」そしてコーラに視線を合わせた。ほんの二、三歳しか変わらないのに、彼女の前に出るとコーラは自分が何も知らない子ども奴隷のように思えてしまうのだった。「ゼロから始めるのは難しいことです。あなたがたのなかにも、ちょっと前までハワードとおなじだったひとがいるでしょう。必要なのは時間、そして忍耐です」

ハンドラー嬢に釘を刺されて、コーラは少し反省した。そして荷物を片付けはじめた。

真っ先に教室を出て行きたかった。ハワードは袖口で涙を拭っていた。

学校の建物は女子寮棟のならびから南にあった。共有部屋の雰囲気よりももう少し真面目になりたいとき、衛生学や女性特有の問題を話し合いたいときなどに集会所としても使われるらしかった。窓からは黒人用の公園の緑が見渡せた。そこで今晩開かれる親睦会で、男子寮のバンドがステージに立ち、演奏してくれるらしかった。

ハンドラー嬢が叱ったのも当然のことだった。駅の乗り場でサムが語ったように、サウス・カロライナは黒人の向上について進歩的な姿勢を取っている。この数カ月のあいだにコーラはさまざまなかたちでその事実を嚙みしめたが、もっともためになっているのが黒人への教育という恩恵だった。かつて監督官のコネリーは、文字を見つめていたという理由で奴隷の目を潰した。ジェイコブというその奴隷は働けなくなった。彼が有能だったなら、コネリーもそこまで酷い罰は与えなかったかもしれない。その労働力の代償として、監督官は文字を覚えようとする奴隷全員に、尽きることのない恐怖心を植えつけることができた。

玉蜀黍の皮を剝くのに視力なんざ要らない――コネリーは奴隷たちに言った。それがわからないなら飢えて死ぬことだ、ジェイコブがいままさにそうなっているが。

コーラは農園について考えるのをやめた。自分はもう、農園にはいない。

教科書からページが一枚抜け落ち、彼女は草の上にそれを追った。コーラの前にもたくさんの人間に使われて、本は解体寸前だった。メイジーよりも幼い子どもたちが、これとおなじ教科書を使って勉強するのを見たことがある。あたらしく、背表紙も硬そうだった。黒人の学校で支給されるものは手垢でひどく汚れていて、ぎっしり入った書き込みの上や隙間に自分の字を押し込まねばならなかった。それでもこれを読んでいたからといって鞭打たれることはない。

母が知ったら誇りに思うだろう。ラヴィーの母親が娘の逃亡を、たった一日半であっても誇りに思ったであろうように。コーラはページを教科書に戻した。そして農園の記憶をふたたび頭から追いやった。このごろではうまく忘れることができる。それでもなお心は厄介で、悪い考えは虫のように、両脇から、下から、隙間から、すでに塞いだはずの場所から、這い入ってくるのだった。

たとえば母親のこと。寮に入って三週間目に、コーラはルーシー嬢の仕事部屋の戸を叩いた。州政府が黒人の移住を記録しているなら、夥《おびただ》しい数の名前のなかに母親のものもあるのではないか。逃亡後のメイベルの人生は謎に包まれていた。職を求めてサウス・カロライナに来る自由黒人に交じっていた可能性もある。

ルーシー嬢は十八号棟の、共同部屋から廊下を歩いていったところの部屋で仕事をしていた。彼女を信用しているわけではない。それでもコーラはそこに行った。ルーシー嬢は入室を許可した。仕事部屋のなかは狭く、寮母は保管棚のあいだをすり抜けて机まで行かねばならなかった。それでも居心地よくしようとしているらしく、壁には農作業の風景を描いた刺繍見本が飾ってあった。余分の椅子を置く余地はなく、来訪者は立ったまま、手短に面談をすませることになる。

ルーシー嬢は眼鏡越しにコーラを見た。「母親の名前は？」

「メイベル・ランドル」

「あなたの姓はカーペンターでしょう」

「それ、父さんの名前。母さん、ランドルです」

「それは」ルーシー嬢が訂正した。「母さんは」

数ある保管棚のひとつにしゃがみ込み、時折コーラへ視線を寄越しながら、青みがかった記録紙の束に彼女は指を走らせていった。ルーシー嬢はほかの寮母たちと一緒に、広場近くの下宿に暮らしていると言っていたことがある。寮の仕事をしていないとき、彼女が何をしているか、日曜はどうやってすごしているのか、コーラは想像しようとした。あちこち連れて行ってくれる若い紳士はいるんだろうか？　サウス・カロライナで独身の白人女性は何に時間を使っているんだろう？　コーラは大胆になりつつあったが、それでもアンダーソン家の仕事がないときは寮付近を離れないようにしていた。地下鉄道を潜り抜けて間がないのだ、そうしておくのが賢明だろう。

ルーシー嬢はべつの保管棚に移り、引き出しを次々あけていった。だが収穫はなかった。

「ここの記録はこの寮にいたひとたちのものだけなので」と彼女は言った。「でも寮は州のいたるところにあります」寮母はコーラの母親の名前を書き留め、グリフィン楼のおおもとの記録をあたってみると約束した。それから彼女はもう一度、コーラに読み書きの授業のことを話した。義務ではないけど、できれば受けたほうがいい。黒人の向上に務めること、取りわけ資質を持った者を伸ばしてやることは、自分たちの使命なのだからと。そしてルーシー嬢は仕事に戻っていった。

ちょっとした出来心だった。メイベルが逃亡して以来、コーラは母親のことを極力考えないようにしてきた。サウス・カロライナに到着して、母親を意識にのぼせずにいたのは寂しさではなく怒りゆえだったのだと気づいた。コーラは母を憎んでいた。自由の素晴らしさを味わった後では、どうして自分の娘をあんな地獄へ投げ出していけたのか不可解だった。子どもひとり。コーラは逃亡の足手まといになったかもしれないが、もう赤ん坊ではなかった。綿花を摘めるようになっていたのだから、逃げることもできたはずだ。シーザーがあらわれなければ、言語を絶する残虐さの果てにあの場所で死んでいただろう。永遠に続くかのようなトンネルの暗闇で、とうとう彼女は訊くことができた——なぜ自分を一緒に連れてきたのかと。シーザーは答えた。「きみならできるとわかっていたからさ」

コーラは母を憎んだ。数え切れないほどの夜を、あの小屋の惨めな屋根裏で、隣に眠る女たちを蹴飛ばしながら寝返りを打ち、農園を出る策をめぐらせた。綿花を積んだ荷車に忍び込み、ニューオリンズ郊外の道で飛び降りる。監督官を買収して便宜を図らせる。またはは恥知らずの母親がしたように、手斧を握って沼地をひたすらに駆け抜ける。眠れなかった数々の夜。朝のひかりが訪れると、逃亡の計画はただの夢だと自分に言い聞かせた。わたしが考えたことじゃない、と。何かを胸に抱きながら何をすることもできないならば、死んだほうがマシだから。

母親がどこへ逃げたかコーラは知らなかった。メイベルが自由になって金を貯め、娘を奴隷の軛《くびき》から買い取ろうとしなかったことだけは確かだった。ランドルがまず許さなかっただろうが、それはまたべつの問題だ。ルーシー嬢のファイルのなかに母親の名前は見つからなかった。もし見つかっていたら、コーラはメイベルのところへ行って胸ぐらを張り倒していただろう。

「ベシー、……ねえ、大丈夫？」

六号棟に暮らすアビゲイルだった。モンゴメリー通りで働く女たちと仲がよく、ときどき夕食にやってくるのだ。コーラは草地のまんなかに立ち、宙を睨んでいた。彼女はアビゲイルに大丈夫だと答え、雑用をすませに寮に戻った。そうだ、考えを漏らさないよう、もっと用心しなければ。

コーラ自身の顔はときどき歪んでいたかもしれないが、ノース・カロライナ出身のベシー・カーペンターの仮面を整えることは上手くなっていた。ルーシー嬢に対しても、母親の姓について訊かれたらどう答えるか、その他あり得る会話の流れについて準備をしておいた。職業指導所での初日の面接は、幾つか短い質問を受けただけで終わっていた。ここに到着する者たちは、野外または屋敷内で骨折って働いてきた。そのどちらの場合であっても、街での最初の仕事は家事奉公となることが多かった。未熟な小間使いに対して、おのおの家庭は寛容に接するよう言い含められていた。

医師の検査には恐怖を覚えたが、質問のせいではない。診察室でつめたくひかる金属の道具類が、テランス・ランドルが残虐な使途のために鍛冶屋に作らせそうな代物に見えたのだ。

診療所はグリフィン楼の十階にあった。初めて乗るエレベーターに動揺しつつも耐えたあとで、長い廊下に踏み出すと、壁沿いにずらりとならんだ椅子は検査を待つ黒人の男女でいっぱいだった。抜けるように白い白衣姿の看護婦に名簿の名前を確認されると、コーラは女たちの一団に加わった。不安げな会話が交わされるのも無理はなかった。ほとんどの者たちにとって、これが医者に診てもらう初めての経験なのだ。ランドル農園では医者は、草の根や軟膏といった奴隷の民間療法が効かなかったときにだけ、貴重な労働力が死にかけたころになってやっと呼ばれた。たいていの場合その時点ではもう手遅れになっており、医者は道がぬかるんでいたことをぼやきながら金だけは取っていくのだった。

彼女の名前が呼ばれた。診察室の窓からは街並みと、その先にどこまでも広がる青々とした郊外がよく見渡せた。人間がこんな建物を、天国への足がかりを建ててみせたのだ。丸一日でもここにいて、この景色を目に焼きつけていたい。けれど診察が始まったので、夢想は中断された。キャンベル医師は腕利きの、恰幅のよい紳士だった。診察室をせわしなく歩きまわり、裾の長い白衣がマントのように背中でひらめいた。健康全般について質問し、看護婦がそれを青みがかった用紙に記録した。祖先はどの部族出身か、またその部族の体質について知っていることはあるか？　これまで病気をしたことは？　心臓の、肺の調子はどうか？　テランスに殴られて以来の頭痛が、サウス・カロライナに来てから消えていることに彼女は気づいた。

知能検査は簡略なもので、幾つかの積み木と絵を使った試験だった。身体検査のためには服を脱がされた。キャンベル医師は彼女の両手を調べた。だいぶ柔らかくなってはいたが、それでもなお畑仕事をしてきた者の手のひらだ。医者は鞭の傷跡も指でなぞった。そして鞭打ちの回数を予測した。思い切った数を言ったらしかったが、実際より二回少なかった。医者は彼女の秘部を器具で検査した。痛かったし恥ずかしく、医者の冷静な態度も不快さを和らげる助けにはならなかった。暴行について質問を受けたので答えた。キャンベルはコーラが子どもを産めるかどうかについて看護婦を振り返って所見を述べ、看護婦がそれを書き留めた。

金属製の診療器具がすぐそばの盆にならんでいた。目を引くその道具類のなかから医者はもっとも恐ろしげなものを手にした。円筒形のガラスの先に細い針がついたもの。「これから血液を採取する」と医者は言った。

「なんのために？」

「血液からたくさんのことが明らかになる」医者が答えた。「病気やその蔓延の仕方。血液検査は最先端なんだ」看護婦がコーラの腕を掴み、キャンベル医師が針を突き刺した。それ外の廊下で耳にした叫びの正体がこれでわかった。彼女もまたその叫びに加わった。それで終了だった。廊下に戻ると残っているのは男性ばかりだった。椅子は埋まっていた。

グリフィン楼の十階を訪れたのはそれで最後だった。あたらしい病院ができたら州政府の医者もそちらに移るだろうとアンダーソン夫人が話していた。その階はすでにすっかり借り手がついていると、アンダーソン氏が付け加えた。アンダーソン夫人の主治医は目抜き通りで開業していて、下の階は眼鏡屋になっていた。話に聞く限り有能そうだった。コーラが一家の許で働きはじめた数ヵ月のあいだに、母親の不調日は目に見えて減っていた。癇癪を起こしたり、午後じゅうカーテンを閉め切って部屋に引き籠もっていたり、子どもたちにつらく当たったりということが少なくなっていた。家の外でたくさんの時間をすごすこと、そして錠剤の服用が、驚くほど成果を上げていた。

土曜日の洗濯を終えて夕食をすませると、親睦会までもう間がなかった。コーラは新品の青いドレスを着た。黒人用の百貨店でいちばん素敵な服だった。値増し率のために、コーラはなるべくそこで買い物をしないようにしていた。アンダーソン夫人のために買い物をしてわかったのだが、コーラたちの地域の店舗では、恐ろしいことに物価は白人用の店の二倍から三倍にもなった。このドレスは一週間分の給金に相当し、手形を切らねばならなかった。コーラは通常、浪費をしないよう気をつけていた。お金には慣れていない。それは予測不可能で、どこでも好きなところへ行きたがる。娘たちのなかには給料数ヵ月分の借金がある者もいて、いまとなってはすべての買い物を約束手形に頼っていた。コーラにはその理由がわかる——食費や住居費、その他寮の維持費や教科書代などの雑多な費用を市が天引きする結果、手許には幾らも残らないのだ。手形にはあまり頼らないのがよい。

ドレスを買った一度きりにする。コーラは心に決めた。

　同室の娘たちは、夜の集まりに気持ちを高ぶらせていた。コーラも例外ではなかった。身支度はすませていた。シーザーは多分、もう公園に来ているだろう。

　彼はステージと演奏者がよく見えるベンチで待っていた。コーラが踊りたがらないことを知っていた。芝生のこちら端から見ると、シーザーはジョージアにいたころよりも大人びているようだった。夜用の服は百貨店の安売りの山から買ったものだと気づいたが、農園出身のほかの青年たちに較べて着こなしが堂に入っていた。工場の仕事は彼に合っていた。そしてもちろん、その他の環境も向上している。この一週間顔を合わせなかったが、そのあいだにシーザーは口髭を生やしていた。

　彼が花束を持っているのに気づいた。コーラは花の美しさを褒めて、お礼を言った。シーザーはドレスの美しさを褒めた。地下鉄道のトンネルを出てから一カ月が経ったころ、彼はコーラにキスしようとした。コーラはそれをなかったことのように振る舞い、シーザーも調子を合わせてくれた。でもいつか直視することになるだろう。そのときはコーラもキスをするかもしれない。わからない。

「あいつらのことは知ってるよ」バンドがステージに出てくるとシーザーは指さした。「ジョージとウィズレーよりも上手いんじゃないかと思う」

月日が経つにつれ、コーラとシーザーはランドル時代のことを耳目を憚《はばか》らず話すようになった。そのほとんどは奴隷を経験した誰にでも当てはまることだったので、聞かれても構わなかった。農園はどこに行っても農園だった。ひとは自身の不幸な境遇を特別なものだと感じるが、真の恐怖はそれが普遍的に存在するということだ。いずれにせよやがて音楽が、地下鉄道についての二人の会話を掻き消してくれるだろう。演奏に集中していないことで、無礼に思われなければいいのだが。でも多分、その心配はない。所有物としてでなく自由人として音楽を演奏する。その希有さはいまでもなお新鮮なはずだった。数少ない娯楽を奴隷村に与えるという義務から解放されて、旋律に取り組むこと。自由に、そして心のままに表現を奏でること。

寮母たちが親睦会を催す目的は、黒人の男女間に優良な関係を育むと同時に、奴隷状態により損なわれた彼らの人格を慰撫することだった。角灯のゆらめくひかりのもと、音楽と踊り、料理とパンチが青々とした芝生の上で振る舞われる。ずたずたにされた魂に、それは滋養の働きをするはずだと考えているのだった。シーザーとコーラにとっては、親睦会は互いの近況を知る数少ない機会でもあった。

シーザーは街の外にある機械工場で働いていて、変則的な勤務時間は滅多にコーラと重ならなかった。彼は仕事を気に入っていた。工場では週替わりで違う機械を組み立てており、それは発注の数で決まった。男たちはそれぞれベルトコンベアの前に配置され、割り当てられた部品を流れてくる本体に責任をもって取り付ける。ベルトコンベアの出発点には何もない。ただ部品の山があるだけだ。けれど最後のひとりが作業を終えると、そこには結果が、すべてがある。それはびっくりするくらいやりがいのあることなんだとシーザーは言った。完成品を見られるということは。ランドルの地所で闇雲な苦役に従事していたのとは違う。

作業は変わり映えしないものの、つらくはなかった。製品が変わっていくので単調さを免れていた。勤務時間はたっぷりとした休憩が折に触れ差し挟まれていた。時間割は作業長や経営者たちのしばしば援用する、労働理論の専門家により考えられていた。気のいい仕事仲間も揃っていた。農園時代の習慣を引き摺っている者もいて、蔑《ないがし》ろにされていると感じて必死にそれを正そうとしたり、資源は減りゆくという枷に囚われていたりする者もいた。しかしそうした男たちも週を追うごとによくなっていった。新生活のもたらす希望に勇気づけられていくのだ。

かつて逃亡奴隷だった二人は近況を伝え合った。メイジーの歯がひとつ抜けた。工場では今週、蒸気機関車の動力を組み立てた——いつか地下鉄道で使われる日もくるかな、とシーザーは言った。彼の観測によると、黒人百貨店の物価はまた上がっていた。コーラもそのことは知っていた。

「サムはどうしてる」彼女は訊いた。シーザーのほうが駅長に会いやすかった。

「相変わらずさ。例によって、よくわからない理由でニコニコしてる。居酒屋で馬鹿に殴られて目のまわりに青痣ができてたよ。それを自慢してる。一度こうなってみたかったんだって」

「じゃあ、あっちのほうは？」

シーザーは膝の上で両手を組み合わせた。「二、三日のうちに汽車が来る。それに乗る？」最後のひと言は、もう返事を知っているかのような口ぶりだった。

「次のにしようか」

「そうだね。次のに」

到着して以来、すでに三本の列車を見送っていた。最初のとき、二人は何時間もかけて話し合い、暗黒の南部をただちに後にするのが得策か、それともサウス・カロライナが与えてくれるものをもっと見ておくべきか長い議論をした。二人の体重はすでに増えつつあり、給金も得て、大規模農園での過酷な日々を忘れつつあった。それでもなお、真剣に議論した。コーラは列車に乗るべきだと熱弁を振るい、シーザーはここに残ることの利点を主張した。サムは参考にならなかった。生まれ育ったこの地を愛し、人種問題におけるサウス・カロライナの進歩を擁護していたから。この試験的な施策の結果がどう出るかはわからなかったし、サムは扇動家たちの系譜に連なり政府には懐疑的だったが、それでも希望を持っていた。二人は残ることにした。次の汽車にしよう。

そして次の汽車が来ることになったとき、議論はより手短だった。コーラは寮で素晴らしい夕食を終えてきたところだった。シーザーはあたらしいシャツを買っていた。ふたたび逃亡の途で飢えに耐えるのは気の進まないことだったし、労働の対価として買った物たちを置いていくのも忍びなかった。三本目の列車も行ってしまった。いままた四本目を逃そうとしている。

「永遠にここにいるべきかもしれない」コーラが言った。

シーザーは黙っていた。美しい宵だった。シーザーの請け合った通り、演奏家たちは才能に恵まれていて、前回の親睦会でも好評だったラグタイムを演奏した。フィドル弾きはどこかの農園出身で、バンジョー奏者はよその州から来ていた。寮に暮らす演奏家たちは日々出身地の旋律を披露しあい、それらは一塊の音楽となって成長していった。聴衆もまた出身農園のダンスを各々披露して、幾つもの輪になりながら互いを真似し合うのだった。休憩し、戯れるひとびとの身体を一陣の風が冷やしていった。そして彼らはふたたび始めた。笑い合い、手を叩き合いながら。

「ここにいるべきかもしれないな」シーザーも繰り返した。決まりだった。

親睦会は真夜中に終わった。演奏者たちは帽子をまわして寄付を募ったが、土曜日の晩でほとんどの者は手形を切り倒した後だったから、帽子は空っぽのままだった。コーラはシーザーにおやすみを言い、帰路の途中でその事件を目撃した。

学校の建物に近い芝生を女が走り抜けてきた。年齢は二十代くらい、細身で髪は乱れて突き立っていた。ブラウスのボタンは臍まであいて、乳房が見えていた。一瞬のうちにコーラはランドル農園へと引き戻され、あらたな残虐行為を目の当たりにするのだと身構えた。

二人の男ができる限り優しく彼女を取り押さえ、暴れるのをやめさせた。ひとびとが集まってきた。少女がひとり寮母を呼びに学校の向こうへ行った。コーラは肩で人混みを押し分けた。女は何か支離滅裂なことを泣き叫んでいたが、やがて唐突に「赤ちゃん、わたしの赤ちゃん。取り上げられてしまった！」と叫んだ。

傍で見ていた者たちは溜め息をついた。耳に馴染んだ台詞だった。農園での生活のなかで、あまりにしばしば聞いた言葉。子どもたちの不幸を悲しむ、母親の嘆きだった。コーラはシーザーの言ったこと――何マイルも離れてきたにもかかわらず、農園の記憶に取り憑かれたままの工場の男たちを思い出した。それは彼らのうちに巣喰っている。誰のうちにもいまだ生きていて、機会を窺い、暴力と嘲笑とを繰り返そうとしている。

女はどうにか宥められ、ならんだ寮のいちばん奥にある棟へと連れられて帰った。ここに留まることに決め、安堵したにもかかわらず、コーラにとって長い夜になった。気持ちはあの女性の叫びに、そして自身の記憶という幽霊に、幾度も幾度も戻っていった。

「アンダーソン夫妻と子どもたちに、お別れを言うことはできますか」コーラは尋ねた。

ルーシー嬢はそう手配すると約束した。皆さん、あなたを気に入っていましたから、と。

「何かヘマをやらかしたんでしょうか」独特の注意を要する家族の規律に、コーラはうまく適応し、家事仕事をしてきたと思っていた。親指でほかの指の節を撫でてみた。いまではもうすっかり柔らかい。

「仕事ぶりは素晴らしかったですよ、ベシー」ルーシー嬢は答えた。「今度の雇用が発生したとき、だからあなたの顔が真っ先に浮かびました。わたしの思いつきにハンドラーさんも賛成してくれたんです。博物館では特別に、若い女性を必要としていますが」と彼女は言った。「寮に住んでいる女性たちにも相応しいひとは何人もいません。名誉に思ってくださいね」

コーラは安堵したものの、戸口のところで躊躇った。

「まだ何かありますか、ベシー」ルーシー嬢は書類の角を揃えながら訊いた。

親睦会の事件から二日経ったが、いまだ心を乱されていた。泣き叫んでいたあの女性について、コーラは尋ねた。

ルーシー嬢は同情するように頷いた。「ガートルードのことですね。動揺するのも無理はありません。彼女は元気です。正気に戻るまで何日か、横になってもらうことにしています」ルーシー嬢の説明では、傍らに看護婦がついて様子を見ているとのことだった。

「神経疾患のあるひとたちのために寮を一棟空けてあるのはそのためです。大勢と交わるのはよくありませんから。四十号棟では然るべき治療を受けられるようにしてあります」

「四十号棟が特別だなんて知りませんでした」コーラは言った。「ここでのホブなんですね」

「なんですって？」聞き返されたが、コーラはそれ以上言わなかった。

「短期間だけのことですよ」ルーシー嬢は付けくわえた。「わたしたちは楽観的《オプティミスティック》です」

〝オプティミスティック〟というのが何のことか、コーラにはわからなかった。夜、ほかの寮生たちに訊いてみたが、誰もその言葉を知らなかった。聞いたことのない言葉だった。

コーラはそれを、〝頑張っている〟という意味だということにした。

博物館への道順は、裁判所の角で右へ曲がるまではアンダーソン家への道順とおなじだった。一家の許を離れると思うと寂しかった。父親とはあまりやり取りしてこなかった。アンダーソン氏は朝早く家を出て、その事務所はグリフィン楼でいちばん遅くまで灯りがついていた。彼もまた綿花の奴隷だったのだ。けれどアンダーソン夫人は寛容な雇い主だった。医者の処方を受けた後ではなおのことそうだった。子どもたちは愛らしかった。メイジーは十歳になっていた。ランドルの農園ではその年齢までに人生の喜びを根こそぎにされてしまう。幼な子はある日幸せだったと思うと、翌日にはもうひかりを奪われている。その過程で子どもは奴隷であることの意味を教え込まれるのだ。メイジーは間違いなく甘やかされているけれど、黒人の場合、甘やかされるよりもずっと悪いことが幾つもある。幼い彼女を見ていると、コーラはいつか産む自分の子どもはどんなふうになるのだろうかと考えてしまうのだった。

〝驚異の自然博物館〟は散歩の途中で何度も目にしていたが、石灰岩のずんぐりとしたその建築がなんのためにあるのかは知らなかった。それはまるまる一区画を占めていた。一対の獅子像が平たく長い階段の両脇を守っていたが、像のまなざしは巨大な噴水へ向けられていたので、喉が渇いているように見えた。近くまで来ると噴き出す水の音が道路の喧騒を掻き消して、コーラは博物館の懐へと、翼に持ちあげられるように運ばれていった。

なかに入ると、一般客は立ち入り禁止の扉を通されて、入り組んだ廊下が迷路のように続くところへ来た。わずかに開いた扉の数々を覗くと、不思議なものがたくさん見えた。穴熊の死体に針と糸を刺すひとや、黄色っぽい石を照明にかざすひと。木の長机と器具でいっぱいの部屋では、初めて顕微鏡を目にした。それは机にあぐらを掛く黒い蛙のようだった。やがてコーラはフィールズ氏に紹介された。〝暮らしの歴史〟展示担当の学芸員だった。

「きっと立派にやってくれるよ」そう言ってコーラを覗き込む目は、先ほどの部屋のなかで作業台の上の対象を覗き込んでいたひとびとの目とおなじだった。つねに早口で熱っぽい語り口には南部の訛りは少しもなかった。後にコーラも知ることになるのだが、フィールズ氏は地域の水準を上げるためにボストンの博物館から引き抜かれてきたのだ。「この街に来てからずいぶんとよく食べているみたいだね」彼は言った。「まあ仕方ない。でもきみはうまくやるよ」

「最初は掃除からですか、フィールズさん」あたらしい仕事に就くにあたって、農園の喋り口調はできる限り消そうと決めていた。

「掃除？　いや、まさか。わたしたちの取り組みは知っていると思うが――」そこで言葉を切った。「この博物館に来たことは？」フィールズ氏は博物館の役割について説明しはじめた。ここではアメリカの歴史に焦点を当てている。アメリカはまだ若い国だが、市民たちに教えるべき事柄はたくさんある。北アメリカ大陸の、野生のままの動植物。足許の地面に埋まっている、鉱物をはじめとする素晴らしい資源。生まれ故郷の郡からほとんど動くことなく生きていくひともいる。だが博物館は鉄道とおなじように、そんなひとたちにも故郷の狭い経験の外を、フロリダ州からメイン州、西部開拓地まで、この国のほかの土地を見せることができる。そしてそこに住むひとびとを。「きみみたいなひとびとをね」とフィールズ氏は言った。

コーラは三つの展示室を受け持った。初日はガラスの展示窓に灰色の覆いが掛けられていて、人目から隠されていた。だが翌朝にはその覆いも除かれ、観客がやってきた。

ひとつめの部屋は〝アフリカの闇〟と名づけられた風景を展示した。実物大の小屋がそのほとんどを占めていた。壁は木の棒を幾つも縛ったもので、円錐形の棕櫚《しゅろ》の屋根が乗っていた。観客たちの目を避けたいとき、コーラはその陰に身を隠した。煮炊きの火が燃え、赤いガラスのかけらが炎に見立てられていた。ちいさく作りの粗い長椅子、数々の道具、瓢簞、貝殻。おおきな黒い鳥が天井から三羽、針金でぶら下がっていた。原住民が暮らす上空に輪を描いて飛ぶ群れをあらわすらしい。コーラは農園にいた、死人の肉を啄《ついば》む鵟《ノスリ》を思い出した。

〝奴隷船の生活〟の区画では、なめらかな青い壁が大西洋上の空を再現していた。コーラはフリゲート艦の甲板を模した展示をゆっくりと歩いていった。帆立の柱《マスト》をまわり、さまざまなちいさな樽やとぐろに巻かれた縄のあいだを。アフリカの衣装は身体に巻き付けるだけの鮮やかな布だった。チュニックにズボン、革のブーツという水夫の服装をしたときには、路上の不良みたいに見えた。アフリカの少年の物語では、船に乗ると奉公人のように、甲板上の細々とした雑用をこなすということになっていた。コーラは赤い帽子の下に髪をたくし込んでいた。水夫の像が舷縁に寄りかかり、双眼鏡を目に当てていた。蠟ででき た彼の頭の目や口や肌は、どぎつい色に塗られていた。

〝農園のある一日〟の区画では、糸紡ぎ機の前に座って足を休めることができた。あの砂糖楓の古い木塊のように心強い座席だった。おが屑を詰めた鶏が地面を啄んでおり、コーラは想像のなかで植物の種を投げてやることもあった。アフリカや船の展示には、精確さにおいて幾つかの疑問点があった。彼女は誰よりも詳しかった。意見を述べるとフィールズ氏は、糸紡ぎ機を野外で、奴隷小屋の脇で使うことが少ないのは認めたし、「事実の裏付け」とはつねに心に置くべき銘ではあるものの、部屋の規模はある一定の広さ以下に留めねばならないのだと言って反論した。綿花畑をまるまる展示のなかに入れることができれば、そして一ダースほどの役者を雇って働かせるだけの予算が下りれば、いつかは実現するかもしれないが、と。

コーラは〝ある一日〟の衣装については異を唱えなかった。それはごわごわと生地の粗い、正真正銘奴隷の服だった。一日のうち服を脱ぐときとその衣装に袖を通すときの二度、コーラは頬が燃えるほどの羞恥を覚えた。

フィールズ氏は予算を得て三人の役者を——または彼の言葉を借りれば〝見本〟を雇い入れた。彼女たちもまたハンドラー嬢の学校で学んでいた。アイシスとベティは年齢も体型もコーラと似通っていた。三人は衣装を共有した。休憩時間はこのあたらしい仕事のよいところと不利な点を話し合った。慣れるまでにかかった一、二日を除いて、フィールズ氏は彼女たちの好きにさせてくれた。ベティがかつて働いていた家とは違い、フィールズ氏が怒りをあらわにしないことを彼女は気に入っていた。その一家も普段は温厚だったのだが、誤解されたり機嫌を損じたりといったことが、彼女にはどうにもできない理由で起こったりした。アイシスにとっては喋らなくてもいいことがありがたかった。彼女はちいさな農場の出身で、たいていのことは裁量に任されていたが、ただ男主人が夜の共寝を強要し、堕落した倫理の杯を飲まねばならぬときだけはべつだった。コーラはといえば棚に商品の溢れていた白人の店が恋しかったが、いまでも夕方には歩いて帰れるし、ショーウィンドウの入れ替わる展示を当てるゲームも続いていた。

そうしたことの一方で、博物館の客をあしらうのは至難の業だった。水夫の結索術に従事する演技をしていると、子どもたちがガラスをばんばん叩いたり、見本を無躾に指さしたりした。彼女たちの無言劇に野次を飛ばす常連もいた。彼女たちには意味を理解できないものの、卑猥な言葉であることは想像がついた。見本たちは毎時間各展示を交替し、甲板を擦ったり狩猟道具を削ったり、木でできたヤム芋を世話したりする振りをする、その単調さを和らげようとした。フィールズ氏がいつも指示したのはずっと座ることはしないようにということだったが、それもうるさくは言われなかった。作り物の水夫に彼女たちはジョン船長とあだ名をつけ、踏み台に座って麻縄をいじりながらからかって遊んだ。

展示が公開されたのは、病院が開院した日とおなじで、近来の街の発展を祝う事業の一環だった。新市長は進歩派の候補者一覧から選出されており、住民たちが先見の明のある前任者の事業と自分とを結びつけて考えてくれることを願っていた。これらの事業は新市長がまだグリフィン楼で資産弁護士をしていたころに着手されていた。コーラはお祭り騒ぎには参加しなかったが、その晩豪奢な花火が打ち上げられるのを寮の窓から見たし、健康診断の番がまわってきたときにはその病院を間近で見ることになった。黒人がサウス・カロライナに定住するに従って、医者は彼らの健康状態をより監視するようになった。寮母が彼らの感情的な適応具合を測るのとおなじことだった。ルーシー嬢はある日の午後、芝生を歩きながらコーラに、いつかあらゆる数値や観察記録は黒人たちの生活を理解するのにおおいに役立つだろうと言った。

病院を正面から見ると、それはゆったりと広がる一階建ての複合的な建物で、グリフィン楼が高いのとおなじくらい横に長かった。こんなにも殺風景で飾り気のない建築をかつてコーラは見たことがなかった。効率性がまさにその壁に体現されているかのようだった。黒人用の玄関は横手にあったが、そのことを除けば白人用玄関と変わらず、よくあるような付け足しではなく初めから設計されたものだった。

黒人用の翼《よく》はその朝混雑しており、コーラは受付で名前を告げた。親睦会や午後に芝生の上でコーラも見たことのある男の集団が、隣の部屋で血液に治療を施されるのを待っていた。サウス・カロライナに来る以前、コーラは血液の病気など聞いたこともなかったが、それは男子寮の住人のうちかなりの数を苛んでいたし、街の医者たちは多大な努力をしていた。その治療専門の一角があるようで、患者は名前を呼ばれるたび長い廊下を歩いて奥へ消えた。

今回彼女が通されたのはべつの医者、キャンベル医師より愛想のよい医者だった。彼の名はスティーブンスと言った。北部出身者で、女性的な印象を与える黒い巻き毛の持ち主だったが、その効果はよく手入れされた髭によって中和されていた。医者にしては若く見えた。コーラは彼の早熟さを才能の証しと取ることにした。検査の過程でコーラは、まるでベルトコンベアの上を運ばれていくかのような気持ちになった。シーザーの組み立てる製品のように、絶えず手を加えられながら流されていく。

今回の身体検査は、前回ほど広範なものではなかった。医者は前回の診療記録を参照し、青い記録紙に自分の所見を書き付けた。その合間に寮生活について尋ねた。「うまくいっているようだね」とスティーブンスは言った。博物館の仕事については、「面白い公共奉仕だ」と言った。

コーラが服を着ると、スティーブンスは木の丸椅子を引き寄せた。彼は先ほどと変わらぬ軽やかさで言った。「きみは男性と肉体関係を持ったことがあるね。避妊については考えている？」

医者は微笑んで、サウス・カロライナは大がかりな公衆衛生事業の中心地なのだと説明した。ひとびとに新しい外科技術——女性の腹部にある管を切断して胎児の成長を妨げる技術を、啓発しているのだと。処置は簡単かつ永続的で、危険も伴わない。あたらしい病院にはその特別な設備があるし、スティーブンス医師が教えを受けたその道の先駆者は、ボストン精神病院の黒人収監者に治療を施してきた。この土地の医者に外科手術を教え、その恩恵を黒人たちに広めることは、スティーブンス医師がここに雇われた理由のひとつだった。

「したくない、って言ったらどうなりますか」

「それはきみの自由さ、もちろん」医師は言った。「今週の時点では、州の一部の女性にとっては処置を受けることが義務となっている。すでに二人以上の子どもを産んでいる黒人女性、これは人口抑制の名の下に。知的障害者やその他の精神的不調者、これは理由も明らかだ。犯罪常習者。でもこういうことは、きみには当てはまらないさ、ベシー。いま言ったような女性たちはすでにたくさんの重荷を負っている。これは運命を制御するひとつの好機なんだよ」

聞き分けのない患者はこれが初めてではなかった。穏やかな物腰は崩さずに、スティーブンス医師は問題を脇に置いた。女子寮の寮母たちは計画について詳しく知っているから、不安なら相談するように、と。

彼女は病院の廊下を早足で歩いた。新鮮な空気が欲しかった。権威を持つ白人と会っても傷つかないということに、あまりに慣れすぎていた。スティーブンス医師のあられもない質問とそれに続く説明にコーラは動揺していた。燻製小屋の裏手でのあの晩の事件と、愛し合う妻と夫のあいだで起きることをならべるなんて。スティーブンス医師の発言は二つのことを同等に扱った。胃がねじ切れるような気持ちがした。その上、義務だなんて。まるで女たち——さまざまな顔のホブの女たちの意向などどうでもいいかのようだ。彼女たちは所有物で、医者は自分の好きにしてよいかのようだった。アンダーソン夫人は気鬱に悩まされているが、だからといって社会不適合者とされるだろうか？　夫人の主治医もおなじ処置を提案するか？　否だ。

そうした考えをめぐらすうちに、気づくとアンダーソン家の前へ来ていた。気持ちはべつのところにありながら、コーラは一歩を踏み出していた。意識の底で、たぶん子どもたちのことを思っていた。メイジーは学校だろうけど、レイモンドは家にいるかもしれない。この二週間というものあまりに忙しく、きちんとお別れをできていなかった。

小間使いの娘は扉を開けると、コーラを疑わしそうに見た。自己紹介をしたあとでもその態度は変わらなかった。

「前いた小間使いはベシーって名前じゃなかったかしら」彼女は言った。痩せて小柄な娘だったが、扉を押さえるその様は、不審者の侵入を防ぐためなら全体重を掛けようというふうだった。「あなたはコーラと名乗ったわよね」

あの医者のせいで気が動転していたのだ。コーラは心中で悪態をついた。こんなふうに説明した——所有主にはベシーと名づけられたが、母親によく似ていたので、その名を取って地所ではコーラと呼ばれていたのだと。

「アンダーソン夫人はご不在です」娘は言った。「子どもたちは友達と遊んでいるし。夫人が在宅のときに出直してください」そして扉を閉めた。

帰り道、コーラは初めて近道を通った。シーザーと話したら気が紛れるだろうが、いまごろは工場だった。夕食時までベッドに横たわっていた。その日以来、博物館に行くにもアンダーソン一家の住まいは避けるようになった。

二週間後、フィールズ氏は見本たちに博物館をきちんと見せてまわることにした。アイシスとベティは展示ガラスのなかにいるあいだに役者の腕前をあげた。この二人組はいかにも興味深げなさまを装っていた。カボチャの断面や白樫の老木の年輪、内側で紫色の水晶がガラス針のように屹立している割れた晶洞石、科学者たちが特別な混合物に閉じ込めたちいさな甲虫や蟻といったものをフィールズ氏は見せてまわった。詰め物をされたクズリが笑った顔のままで硬直しているのを、滑降の瞬間を捉えられたかのような赤尾鵟《アカオノスリ》を、ガラス窓に向かって重い身体を運んでくるかのような黒熊を見て、娘たちはくすくす笑った。殺そうとしたその一瞬のなかに、閉じ込められた捕食者たちだった。

白人たちの蠟でできた顔をコーラはまじまじと見た。生きている展示品は、フィールズ氏の雇った見本だけだった。白人の見本は石膏と針金、絵の具でできていた。またべつの展示窓では二人のピルグリムが、羊毛の分厚い膝丈ズボンに上半身はダブレットを着て、プリマスの岩を指さしていた。そのほかの乗組員たちは壁に描かれた船のなかから見ていた。あたらしい始まりに向かう危険に満ちた船旅を乗り越えて、安全なところへ運ばれてきた。またある展示窓では港の一場面が再現されていた。モホーク族インディアンの格好をした白人入植者たちが、梱包された茶葉の荷を、異常なくらい嬉しそうに船端から海へ投げ込んでいた。ひとびとは生涯を通してさまざまな種類の鎖を身につけていたが、反乱の兆しを読み取ることは難しくなかった。叛徒たちの身にまとった衣装がそのことを否定しようとしていても。

　見本たちは展示の前を、入場料を支払った観客のように歩いていった。二人の探検家が決然とした表情で山の頂に立ち、西部の山脈を眺めていた。危険と発見のどちらをも秘めた大地が目の前に広がっていた。何があるか、誰にもわからない。彼らは彼らの人生の主人であり、恐れを知らず未来へ突き進もうとしていた。

　最後の展示窓へ来ると、赤肌のインディアンが三人の白人から羊皮紙片を受け取っていた。白人たちは威儀を正した姿勢で、両手は交渉の身振りに広げられていた。

「あれは何」アイシスが訊いた。

「ティピー（インディアンの円錐型テント）さ。本物の」フィールズ氏は答えた。「わたしたちは客のひとりひとりに物語を伝えたいと思っている。アメリカの経験したことについて教育したいんだ。歴史的邂逅の真実は皆が知っている。でも実際に見るとなると――」

「あのひとたちはそこで眠るの？」とアイシス。

フィールズ氏が説明した。それで終わりとなり、娘たちは自身の担当する展示ガラスへ戻っていった。

「ねえ、どう思う。ジョン船長」コーラは同僚の水夫に尋ねた。「これが歴史的邂逅の真実なの？」彼女はこのごろ作り物の水夫に話しかけるようになった。観客に演劇っぽく見せるためだ。彼の頬からは絵の具が剝げ落ち、内側の灰色の蠟が剝き出しになっていた。

詰め物をされて台の上に立つコヨーテは、嘘をついてはいないとコーラは思った。蟻塚や岩もその真実を語っている。だが白人の展示は、コーラの三つの持ち場と同様いろいろと不精確で矛盾していた。甲板を拭き掃除する誘拐された少年なんていないし、その頭を撫でる白人誘拐犯もいなかった。コーラがいま履いているような立派な革のブーツを履いた、進取の気性に富むアフリカの少年。彼は本来ならば甲板の下で鎖に繋がれ、自身の汚物にまみれているはずだ。奴隷の仕事には確かに、糸を紡ぐことも含まれていた。だがそんな時間はわずかだけだ。終日糸紡ぎ機の前で静かに跪《ひざまず》き、絡んだ糸をほぐしているような奴隷はいない。だけどこの世界の真実の姿など誰も語りたがらない。聞きたがる者もまたいない。少なくともいまこの瞬間、展示ガラスの向こうにいる白人のちいさな怪物――脂ぎった鼻をガラスに擦りつけ、せせら笑い、野次を飛ばしている悪ガキたちは聞きたがらないだろう。真実とは、目抜き通りのショーウィンドウのようなものだ。目を逸らした隙に並べ替えられ、うっとりと魅力的だが手は届かない。

白人たちはこの大地に、彼らを束縛していた主人の手を逃れ、あらたな出発を夢見てやってきた。自由黒人が主人から逃げてきたのと同様に。けれどその白人が掲げた理想は、そのほかの者たちには与えられなかった。ランドルの農園にいたとき、コーラはマイケルが独立宣言を暗唱するのを何度も耳にした。その声は怒れる亡霊のように奴隷村じゅうに響いていた。文言のほとんどがコーラには理解できなかったが、〝生まれながらにして平等である〟の意味だけははっきりとわかった。この言葉を書いた白人は、その意味をわかっていなかったに違いない。〝すべての人間〟というのが、すべての人間を意味しているわけでないのならべつだが。さもなければ他人の所有物を奪い取ったりするはずがない。手で触れることのできる土のようなものでも、そうではない、自由のようなものでも。コーラが耕し続けてきた土地はインディアンの土地だった。大量虐殺の効用について、白人たちが自慢げに語っていたことを知っている。彼らは女を、赤ん坊を殺した。先住民の未来を、その黎明期にひねり潰したのだ。

盗まれた身体が、盗まれた土地で働いている。それは永久機関のような動力だった。空っぽになったボイラーは人間の血で満たす。スティーブンス医師の説明した手術によって、白人は本格的に未来を盗みはじめたのではないかとコーラは思った。まっぷたつに切り裂いて、血の滴るままに引っ張り出す。なぜなら誰かの赤ん坊を奪い去るとはそういうこと——未来を盗むことだから。地上に生まれてきた場合には、全力で痛めつける。そして子孫によい未来が訪れるという希望を奪い去るのだ。

「ね、そうでしょう。ジョン船長」コーラは同意を求めた。ときどき、さっとコーラが振り向いたときなど、その人形は目配せをしたように見えることがあった。

数日後の夜、四十号棟の灯りが消えていることに気がついた。まだ夜も更けてはいないのに。コーラは周囲の娘たちに訊いた。ひとりが答えた。「病院に移ったのよ。治療のために」

サウス・カロライナの日々にリッジウェイが終止符を打つ前の晩、コーラはグリフィン楼の屋上をうろつきながら、自分の出身地が見えないかと目を凝らしていた。シーザーとサムとの待ち合わせまではまだ一時間あったし、部屋に戻ってほかの娘たちの耳障りなお喋りを聞いているのも気が進まなかった。先週の土曜日、学校が終わったあとで、グリフィン楼で働くかつて煙草摘みの奴隷だったマーティンという男が、屋上への扉には鍵が掛かっていないと教えてくれた。簡単に行けるのだ。もし十二階で働く白人に、エレベーターを降りたところで問い質されるのが怖いなら、最後の一階は階段で昇るといい、とマーティンは言った。

夕暮れ時にやってくるのはこれで二度目だった。ビルの高さに目がまわる。コーラはその場で跳びあがり、頭上にわだかまる灰色の雲を摑みたくなった。ハンドラー嬢が授業中にエジプトの巨大なピラミッドについて、そして偉業を成し遂げた奴隷たちの技と労苦について話したことがある。ピラミッドはこのビルとおなじくらい高いんだろうか。ファラオはそのてっぺんに座って王国の広さを見定めただろうか。そして離れたところから見ると世界はちいさくなるということに気がついただろうか？　足下の目抜き通りでは職人たちが三階建て、四階建てのビルを造っていた。二階建ての古い町並みよりは高い。コーラは日々その建設現場の傍らを通っていた。グリフィン楼より高いものはない。だけどいつの日か、このビルの兄弟や姉妹のような建物ができ、地上に聳《そび》え立つだろう。夢のなかで希望に満ちた表通りを歩くとき、街がその本来の姿になっていくという考えに気持ちがざわめいた。

グリフィン楼の東側には白人の住まいがならび、あらたな都市計画が進行していた――広場の拡張、病院、博物館。視線を西へ移すと黒人たちの寮がならんでいる。この高さから見ると、未開拓の森のなかへ赤い箱の列が続いているようで面白かった。いつかわたしもあそこで暮らすんだろうか？　いまだ敷かれていない通りに面したちいさなコテージに。息子と娘は二階で寝かせて。コーラはそこにいるはずの男の顔を思い浮かべようとした。またはこどもたちの名前を。けれど想像力は働かなかった。彼女は南の、ランドル農園のほうへと目を細めた。何が見えると思っていたんだろう？　南はすでに夜の闇に覆われつつあった。

では北は？　北には、いつか行くかもしれない。

風が吹き、身体が震えた。コーラは通りへ向かっていった。安全にサムのところへ行くにはいまごろがいいだろう。

駅長がなぜ二人に会いたがっているのか、シーザーも知らなかった。彼が酒場の前を通ったとき、サムは手招きして、「今夜だ」とだけ言った。到着したあのとき以来、コーラは鉄道駅に行っていなかった。だが解放の日のことは鮮やかに残っていたから、道順は難なく思い出せた。暗い森には動物の声が響き、木々の枝が唸り、歌った。コーラは自分たちの逃亡劇を、夜の闇に消えていったラヴィーのことを思い出した。

サムの家の窓明かりが枝のあいだにちらつくと、コーラは足を速めた。サムは抱擁で迎えてくれた。いつものように熱意を込めて。シャツは湿って酒臭かった。前回は気持ちが動揺していて、この家の散らかりように気がつかなかった。汚れた皿、おが屑、衣類の山。台所に行くにはひっくり返った道具箱を跨がねばならなかった。箱の中身はごた混ぜになって床に散らばっており、釘は積み木取りの積み木のように広がっていた。職業指導所に相談して小間使いを斡旋してもらうよう、帰る前に言おうとコーラは思った。

シーザーは先に着いていて、台所のテーブルで瓶入りのエールを飲んでいた。彼はサムのために手作りの椀をひとつ持ってきており、その底に指を這わせて亀裂がないか探るようにしていた。コーラは忘れかけていたが、シーザーは木工細工が好きなのだ。最近あまり会っていなかった。黒人百貨店でよい服を買い足したらしいことに気づき、コーラは嬉しくなった。上下揃いの黒っぽい服は彼によく似合っていた。ネクタイの結び方も誰かに教わったのだろう。あるいはヴァージニアにいたころの名残かもしれない。白人の老女が自由にしてくれると信じ、身なりに気をつけていたのかもしれない。

「列車が来るの？」コーラが訊いた。

「二、三日のうちに」サムが答えた。

シーザーとコーラは椅子の上で身じろぎした。

「きみたちが乗りたがらないのはわかってる」とサム。「それはいいんだ」

「ぼくたち、留まることにしたんだ」シーザーが言った。

「あなたに伝える前に、決めておきたかったの」

サムは荒い息をつき、軋む椅子の背凭《もた》れに寄り掛かった。「きみたちが列車を見送り、ここで暮らしていくのを見るのは嬉しかった」駅長は言った。「だが、これからぼくの話を聞いたら考え直すかもしれない」

サムは二人に砂糖菓子を勧め――彼は目抜き通りの近くにあるアイディール・ベイカリーがお気に入りだった――そして今日の目的を明らかにした。「もうレッズには行かないほうがいいと注意しようと思って」

「売り上げが減るのが怖いの？」シーザーがそう茶化した。その点については問題はなかった。サムの酒場では黒人の客には酒を出していなかった。寮に住み、酒と踊りを好む黒人客がゆくのはレッズだけ。手形も受け付けてくれるから安心だ。

「いや、もっと悪い」サムは答えた。「正直なところ、ぼくもどう捉えたらいいのかわからないんだ」それは奇妙な話だった。ドリフトの店主ケイレブは辛辣な性格で知られていたが、サムは会話の上手なバーテンダーとして好評だった。「この場所で働いてると、本物の人生があるとわかる」サムはしばしばそう言った。得意客のひとりに、最近病院に勤めるようになったバートラムという医者がいた。北部出身だったがほかの同郷者とはあまり付き合わず、ドリフトでの気兼ねのない付き合いを好んでいた。ウィスキーが好物だった。「罪を洗い流すために飲んでるのさ」とサムは言った。

バートラムは来るとたいてい、三杯目までは心を閉ざしていた。やがてウィスキーがその枷を外し、彼はとりとめのないお喋りを始める。マサチューセッツの猛吹雪や医学校での虐めの儀式、ヴァージニアのオポッサムは意外にも賢いことなど。昨晩は女たちとの交際の話になった。バートラム医師はトランボール嬢の店に足繁く通っており、ランチェスター館よりもお気に入りだった。ランチェスター館の娘たちは陰気な性格で、メイン州とか気質の陰鬱な地方から仕入れていると思われる――。

「ちょっと、サム」コーラがたしなめた。

「ごめん、ごめん」サムは娼婦たちのくだりを端折った。バートラム医師はトランボール嬢の店にいる娘たちの美点を数え上げてから、こんなふうに付けくわえた。「しかしまあ、とにかくレッズ・カフェだけはやめといたほうがいいぞ。黒んぼ娘が趣味ならな」バートラムの診ている男性患者が何人かレッズに通い、そこの女性常連客と情事を楽しんでいた。その患者たちは血液疾患の治療を受けに病院に来ているのだが、じつのところ処方されている飲み薬はただの砂糖水だった。黒んぼたちはほんとうは、潜伏期または第三期の梅毒について研究する材料にされているのだ。

「患者たちはあなたに治療を受けていると信じてるんですか？」サムは医者に尋ねた。声は平静を保ったが、顔に血がのぼるのは抑えられない。

「大事な研究なんだ」バートラムは説明した。「梅毒がどうやって広がるか、感染経路を知ることが治療に繋がる」レッズはこの街で唯一の、認可を受けた黒人酒場だった。黒人を見張ることと引き替えに、経営者は家賃の支払いを免れていた。梅毒の研究は、病院の黒人棟で実施されている多くの研究や実験のひとつでしかない。アフリカ大陸のイボ族は、自殺願望や気鬱といった神経疾患に罹《かか》りやすいことを知っているか、と医者はサムに訊いた。船上で足枷で結ばれた四十人の奴隷たちは、束縛されたまま生きるよりはと、船縁を越えて一斉に海へと身を投げたのだとも語った。こんな途方もない計画を思いつき、実行するとはなんたる精神か！　黒んぼの繁殖傾向に修正を加え、こうした鬱病気質を取り除くことができたらどうなる？　性的攻撃性や暴力的な気質をも制御することができたら？　わたしたちの妻や娘たちを連中の野蛮な衝動から守れる。その衝動こそ南部の白人たちがいちばん恐れているものだというのが、バートラム医師の見解だった。

医者は身を乗り出した。今朝の新聞は読んだか？

サムは首を横に振り、客の杯に注ぎ足した。

読んでいなくても、この数年にわたり社説に述べられてきたことは知っているはずだと医者は言った。この問題に関する懸念がずっと表明されていると。アメリカはたくさんのアフリカ人を輸入し育ててきた。その結果、多くの州で黒人は白人よりも数において勝っている。この事実だけ取っても、奴隷解放など不可能だ。戦略的な断種を、まずは女に、ゆくゆくは両方の性に施さないことには奴隷たちを安心して解放できない。さもなくば寝首を掻かれる不安に怯え続けることになる。ジャマイカの蜂起を企てた男はベナン人とコンゴ人の血を引いていて、計画的かつ狡猾だった。こうした血統を時間をかけて徐々に減らしていけたらどうだろう？　黒人移住者とその子孫について何年も何十年にもわたり集められる記録は、歴史上もっとも果敢な事業として評価されるようになる。計画的断種と感染症についての研究、そして社会不適応者に外科手術を施す新技術のために、有能な医学者たちが国じゅうからサウス・カロライナに集まってきているのは納得のいくことじゃないか？

酒飲みの団体がなだれ込んできて、バートラムを店の隅に追いやった。サムも忙しくなった。医者はしばらく黙って飲んでいたが、やがてそっと出ていった。「きみたちふたりはレッズに行くようなタイプじゃないけど、知らせておきたくて」とサムは言った。「レッズ」とコーラは言った。「店だけの問題じゃないよ、サム。騙されてるんだってみんなに教えないと。病気なんだから」

シーザーも賛成した。

「だけど白人の医者よりもきみたちを信じるかな？」サムが問いかけた。「証拠は？　不正をただしてくれと頼めるような権威ある機関はどこにもない。市が金を出してるんだからね。そしてほかのどの街でも、黒人移住者はおなじ仕組みに取り込まれてるんだ。新病院があるのはここだけじゃない」

台所のテーブル越しに三人は知恵をめぐらせた。黒人の世話をする者たちが医者だけでなく全員、この信じがたい陰謀に荷担しているなんてことがあるのだろうか。黒人移住者たちをあれやこれやの運命に誘導しようとしているなんて？　地所や競売から買い上げてくるのは実験台にするためだなんて。白人がみんなして合意のもとに遂行し、青い記録紙に書き付けていく。コーラはスティーブンス医師に診てもらったあとのある朝、博物館に向かうところでルーシー嬢に呼び止められたことを思い出した。病院で避妊計画のことがわかったかと彼女は訊いた。周囲の娘たちに、みんなが理解できるような言葉でコーラから話してやって欲しい。そうしてくれたらとても助かると、白人女性は言った。街ではあらゆるあたらしい職種が生まれつつある。価値を認められた人間にはたくさんの機会がひらかれていると。

シーザーとこの街に留まることを決めた晩、親睦会が終わりかけたころ、芝生の上をさまよいながら叫んでいた女のことも思い出した。「赤ちゃんを奪われる」あの女性は過去に農園で受けた悪事を嘆いていたのではない。それはこのサウス・カロライナで犯されつつある罪なのだ。彼女の赤ん坊を盗み去るのは医者であり、昔の主人ではない。

「ぼくの両親がアフリカのどの地域から来たか訊かれたよ」シーザーが言った。「そんなのわかるわけがない。医者はぼくの鼻がベナン人っぽいと言った」

「略奪を働く前ほど優しくしてくれるものさ」サムは言った。

「メグに教えないと」とシーザー。「メグの友人のなかには夜レッッズに行く子もいるんだ。

そこで恋人と落ちあうのも知ってる」

「メグって誰」コーラが訊いた。

「友達だよ。このところ一緒にいる」

「このあいだ目抜き通りを二人で歩いていたね」とサムが受けた。「すごい美人だ」

「素敵な午後だったよ、あれは」シーザーは言ってビールを啜った。視線は黒い酒瓶にあわせたまま、コーラのほうは見なかった。

この問題についてどう行動するか、三人の話し合いはほとんど進展しなかった。誰を頼るべきなのか、ほかの黒人居住者はどう反応するだろうか。もしかしたら、みんなも知りたくないかもしれない、とシーザーが言った。自分たちが逃れてきたものに較べたら、そんな噂は何ほどのこともない。あたらしい境遇における希望と、この疑惑、そして自分たちの過去における真実を計算し、周囲の黒人たちはどんな結論を導き出すだろうか？　法律に照らせば黒人たちのほとんどはいまだ所有物で、合衆国政府の手で管理された紙切れに、彼らの名前は書かれたままだ。さしあたって、注意を喚起するくらいが関の山だった。

コーラとシーザーが帰路に就き、そろそろ街に入るころにシーザーが言った。「メグはワシントン通りにある家で小間使いの仕事をしてる。おおきな邸宅がならんでるあたりだよ」

コーラは答えた。「友達ができてよかったじゃない」

「ほんとうにそう思うの？」

「残ることにしたのは間違いだったのかな」

「この場所で降りるべきだったのかもしれない」シーザーが言った。「そうじゃないかもしれない。ラヴィーならどう言うかな？」

コーラにも答えられなかった。二人は黙ったまま歩いた。


その晩はあまり眠れなかった。八十の寝台の上で、女たちがシーツに包まり寝息をたて、寝返りを打っていた。支配から自由になり、ああしろこうなれという命令から逃れているのだと信じて、眠っていた。自分のことは自分自身で決めているのだと信じて。だけど彼女たちはいまも集団で飼われている。かつてのように純粋な商品ではないものの、家畜だった。育種され、去勢される。鶏小屋か兎小屋のような寮舎に囲い込まれている。

朝が来るとコーラは、二人の娘たちと一緒に割り当てられた仕事についた。コーラともうひとりの見本が衣装を着ようとしていると、アイシスが持ち場を替わってくれないかと訊いてきた。今朝は気分がすぐれないので、糸紡ぎ機の前に座っていたいのだと。「少し足を休ませられたら助かるのだけど」

博物館で働きはじめて六週間が経ち、コーラは自分の性に合った展示の順番を見つけていた。〝農園のある一日〟から始めると、奴隷としての二つの仕事をちょうど昼食後に終えることができる。奴隷についての馬鹿げた展示は大嫌いだったので、なるべく早くすませたかった。〝農園〟から〝奴隷船〟、〝アフリカの闇〟と移っていくことは、心安まる道筋を作り出した。それは時間を遡ってアメリカを解体するのに似ていた。〝アフリカの闇〟の場面で一日を終えると、かならずといっていいほど静寂の波に浸された。単純な舞台は舞台以上のものとなり、ほんとうの避難所となった。だがコーラはアイシスの頼みを聞き入れた。今日は奴隷として終わるしかない。

農園の畑にいたとき、コーラはつねに監督官や奴隷頭の無慈悲な目に晒されていた。「もっと背を屈めろ！」「あっちの畝で働け！」アンダーソン家では、メイジーが学校や友達のところに行き、幼いレイモンドが寝ているときは、誰にも妨げられたり見張られたりせずに仕事ができた。そんなひとときは、一日のなかのちょっとした宝物だった。だが最近こんなふうに展示されていると、あのジョージアの畑地に戻った気がするのだった。押し黙ったまま口を半開きにしてこちらを見つめる客たちは、つねに見張られていたあの状態にコーラを連れ戻した。

ある日コーラは仕返しすることにした。赤い髪の白人女性が〝船〟の展示で仕事をするコーラを目にして顔を顰《しか》めた。もしかしたら彼女は、救いようのない酒好きの水夫と結婚していたことがあり、その男を思い出させるものはすべて憎らしかったのかもしれない。敵意の理由がどこにあったのか、コーラは知らないし、どうでもよかった。白人女に腹が立った。コーラは彼女の目に視線を据え、鋭く、揺るぎなく睨みつけた。やがて女は折れて、展示窓から農業コーナーのほうへと走るように逃げていった。

そのとき以来コーラは観客を選び出し、一時間にひとりずつ、憎しみを込めて睨みつけた。グリフィン楼の事務机の向こうから出てきたような銀行員、若く起業家というタイプ。やんちゃな子どもたちをまとめようと苛立っている既婚女性。ガラス窓を叩いて見本を驚かせたがる意地悪な若者。あるときはこのひとりを、またあるときはべつのひとりを。群衆のなかから弱い鎖の一片を選び出した。まなざしの力に屈してしまうような一片を。弱い鎖の輪――その響きが気に入った。自身を束縛する手足の鎖に不完全な部分を見つけ出すのだ。ひとつひとつを見ていけば、鎖の各部はちいさなものだ。でも周囲の者と繋がると、各部の弱さにもかかわらず全体としての鉄の輪は強く、数百の人間を服従させる。コーラが選んだ人間たちは、老いも若きも、富裕な地区に住んでいようとつましい地区の住人であろうと、ひとりひとりはたいした敵ではなかった。集団となったときにだけ、彼らは足枷に変わるのだ。弱い鎖を見つけたときに、しつこくその部分を削り取っていけば、積もり積もっていつか何かが変わるかもしれない。

コーラは邪眼が上手くなった。糸車や小屋のガラスでできた炎から顔をあげ、ひとりの人間をまなざしによってその場所に釘付けにする。昆虫コーナーの甲虫や蚕のように針で止める。ひとびとはつねに動けなくなった。予想しなかった奇異な攻撃に、うろたえ、後ずさり、俯いた。連れ合いに引いていかれるまで動けなくなった。よい教訓になるだろう、とコーラは思った。衆目のまんなかにいるアフリカ人だって、白人を見返すことがあるのだと。

アイシスの気分がすぐれなかった日、コーラが二番目の持ち場で船の上にいると、ガラスの向こうにお下げ髪にしたメイジーが見えた。コーラが洗って干してやっていたドレスを着ている。学校の見学らしかった。一緒にいる子どもたちのなかに、幾つか知った顔があった。子どもたちのほうではアンダーソン家の以前の小間使いの顔は憶えていないらしかった。メイジーも最初は気がつかなかった。やがてコーラはかつて世話していた少女に邪眼を固定し、少女は気づいた。教師は展示の意味について説明するのに忙しく、ほかの生徒たちはジョン船長の大仰な笑顔を指さし野次を飛ばしていた。メイジーの表情は、恐怖に引き攣りはじめた。二人のあいだで何が起こっているか、よそからはわからない。ちょうどあの昔日に、コーラとブレイクが犬小屋のそばで向かい合ったときとおなじだった。

コーラは思った――あんたもこなごなにしてやるわ、メイジー。そしてその通りになった。幼い少女は展示から駆け去っていった。なぜそんなことをしてしまったかわからなかった。衣装を脱ぎ、寮へと帰るまで、コーラは動揺していた。

その夕方、ルーシー嬢のもとを訪ねた。サムの知らせてくれたことについて、コーラは一日じゅう考えていた。いかがわしい偽の宝石のようにひかりに翳《かざ》し、角度を変えて眺めてみた。寮母には幾度も助けられてきた。けれどこうなってみると彼女の提案も助言も策略に思えてきた。農夫が驢馬を自分の意図に沿うよう動かすのとおなじように。

コーラが仕事部屋に顔を出すと、白人女性は青い記録紙をまとめているところだった。わたしの名前もそこにあるんだろうか、備忘欄にはなんと書かれているのか？　いや、と考え直した。ベシーの名前だ、コーラではない。

「少ししか時間が取れませんが」寮母は言った。

「四十号棟にひとが戻ってきたのを見ました」コーラは言った。「だけど以前のひとたちは誰もいませんでした。あのひとたちは、いまも病院で治療を受けているんですか」

ルーシー嬢は書類に目を落とし、身を固くした。「べつの街へ行きました」と答えた。

「あたらしい移住者たちのために場所が必要なんです。だからガートルードのように特別な助けの要る女性は、然るべき保護の受けられるところへ移されました」

「もう戻ってこないんですか」

「戻ってきません」ルーシー嬢は値踏みするように来訪客を見た。「気になるのはわかります。あなたは賢い子ですね、ベシー。ほかの娘たちの先頭に立ち、お手本となってくれることを願っていますよ。手術の重要性をいまは感じていないとしても。いつか心を決めてくれたら、あなたは民族の誉れとなるでしょう」

「自分で決めます」コーラは答えた。「みんなだってそうでしょう。農園では何もかも所有主に決められてしまっていた。そんなのはすべて終わったんだと思っていました」

農園と較べられたことにルーシー嬢はたじろいでいた。「善良で立派なひとたちと、精神を病んだひとや犯罪者、低能者との区別がつかないようなら、あなたはわたしの思っていたような人間ではなかったことになりますね」

わたしはあなたが思っていたのとは違う人間だ。

べつの寮母が入ってきて、会話は中断された。ロバータという年配の女で、職業指導所との連携を受け持つことが多かった。数カ月前アンダーソン家にコーラを斡旋したのも彼女だ。「ルーシー、向こうではあなたの返事を待っているわよ」

ルーシー嬢は不満げな声を出した。「書類はすべてここにあるわ」と同僚に向かって答えた。「でもグリフィン楼の記録だっておなじよ。逃亡奴隷法によれば、わたしたちは逃げてきた奴隷を引き渡すべきで、捕獲を妨げてはならない。奴隷狩り人が賞金首を見つけたと思ったからといって、わたしたちのやっていることを駄目にしてはならない。わたしたちは殺人者は匿っていない」紙の束を胸に抱えると、彼女は立ちあがった。「ベシー、さっきの件については明日話し合いましょう。考えておいてくださいね」

コーラは部屋を辞すると宿舎の階段をあがっていった。そして三段目に腰掛けた。彼らが誰を捜しているかなんてわからない。寮は隠れ場所を求めてきた逃亡奴隷でいっぱいだ。つい最近鎖から逃れた者もいれば、どこかほかの場所で何年も生活してきた者もいた。彼らが誰を捜しているかなんてわからない。

彼らは殺人者を狩り出そうとしている。

コーラはまずシーザーの寮へ行った。彼の予定は知っていたはずだったが、恐怖のせいで勤務時間を思い出すことができなかった。外に出ても、奴隷狩り人として思い浮かべるような荒っぽい白人男は見当たらなかった。コーラは芝生を横切って駆けていった。男子寮では年上の男がこちらに色目を使ってきた。男たちの住居を女が訪ねると、いつも淫らがましい視線に遭う。彼はコーラにシーザーはまだ工場だと言った。「おれと一緒に待つか？」

もう日が暮れかけていた。目抜き通りをゆく危険を冒すべきか、ひとり自問した。街の記録に彼女はベシーの名で載っているはずだ。二人が逃亡したあとテランスの刷ったビラに載っている似顔絵は雑だったが、抜け目ない狩人なら振り返るだろうほどには当人たちによく似ていた。シーザーやサムと相談するまで気を抜くことはできなかった。コーラはドリフトのある区画まで、目抜き通りと平行して走るエルム通りをゆくことにした。曲がり角にぶつかるたびに、馬に乗り松明とマスケット銃を持った民警団が、冷酷な笑みを浮かべてそこにいるのではないかと身構えた。ドリフトは早々に飲みはじめた客でいっぱいだった。知っている顔もあれば、知らない顔もあった。駅長が気づいてくれるまで、コーラは酒場の窓の前を二度通り過ぎねばならなかった。サムはコーラに裏手にまわって入るように身振りで伝えた。

店の客たちが笑い声をあげた。コーラは店内から路地に漏れる灯りを避けた。屋外便所の戸があいていたが、なかには誰もいなかった。サムは物陰で片足を木箱に乗せブーツの紐を結んでいた。「どうやったら伝言できるのか考えていたんだよ」彼は言った。「奴隷狩り人の名前はリッジウェイだ。いまは巡査のところで、シーザーときみについて聞き込みをしてる。手下の二人が店に来てて、ぼくがウィスキーを出していたんだよ」

サムがビラを手渡した。フレッチャーがコテージで話していた公示だったが、ひとつだけ違うところがあった。殺人という言葉が、文字を読めるようになったコーラの心臓に突き刺さった。

バーのなかからは騒々しい音が響いていて、コーラは暗がりへさらに身体を縮めた。サムはあと一時間は動けないらしい。できる限りの情報を集め、シーザーを工場で摑まえるつもりだと言った。コーラが先に家へ行って、待っていてくれたらそれがいちばんいい。

全力で走るのはひさしぶりだった。道の端から離れずに、ひとの気配がすると木陰に駆け込んだ。裏口からサムのコテージに入り、台所の蠟燭を点した。部屋を行ったり来たりしたあとで、座ることもできずにコーラは、もっとも気持ちの落ち着く作業をした。サムが帰ってくるまでには皿をすべて洗い終えていた。

「まずいことになってる」サムは言った。「あのあとすぐに賞金稼ぎが店に入ってきた。インディアンみたいに耳を輪に繫いで首に掛けている。マジで手に負えないタイプだ。そいつがほかの連中に、きみの居場所がわかったと言った。連中は店を出て親玉と合流した。つまりリッジウェイさ」彼も走ってきたらしく、息が上がっていた。「どうしてかはわからないが、きみの正体を知っている」

コーラはシーザーの腕を摑んだ。そして手のなかでひっくり返した。

「やつらは民警団を結成した。シーザーのところへは行けなかった。彼もここか店へ来るだろう——ぼくたちは計画を作っておいたんだ。もう向かってるかもしれない」サムはドリフトに戻ってシーザーを待つつもりだった。

「あたしたちが話してるところ、誰かに見られたと思う？」

「きみは乗り場へ降りているほうがいいかもしれない」

二人は台所のテーブルと分厚い灰色の絨毯を引き摺った。そして床の落とし戸を一緒に引き上げた。戸はひどく固かった。黴臭い空気が昇り、蠟燭の炎が揺れた。コーラは食べ物と角灯を手に闇のなかへと降りていった。頭上で扉が閉まり、テーブルがもとに戻されるがらがらという音が響いた。

街の黒人教会でひらかれる礼拝は避けていた。ランドルは救済への希望を取り除くために農園での信仰を禁じていたし、サウス・カロライナへ来てからも教会には興味が持てなかった。そのせいでほかの黒人居住者から奇異の目で見られていることは知っていた。だけど変わっていると思われることなど、ずっとどうでもよかった。いま、祈るべきなんだろうか？　角灯のかすかな灯りのもとでコーラはテーブルに着いていた。乗り場はあまりに暗く、トンネルがどこで始まっているのか見分けることはできなかった。連中がシーザーを見つけ出すまでどれくらいの時間が掛かるだろう？　シーザーはどれくらい速く走れる？　絶望したときひとびとが神と取引することは知っていた。病気の赤ん坊の熱を下げるため、監督官の暴力を止めるため、奴隷地獄のなかから誰かを救い出そうとするために。だが知る限り、そんな取引は成功したことがなかった。熱が下がるくらいのことはあっても、農園はつねに存在した。コーラは祈るのはやめた。

待っているうちに眠ってしまった。その後コーラは梯子段を昇って戻り、扉のすぐ下に腰掛けて耳を澄ますこともした。外の世界は昼でも夜でもあるようだった。空腹で喉が渇いていた。パンとソーセージを少し食べた。梯子を昇ったり降りたりし、扉に耳をつけてからまたしばらくして引き返した。そうやって時間をすごした。食べ物を食べ尽くしたとき、絶望も完璧なものとなった。扉のそばで耳を澄ませた。何ひとつ聞こえなかった。

頭上で轟音がして目が覚めた。空白はそこで終わりだった。ひとりや二人じゃない、大勢だ。連中は限なく家捜しすると、保管棚を叩き潰し家具をひっくり返していった。騒音はものすごく、暴行は間近にあった。コーラは梯子段を降りて身を縮めた。交わされる言葉は聞き取れなかった。やがて終わったようだった。

扉の隙からはひかりも風さえも入らなかった。だから煙の匂いはしなかった。窓ガラスが割れ、木材がぱちぱちと爆ぜる音はした。

家は燃えていた。

スティーブンス

プロクター医学校の解剖学館は、本館より三区画離れて、袋小路の奥から二軒目に建っていた。ボストンにあるほかの有名な医科大学に較べると、この学校はさして際だったところもなく、建物を拡大するのは受け入れ人数を増員せよという圧力に応えているまでだった。アロイシアス・スティーブンスは特別研究員の条件を満たすため、ここで深夜まで働いていた。教育費の免除と居場所と引き替えに——深夜の当直は静かで、いずれにせよ研究に資するものだったが——学校側は死体泥棒を迎え入れてくれる者を得た。

カーペンターが死体を持ってくるのはたいてい夜明け前、近隣の住人が起き出してくる前の時間が多かった。だが今晩は真夜中に来た。スティーブンスは解剖室のランプを吹き消し、階段を昇っていった。襟巻きを持っていくのを忘れるところだったが、前回の寒さを思い出した。秋の気配が忍び寄り、過酷な季節の到来を予感させていた。朝のうちに雨が降ったけれど、あまりぬかるんでいなければいいと思った。編みあげ靴はひと組しか持っておらず、その靴底はぼろぼろだった。

カーペンターと手下のコブは御者席で待っていた。スティーブンスは屋根付きの荷台に道具とともに収まった。充分な距離を走るまで、彼は身体を低くしていた。同僚や学生たちがうろついていると困るからだ。もう夜も遅かったが、シカゴからやってきた骨格の専門家が昨晩発表を行っており、まだそのあたりの酒場で飲み会が続いているかもしれなかった。彼の話を聞き逃したことはスティーブンスにとって残念だった。研究員の業務のせいで、客員講演をしばしば聞き逃した。だが金のことを考えればその痛みも和らいだ。学生たちのほとんどはマサチューセッツの裕福な家庭出身で、家賃や食費の心配を免れていた。荷馬車がマギンティの店の前を通り過ぎるとき、なかから笑い声がした。スティーブンスは帽子を目深に引き下げた。

コブが身を乗り出してきた。「今夜はコンコードだ」そう言って酒瓶を差し出してくる。コブが酒を分けてくれようとするときは断るのを信条としていた。まだ勉強中の身だが、この男の健康状態について自分が下している幾つかの診断に間違いはないと思っていた。だが風はつめたく不快だったたし、解剖学館に帰るまで暗闇と泥のなかでまだ何時間もすごさねばならなかった。スティーブンスはひと口ごくりと飲んだ。喉が灼けるようになった。

「なんだこれは」

「従弟が調合した酒だよ。ちょっと強すぎたかね」コブはカーペンターと一緒になって高笑いをした。

どうやら昨晩の飲み残しを酒場で掻き集めてきたらしい。この悪戯をスティーブンスは機嫌よく受け止めた。この数カ月をかけて、コブはようやくスティーブンスに気持ちを許しつつある。この男の不満はわかる気がした。カーペンターは自分の手下が前後不覚に酔っ払ったり、投獄されたり、他の用事で夜の仕事ができないときは、スティーブンスに代打を務めさせるのだ。夢見がちで金持ちの青年に口を噤《つぐ》んでおけなんて誰に言えるだろう？（スティーブンスはじつのところ金持ちでもなかったし、夢見がちなのは将来についてだけだったのだが。）市は最近墓泥棒を絞首刑にすることにした。それは見方によっては皮肉でもあり、似つかわしいことでもあった。絞首刑になった死体は医学校に寄贈され、解剖実験に使われるのだ。

「絞首台のことなんて気にしちゃいない」コブはスティーブンスに言った。「あっという間にすんじまうから。野次馬がよくない――おれに言わせりゃ、内輪だけでやるべきさ。ひとの尻から内臓がひり出されるのをみんなで見るなんてあんまりだ」

墓を掘り起こす作業は友情の絆を深めた。コブがスティーブンスをドクターと呼ぶ声には、このごろでは嘲《あざけ》りでなく敬意が込められるようになっていた。「あんたはほかのやつらとは違う」ある晩、裏口から解剖死体を運びながらコブは言った。「あんたはちょっぴりうさんくさい」

その通りだった。若い外科医にとってちょっぴり怪しげであることは都合のいいことだった。取りわけ死後解剖のための材料を探すときには。解剖学がこの街で始まって以来、死体不足はずっと続いていた。法律や牢獄、裁判官たちが提供する、犯罪者や娼婦の死体は限られた数しかなかった。なるほど、奇病やめずらしい畸形をわずらった死体は、死後研究のために売ることを生前から約束していたし、科学的探求の精神にのっとって自身を献体する医者もいた。それでも供給は需要の数に追いつかないのが現状だった。死体をめぐる勝負は熾烈《しれつ》で、売り手にとっても買い手にとってもそれは同様だった。金のある医学校は、金のない医学校に高値で競り勝った。死体泥棒は死体に値段をつけ、手数料と配送料も上乗せした。授業が始まり需要が高まるときはその値段を吊り上げて、もう標本が必要なくなる学期の終わりにようやく値引きを申し出た。

スティーブンスは日々おぞましい逆説に直面していた。彼の職業はひとの寿命を延ばすことだが、内心では密かに死者の増加を願っている。医療過誤の訴訟では、技術不足ゆえに裁判官の前に出ねばならないが、不正に得た死体を持っているところを捕まれば、その技術を習得しようとしたせいで罰せられることになる。プロクター医学校は学生に、自分の病理学標本の金は自分で払うように言い渡した。スティーブンスが最初に入った解剖学科では、実習を終えるために死体がまるまる二つ必要だった——どこからそんな金を出せるというのか？　故郷のメイン州にいたときは、母親の手料理に恵まれていた。母親の家系は料理の才能があった。この街では学費に書籍代、講義代、家賃を払わねばならず、彼は毎日パン屑で生きる破目になった。

カーペンターから仕事の誘いを受けると、スティーブンスは迷いなく引き受けた。それまでの数カ月、死体を運んでくる彼の姿にスティーブンスは怯えていた。墓泥棒はアイルランド人の大男で、威圧的な体軀に無骨な口ぶり、そしていつも湿った土の悪臭がした。カーペンターは妻とのあいだに六人の子どもがいた。うち二人が黄熱病で死ぬと、解剖学研究に死体を売った。または売ったという噂だった。違うと言って欲しかったが、怖くて訊けなかった。死体を売買する際は、感情には無痛になるほうがいい。

長く行方知れずだった従兄弟や親友に、墓を暴いて対面することになる死体泥棒は、彼が初めてではないだろう。

カーペンターは酒場で仲間を募った。ごろつきばかり集まった。日の高いうちは眠り、夕べにかけて酒を呷《あお》ると気晴らしを求めて出掛ける連中だ。「素晴らしい時間ってわけじゃないが、ある気質には合っている」犯罪者の気質というのはどうやっても矯正できない。卑しい仕事ではあった。墓場荒らしはその最たるものだった。競争は過酷で、まるで狂犬の群れだった。あまり遅い時間を見込んでいくと、すでに誰かが死体をくすねてしまったあとということになりがちだった。カーペンターは競争相手の雇い主を警察に通報し、解剖室に押し入っては配達を阻止した。敵対する集団どうしがおなじ貧民墓場でぶつかると、ひどい騒ぎが持ち上がった。彼らは墓石のあいだで顔を殴りあった。「あれはうるさかったな」カーペンターはひとつ話を終えるたび、そんな言葉で締め括ると、歯垢だらけの歯を剝き出して笑った。

最盛期の彼は取引の策略と詭弁を悪魔的な芸当にまで高めたものだった。葬儀屋のところまで手押し車で石を運び、石を埋葬して遺体は持ち去った。甥や姪に俳優から訓練を受けさせ、必要に応じて泣けるように仕込んだ。不幸を装う技だった。そして一緒に死体安置所をまわり、長く行方不明になっている親類だと言って死体を持ち去った。もっともカーペンターは、必要とあれば検視官のところから平気で死体を盗んでいくこともあった。死体を解剖学校に売ってから、学校を警察に通報し、さらに妻に喪服を着せて、その死体を息子のものだと言って持ち去ったことも一度だけではない。そのうえでカーペンターは、死体をべつの学校に売りつけた。郡は葬儀代を節約できた。誰も死体などちゃんと見ていないのだ。

死体取引は遂に恐れを知らぬものとなり、夜陰に紛れて愛する身内が消えてしまわないよう、遺族たちは墓の傍らに見張りを置くようになった。行方不明の子どもたちも急に、見下げ果てたこのゲームの犠牲者と見做されるようになった——誘拐され、殺されて、解剖のために売られたのだと。新聞はこの問題を、怒りを込めて社説に取り上げた。警察が介入するようになった。あらたな情勢下で死体泥棒たちは縄張りを拡張し、より遠くの墓にまで手を伸ばすようになった。カーペンターは黒んぼ専門になった。

黒んぼは死者に見張りを立てたりはしなかった。黒んぼはまた郡保安官の扉を叩くこともなく、新聞記者の事務所をうろつくこともなかった。郡保安官は彼らに注意を払うことがなく、彼らの話を聞く新聞記者もまたいなかった。彼らの愛する者たちの遺体は袋詰めにされて持ち去られ、次にあらわれたときは医学校のつめたい地下室貯蔵庫のなかで、内側に秘めたものを暴かれようとするのだった。彼らの死体はすべて奇跡だとスティーブンスは考えた。神の複雑な企図へと到る道標をはっきりと示している。

黒んぼ《ニガー》という語を口にするときカーペンターは、骨を咥えた疥癬《かいせん》病みの犬が唸るような声を出した。スティーブンスはその言葉をけっして使わなかった。人種的偏見には否定的だった。実際、カーペンターのように教育のないアイルランド人——社会によって墓を暴くような仕事に差し向けられたひとびとは、白人の医者よりも黒人のほうに多く共通点があるはずだった。少し考えればわかることだ。もちろん声に出しては指摘しなかったが。この近代世界の風潮に照らせば、自分の物の見方はおかしいのかもしれないとスティーブンスは考えることがあった。ボストンに住む黒人について、ほかの学生は最悪の言葉を平気で口にした。その臭いや知能の低さ、衝動が原初的であることなど。だがその級友たちが黒人の死体にメスを入れる段になると、志の高い奴隷廃止論者より黒人の役に立っているように見えた。黒人は死ぬと人間になった。死んで初めて、白人と平等になるのだった。

コンコード市の郊外で、一行は木戸のわきに停まり、守衛の合図を待った。守衛が角灯を前後に揺らし、カーペンターは荷馬車を墓地へ入れた。コブが手数料を払うと、守衛は今晩の獲物のところへ連れていった。おおきいのが二つ、中くらいのが二つ、子どもが三つだった。雨のおかげで地面は柔らかかった。三時間もあれば終わるだろう。墓穴を埋め直してしまえば、誰も来なかったかのように見える。

「ほら、メスだ」カーペンターはスティーブンスにショベルを渡した。

朝になったら彼は医学生に戻っているだろう。今夜は復活を助ける男、正確に言えば死体泥棒だ。復活を助けるとは美化した物言いだが、そこには一抹の真実もある。彼はひとびとがこの世に貢献するための二度目の機会を与えている。前生においては彼らから奪われていたものを。

そして死んだ人間のことがわかれば、とスティーブンスは折に触れ思うのだった。生きた人間のこともわかるはずだし、死体にはできない証言だって聞き取ることができるはずだ。

両手を揉み合わせて血のめぐりをよくすると、彼は地面を掘りはじめた。

ノース・カロライナ

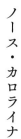

逃亡、または連れ去られた奴隷。ヘンダーソン付近の購読者の家より。当月16日、黒人娘、名はマーサ。購読者の所有になる。当該少女は焦げ茶色の肌でほっそりしており、21歳ほどで闊達に話す。黒い絹製で羽根のついたボンネット帽をかぶっている。キャラコのベッドカバーキルトを2枚所持している。自由黒人の振りをしていると思われる。

リグドン・バンクス

1839年8月28日　グランヴィル郡

蠟燭はなくしてしまった。鼠が一匹嚙みついてきて、コーラは目が覚めた。身体を起こして乗り場の土埃を這うように手探りした。でも何も見つからなかった。サムの家が崩壊してから丸一日が経ったはずだが、確信はなかった。ランドル農園で綿花を摘んでいたころの尺度で測るのがよさそうだった。片側に飢餓と恐怖が積み上がり、その増加に伴って反対側では希望が減っていく。この暗闇に迷っていた時間を知る唯一の方法は、ここから救い出されることだった。

蠟燭のひかりが欲しいのは、いまとなっては慰めだけのためだった。闇というこの牢獄の、さまざまな細部はすでに集めてあった。乗り場は二十八歩の長さ。線路の端から壁までは五歩半。上の世界に出る階段は二十六段。落とし戸に手のひらを当てると温かかった。

よじ登っていくときにどの段でドレスが引っ掛かるか（八段目だ）、這い降りてくるとき急ぎすぎるとどの段が肌を引っ掻いてくるかも（それは十五段目）わかっていた。乗り場の端に箒が立てかけてあるのを見た憶えがあった。コーラはそれで床を叩いて歩いた。街で盲目の婦人がしていたように、また逃避行のなかでシーザーが黒い沼地を探って歩いたように。だがやがて失敗して何かに躓《つまず》き、線路へと落ちてしまった。コーラは箒をなくし、意欲もなくして、ただ地面に蹲った。

外に出なければならなかった。この長い時間のあいだに、凄惨な場面を思い浮かべずにいるのは難しかった。さながら〝驚異の残酷博物館〟だ。薄笑いを浮かべた群衆に首を吊られるシーザー。または暴行を受け、奴隷狩り人の荷馬車の床にひどい状態で横たわるシーザーは、ランドル農園へ送り返されるところで、その先にはさらなる罰が待っている。優しかったサムは牢獄へ。またはタールと羽根の刑にされ、骨を折られて朦朧としながら地下鉄道のことで尋問を受けるサム。顔のない白人の民警団がいまだ燻《くすぶ》る小屋の廃墟へ入り込み、落とし戸をあけて彼女を不幸の底へと連れていく。

こうした場面を、起きているときコーラは血で色づけしてしまうのだった。悪夢のなかで〝展示〟はさらに醜悪だった。苦痛を見たがる観客の前で、ガラス越しに展示場のなかを行き来する。博物館は閉館しているのに〝奴隷船の生活〟のなかに閉じ込められ、船は永遠に港に着かず、数百人の拉致された黒人が甲板の下であげる悲鳴を聞きながら風が吹くのを待っている。次の展示場のガラスの向こうでは、ルーシー嬢がペーパーナイフでコーラの腹を引き裂いて、内臓からは真っ黒な蜘蛛がわらわらと無数に這い出してくる。あの燻製小屋の裏手での悪夢にも繰り返し連れ戻され、病院の看護婦に取り押さえられるなかで、テランス・ランドルがコーラに覆い被さり、呻き声をあげて彼女を貫き通そうとする。目が覚めるのはたいてい鼠か虫に噛まれたときで、好奇心に駆られた生き物がコーラの夢を中断し、乗り場の暗闇へと引き戻すのだった。

手のひらの下で胃が震えている。飢えに苦しんだことは以前にもあった。悪戯を罰するために奴隷監督官のコネリーが、地所の奴隷たちの食糧を半分に減らそうと思いついたときだ。だが奴隷は働くために食べなければならず、綿花という主人がその罰を短期間で終わらせた。ここでは、次にいつ食べられるかまったくわからない。列車は遅れていた。サムが悪い血の話をしてくれて、家がまだ建っていたあの晩から数えて、二日以内に汽車はやってくることになっていた。もう着いていていいはずだった。どれくらい遅れているのか正確にはわからないが、遅延はまったくよい兆しではなかった。この支線は閉鎖されたのかもしれない。あるいは地下鉄道の全線が露顕して中止されたのか。誰もやってこなかった。この闇のなかを次の駅まで、どれだけあるのかわからない距離を歩いていくだけの強さはなかった。次の地点で待ち受けている何かわからないものに直面する勇気はさらにない。

シーザー。二人に分別があり、逃げ続けていたならば。そうしたら彼女とシーザーはいまごろ自由州にいたはずだ。自分たちのように何も持たない奴隷がサウス・カロライナの気前よさにあずかれるなんて、なぜ信じることができたんだろう？　州境をひとつ越えただけで新生活が待っているなんて。そこは変わらず南部だったし、悪魔の指は長く狡猾だ。そしてあれだけ学んだのにもかかわらず、手首と足首に鎖が嵌められたことに気づかなかったなんて。サウス・カロライナの鎖は独自の新製品で、鍵も金具もこの土地の登録商標が付いていたが、それでもやはり鎖の役を果たした。結局二人はたいした距離を旅してはいなかったのだ。

目の前に翳した自分の手すら見ることはできないのに、シーザーの逮捕の場面は繰り返し見えるのだった。工場の事務所で捕まえられる。サムと会うためにドリフトに向かう途中で拘束される。目抜き通りを恋人のメグと腕を組んで歩いているときに捕まる。彼が捕まるときメグは悲鳴をあげ、連中は彼女を歩道に殴り倒す。もしもシーザーを恋人にしていたら、この一点は違っただろう。二人は一緒に捕まったかもしれないのだ。ばらばらの牢獄でみなし子にならずにすんだかもしれない。コーラは胸元に両膝を引き寄せ、腕をまわして抱きしめた。彼をがっかりさせてしまっただろう。結局彼女ははぐれてしまった。誰にも面倒を見てもらえないみなし子を農園でははぐれ家畜《ストレイ》と呼んだが、それだけではない、あらゆる意味において彼女は迷える者《ストレイ》だった。何年も前、どこかの地点で、人生の道を踏み外してしまった。家族の許へ帰る道は、もう見つけることができない。

地面がかすかに揺れていた。あとになって遅れてきた列車の到着を思いだすとき、その震動は機関車によるものとは感じられなかった。そうではなく、薄々わかっていた真実が獰猛にやってきた音だと思った——あらゆる意味で、彼女はみなし子《ストレイ》だ、と。部族のたったひとりの生き残りなのだと。

カーブのあたりで列車の灯りが瞬いた。コーラは髪に手をやったが、地下に潜っていたあとでは見た目を直そうとしても無駄だと気づいた。機関士はそんなことで判断しないだろう。彼らの秘密組織を構成するのは風変わりなひとびとばかりなのだ。コーラは思い切り手を振った。汽車の橙色の灯りを楽しみながら。ひかりはあたたかな気泡となって乗り場を包み込んでいた。

列車は速度を落とすことなく駅を通り過ぎ、視界から消えた。

その後ろを追いかけて叫びながら、コーラは危うく線路へと転落しそうになった。何日も出さなかったあとで声は錆び付いていた。コーラは信じられない思いで立ち尽くし、震えていた。やがて列車が停まり、線路を引き返してくるのが音でわかった。

機関士は申し訳なさそうだった。「サンドイッチもどう?」革袋から喉を鳴らして水を飲むコーラに、彼はそう尋ねた。彼女はサンドイッチも食べた。機関士のからかうような調子にも気づかずに。豚の舌肉が好物だったためしはないのだが。

「ひとがいるはずじゃなかったんだけど」少年は眼鏡を直しつつ言った。十五歳以上にはなっていなかっただろう。骨っぽく痩せて、熱意に満ちていた。

「でも、あたしがいるのはわかるでしょう?」指を舐めると土の味がした。

少年はコーラの物語のあらゆる局面で、「ええっ!」「まさか!」と声をあげた。オーバーオールのポケットに親指を突っ込み、踵に体重をあずけて身体を揺らしている。彼の喋り方はいつか公園で見た、ボールを蹴って遊んでいた白人の男の子のようだった。ゆったりと構えた口調で話し、それは機関士という職種はともかく、少年の肌の色からするとめずらしいことだった。彼が蒸気機関車を運転するまでには物語があったに違いないが、いまは黒人少年の数奇な人生を語るときではなかった。

「ジョージアの駅は閉鎖された」青い帽子の下で頭を掻きながら、彼は最後に言った。「だから近づかないことになってるんだ。警邏団が火を放ったんだと思う」少年は運転室によじ登り、溲瓶《しびん》を持ち出してきてトンネルの端まで行くと、中身を捨てた。「上の者たちも駅長からの連絡は受けていない。だからぼくは急行を走らせていた。この駅で止まるのは予定外なんだ」彼はすぐさま出発したがっていた。

　コーラは躊躇った。最後にもう一度振り返って、梯子段を見るのを抑えられなかった。来るはずのない乗客。諦めて、運転席へと向かった。

「そこに昇っちゃ駄目だ！」少年は言った。「規則なんだ」

「まさかあそこに乗れっていうの？」

「乗客は客車に座っていただくことになっておりますので。この規則は厳格なんだ」

　あの荷台を客車と呼ぶなんて、言語の恣意的濫用だった。それはサウス・カロライナまで乗ってきたのとおなじく貨車には違いなかったが、土台だけだった。ただの木の板が車台に鋲で留められ、壁も天井もなかった。コーラはその板に乗り、少年が整備するのに合わせて車体ががたごとと鳴った。彼は首をまわしてコーラを見ると、不釣り合いなほど熱心に客へ向かって手を振った。

　おおきすぎる荷を運ぶ際に使う革紐と縄とが床に、蛇のように転がっていた。コーラは荷台のまんなかに座り、紐の一本を腰に三度巻き付けて、残りの二本を手綱のようにして握りしめた。そして強く引っ張った。

　列車は揺れながらトンネルへと向かった。北を目指して。機関士が声を張りあげる。

「出発進行!」あの少年は頭が足りない、とコーラは判断した。この職務に負わされた責任の重さにもかかわらず。背後を振り返ると、彼女を閉じ込めた地下牢は闇のなかへ埋もれて消えつつあった。自分があの駅の最後の利用客になるのだろうか。もし次の旅行者が来ることがあれば、そのひとにはぐずぐずせずに線路を進んでいって欲しいと思った。まっすぐに、自由へ向けて。

サウス・カロライナまでの道中では、コーラは揺れる列車のなかでもシーザーのあたたかな身体に身を寄せて眠ることができた。今回の汽車旅では、とても眠ることなどできない。客車と呼ばれたこの代物はあの箱形の貨車より頑丈だったが、風が前から吹き付けるため乗っているだけで試練だった。時折息をつくために、身体の向きを変えねばならなかった。そのうえ機関士は前回に較べ無鉄砲で、容赦なく速度を上げては機械を走らせた。カーブに来るたび荷台が跳ね上がった。これまでもっとも海を近く感じたのは、〝驚異の自然博物館〟にいたときだった。けれどこの跳ね上がる床板は、船の揺れや嵐について教えてくれた。機関士の歌う声が後ろへと流れてきた。彼女の知らない曲だった。北からのごみ屑もまた強風に乗って飛んできた。最後にはコーラも観念し、俯せになって横たわると、板の隙に指を差し込んでしがみついた。

「乗り心地はどうだい」汽車が停まると彼は尋ねた。そこはトンネルのまんなかで、駅は見当たらなかった。

　コーラは手綱を振って見せた。

「よし」と少年は言って、額の煤と汗を拭った。「これで半分まできたところだ。脚を伸ばして休ませないと」そして蒸気機関を横からぽんと叩いた。「このご婦人も頑張ってるけど、歳だからね」

　ふたたび列車が動き出すまで、コーラは気がつかなかった――自分たちがどこへ向かっているか、訊き忘れているということに。

ランブリーの農場の地下にあった駅では、さまざまな色の石を敷き詰めて丁寧な装飾が施されていた。サムの駅は木の厚板で壁を覆ってあった。この停車駅を作ったひとは、容赦のない岩盤の土地を叩き割り爆破するのに手一杯で、飾り立てようとした痕跡はなく、工事の困難さを示していた。白や橙色、錆びた赤色の筋が、突出部や裂け目、岩の塊に縞となって浮き出ていた。コーラは山のはらわたのまんなかに立っていた。

壁にカンテラが幾つか掛かっていて、機関士はそのひとつに火を入れた。作業員たちは仕事のあとを片付けていかなかったようだ。道具や掘削具の入った木箱で乗り場はいっぱいだった。まるで作業場のようだ。二人は火薬の空き箱を見つけてそれぞれ腰掛けた。水の溜まった樽があったので、コーラはひと口舐めてみた。新鮮なようだった。トンネルを抜けるあいだ飛んでくる塵や埃に晒され続けて、口のなかは古びた塵取りみたいになっていた。柄杓を使ってゆっくりと飲んだ。機関士はそのあいだ落ち着かなげに見守っていた。

「ここはどこ」コーラは訊いた。

「ノース・カロライナだよ」少年は答えた。「かつては人気の駅だったと聞いた。いまは違うけど」

「駅長は？」

「ぼくは会ったことがない。でもきっといいひとだと思うよ」

こんな薄暗い穴ぐらで働くなんて、辛抱強い人格者じゃないとできないことだ。コーラはと言えば、サムの家の地下ですごした数日のあとで、もう冒険は懲りごりだという気持ちになっていた。「あたしもあなたと一緒に行く。次の駅はどこ？」

「そのことを伝えようとしてたんだ。ぼくは整備係なんだよ」少年の言うところによれば、彼はまだ若いので、動力の操作は任されても人間の輸送は任されていない。ジョージアの駅が閉鎖されたあと――彼も詳しい理由は知らないが、見つかってしまったという噂だった――組織は順路を変更するため、すべての線路を点検してまわっていた。コーラが待っていた列車は運転中止になり、その次がいつやってくるのか彼にもわからない。彼に与えられた仕事は線路の状態について報告を作成し、分岐点まで戻ることだった。

「じゃあ、次の駅には連れて行ってもらえないの？」

少年はコーラを乗り場の端まで誘うと、角灯を掲げて見せた。トンネルは十五メートルほど先で、半端に削られた岩に阻まれ、行き止まりになっていた。

「さっき南への支線があったんだ」彼は言った。「そこを点検して倉庫に戻るのに充分なだけの石炭は積んでいる」

「南へは行けないわ」コーラは答えた。

「そのうち駅長が来るよ。きっと」

少年は去っていった。彼の頭の悪さすら、いなくなると寂しく思えた。

だがコーラには灯りがあった。もうひとつ、サウス・カロライナでは欠けていたもの——音だ。線路のあいだに溜まる黒っぽい水は、駅の天井から等間隔をおいて落ちてくるものだった。頭上の岩を削った丸天井は、白地にところどころ赤い模様が散って、鞭打ちの傷から出た血液がシャツに染みているかのようだった。それでもなお、音が聞こえるのは心強いことだった。飲み水がたくさんあること、カンテラの灯り、そして奴隷狩り人から逃れてやってきただけの距離。それらすべてが心強いことだ。ノース・カロライナへ来たことは、一見そう思えなくても、おおきな進歩だ。

コーラは探検を開始した。駅は荒削りなトンネルと隣り合っていた。木でできた天井を柱が支えており、土の床には石が嵌め込まれていて、コーラはそこに躓いた。壁を伝い落ちてくる水の溜まりを跨いで、まずは左に行ってみることにした。錆び付いた道具類が道を塞いでいた。たがね、大槌、鶴嘴《つるはし》——岩山と闘う武器の数々だ。空気は重く湿っていた。壁に手を這わせると、その手はつめたく白い粉で覆われた。通路の行き当たりには梯子段が岩壁に留められており、頭上へと伸びて細い道に繋がっていた。コーラはカンテラを掲げた。その横道がどこまで続いているのかはわからない。思い切って昇ることにした。というのも、通路の逆側は次第に狭く暗くなった先で袋小路になっていたからだ。

その言わば二階の通路を何メートルか進んでみると、作業員たちが道具を投げ出してしまった理由がわかった。岩と泥の入り交じった傾斜が床から天井まで立ちはだかり、トンネルを遮断していたのだ。落盤の反対側は、三十メートルほど行ったところで行き止まりだった。彼女の恐怖は確信に変わった。またもや閉じ込められたのだ。

コーラは岩の上に崩折れ、啜り泣くうちに眠ってしまった。

やがて駅長に起こされた。「なんてことだ！」男は言った。紅潮したまるい顔が、掻き分けられた瓦礫のあいだから覗いていた。「なんてことだ。いったい、ここで何をしている」

「あたしは乗客です」コーラは答えた。

「この駅は閉鎖されたのを知らんのか？」

コーラは咳払いして立ちあがり、汚れたドレスの裾を払った。

「なんてことだ、まったくなんてことだ」

男はマーティン・ウェルズといった。彼と二人がかりで石壁の穴を広げると、コーラは身体を押し込んで反対側へ出た。壁穴を這い降りて地面に着地する彼女を、マーティンはまるで豪奢な馬車を降りる貴婦人にするように手を貸した。それからさらに何度か曲がると、トンネルの口は薄暗いひかりのほうへ通じていた。風が肌にくすぐったかった。コーラは水を飲むように空気を飲み込み、夜の空を味わった。これまででいちばんのご馳走だった。長く地下にいたあとで、星々は熟れた果実のようにたっぷりと滴っていた。

駅長は太鼓腹で青白い顔の、中年期をだいぶ過ぎた穏やかな男だった。地下鉄道の一員なら危険には慣れっこのはずなのに、神経質で不安に駆られがちな性格のようだった。「ここには誰もいないはずなんだ」彼は機関士とおなじ意見を口にした。「ここに来たのはとても残念なことだ」

事情を説明しながらマーティンは荒い息をついた。汗に濡れた白髪混じりの髪を頻《しき》りと後ろに撫でつけていた。夜の騎士《ナイト・ライダー》たちが自警してまわっていて、駅員や乗客は危険にさらされているのだと彼は言った。雲母の鉱床は確かに街から遠いし、遠い昔にインディアンが掘り尽くしてしまい、おおかた忘れ去られているが、それでも取締人が定期的に洞窟と鉱床を調べにくる。逃亡奴隷が裁きの手から隠れそうな場所はすべて調べるのだと。

コーラを絶望させた落盤は、地下で行われている活動から目を眩ますためにわざと起こしたものだ。その計画は上手くいったものの、ノース・カロライナのあたらしい法律のせいで駅は使用不可能になった。マーティンが鉱床を訪れるのは、もう乗客を受け入れることはできないと地下鉄道に伝言を残すためでしかない。コーラでも誰でも逃亡奴隷を匿うとなると、マーティンにはいかなる意味でもその用意がないのだった。「とくに現在の状況下では無理だ」彼は小声で言った。まるで渓谷の頂で警邏団が待ち受けてでもいるかのように。

マーティンはコーラに四輪馬車を取ってこなければならないと告げた。ほんとうに戻ってくるのか、コーラは確信が持てなかった。すぐに戻ると彼は言い張った。夜明けが近づいているし、明るくなればコーラを運ぶことはできない。こうして外に、生きた世界に出られたことが嬉しかったので、彼を信じることにした。痩せこけた二頭の馬が引くぼろぼろの馬車で戻ってくると、コーラはマーティンを抱きしめそうになった。穀物や種の入った袋を移動させ、荷台にわずかな隙間を作った。前回こうして隠れたときは、二人分の隙間が必要だったと思い出した。マーティンは荷台を防水布で隠し、馬車は音を立てながら切り通しを抜けていった。駅長は道に出るまで冒瀆的な言葉で不平を言い続けた。

まだたいした距離を行かないうちに、マーティンは馬を止まらせた。彼は防水布を取り除けた。「間もなく日が昇るが、これを見せておきたかった」駅長はそう言った。

すぐには何のことかわからなかった。田舎道は静かで、両側には森の林冠が迫っていた。とある影を彼女は認めた。ひとつ、またもうひとつ。コーラは荷馬車から身を乗り出した。

木々の枝からぶら下がる死体は腐りかけた飾りのようだった。裸のものもあれば、部分的に衣類で覆われたものもあった。首が折れたときに腸の中身が出た箇所は、ズボンが黒く汚れていた。コーラの近くにある二つの死体を駅長が角灯で照らし出した。肉を切り裂かれたおおきな傷が目立った。ひとつは去勢されたもので、男性器があったはずの場所には不気味な空洞が口をあけていた。もう一方は女性で、下腹が湾曲していた。赤ん坊を孕《はら》むと身体はどうなるか、コーラはよく知らなかった。彼らの飛び出した眼球はコーラを非難するかのようだった。だけど小娘がひとり眠りを妨げにきたからといって、このまなざしが何ほどのものだろう？　生まれたその日からずっと、世界はこのひとたちを苛み続けたのだ。

「この通りは現在、〝自由の道〟と呼ばれている」言いながらマーティンは、ふたたび荷馬車に布を掛けた。「死体は街までずっと続いてる」

地下鉄道が連れてきたのは、いったいどんな地獄なのか？

次に荷馬車から出たとき、コーラはマーティンの黄色い家を忍び足でまわり込んだ。空は白みつつあった。マーティンは危険を覚悟で、馬車をできる限り地所のなかへと入れた。両側の家はとても近く、馬のたてる音で住人が目を覚まし、姿を見られないとも限らない。家の正面側には通りが見え、その向こうには芝生が広がっていた。マーティンに急かされて、コーラは裏のポーチへ這い上がるとそのまま家のなかへ入った。台所では背の高い白人女性が、寝間着姿のまま羽目板に寄り掛かっていた。彼女はグラスからレモネードを飲んでおり、コーラのほうを見ずにこう言った。「あなたのせいで、わたしたち、殺されるわ」

それがエセルだった。マーティンと結婚して三十五年になるという。夫が流しで震える手を洗うあいだ、夫婦は口を利かなかった。コーラが鉱床で待っているときに言い争ったのに違いない。そして目の前のことが片付いたら、また口論を始めるのだと思った。

マーティンは荷馬車を店へ返しにゆき、エセルはコーラを上階に連れていった。コーラはちらりと居間を見た。品のよい家具が据え付けてあった。マーティンに警告されていたので、朝のひかりが入ってくると階段を昇る足が速くなった。エセルの灰色の髪は長く、背中の半分まで届いていた。彼女の歩き方はコーラの気持ちを殺《そ》いでいった。怒りに駆られ、浮き上がるように歩く。階段のてっぺんに来ると足を止め、洗い場を指さした。「臭うから。さっさとして」

身体を洗ってふたたび廊下へ出ると、エセルは彼女を呼びつけて屋根裏への階段を昇るように言った。頭がつかえるほど天井が低く、暑い部屋だった。切妻屋根の下で壁は傾斜し、長年にわたり不要品が溜め込まれているようだった。壊れた洗濯板が二枚、虫に食われたキルトの山、座部の破れた椅子。毛革の掛かった木馬が、黄色い壁紙の剝がれた下の片隅に置かれていた。

「あれを覆わないと」とエセルが言ったのは窓のことだった。壁際から木箱を持ってくるとその上に立ち、天井の上げ蓋を軽く押した。「来なさい」顰《しか》め面のままで言った。逃亡者のほうはまだ一度も見ていない。

コーラは偽物の天井の裏によじ登り、狭い隅に身体を押し込んだ。床から一メートルの高さで細くなり、長さは五メートルもなかった。黴臭い新聞や書物を脇へ寄せて場所をあけた。エセルが階段を降りていく音がした。やがて家主は戻ってくると、コーラに食べ物と水差し、おまるを差し出した。

そこで初めてエセルはコーラを見た。上げ蓋の枠に縁取られた強張《こわば》った顔がそこにあった。「もうすぐ小間使いの子が来る。物音を気取られたら、通報されて殺される。今日の午後にはわたしたちの娘が家族と一緒にやってくる。そのひとたちにも、あなたがいると知られてはいけない。わかった？」

「どれくらいの時間？」

「馬鹿。喋るな。物音は一切立てないで。誰かに聞かれたら一巻の終わりよ」そして上げ蓋を引き下ろした。

ひかりと空気が入ってくる道は、通りに面した壁の穴だけだった。コーラはそこへ這ってゆき、垂木の下にしゃがみ込んだ。ぎざぎざの穴は内側からあけられたもので、以前ここにいた住人の仕業に違いなかった。宿に対するちょっとした反抗。そのひとはいま、どうしているんだろう。

第一日目、コーラは公園の日常に詳しくなった。家の前の通り越しに見た、緑の区画だった。覗き穴に目を押しつけて、全体を見るためにあちこち視線を移した。二階建て、三階建ての木造の家々が公園の四方を囲んでいた。建物の構造はどれもおなじだったが、壁の色や長いポーチに置いた家具の種類で差を付けていた。きっちりと敷かれた煉瓦の歩道が芝の上で交差して、高い木々や豊富な枝々の影を出たり入ったりしつつ蛇行していた。正門のそばで歌う噴水のまわりには石のベンチが幾つか置かれていたが、日が昇ると間もなくひとで埋まって、夜になるまで絶えず誰かが座っていた。

パン屑をハンカチいっぱいに抱え、鳥に餌をやろうとする老人、凧や鞠を手にした子どもたち、そして夜には恋の呪文に掛けられた男女と、ひとびとは入れ替わっていった。茶色い雑種犬が縄張りにしていて、甲高い声で吠え、走りまわった。みんながその犬を知っていた。午後のあいだじゅう子どもたちが芝生で追いまわし、がっしりとした白い演奏台の上に追い込んで遊んでいた。雑種の犬はベンチの影や巨大な樫の木蔭で居眠りした。その樫は公園におおらかな威厳をもって聳えていた。犬はよく肥えており、街のひとたちに与えられるおやつや骨を貪り食べていた。その食事風景を目にすると、コーラはかならず胃袋が鳴った。犬には心中で市長《メイヤー》と名づけた。

太陽が空の頂点に達するころ、公園は正午の移動をするひとの出入りで活気づき、コーラの隠れた穴ぐらは、暑熱のために恐ろしい竈《かまど》に変わった。べつの片隅に這ってゆき、空想上の涼しいオアシスを探すことが、公園を観察することに次ぐ日中のおもな活動だった。次第にわかったことだが、家主は日中にはコーラを訪ねない。小間使いのフィオナがいるからだ。マーティンは店番に出ており、エセルは社会活動のため帰ってきては出掛けていく。だがフィオナはつねに階下にいた。彼女はまだとても若く、強いアイルランド訛りで話した。課された仕事をこなしながら溜め息をつき、雇い主の悪口を呟くのがしばしば耳に入ってきた。初日には屋根裏に入ってこなかったが、彼女の足音が聞こえると、コーラはかつての水夫仲間ジョン船長さながらに身を硬くした。最初の朝にエセルがした警告は、充分な効果を上げていた。

到着した日にはそれに加えてべつの来客があった。マーティンとエセルの娘ジェーンが、家族とともにやってきた。明るく気持ちのよい振る舞いの様子から、彼女は父親似に違いないと感じ、見ることのできないその顔を、マーティンの顔を雛型にしたパーツで埋めた。その夫と二人の娘たち――家主には義理の息子と孫娘たちは、ひっきりなしに動きまわり、家じゅうに足音を轟かせた。あるとき孫娘たちが屋根裏に入ってこようとしたのだが、幽霊はどういうところにいるものかという議論を経てやめたようだった。この家には確かに幽霊がいるが、音の鳴る鎖も鳴らない鎖も、もうたくさんだった。

夕方になっても公園は賑やかだった。街を貫く目抜き通りが近いのだろうと思った。青い格子縞のドレスを着た年配の女たちが、白と青の旗を交互に紐に通した飾りを演奏台に釘で固定していた。オレンジの葉を繋いだ飾りがそこに華やかな彩りを添えた。家族連れが演奏台の前で場所取りをし、敷物を広げて籠から食事を取りだしていた。公園の隣に住むひとたちは水差しやグラスを手にポーチへ集まった。

避難所の居心地の悪さと、奴隷狩り人に見つかって以来の不運の連続に気を取られていて、コーラはこの公園の特異さにすぐには気がつかなかった。白人しかいないのだ。シーザーと逃げ出してくるまで農園を離れたことがなく、サウス・カロライナに行って初めて、街なかで人種どうしが交流しているのを目にした。目抜き通りでも店でも工場でも事務所でも、あらゆる分野で白人と黒人は一日じゅう、当然のごとく交じり合っていた。人間の商業活動は、さもなければ萎縮する。自由であろうと繋がれていようと、アフリカ人はアメリカ人と切り離すことができない。

だがノース・カロライナでは、黒人という人種は縄でぶら下げられた以外、どこにも存在しない。

二人の若々しい男がやってきて、演奏台に横断幕を固定する初老の婦人たちに手を貸した――〝金曜祭〟とそこにはあった。楽団が位置に着き、手慣らしに音楽をやりはじめると、公園じゅうに散らばっていたひとびとが集まってきた。コーラは身体をかがめて壁に顔を押しつけた。バンジョー奏者はそこそこ上手かったが、ホルンとフィドルはそうでもなかった。これまでランドルのところやその他で聴いてきた黒人の演奏に較べれば、彼らの旋律は物足りなかった。だが街のひとたちは、劣化したリズムを楽しんでいた。バンドは締め括りに黒人の曲を二つ演奏した。コーラもよく知っている、夜の集いには人気のある曲だ。階下のポーチではマーティンとエセルの孫たちが歓声をあげ、手を叩いた。

皺加工した麻布のスーツに身を包んだ男が壇上にあがり、短い歓迎の挨拶をした。後にマーティンから聞いたところでは、それがテニソン判事だった。節制しているときは街の尊敬を集めていたが、この夜は酔っていた。判事は次の出し物を紹介したが、黒人劇とはどんなものか、コーラにはわからなかった。話に聞いたこととはあるものの、その寸劇を目にしたことはなかった。サウス・カロライナの黒人劇場では別種の出し物をやっていた。白人男性が二人、コルク樫を焼いた炭で顔を黒く塗り、陽気な調子で寸劇を演じると、公園じゅうが笑いに包まれた。けばけばしい服やシルクハットといったちぐはぐな衣装に身を包み、声色は大袈裟に黒人の喋り方を真似ていた。笑いのつぼはそこにあるらしかった。痩せているほうの役者が壊れかけたブーツを脱ぎ、自分の足の指を数えるのだが、何度やってもどこまで数えたか途中で忘れてしまう小品は、とくに熱のこもった反応を得た。湖に繰り返し起こる汚水について判事から注意があったあとで、最後の出し物は寸劇だった。役者の動きや、この息の詰まる穴ぐらに届いてくるかすかな会話から察して、この劇もまた奴隷に関するものらしかった。顔を炭で塗った白人の役者は、今回も首や手首に桃色の地肌を覗かせていた。彼の演じる奴隷は、主人に軽い叱責を受けたのが理由で北へ逃げていく。困難なその道のりで、飢えや寒さ、猛獣の恐怖を託《かこ》つ独白を口にする。北部で彼は酒場に雇われる。雇い主は横暴で、利かん気の強い奴隷をことあるごとに打擲し、侮辱する。給金を横取りし、ひととしての尊厳も奪っていく。北部の冷酷な白人像だった。

最後の場面は、奴隷がもとの所有主の玄関に立つところで、彼はふたたび北から逃げてきたのだった。自由州という偽の約束から。奴隷は自身の愚かな過ちを悔い、許しを、かつて与えられていた仕事をふたたび乞うのだが、主人は優しく辛抱強い言葉で、それは無理だと説いて聞かせる。奴隷が不在にしているあいだに、ノース・カロライナは変わったのだ。主人が口笛を吹いて合図すると警邏団員が二人あらわれて、打ちひしがれたその奴隷を屋敷から連れ去っていく。

街の住人は芝居の告げる道徳に心を打たれ、拍手の音が公園じゅうに鳴り響き続けた。父親の肩に乗った幼な子も手を叩いていたし、メイヤーまでも宙を噛む動作をしていた。

この街がどれくらいの規模なのかコーラにはわからないが、市民の全員が公園に集まり、何かを待っている気配がした。宵の宴の真の目的が明らかになろうとしていた。白いズボンに明るい赤の上着姿の、がっしりとした男が壇上に進み出た。背は高くないものの、ゆっくりとした足運びは力強く、ある種の威厳を伴っていて、コーラは博物館にいた、劇的な進撃の瞬間に閉じ込められた熊を思い出した。彼は天神髭の片端を捻りながら、聴衆が静かになるのを、どこか愉しげにゆっくりと待った。男の声はよく通り、この晩の集まりのなかで初めて、ひと言漏らさずコーラにも聞き取ることができた。

彼はジェイミソンと名乗ったが、街の人間は誰もがよく知っていた。「金曜日は目が覚めると身体に活力が満ちております。間もなくまたここに集まって、我々のよき運命を言《こと》祝《ほ》ぐことができるからです。我々の騎士団が闇を守ってくれるようになる以前、安んじて眠ることは困難でした」彼はそう言って、演奏台の傍らに集まった屈強な一団を示した。五十人は下らなかっただろう。ジェイミソンの紹介に応えて男たちが頷き手を振ると、市民は歓声をあげた。

ジェイミソンもまた群衆に応えた。夜の騎士団員のひとりが、神から新生児を授かった。べつの二人は誕生日を迎えた。「そして今晩、我々は新団員を迎えます」彼はそう続けた。「善い家の出である少年が、今週、夜の騎士団に加わりました。リチャード、こっちへ来てみなさんに顔を見てもらいなさい」

赤毛の痩せた少年が、おずおずと前へ進み出た。仲間たちとおなじように、彼もまた黒いズボンに厚地の白シャツという出で立ちだったが、その襟は細い首にはだいぶ余裕があるようだった。少年はぼそぼそと何か答えている。二人の会話のうちジェイミソンの側から、この新団員は郡のあちこちをまわって団のしきたりを教わっているのだと知った。

「そしてきみは幸先のよいスタートを切ったのだったね、リチャード?」

少年はひょろりとした首で頷いた。彼はまだとても若く、背格好からしてもコーラは前回の地下鉄道の機関士を思い出した。諸事情から大人の仕事を余儀なくされた少年。こちらの彼は肌色が薄く、顔にはそばかすが散っていたが、危うげな熱意を秘めた様子はおなじだった。誕生日もおなじかもしれない。そしてべつべつの基準と環境のもとに、まったく違う任務に導かれている。

「入ったその週に捕獲を成し遂げる団員はそう多くはありません」ジェイミソンが言った。「リチャードの獲物をお目に掛けましょう」

二人の騎士が黒人の娘を壇上に引っ張ってきた。小間使いらしい華奢な体つきで、作り笑いを浮かべながらその身体をさらにちいさくしていた。灰色の貫頭衣は引き裂かれ、血と汚物にまみれていた。頭は乱雑な丸刈りにされていた。「リチャードはテネシー行きの蒸気船を捜索していて、甲板の下に隠れているこのならず者を見つけ出したんです」ジェイミソンが言った。「名前はルイーザです。農園再編成の混乱に乗じて逃げ出し、数カ月間森に潜んでいたのです。我々の機構を構成する論理から逃げおおせたと思い込んだらしい」

ルイーザは束の間顔をあげ、聴衆を探るように目を走らせたが、黙っていた。目に血が流れこんでいて、彼女の拷問者たちを見るのも難しそうだった。

ジェイミソンは拳を宙に突き立てた。空の何かに挑もうとでもするかのように。あの男の敵は夜なんだ、とコーラは思った。夜と、夜を満たす幻影だ。彼は言った——夜が降りると邪《よこしま》な黒人たちは、闇に紛れて市民の妻や娘に暴行を働く。絶えることのない暗闇のなかで、南部の住人は無力で危険にさらされているのだと。それを守ってくれるのが騎士団だ。「わたしたちは各人が、あらたなノース・カロライナとその権利のため、自己を犠牲にしてきたのです」ジェイミソンは言った。「このいわば独立国家のために、わたしたちは着実に進んできた。北部人たちの介入や、劣等人種の汚染から逃れてきた。何年も前、この国の黎明期に犯された過ちを正すため、黒人の群れは撃退されてきた。州境をひとつ越えれば、我々の同胞にもかかわらず、黒んぼの向上などという馬鹿げた考えを抱く者もいます。驢馬に算数を教えるほうがよっぽど楽だ」彼はしゃがんでルイーザの頭を擦った。「このならず者を見出したとき、我らのすべきことは明らかだった」

群衆は二つにわかれた。いつもの流れで、わかっているのだ。ジェイミソンが行列を指揮すると、夜の騎士たちが黒人娘を公園の中央に立つ樫の巨木へ引き摺っていった。その日の早い時間に、公園の隅に車輪付きの台が置いてあるのをコーラは見ていた。午後のあいだ子どもたちがよじ登って跳びはねては遊んでいた。夕方のどこかの時点で、それは樫の木の下に移動されていた。ジェイミソンは有志を募った。さまざまな年齢のひとびとが駆け寄り、台の左右に集まった。縄の端が降ろされてルイーザの首にまわされ、彼女は階段を昇らされた。慣れた手つきの正確さで、ひとりの騎士がその縄を頭上へ、太く丈夫な枝へと投げた。縄は一度で枝に掛かった。

台を押すために集まってきたひとりが脇へ追いやられた。その男は前回の祭でもこの役をやっていた。栗色の髪にピンクの水玉のドレスを着た若い女が、彼の代わりにその位置についた。

　黒人娘が吊られる前に、コーラは顔を背けて反対側の隅に蹲った。この天袋というあたらしい檻のなかで。その後の数カ月にわたり、暑さで息が詰まりそうになるとき以外、コーラはそちら側の隅で眠った。それは公園から――陰惨に脈打つこの街の心臓から、精一杯離れられる場所だった。

　街じゅうが静まりかえった。ジェイミソンが号令をかけた。

コーラを屋根裏に閉じ込めた理由を説明するには、マーティンはかなり過去まで遡らねばならなかった。南部のほかの場所と同様、すべての始まりは綿花だった。綿花という機関は非情で、アフリカ人の身体を燃料に欲しがった。大洋を渡る船に運ばれてきた身体は大地の上で労働し、そしてさらなる身体を生み出した。

動力は休みなくピストン運動を続けた。奴隷が増えれば綿花が増えるし、金が増え、買う土地が増えて、綿花の生産もさらに増える。奴隷貿易が終わった後でさえも、その数は一世代も経たないうちに収容不可能なほどになった——すなわち、黒んぼの人口は。ノース・カロライナでは白人はまだ黒人の二倍の数がいたが、ルイジアナやジョージアではほぼおなじ、サウス・カロライナへの州境を越えると、黒人の数は白人より十万人以上も多かった。奴隷が自由と——そして報復を求めて鎖を断ち切れば、結果は容易に想像がつく。

ジョージアやケンタッキー、南アメリカやカリブ諸島で、アフリカ人たちは反旗を翻し、短期間ではあったものの白人を動揺させた。サザンプトンの反乱が鎮圧されるまでに、ナット・ターナーの率いる一団は白人の男女子どもをあわせて六十五人殺害した。市民軍と警邏団は見返りに黒人たちをその三倍殺した——共謀者たち、同調者たち、そして無関係の者たちを、見せしめとするために。上下関係をはっきりさせるために。だが数の問題は残った。先入観を植え付けても隠すことのできない真実だった。

「このあたりでは、巡査にいちばん近い仕事をしているのが警邏団だ」マーティンは言った。

「どこでもそう」とコーラ。「警邏団は気が向いたときにいつでも攻撃してくる」この街で初めて迎える月曜の真夜中過ぎだった。マーティンの娘と家族たち、それにフィオナも帰ったあとだった。フィオナは道を行った先のアイルランド人街に住んでいた。マーティンは屋根裏で木箱に腰掛け、手うちわを使っていた。コーラは歩きまわり、痛む脚を伸ばしていた。ここ何日か立ちあがっていなかった。エセルは顔を出したがらなかった。窓は藍色のカーテンで覆い隠され、蠟燭のちいさな灯りが暗がりを舐めていた。

この時間にもかかわらず、マーティンは小声でしか話さなかった。隣の家の息子は夜の騎士団員だった。

奴隷所有主の用心棒として、警邏団は法そのものだった。白人で、歪んでいて無慈悲だった。残忍なうえ奴隷監督官になるための機知さえも欠いた、最底辺の集団から選ばれている。（コーラも同意の相槌を打った。）警邏団は、肌の色が黒い人間なら誰でも呼び止めることができた。奴隷が農園の外で呼び止められた際は、通行証を持っていなければ、鞭打ちの刑や郡刑務所への収監を免れなかった。自由黒人は解放証明書を所持している必要があり、さもなければ過酷な奴隷状態へと連れ戻された。競売の台の上に紛れ込まされることすらあった。従わない頑固な奴隷は銃で撃たれることもあった。警邏団は思いのままに奴隷村を捜索したし、自由黒人の家を家捜しし、貴重なリネン類を盗み、淫猥なる挙動に出た。

戦争になると――奴隷反乱の鎮圧はもっとも栄《は》えある戦への呼びかけだった――警邏団はその出自を超越して真の軍隊へと姿を変えた。闇夜の下、燎原の炎に照らされ繰り広げられる血塗られた戦いをコーラは思い浮かべた。マーティンの説明によると、しかし実際の蜂起は規模もちいさく混乱したものだった。街から街への道のりを、奴隷たちはそのあたりで拾った手斧や鎌、刃物や煉瓦といった武器を持って歩いた。裏切り者の黒人から密告を受け、白人の用心棒たちは念入りな奇襲を計画し、暴徒を銃で処刑したり馬上から打ち倒したりした。自分たちは合衆国軍であるという自負に勢いを得て。警報が出るやいなや、市民の有志が警邏団に加わり反乱の鎮圧に向かった。地所に押し入り自由黒人の家に松明を投げ込んだ。疑わしい者や居合わせただけの者を牢屋にぶちこんだ。有罪の者は吊るし、無罪の者の大多数も予防措置と称して吊るした。殺害された者の報復が――さらに重要なことには、白人の秩序への侮辱に対する十二分な仕返しが――すむと、市民たちはそれぞれの農場、工場、店といった持ち場へ戻り、警邏団も見まわりを再開した。

暴動は鎮圧されたが、莫大な黒人人口という問題は残った。人口統計の棒グラフや帯グラフは憂鬱な結果を示している。

「あたしたちもそれは知ってる。でも言わない」コーラがマーティンに言った。

マーティンが身じろぎし、彼の座った木箱が軋んだ。

「言うことがあったとしても、誰にでも、ってわけではない」コーラは続けた。「あたしたちが、どんなにたくさんいるか」

去年の秋、とある寒い夕方に、ノース・カロライナの有力者たちは黒人問題を解決するため集まった。奴隷をめぐる複雑な情勢の変化に政治家たちは焦点を当てた。綿花という怪物を動かす富裕な農場経営者たちは、その制御の手綱が滑り落ちていきつつあるのを感じていた。彼らの計画はまだ柔らかい粘土のようなもので、火を入れ恒久的な陶器にしてくれる法律家が必要だった。ジェイミソンがそこにいた、とマーティンはコーラに言った。上院議員にして地元の農園主だったから。それは長い夜となった。

彼らはオニー・ギャリソンの家の食堂に集っていた。オニーは〝正義の丘〟のてっぺんに住んでいた。丘の上からは眼下の風景がどこまでも見渡せて、世界を調和の取れた姿で示してくれるゆえに付いた名前だった。この晩以来、彼らの会合は〝正義の会議〟として知られることになる。家主の父は先駆的な綿花栽培者のひとりで、この奇跡の農作物へひとびとを改宗させる手腕は見事だった。オニーは綿花による恩恵と、その必要悪、つまり黒んぼに囲まれて育った。食堂に長々と居座って、家主の酒を飲みいつまでももてなしを受けようとする男たちの青白い顔を前に、オニーは思いをめぐらせた。考えれば考えるほど、彼がほんとうに欲しているのは前者、つまり綿花であって、黒人という後者ではない。なぜ自分たちはこんなふうにして、奴隷反乱や北部諸州が議会に与える影響などを延々と懸念し続けるのか？　問題はただ、この綿花ってものを誰が摘むかという話に尽きるのに。

続く日々、新聞が数字を報道して、皆がわかるようになったとマーティンは言った。ノース・カロライナには三十万人近くの奴隷がいる。そして毎年、それとおなじだけのヨーロッパ人――そのほとんどは飢餓や喜ばしくない政治状況から逃げてきたアイルランド人とドイツ人だった――が、蒸気船に乗ってボストンやニューヨーク、フィラデルフィアへとやってくる。州会議事堂の議場で、新聞の社説で、こんな提言がなされた――この人口供給をなぜ北部の連中に与えておくのか？　この人間の貢ぎ物の行く先を、南部に資するよう進路変更させては？　海外の新聞には季節労働の恩恵を謳う広告が出て、先遣要員が居酒屋や街の集会所、救貧院でその利点を説き、貸し切りの船は間もなく、意欲溢れる人間という積み荷でいっぱいになり、夢を抱いた者たちをあたらしい国の岸辺へ運んだ。上陸した彼らは畑で働いた。

「白人が綿花を摘んでるとこなんて見たことない」コーラが言った。

「わたしはノース・カロライナへ戻ってくるまで、人間の四肢を八つ裂きにする群衆など見たことがなかったな」マーティンは言った。「あのさまを見れば、やつらが何をして何をしないかなど、言うことはできなくなる」

確かに、彼らが白い黒んぼ《ホワイト・ニガー》であろうと、アイルランド人をアフリカ人のように扱うことはできない。奴隷を購入し維持するには費用がかかる一方、白人労働者につましいながらも給金を払うことにも費用がかかる。奴隷による暴力と長期的な安定のどちらを取るか。ヨーロッパ人はかつて農民だった。また農業に帰ることもできるだろう。移民たちは契約期間が終了して（旅費や道具代、住居費などの支払いを終えて）、アメリカ社会に居場所を得ると、自分たちを育ててくれた南部体制の擁護者となるだろう。選挙の日に投票する者は、五分の三ではなく一票と数えられるはずだ（下院議員の選出において黒人は3/5人と数えられた）。経済的な算段は必要だが、やがて来る人種問題上の衝突を考え合わせると、ノース・カロライナは奴隷州のなかでもっとも有利な位置に立てるだろう。

事実上、向こうでは奴隷制を廃止した。反対に、とオニー・ガリソンは応えて言った。我々は黒んぼを廃止する。

「女のひとや子どもたち、男のひとたち――みんなどこへ行ったの？」コーラは尋ねた。公園で誰かの叫び声がして、屋根裏の二人はしばし身を硬くした。

「きみも見ただろう」

ノース・カロライナ州政府は――その半分がその晩ガリソンの食堂に集まっていたのだが、大英帝国が数十年前奴隷を廃止したときとおなじく、現在奴隷である者たちを農園主から高値で買い取った。綿花帝国のほかの州が備蓄を吸い上げた――とくにフロリダやルイジアナは爆発的に発展しつつあり、黒人労働者を、それも熟練した者を求めていた。バーボン通りを少し歩いて観察するだけで、その結果は誰にでも予測できるだろう。白人種が黒人の血と融合した挙げ句に生まれる不快な混血児たち。白人種に染みをつけ、不明瞭にして混乱させる。ヨーロッパの血筋をエジプト人の黒色で汚染させれば、二分の一や四分の一の混血、種々雑多のくすんだ浅黒い肌の私生児という河の支流が生まれ、ほかならぬ自分自身の喉を切り裂く刃を作り出すことになるのだ。

新人種法は黒人がノース・カロライナの地に足を踏み入れることを禁じた。自分の土地を離れることを拒否した自由黒人は追放か虐殺された。インディアンと戦った古参兵たちは、その手腕を買われて気前のいい賃金で雇われた。兵士がその役目を終えると、かつて警邏団だった者は夜の騎士の外套をまとい、さまよえる黒人を検挙した。新秩序から逃げようとした奴隷、土地を奪われたのに北へ向かう手段を持たない自由黒人、さまざまな理由で行き場をなくした運の悪い黒人たちを。

その最初の土曜日、コーラは朝目が覚めても覗き穴から外を見なかった。ようやく意を決したときには、ルイーザの身体は縄から切り離されて持ち去られていた。彼女がぶら下がっていた場所で子どもたちが跳ねまわっていた。「あの道」とコーラはマーティンに言った。「〝自由の道〟とあなたたちが呼んでる道。あれはどこまで続くの」

道に資する死体がある限りさ、とマーティンは答えた。死体は腐乱するし、腐肉を食らう者によって消費されるけれど、縛り首の数がつねに先を行っている。ある程度の規模の街はどこも金曜祭を行っているし、あのおぞましい出し物で幕を閉じる。余分の捕虜を刑務所に確保している街もある。夜の騎士たちが手ぶらで帰ってきて収穫のない週に備えてだ。

新体制のもとに罰を受ける白人は、縛り首になっても見世物になることは滅多になかった。ただし、とマーティンは留保を付けた。黒人逃亡者の一団を匿った白人農夫という例外もあった。燃えて灰となった家を丹念に調べたところで、農夫の死体を彼の匿った者たちの死体から選り分けるのは不可能だった。炎が肌色の違いを消し去り、彼らをおなじものにしてしまったから。五つの死体のすべてが〝自由の道〟に吊るされたが、しきたりに背いたといって騒ぎ立てる者はいなかった。

白人の迫害という話題に至って、ようやくコーラを天袋に閉じ込めている理由に辿り着いた。「わたしたちの立たされている窮地がわかっただろう」マーティンは言った。

奴隷廃止論者はずっと追放されてきた、と彼は言った。ヴァージニアやデラウェアでは彼らの扇動も大目に見てもらえるかもしれないが、綿花州では駄目だ。文書を所有しているだけでしばらく刑務所に入る充分な理由になるし、釈放されても街には長く留まることはないだろう。州憲法の修正法案では、扇動的な文書の所有や黒人への幇助、教唆の罪に与える罰は、現地の当局が決めた。大体は死刑だった。被告は自宅から髪を摑まれ引き摺り出される。従うことを拒否した奴隷所有者——感傷からであれ所有権についての的外れな認識からであれ——は、屋根裏や地下室や石炭庫に黒んぼを隠した情け深い市民たちと同様、首を吊られる。

白人の逮捕数が少なくなると、共謀者をたれ込む者に与える報酬をつり上げる街が出てきた。商売敵《がたき》や昔の敵、隣人をひとびとは密告した。裏切り者が禁じられた同情を口にした古い会話を、詳しく述べ立てた。子どもは学校教師に反乱の兆しについて教わった結果、自分の親のことを告げ口した。マーティンは街に住むある男の話をした。彼は何年ものあいだ妻と別れたかったが、果たすことができずにいた。彼女の罪状についての詳細は法廷で吟味されることはなく、それなのに妻はもっとも高い犠牲を払うことになった。当の男はその三カ月後に再婚した。

「彼は幸せなの？」コーラは訊いた。

「なんだって？」

コーラは手を振って打ち消した。マーティンの話があまりに過酷で、コーラは奇妙な笑いのつぼに落とし込まれていた。

かつて警邏団は、黒人の家屋敷を意のままに捜索した。自由黒人であろうと奴隷であろうとだ。権限が拡大されてからは、公共の安全という名のもとに、告発にもとづいてあらゆる人間の扉を叩き、行きあたりばったりの捜索を行うことが許された。取締人は何時であろうが、貧しい罠猟師から裕福な治安判事まで、誰の許もおなじように訪ねた。荷馬車や馬車は検問所で止められた。雲母の鉱床はたった数マイルしか離れていない。もしマーティンにコーラと一緒に逃げる気概があったとしても、検問にあわずに隣の郡まで行くことはできないだろう。

安全の名においてであっても、白人たちは自由を手放すのを嫌がるだろうとコーラは思っていた。だがマーティンの言うことには、警邏団は怒りを植え付けるどころか、各郡の誇りとなっていた。愛郷者たちは捜査を受けて身の潔白を証明できた回数を自慢した。見目のよい若い娘の家に夜の騎士が訪れると、幸福な婚約が成立することもあった。

コーラがやってくる前、マーティンとエセルの家は二度取り調べに遭っていた。騎士たちはどこまでも感じがよく、エセルの作った生姜ケーキを褒めた。屋根裏の天井蓋に疑いを抱いたようには見えなかったが、次回もおなじように事が運ぶとは限らない。二度目の訪問を受けたとき、マーティンは地下鉄道の仕事から手を引くことを決めた。コーラの旅における次の行程についてはなんの計画もない。協力者からの言葉も。合図を待たねばならなかった。

妻の態度について、マーティンはふたたび謝罪した。「妻は死ぬほど恐れているのがわかったと思う。わたしたちは運命のなすがままなんだ」

「奴隷になったみたいな気がする？」コーラは尋ねた。

エセルは自分でこの人生を選んだわけではない、とマーティンは言った。

「そういうふうに生まれついたの？　奴隷みたいに？」

その晩の会話はそれでお終いになった。新鮮な食べ物と清潔なおまるを手に、コーラは天袋へよじ登った。

　生活は間もなくおのずと規則的なものになった。束縛された状態では、それ以外ではあり得なかった。屋根に何度も頭をぶつけて、身体は動かせる限界を覚え込んだ。まるで船艙に身体を丸めるように、コーラは垂木のあいだに眠った。彼女は公園を見た。また覗き穴から漏れ入ってくるわずかなひかりに目を凝らして読書に励み、サウス・カロライナで中断されてしまった勉強を続けようと努力した。なぜこの世には二つの局面しかないのだろうと考えた。朝の苦難と夕べの迫害という、二つしか。

　金曜日ごとに街は宴をひらき、コーラは天袋の反対の隅に引っ込んだ。

　耐えがたい暑熱はほぼ毎日続いた。ひどいときにはバケツに閉じ込められた魚のように、穴のなかで喘いだ。飲み水の制限を破って午前のうちに飲みすぎてしまい、その日の残りは公園の噴水を忸怩《じくじ》たる思いで眺めることもあった。あの犬が水を撥ねかして駆けまわるのが忌々しかった。暑さで気絶しそうになっても、頭を垂木に擦って目が覚めてしまう。首はかつて料理人のアリスが夕食のために捻った鶏のようだと感じた。サウス・カロライナでついた身体の肉はどこかへ溶けていってしまった。泥だらけになったドレスの代わりに家主は彼の娘のお下がりをくれた。ジェーンは痩せぎすのようだったが、いまのコーラではそれでも腰まわりが余った。

公園に面した家々の灯りがすべて消え、フィオナが帰宅してだいぶ経ってから、真夜中近くにマーティンは食べ物を持ってきた。コーラは屋根裏部屋に降りてゆき、身体を伸ばして空気を吸った。二人はしばらく話すものの、マーティンはどこかの時点で厳しい表情をして立ちあがり、コーラもまた天袋へと戻った。数日に一度、エセルはマーティンに許可を出し、コーラはわずかな時間洗い場を使うことができた。マーティンが訪ねてきたあとは決まって眠りに落ちた。ときにはしばらく泣いてから、またときには蠟燭を吹き消すようにあっという間に眠った。暴力に満ちた夢のなかへと戻っていった。

公園を日々の通り道とする常連たちを彼女は憶え、気づいたことや考察を集めていった。まるで自身の年鑑を編んでいくかのように。マーティンは奴隷廃止論者の新聞や冊子を天袋に保存していた。危険をもたらすものだったためエセルは処分して欲しがっていたが、それはマーティンの父親のものだったし、日付も親の世代がこの家に住んでいたころに遡っていたから、自分たちのものではないと主張できると彼は思っていた。黄ばんだ冊子からできる限りのものを読みとると、次にコーラは古い年鑑を読みはじめた。彼らは潮の満ち引きや星辰の動きを予測して考察し、謎めいた言葉で記述を残していた。マーティンは聖書を持ってきてくれた。屋根裏部屋での短い休憩のなかで、コーラは『モヒカン族の最後』の、水浸しになって波打った一冊を見つけた。読書のための灯りを求めて覗き穴の前に蹲り、また夜になると蠟燭のそばにまるくなって読んだ。

コーラはマーティンの訪れを、いつもおなじ問いで迎えた。「知らせはあった？」

だが二、三カ月が経つと、問うのをやめた。

地下鉄道は完全に沈黙を守ったままだった。鉄道駅が急襲を受けて駅長が邪な正義のもとに処罰された話が新聞には載っていたが、それは奴隷州ではよく見られる訓話にすぎなかった。かつては見知らぬ人間がマーティンの家の扉を叩き、鉄道経路についての伝言を残した。一度は確定した乗客を知らせたこともあった。おなじ人間が二度来ることはなかった。だが長いこと誰も来ていない、とマーティンは言った。彼の力でできることは何もない。

「ここから出してくれないつもりなのね」

彼の答えは苦渋に満ちていた。「状況はいたって単純だ」これは誰にとってもまったく完璧な罠なんだ、と彼は言った。「きみは逃げおおせないだろう。連中に捕まるだろう。そうしたらわたしたちの正体を白状せざるを得なくなる」

「ランドルの農園では、やつらは手足に枷をつけたければいつでもそうしたよ」

「きみはわたしたちを破滅に導くだろう。きみ自身も、わたしも、エセルも。そして地下鉄道できみを手引きしてくれた全員を破滅させる」

マーティンにつらく当たりすぎているのはわかっていたが、さして気にせず、依怙地になっていた。彼はその日の新聞を手渡すと、天袋の扉を閉めた。

フィオナの気配がすると、コーラは完全に動きを止めた。このアイルランド人の少女の外見については想像するしかなかった。フィオナはときどき屋根裏部屋にがらくたを放り込みにきた。階段はわずかな重みにも大袈裟な悲鳴をあげたから、警報の役目をよく果たしてくれた。小間使いが出ていくと、コーラはわずかな活動を再開した。彼女の野卑な性格は、主人の目がないところで悪口を呟き続けていた農園の奴隷たちを思い出させた。主人に仕える者たちのちいさな反抗はあらゆるところにある。フィオナはスープ鍋に唾を吐き入れているに違いないとコーラは思った。

小間使いの帰路は公園を通ってはいなかった。彼女の溜め息を知り尽くしたあとでも、コーラはその顔を見たことがなかった。飢饉や移住の困難を乗り越えてきた、気が強くて喧嘩腰の少女を思い描いていた。彼女はカロライナ州の貸し切り船で母親と弟とともにアメリカへ渡ってきたのだとマーティンは言った。だが母親のほうは肺病に罹り、陸地を見ずに死んでしまった。弟は働くには幼すぎたし、虚弱体質であることが見て取れた。年配のアイルランド女性たちが交替で弟の子守りをしている。アイルランド人街というのは、サウス・カロライナの黒人通りと似通っているのだろうか？　こちら側から道を一本越えれば、ひとびとの話し方ががらりと変わり、住居の規模や状態も、夢のおおきさや性質さえもが限られてしまうのだろうか。

二、三カ月のうちに収穫の季節になるだろう。街の外では畑に綿花が球体となって揺れ、麻袋に入れて運ばれる。ここでは、白人の労働者に摘まれて。アイルランドやドイツから来た労働者は、黒んぼの仕事をするのが嫌ではないのだろうか。あるいは給金をもらえる保証が屈辱を忘れさせるのか？　文無しの白人が文無しの黒人から畑の畝を引き継ぐ。ただし白人は週末にはもう一文無しではない。黒い肌の兄弟とは違い、白人は給金を貯めて契約を精算することができるし、人生のあらたな章を始めることもできるのだ。

ランドルの農園にいたとき、ジョッキーが語っていた。かつて奴隷商人たちは奴隷のさらなる支脈を求めて、アフリカの奥へ奥へと足を伸ばした。あらわれる部族を次々に拉致して綿花という王に供したため、大規模農園はさまざまな部族と言語の混淆状態になった。コーラは考えた。いつかあらたな移民の波がアイルランド人に取って代わるだろうと。べつの、さらに惨めな国からひとびとが逃げてくる。そしておなじことを一から繰り返す。綿花の機関は蒸気を吐き出し、唸りを上げて走り続ける。ピストンを動かす燃料が移り変わっていくだけだ。

コーラの牢獄の壁は屋根に沿って傾斜しており、取りわけ夕暮れとマーティンのやってくる深夜までの時間、その白い壁には鬱々とした問い掛けが投影された。シーザーに逃亡を持ちかけられたとき、コーラが思い描いた結末は二つ。困難の果てに北部の街で満ち足りた生活を送るか、あるいは死ぬかだった。テランスは逃亡の罰に鞭打ちを与えるだけでは気がすまないだろう。あれやこれやの責め苦で彼女の人生を思う存分飾り立て、大々的にあの世へと送り出すのに違いない。

北部の想像は、屋根裏での最初の日々、素描のようなものにすぎなかった。明るい台所にいる子どもたちがちらりと見える——つねに男の子と女の子がひとりずつ。夫は隣の部屋にいて、姿は見えないけど愛し合っている。月日が経つにつれ、台所から繋がるほかの部屋も見えてくるようになった。簡素だが趣味のよい家具を置いた居間、サウス・カロライナの白人用の店で目にしたような品も置かれている。寝室。そしてベッドを覆う白いシーツに太陽のひかりが目映くて、コーラはそこで子どもたちと一緒に寝そべっている。ベッドの端に夫の姿も半分だけ見えている。また数年後のべつの場面では、コーラは自分の住む街の雑踏を歩いていて、母親に出くわすのだ。どん底の暮らしのなか物乞いをするその老女は、犯してきた過ちの数々に背中が曲がっている。メイベルは顔を上げるけれど、それが娘だとは気づかない。コーラは物乞いに使われている容器を蹴飛ばし、幾ばくか入っていた貨幣が雑踏のなかに失われる。コーラは午後の散歩に戻り、息子の誕生日ケーキを焼くための小麦粉を買いに行く。

来たるべきその場所に、シーザーは折に触れて夕食にあらわれる。二人はランドル農園や逃亡の途の苦難について、悲しみながらも笑い飛ばし、その果ての自由について語り合う。シーザーは子どもたちに、眉の上にできたちいさな傷を指でなぞってみせ、その由来を語る。彼はサウス・カロライナで奴隷狩り人に捕まったが、逃げおおせたのだ。

自分が死なせた少年のことは滅多に考えなかった。あの晩の森での行動は、弁明する必要などなかった。誰にも彼女を責める権利はない。テランス・ランドルの人格は、ノース・カロライナの新体制を思いつく精神構造を示してはくれる。だがここでは暴力の規模があまりにおおきく、コーラにはうまく思い描くことができなかった。綿花のもたらす富以上に、彼らを掻きたてているのは恐怖だ。受けてきた仕打ちを報復しようとする黒人労働者の影。ある晩彼女は自分もまた、彼らの恐れる復讐鬼のひとりだと気づいた。白人の少年を殺したのだから。次にべつの白人を殺すことだってあり得る。そしてその恐怖心ゆえに彼らは、数百年前に敷かれた残虐な基盤の上に、あたらしい弾圧の足場を組み立てたのだ。奴隷使役者たちが畑の畝に植えるよう命じたのは海島綿だが、その種のあいだには暴力と死の種も蒔かれ、この作物の成長は早かった。白人たちが恐れたのは正しかった。いつの日か体制は血を噴き出して崩れるだろう。

たったひとりの反乱。コーラはしばし笑みを浮かべた。それから、独房にいるという事実がまたよみがえった。壁の隙間で鼠のように跪《もが》きながら。畑にいようと地下にいようと、屋根裏部屋にいようと、アメリカは変わらず彼女の看守だった。

夏至の一週間前のことだった。マーティンは古いキルトを座部のない椅子に詰めて、屋根裏部屋を訪れるあいだ徐々にそこへ沈み込んでいった。いつもの通り、コーラはわからない単語の意味を訊いた。今回はなかなか読み進められずにいる聖書からの言葉だった。ゲインセイ、ラヴニング、ホア。マーティンはゲインセイとラヴニングの意味は自分も知らないと認めた。続いて、まるで次の季節に備えるように、これまであった悪い兆しを回想しはじめた。

最初の事件は先週のことで、コーラがおまるをひっくり返してしまった。天袋に隠れて四カ月が経っており、これまでにも屋根板に頭をぶつけたり、垂木に膝をぶつけたりして音をたてたことはあったが、フィオナの反応はなかった。おまるを壁に蹴飛ばしてしまったとき、小間使いは台所をうろついて仕事をしていた。もしフィオナが階段を昇ってきたら、板の隙から漏れて屋根裏部屋に落ちる雫の音と、汚物の臭いに気づかずにはいなかっただろう。

ちょうど正午の笛の音が鳴り響いた後だった。エセルは出掛けていた。昼食のあとにはアイルランド人街からべつの少女が訪ねてきて、小間使いは二人して食堂で噂話に長時間を費やし、おかげでフィオナは残り時間、素早く雑用を片付けなければならなかったのも運がよかった。彼女は悪臭に気づかなかったか、気づいても掃除をするのが嫌で――天井に巣を作ったのがどんな齧歯類であろうと――気づかないふりをしていたかだ。その晩マーティンがやってきて一緒に掃除をしたときに、今回危機一髪だったことは、エセルに黙っておくほうがいいと言った。湿度が高くなるにつれて、妻の神経は取りわけ逆撫でされやすくなっていた。

エセルに知らせるかどうかはマーティン次第だった。コーラは到着した日の晩以来、彼女の姿を見ていなかった。コーラの耳にする限り、たまにあの生き物と名指す以外には、エセルがコーラの話題に触れたことはなかった――フィオナが家にいないときであっても。マーティンが屋根裏を訪れる直前には、寝室の扉を叩きつける音がしばしば聞かれた。エセルがコーラを密告しない唯一の理由は、共犯関係を問われるからに違いないとコーラは考えた。

「エセルはあまり頭がよくない」椅子に深く沈み込みながらマーティンが言った。「わたしが手助けを求めたとき、妻にはこうした問題が予測できていなかった」

マーティンが地下鉄道の組織に加わった偶然について物語ろうとするのがわかった。つまり天袋の外にそれだけ長いこといられる。コーラは腕を伸ばして促した。「あなたには予測できたの、マーティン？」

「まったく。できるはずがない」彼は答えた。

彼は奴隷廃止論者の手先となるには程遠い人間だった。マーティンの記憶のなかで、父親のドナルドは奴隷制について意見することはまずなかった。とはいえ彼の一家は、仲間うちで奴隷を所有していないめずらしい家だった。マーティンが幼かったとき、飼料店の棚出し係をしていたのはジェリコという名の、年老いて背中の曲がった男だった。彼は何年も前に解放されていた。毎年感謝祭の日には蕪の缶詰を持ってあらわれて、マーティンの母親を当惑させた。ドナルドは新聞で奴隷にまつわる事件を読んでは、不満げに呻いて首を振った。けれど横暴な主人に対するものか、あるいは聞き分けのない奴隷に対してなのかは、周囲にはわからなかった。

十八歳のときマーティンはノース・カロライナを離れ、孤独な紆余曲折を経たあと、ノーフォークの海運会社で事務員の仕事を得た。静かな仕事場と海の空気は性に合っていた。牡蠣を好んで食べるようになり、体質も徐々に改善された。そしてあるとき群衆のなかにエセルの顔が輝くように浮かび出た。ディレイニー家は古くからこの土地に根付いており、家系図は枝を剪定されて傾く木のようなかたちをしていた。北部にはたくさんの従兄弟がおり、南部では親戚も少なく、知られていなかった。マーティンが父親のもとに帰ることはまれで、ドナルドが屋根修理をしていて落下するまで、彼は五年も父に会っていなかった。

親子である二人の男たちは意思疎通が下手だった。マーティンの母が亡くなるまでは、省略された言葉や顔を背けての呟きを彼女が通訳してくれていた。父と息子の会話はほとんどそんなものだった。ドナルドの死の床では、誰も通訳をしてくれなかった。父はマーティンに自分の仕事を全うするように約束させたが、息子のほうではそれを、父の飼料店を継ぐようにという意味に取り違えた。それが一つ目の誤解だった。誤解の二つ目は、父親の文書のなかにあった地図を金《きん》の隠し場所だと思い込んだことだ。生涯を通してドナルドは、ある種の沈黙に身を包んでいた。それは見る者によっては愚かさのしるしとも、秘密を隠している証拠とも取れた。お宝を隠し持っているくせに貧民に身をやつすのは、まさに父らしい振る舞いだとマーティンは考えた。

その宝とは、言うまでもなく地下鉄道のことだった。自由こそが何より貴重な貨幣だと言うひともいるだろうが、それはマーティンの期待していたものではなかった。ドナルドの日記——駅の乗り場に置かれた樽にそれは載っていて、周囲を色の付いた石が祭壇のように囲っていた——には、エチオピアの部族をこの郡がいかに扱ってきたか、父親がそのことにずっと嫌悪を感じていたことが記されていた。奴隷制は神への侮辱だ、奴隷所有は悪魔の所業だと。ドナルドは生涯にわたり奴隷を手助けし続けた。可能であればどこででも、使えるものはなんでも使った。まだ幼い少年だったころから、逃亡奴隷の行き先を聞き出そうとする賞金稼ぎに偽の情報を与えたりしていた。

マーティンの幼少期に父が行っていた多くの出張は、じつのところは奴隷廃止論者としての仕事だった。真夜中の会合や川岸での言い抜け、四つ辻での策謀。あんなに意思表示の苦手だったドナルドが電報の働きをし、海岸沿いを北や南に伝言を運んでいたとはおかしなことだった。U・G・R・R（と彼は地下鉄道《アンダーグラウンド・レイルロード》を表記した）はノース・カロライナに支線や停車駅を持っていなかった。ドナルドがそれを自分の使命とするまで。こんな南部の果てで地下鉄道に従事するなど、自殺行為だと皆は言った。にもかかわらず、彼は屋根裏部屋に天袋を取り付けた。偽の天井は完璧ではなかったかもしれないが、荷物を空中に保ってくれた。ゆるんだ屋根板が外れるまで、ドナルドは十二人を自由州へと送り出した。

それに較べてマーティンの助けた人数は少なかった。その用心深い性格は、前夜の危機に際して役立たなかったということで、彼とコーラの意見は一致した。もうひとつの悪い兆候、取締人が玄関の扉を叩いたのだ。

日が暮れた直後のことで、家に帰るのを恐れるひとたちが公園に溢れていた。コーラは考えた——何か目的ありげにうろついているけれど、彼らは何を待っているのだろう？　毎週毎週、おなじひとたちばかりだ。ふだん早足で歩く男が噴水の縁に座り、まばらな頭髪を指の先で梳《す》いていた。だらしない身なりをした尻のおおきな女は、いつも黒いボンネット帽をかぶり、ひとりで何か呟いていた。彼らがここにいるのは、夜の空気を楽しむためでも、こっそりキスをするためでもない。うわの空の巡回に陥ったひとびとは、あちらこちらへ目をやりながら正面は見なかった。あたかも幽霊たちの視線を避けようとするかのようだった。彼らの街を築き上げ、そして死んだ者たちの幽霊。公園に面した家々を建てたのは黒人労働者だった。噴水や歩道の敷石をならべたのも。夜の騎士がおぞましい野外劇を演じる舞台も彼らが槌を振るって組んだものだし、哀れな男女を宙へ放って死へと送り出す車輪付きの台を作ったのも彼らだった。黒人が作らなかったものは樹木だけだ。神がそれらを作られた。邪悪な道へと向かうこの街のために。

闇の深まる公園を白人たちがうろつくのも無理のないことだった。額を材木に押しつけながら、コーラはそう考えた。なぜなら彼ら自身が幽霊なのだ。二つの世界の狭間に閉じ込められている。自身の犯した罪という現実と、その罪ゆえに彼らには与えられない来世というものに。

公園を貫いてさざめきが起こったので、夜の騎士たちが巡回にきたのだとコーラにもわかった。夕べに群れ集うひとびとは反対側に建つ家を見た。お下げ髪の少女が、三人組の騎士のひとりを自宅に招じ入れた。その少女の父親がポーチの階段で作業していたのを憶えていた。以来何週間も、彼の姿を見ていない。少女は部屋着の襟を掴み、首もとまで引き上げると扉を閉めた。残り二人の騎士は、背の高いのと寸の詰まった体格のとがいたが、ともに玄関ポーチにゆったり座って満足げにパイプを吹かしはじめた。

半時間ほどして扉があいた。騎士の一団は歩道に集まり、角灯のひかりが作る輪のなかで台帳を調べた。彼らは公園を横切って、やがて覗き穴の視界の外へ出て行った。コーラは目を閉じたが、そのとき玄関扉を叩く喧《やかま》しい音がして、吃驚して目をあけた。騎士たちは真下に立っていた。

続く数分間はおぞましいほどにゆっくりと過ぎた。コーラは隅に蹲って、いちばん奥の垂木の陰にちいさくなっていた。階下で繰り広げられる行動を音が事細かに伝えた。エセルは夜の騎士たちを柔和な挨拶で迎えたが、彼女の性格を知る者ならば、その態度から何か隠しているに違いないと踏むはずだ。マーティンが屋根裏部屋を素早く見てまわり、都合の悪いものがないか確かめると、階下の者たちに合流した。

マーティンとエセルは騎士たちに家のなかを案内しながら、質問に手短に答えた。家にいるのは二人だけ。娘はべつのところに住んでいる。（夜の騎士が台所と居間を調べた。）小間使いのフィオナは鍵を持っているが、ほかには誰も勝手に入れない。（階段を昇ってくる。）見知らぬ人間が訪ねてきたこともなければ、おかしな物音も聞かないし、普段通り、何も気づいたことはない。（二つある寝室を騎士が探る。）なくなっているものもない。地下室はない——もちろん。公園沿いの家々には地下室がないことを、騎士たちももう知っていた。今日の午後には屋根裏部屋に行ったが、何もおかしなことには気づかなかった。

「上にあがってもいいかね？」それは低い銅鑼《どら》声で、背が低く髭を生やしたほうだろうとコーラは推測した。

屋根裏に続く階段では足音がおおきく響いた。彼らはがらくたを避《よ》けて進んできた。ひとりが口を利いたとき、コーラの心臓は跳ね上がった——足下の騎士の頭までは数十センチしかない。コーラは息を詰めた。彼らは船底の下を嗅ぎまわる鮫のようだった。食べ物が近くにあるのを感じ、探しまわっている。狩人と獲物を隔てているのは薄い板きれでしかない。

「洗い熊がここに巣を作ってから、我々も滅多にあがりません」マーティンが言うのが聞こえる。

「確かに糞尿の臭いがするな」もう一方の騎士が答えた。

取締人たちは出ていった。その晩マーティンは真夜中に屋根裏を訪れることをしなかった。昼間のそれが、手の込んだ罠だったのではないかと恐れた。コーラは居心地のよい闇のなかで頑丈な壁を軽く叩いた。これがわたしを守ってくれたのだ。

おまるの事件も夜騎士の訪問も乗り切った。マーティンのさらなる悪い兆候が起きたのは今朝のことだった。黒人の少年を二人納屋に隠していた夫婦が、群衆の手で絞首刑にされたのだ。両親にかまってもらえなくなった娘が嫉妬のあまり告げ口した。少年たちはまだ子どもだったのに、それでも〝自由の道〟のおぞましい展示物にされてしまった。市場で近所のひとからその話を聞くと、エセルは気を失って保存食の瓶がならぶ列に倒れ込んだ。

家宅捜査は増えていた。「検挙がうまくいきすぎて、いままでは連中はノルマを達成しようと躍起になってるんだ」マーティンは言った。

コーラはこんな考えを提示した。この家はすでに捜査を受けており、次に来るまでにはしばらく間が空くだろうから、自分たちは運がいいと。地下鉄道が連絡を寄越すか何かべつの機会が浮上するまで、時間を稼ぐことができる。

マーティンはコーラが先んじて考えを示すたび、いつも苛立たしげな身振りをした。彼は子ども時代に遊んだ木の家鴨を手に載せていた。この数カ月、いじりすぎて玩具の塗料ははげていた。「あるいは道は倍の険しさとなるかもしれない。彼らは手土産に飢えているんだ」マーティンの顔が明るくなった。「ラヴニング——そうだ、それは飢え餓《かつ》えているという意味だ」

コーラは一日調子が悪かった。おやすみなさい、と彼女は言って、天袋へ戻っていった。間一髪の出来事がたくさんあったが、依然として数カ月前とおなじところにいる。凪は完全に凪いでいる。出発と到着とのあいだで、永遠に乗り継ぎを待ち続けている乗客の気分だった。逃亡を始めてから、ずっと。風が出れば彼女もふたたび動くことができるだろう。だがいまのところは、がらんとどこまでも広い海が続いているだけだ。

なんていう世界なんだろう、とコーラは思った。生きた牢獄が唯一の避難所となるなんて。彼女は軛を逃れたのか、それとも網に捕らわれているのか。逃亡者のこの状況を、どう説明すればいい？　自由とは見方によってかたちを変えていくものだった。たとえば森はすぐ近くで見ると木々がどこまでも続いて見える。だがそこから離れ、広々とした草地から見ると、森には終わりがあるのだとわかる。自由かどうかは鎖の有無とも、与えられた空間の広さとも関係がない。農園で彼女は自由ではなかったが、数エーカーの土地を歩きまわることができたし、新鮮な空気を吸い、夏の夜空の星も探せた。あの場所はそのちいささゆえに広かった。ここでは主人からは自由だが、立ちあがることもできない狭い巣穴でしか動きまわることができない。

コーラは家の最上階から何カ月も出ていなかったが、彼女の視点はあちらこちらへ彷徨っていった。ノース・カロライナには〝正義の丘〟があるが、彼女にも彼女の丘があった。公園という宇宙を見下ろしていると、街のひとたちは好きなところへ集っているのがわかる。陽光に洗われた石造りのベンチや、首吊りの木のひんやりとした木陰。だが彼らもまた自分とおなじく囚人なのだ。恐怖に足枷で繋がれている。灯りを落とした暗い窓の向こうから誰かが見張っているのではないかと、マーティンやエセルは怯えていた。街のひとたちが金曜の夜に集うのは、大勢でいれば暗闇に潜むものから身を守れると思っているからだ。蜂起せんとする黒い種族。告発を企てる敵。叱られたことへの華々しい仕返しをたくらみ、大喝采を浴びる子ども。隣人や友人たち、家族の顔の裏に潜む何かと向きあうくらいなら、屋根裏に隠れていたほうがましだ。

公園はひとびとを支えていた。家々が一軒、また一軒と増え、街が一区画ごとに外へと伸びる一方、この緑の避難所は守られていた。コーラはランドル農園での自分の庭、大切にしていた地面を思い出した。いまでは冗談のようなものだったとわかる。ちっぽけな四角の土は、自分が何かを所有していると信じさせてくれた。それは彼女のものだった――種を蒔き、草毟りして収穫した綿花が彼女のものであるのと同様。その地面は、どこかべつのところに生きていて見ることのできない何かの影だった。独立宣言を暗唱する哀れなマイケルの声は、どこかに存在する何かの谺《こだま》だった。逃亡し、この国の何がしかを目にしたあとで、コーラはその宣言が果たして何かを描き得ているのかわからなくなった。アメリカとは、闇のなかの幽霊だった。彼女とおなじように。

その晩、コーラは病気になった。下腹が痙攣する感覚で目が覚めた。目眩がし、天袋の穴ぐらは前後左右に揺れていた。胃のなかを隅に吐き出してしまったし、腸から外に出て行くのも止めることができなかった。狭い部屋を熱が満たし、皮膚の内側が燃えていた。彼女はそれを朝のひかりが夜の覆いを持ちあげていったこととなぜか取り違えた。公園はまだそこにあった――夜なかに船の夢を見たのだ。海で、甲板の下に鎖で繋がれていた。隣にはべつの捕虜がいて、さらにもうひとり、またひとりと百人もの捕まった者たちが恐怖に叫んでいた。船は高波におおきく揺れた。水という鉄床へとぶつかっては叩きつけられた。階段を昇ってくる足音が聞こえた。天袋の蓋が軋む音。コーラは目を閉じた。

目が覚めると白い部屋にいた。柔らかなマットレスに身体を包まれている。覗き穴のかすかなひかり以上の陽光が窓から降り注いでいた。公園から聞こえる喧騒で時間がわかった。午後もだいぶまわっているらしい。

エセルは夫が子ども時代に使った寝室の隅に座っていた。膝に編み物を載せてコーラを見た。彼女は患者の額に触れた。「ましになったわね」そしてコップ一杯の水と、次に牛肉で取ったスープを皿に持ってきた。

コーラが譫妄状態にあるあいだに、エセルは態度を和らげていた。逃亡者は夜中にひどい呻き声をあげ、天袋から降ろしてみるとひどい病気だったため、夫婦はフィオナに数日暇を出さざるを得なかった。アイルランド娘には、マーティンがベネズエラ症に罹ったのだと説明した。飼い葉にいた虫が感染源で、自然治癒するまで誰も家には入れるなと医者に言われたのだと。マーティンは先日雑誌でそんな伝染病を読んだところで、言い訳として真っ先に思いついた。小間使いには一週間分の賃金を渡した。フィオナはその金を財布に突っ込み、それ以上は訊かなかった。

エセルが客への責任を引き受け、今度はマーティンが引っ込んでいる番だった。二日間にわたる熱と痙攣のあいだ、彼女はコーラを看病した。この州に住んで以来、夫婦はあまり友達を作らなかったので、街の生活と交流を絶っておくのは難しくはなかった。コーラが悪夢に悶えるあいだ、エセルは回復が早まるように聖書の詩句を読んだ。声はコーラの夢のなかへと入ってきた。鉱床から出てきたあの晩にはあんなに厳しかったのに、それはいま優しい響きを帯びていた。その女性が夢のなかで、まるで母親が子どもにするように額にキスをしてくれた。ふらつく意識のなかで、コーラはその物語を聴いた。価値あるひとや動物たちを乗せた箱舟は、彼らに惨劇を生き延びさせ、向こう岸へと渡した。四十年ものあいだ荒れ地ばかりが続いたが、やがて約束の地が見出された。

午後の影がキャラメルのように柔らかく長く伸び、夕食時が近づくにつれて公園の人口も減っていった。エセルは揺り椅子に腰掛けて、聖書のページを繰っていた。微笑みを浮かべながら、どこを読もうか探していた。

自分はもう目が覚めたし、喋ることもできるのだから、詩句を読んでもらわなくても大丈夫だとコーラは言った。

エセルは唇を一文字に結んだ。細い指を栞代わりに挟んだまま聖書を閉じた。「わたしたちは皆、救世主の恵みを必要としている」彼女は言った。「異教徒を家に入れておいて主の御言葉《みことば》を伝えないのは、キリスト者として相応しくないわ」

「もうたくさん伝えてもらった」

マーティンがコーラに与えたのはエセルの子ども時代に読み古した聖書で、あちこち指紋で汚れていた。この客人がどれくらいまで読み、また理解したのか測るために、エセルはコーラに問いを出した。確かにコーラは生まれつきの信仰者ではなかったし、教育も意思に反して早々に打ち切られてしまった。屋根裏では言葉と格闘していた。難解な詩句に出会うと、そこにこだわり何度も読み返した。半分しか理解できない箇所でも、矛盾を感じて苛立った。

「わからないところがあったの。他人を盗んで売る者は死をもって罰せられる、とここには書いてある。だけど後のほうになると、奴隷はすべてにおいて主人に従わねばならない、とも。しかも、満足を与えねばならない、って」他人を財産とすることが罪なのか神の恩恵なのか。それはともかく、満足を与えねばならない、とまで付け加えるだろうか？　奴隷商人が印刷所へ忍び込んで、この言葉を紛れ込ませたのではないか。

「書いてある通りの意味よ」とエセルは答えた。「つまりヘブライ人はヘブライ人を奴隷にしてはならない、ということ。だけどハムの息子たちはヘブライ人ではない。べつの部族なの。彼らは呪われていて、黒い肌に尻尾が生えている。聖書が奴隷の使用を咎めるとき、それは黒人奴隷のことではないのよ」

「あたしの肌は黒いけど、尻尾は生えてない。たぶんね——そんなことわざわざ確認しようなんて思ったことないから」コーラは言った。「奴隷制は呪いっていうのは、だけどほんとうね」白人を鎖に繋ぐとき、奴隷の使用は罪となる。でもアフリカ人ならそうではない。すべての人間は生まれつき平等だ——人間ではない、と判断されない限り。

ジョージアの太陽の下で規則に反した奴隷を鞭打つとき、コネリーは聖書の詩句を口ずさんでいた。「黒んぼよ。すべてにおいて地上の主人に仕えよ。ただ主人の目が注がれているときに好意を勝ち取るためのみならず、誠心から神への敬意をもって仕えるがよい」すべての音節をくっきりと発音し、その都度九尾の鞭が振るわれ、犠牲者の悲鳴があがった。コーラは奴隷制について触れた聖書のほかの箇所も思い出し、家主である彼女に意見を伝えた。エセルは、今朝自分が起きたのは神学論争をするためではない、と言った。

エセルとの時間を楽しんでいたので、彼女が行ってしまうとコーラは不機嫌になった。コーラとしては、そのくだりを書いた人間を責めていたのだ。ひとはいつも間違える、意図的にせよ、偶然にせよ。翌朝コーラは、今度は年鑑を読みたいと言った。

差し出されたのは古い年鑑だった。天候も去年のものだ。だがコーラは古い年鑑を好んだ。この世界がまるごと含まれているから。読者に意味を解釈される必要がない。図表と事実はべつのかたちにねじ曲げようのないものだった。月齢表と天気予報のあいだに書かれた小作品や諷刺文——気むずかし屋の老未亡人や頭の足りない黒人についてのそれは、聖書の教える道徳とおなじくらいコーラを混乱させた。人間の振る舞いについて書かれたそうした文章は、コーラの知らないものだった。豪奢な結婚式での礼儀作法や、砂漠で羊の群れを追う方法について、自分はどれだけ知っているか、または知る必要があるか？　年鑑の教えることが、あるいはいつか彼女の役に立つ日が来るかもしれない。〝大気への頌歌《オード》〟や〝南洋諸島のカカオの木への頌歌〟。頌歌も大気《アトモスフィア》も知らない言葉だったが、ページを捲ってゆくにつれて、生きた言葉として心に位置を占めた。自分のブーツを持っていたことはなかったが、獣脂や蜜蠟を使うと長持ちさせることができると知った。飼っている鶏が鼻風邪を引いたら、香草の阿魏《あぎ》をバターに混ぜて鼻に塗ると治ることも知った。

マーティンの父親が年鑑を必要としたのは満月に備えるためだった――その本にはじつのところ、逃亡奴隷たちへの切なる祈りが託されていた。月の満ち欠け、夏至はいつ来るか、初霜、そして春の雨。こうしたすべては人間に介入されることなく進んでいく。コーラは潮汐《ちょうせき》とはどんなものか想像した。寄せてきて、そして引いていく。砂の上を子犬のように素早く動きまわる波は、人間にもその策謀にも無頓着だ。そう思うと力が湧いた。

コーラひとりだけではすべての単語を理解できなかった。彼女はエセルに頼んだ。「少し読んでくれない？」

エセルは不平を述べながらも、背表紙の砕けた年鑑をひらいた。そして自分自身と折り合いをつけるためなのか、聖書を読むときとおなじ抑揚で朗読しはじめた。「〝常緑樹の植え替え〟。常緑樹を植え替える際、四月に行うか、または五月、六月に行うかは重要ではないと考えられ……」

金曜日にはコーラはかなり回復していた。フィオナは月曜に戻ることになっていた。翌朝にはコーラも天袋に帰るべきだということで合意した。噂や憶測を払拭するため、マーティンとエセルはひとりふたりの隣人をお茶に招くことにした。マーティンは病人らしく振る舞う練習をした。金曜祭のときに誰かを呼ぶのもいいかもしれない。この家のポーチからは公園がとてもよく見渡せた。

その日の夕方、エセルはコーラを寝室に留まらせた。部屋は暗くし、窓からは離れているという条件付きで。毎週行われる金曜の出し物を見たいという気持ちはなかったし、ベッドの上で身体を伸ばせる最後の機会は楽しみだった。結局、マーティンとエセルはひとを招くのはやめた。だからその晩やってきたのは招かれざる客——黒人劇が始まったときに聴衆の輪から外れてきた者たちだけだったことになる。

取締人が家を捜査したがっていた。

劇は中断された。公園の片側で起きた動乱に街のひとびとはざわついた。エセルは騎士たちを食い止めようとしたが、彼らはマーティンも彼女も押し退けなかに入ってきた。コーラは上階に向かいかけたが、階段がよく軋むことは知っていた。この数カ月のあいだ、誰かが昇ってくるたびに頼もしくも唸り声をあげて教えてくれたのだ。悟られずに上に行くのは無理だとわかった。コーラはマーティンが昔使ったベッドの下に隠れたが、夜騎士たちはその場所に彼女を見つけ、鉄の足枷がするようにコーラの足首を摑むと一気に引き摺り出した。連中は階段の上からコーラを投げ落とした。階下の手すりに肩がぶつかり押し潰された。耳のなかでひどい音がした。

マーティンとエセルの玄関ポーチをコーラは初めて目にした。彼女の逮捕劇の舞台、街のひとびとのお楽しみの劇が演じられる第二の演奏台だった。彼女はそこで床板の上、白と黒の制服を着た四人の騎士の足許に転がされた。さらに四人がマーティンとエセルを取り押さえていた。またべつの男がひとりポーチに立っていた。梳毛《すきげ》織りの格子縞のヴェストに灰色のズボンを穿いている。こんなに背の高い男は見たことがなかった。硬く頑丈そうな体つきで、強いまなざしをしている。この一幕をしげしげと眺め、内輪の冗談に笑みを浮かべていた。

街じゅうが歩道や馬車道に詰めかけていた。あたらしく始まった出し物を見ようと互いに押し退けあっている。まだとても若い、赤い髪の少女が進み出た。「ベネズエラ症だってさ！　家の上のほうに誰かいるって、あたし言っただろ。ほら見たことか！」

　ああ、あれがフィオナなんだ。コーラは首をもたげて彼女の姿を見た。ずっとよく知っていた、けれど見たことはなかった。

「賞金を支払おう」あご髭の騎士がフィオナに言った。以前にも家を捜査しにきた男だった。

「そうだろうよ、でくのぼうめ」フィオナが言った。「前回屋根裏を探したって言ったけど、ちゃんと見てなかったんだろ？」少女は群衆へと振り返った。これから主張することに目撃証人を立てるかのように。「ほら、ごらん。これがあたしの賞金だ。消えちまった食べ物の行方さ」彼女はコーラを軽く蹴飛ばした。「ずっと思ってたよ。おかみさんが肉の丸焼きを作っても、次の日にはなくなっちまう。いったい誰が食べてるんだ？　四六時中天井を見上げてるけど、いったい何を見てるんだ、ってね」

　年端もいかない女の子だ、とコーラは思った。丸顔はそばかすのある林檎のようだ。だが目付きはつめたく無情だった。数カ月耳にし続けた粗野な不平や罵倒が、あの口から出ていたのかと信じられない気がしたが、しかし目を見れば、充分な証拠だった。

「よくしてやったのに」マーティンが言った。

「ぞっとするほどおかしなやり方でね。あんたたち二人ともさ」フィオナが答えた。「これから受ける仕打ちに値するね」

正義がその役を果たすのを、街のひとたちは数え切れないほど見てきた。だが評決を下すのは初めての経験だった。群衆はそわそわしはじめた。聴衆であるだけでなく、陪審員でもなければならないのか？　互いに答えを求めるように、彼らは顔を見合わせた。老人が口許に手をまるく宛てがい、意味のないことを叫んだ。食べかけの林檎が飛んできてコーラの腹に当たった。舞台上では黒人劇の役者が乱れた帽子を手に項垂れていた。

ジェイミソンがあらわれた。赤いハンカチで額を拭っている。彼の姿を目にするのは最初の晩以来だが、金曜祭の終幕でなされる演説はすべて耳に入っていた。冗談やもったいぶった主張、人種や州の独立性への訴え。そして最後に生贄を殺すよう命令を下すのだ。いつもの手順が中断されて、彼は困惑していた。威張り散らした調子は消えていた。「これはちょっとしたことだぞ」ジェイミソンは掠れ声で言った。「あんたはドナルドの息子じゃないかい？」

マーティンは頷いた。柔らかなその身体は震え、声を殺して啜り泣いていた。

「お父さんも恥ずかしいだろうよ」ジェイミソンが言った。

「このひとが何をしているか、わたしは知らなかったんです」エセルは言った。騎士から逃れようとしていたが、彼らの手は彼女を押さえ込んでいた。「夫がやったことなんです！　わたしは何も知らなかった！」

マーティンは顔を背けた。ポーチにいる連中からも、街の住人からも。その顔は北へ、ヴァージニアへ向けられていた。この故郷の街から束の間逃れて、住んでいたその場所へ。ジェイミソンは騎士たちに手振りで指示し、マーティンとエセルを公園へ引っ張ってこさせた。農園主はコーラを見遣った。「素敵なごちそうだ」と彼は言った。予定されていた犠牲者はどこかで出番を待たされていた。

背の高い男が声を上げた。「そいつはおれのだ。「どっちもやるべきかね？」

ジェイミソンの表情が固まった。自分の地位を蔑ろにされることに慣れていないのだ。見知らぬその男に名乗るよう言った。

「リッジウェイだ」と男は答えた。「奴隷狩り人。どこへでも出掛けていく。こいつのことは長いこと追いかけてたんだ。おれのことはあんたんとこの判事がよくご存じだ」

「強引に割り込もうったって、そうはいかんぞ」ジェイミソンはいつもの聴衆が、敷地の外をうろうろしながら、漠然とした期待をもって自分を見つめているのに気づいていた。彼の声に震えが宿ったのを聞き取ると、二人の若い夜騎士がリッジウェイの両脇を押さえようと前に進み出た。

だがリッジウェイは脅しに動じなかった。「どの街でもその土地ならではの習慣があるよな。それはよくわかる。独自のお楽しみがあるってわけだ」お楽しみ《ファン》という言葉を、禁酒を説く説教者よろしく発音した。「だがその奴隷はあんたらのものじゃない。逃亡奴隷法によれば、そいつを所有主に送り返す権利がある。それがおれの目的ってわけだ」

コーラは啜り泣き、頭に手を当てた。テランスに殴られた瞬間のような目眩がした。あの男はコーラを、その主人のもとへ連れていこうとしている。

コーラを階段に突き落とした騎士が咳払いをした。彼はジェイミソンに、自分たちをあの家に導いたのは奴隷狩り人だと伝えた。男はその午後テニソン判事を訪ね、公式に要請を申し入れた。判事は金曜にいつも飲むウィスキーを楽しんでいたため、憶えていないかもしれないが。金曜祭の最中に奇襲を掛けるのは誰も気が進まなかったが、リッジウェイが譲らなかったのだ。

リッジウェイは噛み煙草の汁を歩道へ、見物人の足許へと吐いた。「あんたの賞金は無事だ」フィオナに言った。そしてわずかに身を屈めると、コーラの腕を摑んで立たせた。

「心配するな、コーラよ。これからお家《うち》へ帰るんだ」

十歳くらいの黒人の少年が、二頭の馬に掛け声をあげつつ馬車を運転して通りをやってきた。ほかのときだったなら、誂《あつら》えの黒いスーツを着てシルクハットをかぶった彼の姿は動揺をもたらしただろう。同調者と逃亡奴隷が劇的に取り締まられたあとでは、彼の存在によってこの宵は幻想世界の風味を帯びた。少年の登場と行動を、気が利いたあたらしい演目だと思ったのはひとりだけではなかったはずだ。金曜祭の出し物の単調さを打ち消そうとしているのだと。寸劇や私刑は正直なところ、目あたらしくなくなっていた。

ポーチの下ではフィオナが、アイルランド人街の少女たちに説いて聞かせていた。「この国で出世したいなら、女の子だって自分の利益を守らなきゃ駄目だ」

リッジウェイの馬車には少年のほかに白人の男が乗っていた。背が高く茶色の長髪で、人間の耳を繋いでネックレスにして首に掛けている。この男がコーラの足首に枷をつけ、さらにその鎖の先を馬車の床についた輪に通した。コーラは腰かけに座ったが、頭は心臓がひとつ脈打つごとにずきずきと痛んでいた。走り出す馬車のなかから彼女はマーティンとエセルを見た。首吊りの木に結わえられていた。啜り泣き、束縛を逃れようと身を捩っていた。足許ではメイヤーが狂ったように輪を描いて走りまわっていた。金髪の少女が石を拾うとエセルを目がけて投げつけた。石は顔に命中した。エセルが哀れな声で叫ぶと、街の一部の住人は大笑いした。さらに子どもが二人、石を拾って夫婦へ投げつけた。メイヤーが甲高く吠えて跳びあがった。さらに多くの人間たちが地面に屈み石を拾った。腕が高く振り上げられた。街じゅうが襲いかかっていったが、コーラにはもうその姿は見えなかった。

エセル

密林の原住民に囲まれた宣教師を木版画で見て以来、エセルは、アフリカの闇のなか主に仕え、未開のひとびとにひかりをもたらす仕事には、精神的な達成があるに違いないと考えるようになった。自分を乗せていってくれる船を彼女は夢想した。巨大なスクーナー船には天使の羽根のような帆があって、荒ぶる海を横切っていく。河を遡り、山道をよじ登り、ライオンに蛇、人食い植物、信用ならない案内人といった危険を避けて進む奥地の冒険。そして村に辿り着くと、原住民は彼女を主の御使いとして受け入れ、文明の媒介者だと思う。黒んぼたちは喜びのあまり彼女を高く胴上げし、その名前を称えるのだ――エセル、エセル、と。

彼女は八歳だった。父親の購読する新聞には冒険家や未知の土地やピグミー族のことが書かれていた。記事に出ていた肖像へもっとも近づくことができたのは、ジャスミンと一緒にやる宣教師と原住民ごっこだった。ジャスミンは姉のようなものだった。この遊びはそう長くは続かず、間もなく夫婦ごっこに移り、エセルの家の地下室でキスや口喧嘩の練習をした。そのどちらの遊びにおいても、肌の色からして二人の演じる役割は明白だったが、エセルはそれでも顔に煤を塗るのが習いだった。黒くした顔を鏡に映し、驚きや感激の表情を練習した。いつか奥地で出会う異教徒たちの表情を予測できるように。

ジャスミンは家の上階に母のフェリスと暮らしていた。ディレイニー家はもともとフェリスの母親を所有しており、エドガー・ディレイニーが十歳になったとき、贈り物としてフェリスを与えられた。一人前の男となったいま、彼はフェリスの素晴らしさを実感するようになっていた。そのために生まれついたかのように、家の用事を片付けてくれるのだ。客が来るとエドガーは決まって、フェリスが台所へ消えた隙に、彼女の持つ黒んぼの知恵を列挙し、人柄をあらわす逸話を客たちに聞かせた。するとフェリスが戻ってきたとき、客の顔は愛着と嫉妬に輝くのだ。エドガーは新年には毎年、彼女がパーカーの農園に行くための通行証を与えた。フェリスの姉がそこで洗濯女をしていた。ジャスミンが生まれたのはそんな何度目かの外出の九カ月後のことで、ディレイニー家は二人の奴隷を所有することになった。

奴隷とは家族のようにおなじ家に住んでいるけれど、家族ではないんだとエセルは思った。父親は黒人の起源を説いて聞かせ、娘の誤った黒人観を正そうとした。黒人というのは大昔に地上を支配していた巨人の生き残りだと言う者もいる。だがエドガー・ディレイニーは知っていた。彼らが呪われた黒いハムの子孫なのだということを。ハムとは大洪水をアフリカの山頂にしがみついて生き延びた人物だった。エセルは考えた――呪われているということは、それだけキリストの導きを必要としているということではないか。

八歳の誕生日が来ると、父親はエセルにジャスミンと遊ぶことを禁じた。人種間の妥当な関係を踏み誤ることのないように。エセルはそのころから友達を作るのが下手だった。数日のあいだ啜り泣いては地団駄を踏んでいた。ジャスミンのほうは聞き分けがよかった。簡単な家事仕事を引き受けることから始め、フェリスが心臓発作を起こして口を利けなくなり、身体も麻痺するようになってからはジャスミンが母親に取って代わった。フェリスは口を桃色に開けたまま、白濁した瞳で数カ月のあいだ寝たきりになっていたが、やがてエセルの父が処分を命じた。母親が荷馬車に乗せられたとき、エセルはかつての遊び友達の表情に動揺を読み取ることはできなかった。二人はそのころには家事以外のことで言葉を交わさなくなっていた。

五十年前に建てられた家の階段は軋みやすかった。部屋のなかでの囁き声が両隣の部屋に聞こえた。夕食と食後の祈りを終えたあと、たいていの晩エセルの父は、蠟燭の揺れる炎を手がかりに歪んだ階段を昇っていった。エセルはときどき自分の寝室の扉に忍び寄り、父親の白い寝間着が角を曲がっていくのを目にした。

「どこへ行くの、お父さん」ある晩彼女は訊いた。フェリスがいなくなって二年たっていた。ジャスミンは十四歳だった。

「上へ行くのさ」と父親は答えた。二人はそれで奇妙な安堵を覚えたのだった。というのも、これで父の夜ごとの訪問に名前が付いたから。お父さんは上へ行く。それ以外のどこへ、階段は通じているというんだろう？　かつて父親は二つの人種が隔てられている理由に、兄弟殺しの罰という説明を与えた。夜の訪問はこの説明にさらなる理屈をつけた。白人は階下に住み黒人は上階に住む。その隔たりを橋渡しするのは聖書にある傷を癒やすことだと。

エセルの母は、夫が上へ行くことをよく思ってはいなかったが、打つ手がないわけではなかった。街の反対側にある銅精錬所にジャスミンが売られたとき、それは母親の差し金だとエセルにはわかった。あたらしい奴隷が住みはじめたが、上階への訪問はもうなかった。ナンシーは孫のいる女で、歩みは遅く視力も悪かった。いまや壁越しに聞こえるのは老婆の息切れの声で、足音でも軋み音でもなかった。フェリスがいなくなってから、家は清潔でも整頓されてもいなかった。ジャスミンは有能だったものの散漫なところがあった。ジャスミンのあたらしい住まいは道を越えたところの黒人街にあった。彼女の息子は父親とおなじ目をしていると皆が囁きあった。

ある日エセルは昼食の席で、大人になったらアフリカに行って未開のひとたちにキリストの言葉を広めるつもりだと告げた。両親は嘲るように笑った。ヴァージニア生まれの善良な娘がするようなことではないと。未開人の役に立ちたいなら学校で教えなさいと父は言った。五歳児の脳味噌は大人の黒んぼより野蛮で手に負えないからと。それで進路は決まった。常勤の教師が体調を崩したときエセルが代役を務めるようになった。白人の子どもたちは確かに原始的で、甲高い声をあげる様子は未開人のようだった。でもおなじではなかった。密林のなかで黒い称賛者たちに囲まれるという夢は、彼女の心の個人的な深いところへ仕舞われた。

恨みと憤りとがエセルの人格のかなめとなった。仲間うちの若い女のしきたりは異質で理解しがたいものだった。若い男、ひいては男にほとんど用がなかった。海運会社で働く従兄の紹介でマーティンがあらわれたとき、噂話の種にされることにはうんざりしていたし、幸せへの関心もとっくに捨てたあとだった。だがマーティンは穴熊のように辛抱強く、エセルはとうとう根負けした。夫婦ごっこは予想したよりさらに面白くなかった。だが少なくとも娘のジェーンは思いがけない恩寵となった。腕に抱えた見目のよい花束。受胎はさらにもうひとつの恥辱を証拠立てたにもかかわらず。何年にもわたる果樹園通りの生活を支配していた単調さは、最後には居心地のよさへと凝固していった。ジャスミンが通りを歩いてくるとき、エセルは気づかないふりをした。取りわけ昔の遊び友達が息子を連れているときには。彼の顔はエセルにとって黒い鏡にほかならなかった。

やがてマーティンがノース・カロライナへ呼び戻された。ドナルドの葬儀を彼は一年でもっとも暑い日に執り行った。エセルが気を失ったのは哀しみのためだと皆は思ったが、じつのところは凶暴な湿度のせいだった。飼料店を継いでくれるひとが見つかれば自分たちの役目は終わるのだと、マーティンは請け合った。そこは進歩に遅れた土地だった。暑さがマシなときは蠅に悩まされる。鼠がいなければ今度は人間に。少なくともヴァージニアでは、群衆が私刑を行うときは偶発性を装ったものだ。ここの住人のように家の前の芝生で、教会のように毎週おなじ時刻に縛り首にしたりはしない。ノース・カロライナは人生のなかの短い幕あいのようなものにすぎない。彼女はそんなふうに考えていた。台所でひとりの黒んぼと出くわすまでは。

ジョージは食べ物を求めて屋根裏から降りてきていた。あの少女がやってくる前に、マーティンが助けたただひとりの奴隷だ。人種法が施行される一週間前で、その予行演習のように黒人への暴行事件が増加しているときだった。玄関前の階段にメモが置いてあって、雲母鉱床へ行くよう促していたのだと夫は言った。行くとジョージが腹を空かせて、苛立ちながら待っていた。煙草農園で摘み手をしていたその奴隷は、屋根裏で一週間のあいだ荒っぽい音をたてていたが、やがて地下鉄道の仲介人が彼を次の行程に乗せた。木箱に詰め込み、正面玄関から押し出した。エセルは怒りに青ざめ、やがて絶望した。ジョージはドナルドの遺志の遂行者として働いたのだと思った。マーティンの受け継いだ、秘密の遺産にひかりを当てたのだと。ジョージは砂糖黍を切る仕事で指を三本失っていた。

奴隷制の道義的な問題にエセルは興味がなかった。神が奴隷となるべく作られたのでなかったら、アフリカ人も鎖に繋がれることはなかったはずだ。他人の高邁な理想のために殺されるのはご免だと、心に堅く決めてもいた。地下鉄道のことで彼女とマーティンは言い争った。口論など長いことしていなかったのだが。人種法の殺人的な特記事項が明らかになる前のことだった。コーラ――あの屋根裏部屋の白蟻――を通して、ドナルドは墓場から手を伸ばし、何年も前に彼女が口にした冗談の罰を与えにきた。両家が初めて顔を合わせたとき、エセルはドナルドの田舎風で簡素な三つ揃いに言及した。きちんとした装いというものについて、両家の考えは違っている。そのことにいったん注意を引いた上で取り除き、長時間を掛けて準備した食事を皆が楽しめるようにとの計らいだった。けれどドナルドは許してくれなかったのだと、彼女はマーティンに言った。間違いない。二人は玄関扉のすぐ外で、あの木の枝から首を吊られてぶら下がることになるだろう。

マーティンもまた黒人の少女を助けに、上へ行くことになったが、エセルの父親とは違っていた。だがどちらの場合も男たちは、降りてきたとき何かが変わっていた。二人とも自分勝手な理由で、聖書の時代の亀裂を踏み越えているのだ。

あのひとたちにできるなら、自分にもできるはずではないか？

生涯を通してエセルはずっと、望んだものを与えられずにきた。伝道師となることも、助けることも。自分のやり方で愛するということさえも。少女が病気になったとき、エセルが長いこと待ち望んでいた瞬間がとうとう訪れたのだった。彼女はついにアフリカへは行かなかったが、アフリカのほうがやってきてくれた。エセルは父親がしていたのとおなじく上へ行って、その他者と顔を合わせた。自分の家に家族みたいに住んでいる他者と。少女はシーツの上に横たわり、原初の河の流れのように身をくねらせていた。エセルはその身体から汚物を洗い落として清潔にしてやった。少女が苦しげに眠っているあいだに、エセルはその額と首とに、二つの感情の入り交じったキスをした。そして聖書の言葉を与えた。

未開のひとがとうとう彼女のものになったのだ。

テネシー

賞金25ドル

購読者の許より先の2月6日に逃亡せし黒人娘ペギー。歳のころは16、肌色の明るい混血児《ムラート》、平均的な身長で髪は直毛、かなりの美人。火傷にて負ったでこぼこの痕が首にあり。自由黒人として通していることは疑いなく、通行証も取得している見込みあり。話しかけられた際下を向く癖あり。知能はあまり高くない。甲高い声で早口に話す。

ジョン・ダーク

5月17日　チャタム郡

「主よ、わたしを家へ帰したまえ。故郷の家へ……」

　ジャスパーは歌うのをやめなかった。リッジウェイはこのちいさな隊列の先頭から黙れと叫んだ。一行はときどき停まって、ボズマンが馬車へよじ登り、この逃亡奴隷の頭を一発叩かなければならなかった。ジャスパーはしばらく指の傷跡を舐めて黙っていたけれど、しばらくすると小声で歌いはじめた。コーラにしか聞こえないくらい静かに。でも間もなくおおきな歌声となり、死んだ家族や神さま、道を擦れ違う者たちにも聞こえるように歌うので、ふたたび躾けられねばならなかった。

　賛美歌の幾つかはコーラにもわかった。だけど多くはジャスパーの創作だろうと思った。詩文は歪曲されていた。ジャスパーの声がもうちょっとマシだったなら、コーラには気にならなかっただろう。けれど神はその点についてジャスパーに恩恵を与えなかった。あるいは見た目——彼は潰れた蛙のような顔で、畑で働いていたにしては異常なほど細い腕をしていた——についても、また運についても。そう、取りわけ運には恵まれていない。

それはコーラもおなじだった。

一行はノース・カロライナを出て三日目にジャスパーを拾った。ジャスパーは送り届けるべき荷物だった。フロリダの砂糖黍畑から逃亡し、テネシーまでやってきたが、とある修理屋の貯蔵庫から食べ物を盗もうとして捕まったのだ。二、三週間のうちに保安官代理が彼の所有主を特定したが、修理屋には輸送手段がなかった。リッジウェイとボズマンは、ホーマー少年とコーラとを外の馬車で待たせながら、刑務所近くの酒場で飲んでいた。有名な奴隷狩り人を見つけた市の書記官が近づいてきて、この契約をまとめた。リッジウェイはその黒んぼを鎖で荷馬車に繋いだ。だがそいつがこうも歌が好きだとは思いもよらなかった。

幌馬車の天蓋を雨が叩いた。風が吹き込んできて快かったが、何かを快く思ったことをコーラは恥じた。一行は雨があがると食事のために停まった。ボズマンはジャスパーの頭を叩き、ひとりで笑いながら逃亡奴隷たちの鎖を馬車の床から外した。コーラのそばに膝を付くとき、お定まりの卑猥な取引を持ちかけて鼻を鳴らした。ジャスパーとコーラの手首と足首の枷はそのままだった。こうも長く鎖に繋がれているのは生まれて初めてだった。

　鴉が上空を滑るように飛んでいた。目に映る世界はどこまでも焼けただれた焦土だった。畑のあったとおぼしき平地から丘や山々まで一様に、見渡す限り灰と炭ばかりだ。傾いた黒い木々は成長の止まった黒い枝を、あたかも遠くのまだ炎に犯されていない土地を示す腕のように差し出していた。一行はもはや黒い骨組みにすぎない家々や納屋を無数に通り過ぎてきた。突き立てられた墓標のような煙突、破壊された製粉所や穀物庫の剝き出しになった石の壁。牛たちが牧草を食《は》んでいたはずの場所を焼け焦げた柵が示していた。動物たちが生き残った可能性はないだろう。

　こんな場所を二日間も旅した結果、一行は真っ黒な煤で全身を覆われていた。リッジウェイにとっては落ち着くことらしい。鍛冶屋の息子だからな、と彼は言った。

　コーラの感想はこうだった――どこにも隠れるところがない。たとえ足枷をつけられていなくても、あの真っ黒な木々のあいだには隠れ場所などなかった。チャンスがあったって無理だ。

　灰色の上着を羽織った白人の老人が月毛の馬を諾《だく》足で駆けさせながらやってきた。黒い道ですれちがってきたほかの旅行者たちと同様、この老人も興味を引かれたらしく馬の速度をゆるめた。大人の奴隷二人にめずらしいところはない。だが黒いスーツに身を包んで馬車を運転する黒人少年は、その奇妙な微笑みも含めて通行人をたじろがせた。赤い山高帽をかぶった若いほうの白人は、萎びた革を輪に繋いだ飾りにした首飾りをつけていた。その革が人間の耳だと通行人が気づくと、男は煙草で黄ばみところどころ欠けた歯を剝き出して見せた。年嵩のほうの白人は一行を取り仕切っており、誰かが会話を始めようとすると睨みつけてやめさせた。老人はやがて通り過ぎ、丸裸になった丘のあいだを細い道が続いていく曲がり角へと消えていった。

ホーマーは虫に食われたキルトを敷物として広げ、銅の皿にそれぞれの分の料理を取りわけた。奴隷狩り人は捕虜たちにもおなじ食事を取ることを許した。この仕事を始めた初期のころに遡る習慣だった。奴隷たちの不満も減るし、経費は依頼人に請求した。真っ黒な野原の片隅で、彼らはボズマンの用意した塩豚と豆の料理を食べた。蠅の群れが波状の攻撃を仕掛けてきた。

雨が降ったせいで焼け跡の異臭が掻きたてられ、空気も苦くなっていた。ひとくちごとに煙の味がした。水を飲んでもそうだった。ジャスパーが歌った。「跳びはねよ、と救い主は言われた！　主の尊顔を拝したければ跳びはねよ、跳びはねよ！」

「ハレルーヤ！」ボズマンが叫んだ。「デブでチビのキリストめ！」声は野原に谺し、彼は黒い水を撥ね散らして踊った。

「このひと、ずっと食べてない」コーラが言った。ジャスパーはここ二、三度の食事を抜
いていた。食事時は唇を固く閉じ、両腕を組んだままだった。
「じゃあ食べないいんだろう」リッジウェイは言って、コーラが何か言うのを待った。ここ
しばらく、彼の発言にコーラが高い声で言い返すというのが習慣になっていた。互いにそ
のことを意識していた。コーラはその習いを敢えて崩そうと、黙っていた。
　ホーマーがさっと身を屈めて、ジャスパーの分をあっという間に平らげた。コーラが凝
視しているのに気づくと顔をあげずに笑った。
　馬車を運転しているのは確かに、風変わりな悪戯小僧だった。十歳。チェスターとおな
じ歳だ。だけど年長の家付き奴隷のような陰気な優雅さを身につけている。長年の仕草で
積み重ねられるような何か。ホーマー少年は自分の黒いスーツとシルクハットにはひどく
神経質で、生地の表面に糸屑を見つけると、摘まみ上げてからしばらく毒蜘蛛を見るよう
な目で睨みつけ、そうして宙へ弾き飛ばすのだった。馬に向かって怒鳴るとき以外、ほと
んど口を利かなかった。人種的な親近感や同情を抱いている様子は見られない。コーラと
ジャスパーはろくに視界に入っていないのだろう。糸屑ほどにも注意を引かない。
　ホーマーの仕事には、馬車の運転や幾つかの修繕、そしてリッジウェイの言葉を借りれ
ば〝記帳〟が含まれていた。ホーマーは収支表を付けており、また上着のポケットに入れ

たちいさな帳面に奴隷狩り人の語ることを記録した。奴隷狩り人によるあれやこれやの発言のうち、書き入れる価値のあるものがどれなのか、コーラには判別できなかった。世界の公理も天候も、おなじように冷静かつ客観的に見極める目をホーマーは持っていた。

ある晩コーラに促され、リッジウェイは生涯奴隷を所有したことがないと言った。ホーマーが彼の所有物だった十四時間のあいだを除いてだ。どうして持たないの、とコーラは訊いた。「なんのために」彼は問い返した。リッジウェイは当時、アトランタ郊外を馬で旅していた。はるばるニューヨークまで逃げた奴隷の夫婦を所有主へ引き渡してきたところだった。そして肉屋の主人が賭けで負けた借りを精算しようとしている場面に出くわした。男は妻の家族から、結婚祝いに少年の母親を譲り受けていた。前回負けが込んだときに母親のほうは売ってしまっており、今度は息子を売る番だった。肉屋は身も蓋もない売り文句をペンキで書き、少年の首に看板としてぶら下げ、広告を出していた。

リッジウェイはその少年の、一風変わった感性の鋭さに動かされた。ふっくらとした顔に輝く瞳は、狂暴であると同時に凪いでいた。同類だ、と彼は思った。自分に似ていると。リッジウェイはホーマーを五ドルで買い受け、翌日には解放証書を作成した。リッジウェイがぞんざいに追い払ったにもかかわらず、少年は彼のそばを離れなかった。黒人の教育ということに関して肉屋はさしたるこだわりがなかったようで、ホーマーは自由黒人の子ども肩をならべて勉強することを大目に見られていた。リッジウェイは暇にあかせて彼の読み書きを手伝ってやった。ホーマーはイタリア人の血を引いている振りをすることがあり、質問してくる者を驚かせた。型破りな盛装は時間とともにいまのかたちになった。気性はずっと変わらない。

「自由なら、なぜ逃げないの」

「どこへだ」リッジウェイが問い返す。「黒人の子どもに未来がないことなど、嫌というほどあいつは見てきている。解放証書があろうとおんなじだ。この国じゃ無理なんだ。悪名高いどっかの輩に攫《さら》われて、あっという間に競売台に乗せられるのがオチだろう。おれと一緒にいれば、世界を知ることができる。目的だって見つけられる」

ホーマーは夜ごと細心の注意を払って彼のちいさな鞄をあけると、ひと組の手枷を取り出した。そして運転席に自分を縛り付け、鍵をポケットに入れてから目を閉じた。

リッジウェイはコーラの視線に気づき、「ああやってないと、眠れないらしい」と言った。

ホーマーは毎晩、裕福な老人のような鼾をかいた。

ボズマンはといえば、三年のあいだリッジウェイと一緒に旅を続けていた。サウス・カロライナから出てきた流れ者で、港湾労働や借金取り、墓掘人など苦しい仕事を転々としたあと、奴隷狩り人としての道を見出した。ボズマンは学があるというわけではなかったが、リッジウェイの望むことを先んじて知る才覚があり、それは不気味なほどだったが不可欠な力でもあった。ボズマンが加わってリッジウェイの手下は五人になったが、その雇われ人たちはひとりまたひとりと離れていった。コーラにはその理由はすぐにはわからなかった。

耳の首飾りは彼の前にはストロングという名のインディアンの持ち物だった。ストロングは追跡人を自称していたが、まともに嗅ぎ出すことのできたものはウィスキーだけだった。ボズマンはこの首飾りを格闘競技会で勝ち取った。そしてストロングが試合条件に文句を付けてくると、ボズマンはこの赤肌のインディアンをショベルで殴り倒した。ストロングは聴力を失い、カナダの革鞣し場に追いやられたという噂だった。首飾りの耳は乾いて縮んでいたが、気温があがると蠅が寄ってきた。しかしボズマンはこの品を気に入っており、また奴隷捕獲を依頼してくる者たちの示す嫌そうな顔もひどく愉快だった。インディアンの持ち物だったころは蠅は寄ってこなかったがな、とリッジウェイはことあるごとに言った。

ボズマンは食事をしながら丘を眺めていた。ふだんにも似ず物思いに沈んでいる。彼は小便をしにいって帰ってくると、「おれの親父が通ったのもここだったはずだ。行きは森があった、と親父は言った。だが帰りにまたやってくると、開拓者たちが更地にしてしまっていたらしい」

「いまや二重に更地にされたわけだな」とリッジウェイは応えた。「お前の言ったことは当たっている。ここはもともと馬しか通らない道だった。今度どこかに道を作るときには、いいかボズマン、腹を空かせた一万人のチェロキー族を用意しろ。そしてやつらにお前の進む場所を更地にさせるんだ。手間が省けるぞ」

「チェロキー族はどこへ行ったの」コーラは尋ねた。マーティンと夜の対話を続けたあとで、彼女は白人男性が何かを語りはじめるときのしるしを読み取るようになった。おかげで自分の出方についてじっくり考える余裕ができた。

リッジウェイは新聞の熱心な読者だった。逃亡奴隷の公示は一連の彼の仕事に需要をもたらした──その部分はホーマーが切り抜いて集めていた。また時事報道はだいたいにおいて、社会や人間という動物についての彼の理論を補強してくれた。自分の雇っていた男たちのために、リッジウェイは出来事や歴史の初歩的な解説をしてやる習慣が身についていた。そうした事柄の重要性をこの奴隷娘がわかっているとは、彼の予想しなかったことだった。

おれたちが座っているのは、かつてチェロキー・インディアンの土地だった場所だ。リッジウェイはそう言った。彼らの赤い父の土地だったのだと。そうではないと大統領が判断し、彼らに出ていくよう命じるまで。開拓者たちには土地が必要だった。白人の結ぶ条約にはまったく価値がないのだと、インディアンがそのときまだ学んでいなかったのなら、それは自業自得というものだし仕方ないだろう、とリッジウェイは言った。リッジウェイの友人のうち何人かは軍隊にいた。軍隊は野営地にインディアンを掻き集め、女も子どもも全員、背中には負えるものをすべて背負わせて、ミシシッピ川以西へと歩かせた。〝涙と死の道〟だったと、チェロキーの賢者が後に名づけた。理由がないわけではない、インディアン好みの修辞が入っていなかったわけでもない。病気に栄養失調、そしてもちろん苛むような冬の寒さによって――その年の容赦のない寒波はリッジウェイも憶えていた――何千もの命が失われた。彼らがオクラホマに辿り着くと、そこにはさらに多くの白人がいて、最新の無価値な条約によりインディアンへ約束されたはずの土地を占有してしまっていた。なかなか学ばない部族だった。だが今日、自分たちはこの道にいる。ミズーリへの旅は昔よりずっと快適だ。インディアンたちが赤い足で踏み固めてくれたからな。

「進歩ってやつさ」リッジウェイは言った。「おれの従兄は宝くじで運よくインディアンの土地を当てた。テネシー北部だ。玉蜀黍を育ててる」

コーラはやるせなさに首を傾けた。「運がいいね」とだけ言った。

ここに入ってくる道中、リッジウェイは火事の原因は落雷に違いないと言った。煙は数百マイル彼方の空も満たし、夕陽に深紅や紫の、豪奢な打撲傷にも似た色合いを加えた。テネシーがその始まりを告げていた——噴火口のなかで身を捩る幻の獣たち。コーラが地下鉄道を使わずに州境を越えたのは初めてだった。かつてはトンネルが彼女を守ってくれた。駅長のランブリーは、すべての州は可能性の州だと言った。それぞれにそれぞれの習慣があると。赤い空に次の領土の規律を見た気がして、コーラは戦慄した。馬車が煙のなかへ突き進むと、沈みゆく太陽がジャスパーに啓示を与えたらしく、彼は聖歌を歌いはじめた。神の怒りと哀れな者に降りかかる受難という主題が、どの歌にも共通していた。ボズマンがしばしば馬車へやってきて頭を叩いた。

焼け野原が途切れるあたりに街があり、逃げてきたひとびとでごった返していた。「逃亡者だわ」コーラが言ってのけると、御者席のホーマーが振り返って片目をつぶってみせた。白人の家族が幾つも群れを作って、目抜き通りのそばで野宿していた。やるせなく絶望した様子で、救い出すことのできたわずかな持ち物を足許に積みあげていた。ふらつく足取りで狂ったように通りを歩く者もいた。血走った目で服は焦げ、火傷に襤褸《ぼろ》布を縛り付けていた。黒人の赤子が泣く声ならさんざん聞いて慣れていた。苦しみで、空腹で、痛みで、または取り乱した子守り係に混乱を来して。だが白人の赤子がこんなにたくさん泣くのは聞いたことがなかった。コーラの情は黒人の赤子のときほど動かされなかった。

雑貨店へ入ったリッジウェイとボズマンを待っていたのは空っぽの棚だった。店主はリッジウェイに、火の元は入植者だと話した。雑木を何本か処分しようとして火を放ったらしい。炎は彼らの手を逃れ、雨が降ってくるまで土地全体を底なしの食欲で食い荒らし続けた。三百万エーカーの被害だと店主は言った。政府は救援物資を約束したが、いつ届くか誰にもわからない。記憶の及ぶ限りもっとも規模のおおきな災害だった。

ここに古くからいた先住民は、野火や洪水、竜巻について、もっとずっと遡って列挙することができたはずだ――リッジウェイが店主の言葉を伝えたとき、コーラはそう考えた。だけどそのひとたちはもういないから、教えてくれることもできない。この領土を家と呼んでいたのがどの部族なのかは知らないが、インディアンの土地だったことは知っている。そうでない土地がこの国にあるだろうか？　コーラは歴史をきちんと学んでいないが、時に両目は充分に教師の役を果たしてくれる。

「何か神の怒りを買うようなことをしたんだぜ」ボズマンが言った。

「たんに火の粉が飛んじまったってだけだろ」リッジウェイは言った。

昼食をすませてからも、一行はその場に残っていた。白人男二人は馬のかたわらでパイプを燻《くゆ》らせ、思い出話をしていた。リッジウェイはいかに長いあいだコーラを追っていたか語ったが、そのわりにはテランス・ランドルに届ける段になると、まったく急いでいない様子だった。もちろんコーラだって再会を急いではいない。彼女はぎこちない足取りで焼け野原へ入っていった。鉄の足枷を付けられていても歩くことができるようになった。こんなに長くかかるとはちょっと信じられなかった。ランドルのところにいたとき、鎖に繫がれた奴隷たちが一列になって俯いて、悲愴な行進をするのを哀れに思っていたものだ。なのにこのざまだ。この教訓はなんなのか。ある観点からすれば、彼女は何年ものあいだ屈辱を免れていたといえる。またべつの観点からすると、不運はすぐあらわれなかっただけ、彼女を待っていただけだとも。逃げることはできない。鉄の枷の下で皮膚は傷になり皺が寄っていた。コーラは黒い木々に近づいていったが、白人男たちは注意を払わなかった。

このときまでに、すでに何度か逃亡を試みていた。食糧を補充しに立ち止まったとき、角を曲がっていく葬列にボズマンが気を取られている隙に三メートル近く逃げたものの、少年に足を引っかけられた。奴隷狩り人たちは彼女に鉄の首輪を追加した。鎖を成す鉄の輪が、そこから手首まで苔のように垂れていた。そのせいでコーラは乞食か蟷螂《かまきり》のような姿勢を余儀なくされた。男たちが道のかたわらで休むために停まったときは、もう少し遠くまで行くことができた。明け方に出発し、小川に沿って。水は移動を約束するものだった。だが岸辺の石はつるつると滑り、コーラは水中へ転げ落ちた。リッジウェイは鞭打ちを与えた。彼女は逃げるのをやめた。

ノース・カロライナを出た初日、一行はほとんど口を利かなかった。群衆と衝突したことで彼らも疲れ果てたのだとコーラは思った。彼女自身、疲れ果てていたから。だが沈黙は平生から彼らの信条だった——ジャスパーが加わるまでは。ボズマンは例の不躾な提案を持ちかけ、ホーマーは謎めいたその予定に沿って御者席から振り返り、ひとを落ち着かなくさせる笑みを浮かべた。だが先頭をゆく奴隷狩り人は距離を保ったままだった。彼はときどき口笛を吹いた。

コーラは一行が南へではなく西へ向かっていることに気がついた。シーザーに言われるまで、太陽の性質について注意を払ったことはなかった。それは逃亡の役に立つかもしれないと彼は言った。ある朝、一行はとある街のパン屋の前で停まった。コーラは意を決してリッジウェイに旅の予定を訊いた。

彼は目を見ひらいた。まるで彼女が話しかけてくるのを待っていたように。この会話があってから、リッジウェイは計画を立てる際にコーラのことも引き入れた。彼女にも決定権があるかのように。「なかなかやるじゃないか」と彼は言った。「だが心配するな、家にはそう遠くないうちに帰れるから」

　正解だ、と彼は答えた。一行は西に向かっている。ジョージアの農園主でヒントンという名の男が、リッジウェイに奴隷のひとりを連れ戻して欲しいと依頼してきた。その黒人は悪知恵が働き、根回しの上手い若い男で、ミズーリの黒人居住区に親戚がいた。信頼できる筋によれば、ネルソンというその奴隷は白昼堂々罠猟師としての仕事に励み、仕返しを食らうとはまるで懸念していないようだった。ヒントンは農場経営者としてひとも羨むほどの土地を持ち、政治家の従兄もいた。監督官のひとりが情婦の奴隷娘に、ネルソンの振る舞いについて漏らしたのは残念なことだった。ヒントンは自身の所有する土地で物笑いの種になってしまったのだ。ヒントンはネルソンに目を掛け、奴隷頭にしてやろうとしていたのに。彼はリッジウェイに賞金をはずむと約束し、物々しい儀式を執り行うかのように契約を交わした。証人を務めた年嵩の黒んぼはそのあいだじゅう口に手を当て咳払いしていた。

　ヒントンは短気を起こしており、まずはミズーリへ向かうのが現実的だった。「そいつを捕まえたら、今度こそはお前を主人と再会させてやる。おれの見たところでは、ランドルは手厚くもてなす用意があるみたいだぞ」

リッジウェイはテランス・ランドルへの軽蔑を隠そうとしなかった。彼の謂いを借りれば、ランドルは奴隷を躾ける段になると「どぎついほど派手に」想像力を駆使するということだった。そのことはリッジウェイの一団が、ランドル邸へ向かう道を曲がって目にした三つの処刑台からも明らかだった。年端もいかない娘が処刑台に掛けられており、金属の巨大な鉤爪があばらを貫いて刺さり、それに引っかけられるかたちでぶら下がっていた。足許の地面は血で黒く染まり、残り二つの台は出番を待っていた。

リッジウェイは言った。「おれが北部で足止めさえ喰わなければ、獲物が遠くへ行っちまう前に、お前たち三人とも捕まえてやることができたんだが。あれの名前は、ラヴィーだったか」

コーラは両手を口に当てた。叫びを抑えるためだったが、無理だった。コーラが落ち着きを取り戻すまで十分のあいだ待ち、リッジウェイは先を続けた。街のひとびとは地面に崩折れた黒人娘の身体を眺め、そのまま跨いでパン屋へ入っていった。甘く浮き立つ焼菓子の匂いが通りを満たしていた。

彼が邸宅に入って農園主と話すあいだ、ボズマンとホーマーは外の車寄せで待っていた。テランスの父親が生きていたころ、その家は活気があったし客を惹きつけるところがあった――そうだ、リッジウェイは以前にもその家に来たことがある。コーラの母親を捜すために、そしてそれは徒労に終わった。ほんの短時間テランスと話しただけで、邸宅が荒涼とした空気を持つにいたった理由がわかった。息子である彼は冷酷だった。それは周囲のすべてに影響する冷酷さだった。雷雲が出ていたために昼間からどんよりとして、家付きの黒んぼたちにも覇気がなかった。

新聞は概して幸福な大農園という幻想を与えようとした。奴隷たちは満ち足りており、歌い踊っては主人を愛していると。そういう記事は読者に好評だったし、さらに北部諸州や反奴隷制運動との確執が強まる今日、政治的に有用でもあった。リッジウェイはそんな印象操作は見せかけだと知っていた——奴隷商売についてお世辞を言う必要は彼にはなかった。だがランドル農園は脅威だという噂もまた嘘だった。その場所は幽霊に憑かれていた。邸宅のすぐ外で死体が鉤爪に引っかけられているというのに、奴隷たちのもの悲しさに満ちた振るまいを誰に責められようか。

テランスはリッジウェイを客間に招き入れた。主人は酔っており、服を着る手間さえ取ろうとせず、赤いローブを羽織ってソファに凭れかかっていた。たった一代のあいだにこうも衰退するとは悲劇だと、リッジウェイは言った。だが金ができると家はときどきこうなってしまうものだ。つまり道徳の観念が薄れるのだ。テランスはリッジウェイが前回来たときのことを憶えていた。メイベルが先日の三人組のように、沼地へ姿を消したときだ。

リッジウェイが自身の無能を直接詫びに来たことに、父は心を動かされたらしいとランドルは語った。

「おれはあのランドルの息子に往復ビンタを食らわしてやってもよかったんだ。それで契約を失うこともなかっただろう」リッジウェイはコーラに言った。「だがおれも大人になったもんだ。お前とその相方を捕まえるまでは待とうと決めた。先の楽しみに取っておくんだと」テランスが熱心なのと賞金の法外さから、リッジウェイはコーラが主人の情婦なのだろうと推測した。

コーラは首を振った。もう啜り泣いてはおらず、立ちあがって手を拳に握り、震えを抑えていた。

リッジウェイは間を置いた。「じゃあ、べつの理由なんだな。ともかく、お前には強い影響力がある」そしてランドルを訪ねた際の話を続けた。テランスは奴隷狩り人に、ラヴィーが捕まったあとの出来事を手短に伝えた。手下のコネリーに、シーザーが地元の商店主のところへ頻繁に通っていたという情報が入ったのもその朝のことだった。商店主の男は黒んぼ少年の作った木工品を売っていたらしい。フレッチャーなるその人物を訪ねれば収穫があるかもしれないと、奴隷狩り人に助言した。娘のほうは生きて連れ帰るようにとテランスは要求したが、もうひとりの少年はどちらでもいいと言った。そして訊いた——

少年のほうは、もとはヴァージニアから来たんだ。知ってたか？

リッジウェイは知らなかった。彼の出身州をめぐるちょっとした小競り合いが仕掛けられていた。窓はすべて閉まっていたが、不快な臭いは部屋のなかまで漂ってきた。

「やつはそこで悪い癖を覚えたのさ」テランスは言った。「あのあたりは奴隷に甘いからな。ジョージアでのやり方を、たっぷり教え込んでやってくれ」警察には介入されたくないらしかった。二人組は白人の少年を殺した廉《かど》で指名手配されており、群衆が嗅ぎつけたら生きては帰れないだろう。そうしたことまで配慮しての賞金の額だった。

奴隷狩り人は屋敷を辞した。彼の荷馬車は空っぽのとき、車軸が軋んで音をたてる。鎮まらせてくれる荷物の重みがないことに不平を言うかのように。空のままでは戻ってこないとリッジウェイは心に決めた。二人ものランドルに頭を下げたくはないし、この場所を牛耳っているあのガキにはなおさらだ。物音がして、屋敷を振り返った。それはあの少女、ラヴィーから聞こえていた。腕が痙攣するように動いていた。まだ死んでいなかったのだ。

「それから半日粘ったようだ。聞いたところでは」

フレッチャーの嘘はたちどころに破られてしまった——信仰心の薄いやつはこれだから、とリッジウェイは言った——彼は地下鉄道の仲間の名前を自白した。ランブリーという男だ。ランブリーの消息は摑めなかった。コーラとシーザーを州の外へ連れ出して以来、戻らなかったのだ。「行き先はサウス・カロライナだったな?」リッジウェイが尋ねた。

「お前の母親を北へ運んだのもその男だったか?」

コーラは口を閉ざしていた。フレッチャーの末路は想像に難くなかった。恐らく彼の妻も同様だ。少なくとも、ランブリーは逃げおおせた。そして納屋の地下にあるトンネルは見つからなかった。いつか逃げ場をなくした誰かがその道を使うかもしれない。よりよい結末と、幸運を求めて。

リッジウェイは頷いた。「構わんさ。打ち明け話の時間はたっぷりとある。ミズーリまで先は長いからな」警察がヴァージニア南部で駅長を取り押さえたのだと彼は言った。そいつがマーティンの父親の名前を白状したのだ。ドナルドはもう死んでいたが、その男がどんなふうに運営していたのか、できれば知りたいとリッジウェイは思った。この大がかりな共謀を理解する手掛かりとして。そこでコーラが見つかったのは望外の喜びだった。

ボズマンがコーラを荷馬車に繋いだ。鍵の掛かる音にも馴染んでいた。一瞬もつれてからカチリと嵌まる。翌日にはジャスパーが加わった。彼の身体は打たれた犬のように震えていた。会話に加わらせようとして、どこから逃げてきたか、砂糖黍の仕事はどんなふうだったか、またどうやって逃亡したのか、コーラはあれこれと尋ね、会話しようとした。だがジャスパーは聖歌を歌うか、祈りの言葉を口にするだけだった。

それが四日前のことだ。いま彼女は不運なるテネシーの真っ黒な牧場に立っていた。焼け焦げた木切れが足下で割れる音がした。

風が出て、やがて雨が降り出した。休憩は終わりだった。ホーマーは食事のあとを片付けた。リッジウェイとボズマンはパイプの灰を捨て、若いほうがコーラに口笛を吹いて戻ってこいと促した。テネシーの丘や山々が黒い椀の縁のようにコーラを囲んでいた。こんな破壊を成し遂げた炎は、さぞ狂暴で恐ろしかっただろう。わたしたちは椀の灰のなかを這うように進んでいる。価値あるものすべてが呑み尽くされたあとで、残った黒い灰もまた風に吹き払われていきつつある。

ボズマンは床の輪にコーラの鎖をくぐらせて留めた。荷馬車の床には十の輪が取り付けられていた。五つ並んだ列が二列で、積み荷の人数が増えたときにも対応できる数。まして二人には充分だった。ジャスパーはベンチのお気に入りの位置に座り、クリスマスのご馳走を食べたばかりのように元気いっぱいに聖歌を歌った。「主が汝を呼びしときには、荷を降ろせよ、その重荷を降ろせよ」

「ボズマン」リッジウェイが静かに言った。

「主は汝の魂を覗き込まれ、汝の成せるわざをお知りになる。罪人よ。主は汝の魂を覗き込まれ、汝の成せるわざをお知りになる」

ボズマンが言った。「ああ」

奴隷狩り人はコーラを捕まえたとき以来初めて荷馬車へ乗り込んできた。彼の手にはボズマンのピストルが握られており、ジャスパーの顔を撃ち抜いた。血と骨とが幌を内側から覆い尽くし、コーラの汚れたシフトドレスにも飛び散った。

リッジウェイは顔を拭うと彼の計算を口にした。ジャスパーの賞金は五十ドル、うち十五ドルはこの逃亡奴隷を監獄に突き出した修理屋のものだ。ミズーリまで行き、東へ戻って、ジョージアへ。その男を所有者のもとへ運ぶまでには何週間掛かるか。三週間として、三十五ドルをそれで割る。さらにボズマンの取り分を引くと、残る賞金は微々たるもので、静寂と心の平安のために失っても惜しくはなかった。

ホーマーは帳面を取り出すと、親方の出した数値を確認した。「合ってます」と彼は言った。

テネシーはどこまで進んでも荒れ果てたままだった。炎は続く二つの街を呑み込み、道を灰と化していた。朝になるとちいさな入植地の残骸が丘のふもとにあらわれたが、それは焼け焦げた木材と黒い石細工の組み合わせにすぎなかった。初めに家々の断片が——かつて開拓者たちの夢が詰まっていたはずのもの——続いて街そのものが、破壊された建物のならびとして見えてきた。さらに先に広がる街はよりおおきなものだったが、破壊の規模ではこちらも負けていなかった。中心部は幅広の交差点で、大通りが一点に集まり活気に満ちていたはずだが、それも消え去ってしまっていた。廃墟と化したパン屋の窯が不気味なトーテム像のように立ち、監獄の房の鋼の向こうには蹲ったままの人体が残されていた。

コーラにはわからなかった。この風景のどこを見て、入植者たちは未来を打ち立て、肥沃な土地や水や命を夢見る気になったのだろうか。何もかもが消し去られてしまった。生存者が戻ってきたとしても、どこかべつの場所でやり直そうと決意するのが落ちだろう。東へ逃げ戻るか、さらに西へ行くか。この地に復活はあり得なかった。

一行はやがて野火に侵された地帯から抜け出した。焼け野原を通り過ぎてきたあとでは、白樺や野草の生き生きとした色彩は信じがたく、まるでエデンの園のように活力を与えてくれた。ボズマンは戯れに、ジャスパーの歌声を真似て景色の変化を言祝《ことほ》いだ。自分たちが思っていた以上に、黒ばかりの風景に滅入っていたのだ。畑には丈夫そうな玉蜀黍がすでに六十センチばかりの高さに育ち、豊作を予感させた。焼き尽くされた土地がやがて来る報いを宣伝しているのとおなじくらい、力強く。

正午を過ぎて間もないころ、リッジウェイが馬車を停めるよう言った。四つ辻に立つ触れ書きを読み上げるうちに、奴隷狩り人の表情は強ばった。この先の街は黄熱病に侵されていると彼は言った。通行人はすべて立ち去るようにとの警告だ。代わる道は細く、荒れており、南西へと続いていた。

リッジウェイの見立てでは、触れ書きはあたらしいものだった。疫病は収束していないだろう。

「おれの弟は二人とも黄熱病で死んだ」ボズマンが言った。彼の育ったミシシッピ州では、気候が暑くなってくるとこの熱病にしばしば見舞われた。弟たちの肌は黄ばんで血の気を失い、目と肛門から出血して、苦しむちいさな身体をやがて発作が襲った。男たちが軋る手押し車に死体を乗せて運び去っていった。「惨めな死に様だった」ボズマンは言った。もう冗談を口にする気も起きないようだった。

リッジウェイはその街を知っていた。市長は礼儀知らずで汚職にまみれ、食べ物は腹を下すような代物だが、それでもよい街だと思っていた。遠回りすると、時間がかなり掛かる。「熱病は船に乗って渡ってくる」リッジウェイは言った。西インド諸島から、遙かアフリカの暗黒大陸から、交易に引き続いてやってくるのだと。「文明の進歩にかかる関税を、人間の命で払ってるのさ」

「じゃあそいつを集める収税人は誰だ」ボズマンが言った。「おれはまだお目に掛かったことがないぞ」恐怖のために彼はそわそわと気が短くなっていた。この場所に留まりたくないのだ。熱病の支配する街には、この四つ辻ですらあまりに近い。リッジウェイの指示を待たずに――または奴隷狩り人とその秘書である少年だけが共有する合図に従って、ホーマーは呪われた街を離れるように馬車を走らせた。

南西へと続く道沿いにはさらに二つの警告が出ていた。隔離された街へ入っていく道には、その先にある危険を窺わせる痕跡はなかった。炎の成し遂げた手仕事のなかを長時間旅してきたあとで、目に見えないものへの恐怖心もまた強くなっていた。ずいぶん経ってから、日も暮れたあとで一行はようやく休むことにした。コーラはランドル農園を出てからの旅を振り返り、自身の不運という縄目を編んでみるのに充分なだけの時間があった。

奴隷台帳は次々と埋まっていった。最初はアフリカの海岸で、数万人の名前が集められて目録に載せられた。あの人間の積み荷だ。死者たちの名前もまた生きている者と同様重要だった。というのも病気や自殺——または説明目的のためにそう分類された他の事故——による損失は、正当なものであると雇用主に認められる必要があったから。競売があると過去の競売での記録を照合されたし、農園では監督官が、畑で働く労働者の名前を筆記体できっちりと記録した。すべての名前が財産であり、呼吸する資本金であり、肉体からなる利潤だった。

この特異な制度のために、コーラもまた目録を作るようになった。一覧表の合計数は誰かが失われても減らず、むしろそのひとの優しさのぶんだけ増えていくのだった。愛したひとたち、助けてくれたひとたち。ホブの女たち、ラヴィー、マーティンとエセル、フレッチャー。消えてしまったひとたち——シーザーにサムにランブリー。ジャスパーの死はコーラのせいではなかったが、荷馬車や彼女の服に残された血の染みは、コーラ自身の死者を描いているように思えた。

テネシーは呪われていた。初めのうち彼女はテネシーの荒廃を、その炎や熱病を、正義によるものだと考えた。白人たちは報いを受けたのだと。コーラの種族を奴隷にし、インディアンの部族を虐殺し、その土地を盗んだことの報いを。炎にせよ熱病にせよ、燃やし尽くしてしまえばいい。この地で生まれた破壊がどこまでも広がればいい。死んだひとびとの仇が取れるまで。でも、とコーラは思い当たった。ひとが自分に相応なだけの不運を受け取るものならば、これだけの困難を呼び込む自分はいったい何をしたのだろうか？　コーラはべつの目録に、自身をこの荷馬車と鉄の枷へと導くことになった判断について記した。まずあの少年、チェスターがいた。彼を庇ったこと。鞭打ちは不服従への一般的な罰だった。そして逃亡の罪はあまりにおおきく、自由を目指すわずかな道行きのなかでも、出会ったすべての優しいひとびとを巻き込んでいった。

揺れる荷馬車に跳ね上げられるたびに、足許の湿った土や頭上で揺れる木々の匂いがした。五マイル離れた土地が焼けた一方で、この畑が無事だったのはなぜだろう？　農園の正義は卑劣で一定だが、世界というものは出鱈目だ。この外の世界では、悪人が然るべき罰を免れる一方、善人が身代わりとなって鞭打ちの木に立たされる。テネシーの災いは、無慈悲な自然のもたらしたものだ。入植者たちの犯した罪とは何の関係もない。チェロキー族の送った人生とも。

たんに火の粉が飛んじまったってだけだろ。

コーラの不幸はいかなる鎖によっても、彼女の人格や行動とは結ばれていない。その肌は黒く、そして世界は黒人をこんなふうに扱うというだけだ。それ以上でも以下でもない。すべての州は違っているとランブリーはかつて言った。もしテネシーに人格があるとすれば、それはこの世界の暗い部分を引き継いでいると言えるだろう。気紛れに罰を与えるのが好きで、誰もその罰を免れることはできない。どんな夢を抱こうと、肌の色が何色でも、関係がない。

麦わら帽子をかぶり、茶色い巻き毛と小石のような黒い瞳をした青年が、使役馬の群れを駆って西からやってきた。日に焼けた頬が痛ましいほど赤い。リッジウェイの一行とぶつかるかたちになった。この先にはおおきな居住区があり、やんちゃな連中ばかり住んでいると評判だ、と彼は言った。今朝の時点では黄熱病には罹っていない、とも。リッジウェイもまたお返しに、この先に青年を待っているものについて教えてやり、礼を述べた。

それから間もなくして、道はふたたび人通りが多くなった。動物や虫たちまでも活動を再開したようだ。四人の旅人のもとへ、文明の光景、音と匂いが戻ってきた。街外れの農家や小屋にはランプの灯りが輝いて、夕べのために家族が集っているのがわかった。街の全貌もまた見えてきた。ノース・カロライナを後にして以来、目にしたうちでもっともおおきな街だ。歴史は浅いかもしれないが。目抜き通りは長く、銀行が二軒と騒々しい飲み屋街があり、それだけでコーラは寮に暮らした日々に引き戻された。街の喧騒は夜が更けても静まりそうな気配はなく、店も開いていて、ひとびとは木の歩道をうろついていた。

　ここで一夜を越すことに、ボズマンは断固として反対だった。熱病が近くまで来ているからには、ここも次にはやられるだろう。あるいは住民の体内にすでに潜伏しているかもしれない。リッジウェイは気に入らなかったが、最後には折れることになった。まともなベッドで眠りたかったが、仕方がない。幾つかの用事をすませたのちに、道の脇で野宿することにした。

　男たちが所用をすませに出掛けるあいだ、コーラは鎖に繋がれたままだった。馬車を覆う幌の隙から、通行人が彼女の顔を見ては目を逸らしていった。彼らの表情は険しかった。服は手織りの粗い布地で、東の街で白人たちの着ていたものに較べて質が劣った。開拓者の衣類であり、定住者の着るものではない。

　ホーマーが荷馬車のなかによじ登ってきた。ジャスパーが歌っていた単純な民謡を口笛で吹いている。死んだ奴隷はまだそこにいるのだ。ホーマーは茶色い紙包みを手にしていた。「贈り物だよ」と彼は言った。

　群青色の生地に白いボタンのついたドレスだった。柔らかな綿地からは消毒液のような匂いがした。コーラはドレスを高く掲げて、幌の粗布に散った血の染みを覆い隠すようにした。外の街灯に照らされて、染みはやけに目立っていたのだ。

「着てごらんよ、コーラ」ホーマーが言った。

コーラは両手を挙げた。繋がれた鎖が音をたてた。

ホーマーは足首と、次に手首の鍵を外した。こうした場合いつもするように、コーラは逃げる隙があるかどうかを検討し、そして無理だと判断した。こんなふうに粗野で荒っぽい街は、容易に暴徒になるだろうと。ジョージアで殺された白人少年のことは、ここにも伝わっているだろうか？　その事故についてはは考えないようにしたし、彼女の犯した違反の目録にも入れていなかった。少年は彼自身の目録に入っている——けれどその目録の要件とはなんだろう？

コーラが着替えるあいだ、ホーマーはそばに付き添っていた。揺り籠に入っていたころから彼女に仕える従者のように。

「あたしは囚われの身」とコーラは言った。「でもあんたは、自分で選んでる」

ホーマーは困惑したようだった。帳面を取り出すと、最後のページに何か走り書きした。それがすむと少年は、ふたたびコーラに手足の枷を付けていった。彼はコーラの足に合わない木靴も差し出した。荷馬車の床に鎖で繋ごうとしていたとき、リッジウェイが戻ってきてコーラを外に出すよう言った。

ボズマンは床屋と風呂を探しに行ってまだ戻ってこなかった。奴隷狩り人はホーマーに、刑務所で保安官代理からせしめてきた新聞と逃亡奴隷の公示を手渡した。「おれはコーラを晩飯に連れていく」リッジウェイは言って、コーラを喧騒のなかへと歩かせた。ホーマーがコーラの汚れたシフトドレスを溝へ投げ捨てると、乾いて茶色くなっていた血が泥水に染みていった。

木靴は足を締め付けた。リッジウェイはコーラの遅れがちな歩みに歩幅を合わせようとはせず、先に立って進んでいった。コーラが逃げるかもしれないことには無頓着だった。彼女の鎖は牛の首につけたベルの役割を果たすのだ。テネシーの白人たちはコーラに注意を払わなかった。若い黒人がひとり馬小屋の壁に凭れていた。彼女の姿を見ていたのは彼だけだった。縦縞の灰色のズボンに牛革のヴェストという服装からして、自由黒人のようだった。彼は彼女を見ていて、コーラはランドルの地所にいたとき、鎖に繋がれ引かれていく奴隷を見ていたことを思い出した。誰かが鎖に繋がれているのを見て、それが自分でなくてよかったと思う――それは黒人にとっての幸運で、より悪い事態までの距離によって測られる。そんなときに目が合えば、互いに逸らすのが通例だった。けれどその男は違った。人混みに紛れて見えなくなる前、彼は頷いた。

サウス・カロライナにいたとき、コーラはサムの酒場を覗きはしたが、敷居をまたぐことはなかった。店の客のなかで彼女の存在は浮いていたかもしれないが、リッジウェイがひと睨みするだけで、酔客たちも目を逸らした。バーを取り仕切る太った男は、紙巻き煙草を巻きながらリッジウェイの頭を後ろから見据えた。

リッジウェイは奥の壁に沿ったぐらつくテーブルにコーラを着かせた。煮込んだ肉の匂いが立ち込めて、そのさらに奥に古いビールの臭いが、床や壁、天井に染みついているのがわかった。髪を三つ編みにした娘が給仕をしていたが、肩は厳《いか》つく、太い腕は綿花の積み荷も上げ降ろしできそうだった。リッジウェイは料理を注文した。

「もっと合う靴はほかにあるだろうが」と彼はコーラに言った。「ドレスのほうはぴったりだ」

「清潔でいいよ」とコーラは応えた。

「ふん、そうだな。われらがコーラを肉屋の床みたいにしておくわけにはいかんからな」

反応を引き出そうとしているらしい。だがコーラは乗らなかった。隣の酒場からピアノが聞こえはじめた。まるで洗い熊が鍵盤の上をめちゃめちゃに走りまわるような演奏だった。

「これまでずっと、相方については訊かなかったな」リッジウェイは言った。「シーザーのことだ。ノース・カロライナの新聞には出ていなかったか？」

ああ、これは余興なんだ、と思った。金曜の夜にあの公園で行われた野外劇のような。コーラに衣装を着せたのはその劇のためなのだ。彼女は待った。

「サウス・カロライナへ行ったのはおかしなことだった」リッジウェイは続けた。「あそこはいま、新体制を導入してる。過去には犯罪が横行してた街だ。そう昔のことじゃない。黒人の地位向上とか、未開人の文明化とか言っても、相変わらず血に飢えた土地には違いないんだ」

給仕の娘がパンの切れ端と、牛肉と馬鈴薯の煮込みがいっぱいに入った椀を二つ運んできた。リッジウェイはコーラを見ながら、こちらには聞こえない声で娘に何か囁いた。娘が笑い声を上げた。コーラはリッジウェイが酔っていることに気づいた。

彼は音をたてて煮込みを啜った。「あれの勤務時間が終わりかけるころ、おれたちはあれを工場で捕まえた。まわりには体格のいい黒人が何人かいて、もう置き去ったと思っていた過去の恐怖がよみがえってきたようだった。最初はたいした騒ぎじゃなかった。逃亡奴隷がまたひとり捕まっただけだ。だがやがて噂が広まった。シーザーは幼い少年を殺した罪で指名手配を――」

「幼くはなかった」コーラが言った。

リッジウェイは肩をすくめた。「連中は刑務所まで押し入ってきたさ。郡保安官が扉をあけてやった。正直言って、そう劇的な場面ってわけでもなかったな。ひとびとが刑務所に押し入り、あれの身体をばらばらに引き裂いた。学校や金曜日の戒めを守る、サウス・カロライナの慎み深いひとびとがだ」

ラヴィーのことを知らされたとき、コーラはこの男の前で泣き崩れた。今回は違う。心の準備はしていた――残酷な話を切り出す瞬間、リッジウェイの目が輝いたからだ。そしてコーラはシーザーが死んだことをずっと前から知っていた。彼の辿った運命を訊くまでもなかった。あの屋根裏部屋にいたとき、ある晩まるで稲妻のように、そのちいさな、単純な事実は彼女のもとへあらわれた――シーザーは、逃げおおせなかった。彼は北には行かなかった。あたらしいスーツとあたらしい靴と、あたらしい笑顔を手に入れなかった。暗がりに座り、垂木のあいだに蹲って、コーラは自分がまたひとりになったことを知った。連中は彼を捕まえた。リッジウェイがマーティンの玄関を叩きにやってくるまでに、コーラはすでにシーザーの弔いを終えていた。

リッジウェイは口のなかから軟骨の欠片を引き抜いた。「なんにせよ、おれはその逮捕で幾らか小銭をせしめたし、道中べつの少年奴隷をその所有主にも送り届けた。結局利益は出たわけだ」

「あんたは黒んぼの爺さんみたいに、ランドルの金を貯め込んでいるのね」コーラは言った。

リッジウェイがおおきな両手をつくと、ぐらつくテーブルは彼のほうへと傾いた。煮込みが椀の縁を越えて零れた。「こいつは修理したほうがいいな」彼は言った。

煮込みは小麦粉で濃くしてあり、ぶつぶつと塊が多かった。コーラはその塊を舌で潰しながら、ランドル農園で食べた煮込み――手練《てだれ》の料理人アリス自身ではなく、その手下たちが作った料理もこんなふうだったと思った。壁越しにピアノ奏者は陽気な小唄を弾きはじめた。酔っ払った男女がひと組、そちらへ踊りに駆け込んでいった。

「ジャスパーは暴徒に殺されたわけじゃない」コーラは言った。

「予想外の出費ってやつはどんなときにもある」リッジウェイは言った。「おれがあれに支払った食費は返ってくるわけじゃない」

「あんたは理屈ばっかり喋るね」コーラは言った。「物事をべつの名前で呼べば、その名前通りに変わるみたいに。だけどそれは真実にはならない。あんたはいとも冷酷に、ジャスパーを殺した」

「そいつはもう少し個人的な話だな」リッジウェイはそう譲歩しながら、「いま話してるのはそういうことじゃない。お前とお前の友人は少年を殺した。そしてそのことを正当化している」

「あたしは逃げようとしていた」

「要するにそのことだよ。生き延びる。お前は自己嫌悪を感じているか？」

少年の死は彼女の逃亡のさまざまな要素が絡み合って起きたことだった。満月ではなかったこと、ラヴィーが小屋にいないとすぐわかってしまったために出足の距離を稼げなかったこと。だがコーラの心のなかで鎧戸は揺れて外側にひらき、病床で震える少年の姿と、彼の死を嘆き悲しむ母親の姿が見えるのだった。コーラもまた知らず知らずのうちに、彼のために嘆き悲しんでいた。逃亡という企ては、奴隷であろうと主人であろうとお構いなしに鎖に繋ぐ。彼もまた犠牲者のひとりだった。コーラは自分の頭のなかの孤独な目録から少年を消し、マーティンとエセルの下に書き加えた。といっても名前を知らなかったから、ただ×印を、かつて文字を覚える前にしていた署名とおなじく、記した。

それでもなお、彼女はリッジウェイに「いいえ」と答えた。

「もちろんそうだろうな。あんなのはなんでもないことだ。焼けただれた玉蜀黍畑か、この汁物に浮かぶ仔牛のために泣くほうがマシだ。生き延びるために必要なことをするまでだ」リッジウェイは口許を拭った。「だがお前の不満、それももっともだ。ひとは事実を隠蔽するためにあらゆる言説をでっちあげる。今日びの新聞を見てみろよ。小利口な野郎どもはこぞって〝明白なる天命《マニフェスト・デスティニー》〟を口にしたがる。素晴らしい思いつきかなんぞのように。おれの言ってること、わかるか？　わからんだろう」

コーラは椅子の背に凭れた。「事実を飾り立てるために、言葉を費やすってこと」

「早い話が、自分の取り分はさっさと取れっていうことさ。財産でもなんでも、自分のものだと見做したら持っていくことだ。各々の場所を占めていた連中も、そうすればお前が取っていくことを許すようになるだろう。インディアンだろうとアフリカ人だろうと、取り分を差し出し、ときに自分自身を差し出し、そしておれたちは当然のように分け前を取ることができる。フランスは領土に関する主張を取り下げた。英国もスペインも立ち去ろうとしてる」

父親はインディアンのグレート・スピリットについて話すのが好きだった、と彼は続けた。「何年も経って、おれはこのごろではアメリカン・スピリットのほうがいいと思うようになった。おれたちを旧世界から新世界へと呼び出し、征服し、建設し、文明化せよと呼びかける精神だ。破壊すべきものは破壊せよと。劣等民族の向上に努めよ。向上できなければ従えよ。従えられなければ撲滅せよ。それが神に定められたおれたちの天命――アメリカの至上命令だ」

「お手洗いに行きたい」とコーラは言った。

リッジウェイは口角を下げた。彼は手振りでコーラを自分の前に歩かせた。裏道へと続く階段は吐物で滑りやすくなっており、リッジウェイは彼女の肘を摑んで支えた。野外便所の扉を閉め、リッジウェイを閉め出すと、長いあいだなかったような純粋な喜びを感じた。

リッジウェイは誰にも遮られず演説を続けていた。「たとえばお前の母親だ」と奴隷狩り人は言った。「メイベル。勘違いした白人と黒人が共謀して、主人から盗んでいった。おれはずっと目をひからせてきた。ボストンとニューヨークを上から下までひっくり返し、黒人居住区を虱潰しにした。シラキュースも、ノーサンプトンも。きっとカナダにいるんだろう。ランドルとおれはいい笑い物だ。おれはこの件を個人的な傷と受け止めた。お前にドレスを買ってやったのはそんな理由による。メイベルが主人への贈り物として綺麗に包まれているところを想像するためさ」

リッジウェイはコーラとおなじくらい、彼女の母親を憎んでいた。顔に目が二つあるということ以外の、もうひとつの共通点だった。

リッジウェイは言葉を切った——酔っ払いがやってきて便所を使いたがったのだ。彼は男を追い払うと続けた。「お前は十カ月も逃げ続けた。それだけで充分な屈辱だ。母親からお前に続く血筋は根絶やしにせねばならん。一週間一緒にいたが、鎖に繋がれて家に向かうこの道中、お前は始終生意気な口を利いていたな。奴隷廃止論者の圧力団体が大喜びで見せびらかす類いの人間だ。お前みたいなのに演説をさせて、世のなかの仕組みもろくに知らない白人どもを洗脳するってわけだ」

　奴隷狩り人は間違っている。もしも北部へ逃げおおせたら、奴隷制度なんて関係ないところへ消えてしまうつもりだった。母親とおなじように。その女から娘へ受け継がれたことのひとつだ。

「おれたちは互いの役目を果たす。奴隷と奴隷狩り人。主人と黒人奴隷頭。蒸気船で港へ乗り付ける新参者と、政治家と郡保安官と新聞記者と、丈夫な息子を育てる母親どもと。お前やお前の母親みたいなのは、お前たちの人種のなかでも取りわけ出来がいいほうだ。部族のうち弱い連中は淘汰されてしまっている。奴隷船で死ぬか、ヨーロッパ疸で死ぬか、綿花畑か藍畑で死ぬか。労働を生き延び、おれたちを偉大にするために、お前たちは強くならねばならん。おれたちは豚を太らせるが、それは豚が好きだからではなくて生き延びるために豚が必要だからだ。だがお前らが賢くなりすぎてもいけない。あまり有能だとおれたちを超えていくようになるからな」

　彼女は用を足し終えると、塵紙の山から逃亡奴隷の公示を拾いあげて尻を拭いた。そしてしばらく待った。息抜きと呼ぶにも慎ましいものだったが、自分の時間には違いなかった。

「まだ子ども奴隷だったころ、おれの名前を聞いたはずだ」リッジウェイは言った。「それは罰の名前であり、逃亡奴隷のあらゆる足跡を辿り、逃走経路をすべて予測する。おれがひとり奴隷を連れ戻すごとに、二十人のほかの奴隷が満月の晩の計画を諦めたものだ。おれは秩序の観念そのものだ。姿を消しおおせた奴隷――それもまたひとつの観念だ。つまり希望の観念。おれの仕事を覆すことで、近隣の農園の奴隷は自分も逃げられると思うことができる。そんなことを許せば、おれたちの至上命令には瑕疵《かし》があると認めることになる。おれは認めるつもりはない」

隣から聞こえる音楽はゆっくりしたものになっていた。恋人たちがやってきて、抱き合い、揺れて身をくねらせるのだ。それこそが真の対話だった。こんな言葉などではなくて、相手とゆっくり踊ることが。コーラにはわかっていた。あんなふうに踊ったことはなく、シーザーに申し込まれたときには断ってしまったけれど。手を差し伸べて、こっちへおいで、と言ってくれた唯一のひとだった。コーラは考えた。奴隷狩り人の言ったこと、止当化したことは真実かもしれないと。ハムの息子たちは呪われており、主人たちは神の意志を遂行しているのかもしれない。そしてもしかしたら、彼はただ、女が尻を拭き終えるのを待ちながら、便所の扉に向かって話しかけているだけなのかもしれない。

　コーラとリッジウェイが荷馬車へ戻ると、ホーマーは両手のちいさな親指を手綱の上で擦りあわせており、ボズマンはウィスキーを瓶から啜っているところだった。「この街はまったく病気だぜ」彼は言った。聞き取りにくい早口だった。「臭いでわかる」まだ若いこの男は街を出たがった。彼は自分の落胆を伝えた。髭を剃り風呂を使ったところまではよかった――髭のない顔はさっぱりとして、無邪気さすら感じさせた。だが娼館へ行くと、男として振るまうことができなかった。「そこの女将は子豚みたいに汗を掻いてやがったのさ。熱病に罹ってることがわかったね。女将も娼婦たちもみんな」リッジウェイはボズマンに、どこまで遠ざかれば野営地として納得がいくのか決めさせた。

　ボズマンが荷馬車に這い入ってきたとき、コーラはわずかに眠ったところだった。男は片手をコーラの口に当てた。心の準備はできていた。

　彼は自分の唇に人差し指を立てた。摑まれた頭が許す限り、彼女は頷いた。叫ぶことはしなかった。騒ぎを起こしてリッジウェイの目を覚ますこともできただろう。ボズマンが何か言い訳をしてそれでお終いになるはずだ。けれどコーラはこの瞬間のことを何日も心に描いてきた。ボズマンが肉欲に駆られて理性的判断を失うときのことを。ノース・カロライナを出て以来、彼はもっとも酔っ払っていた。野営のために馬車を停めたとき、彼はコーラのドレスを褒めていた。コーラの決心は固かった。ボズマンを唆《そそのか》して束縛を解かせられれば、今晩は逃げるにはうってつけの闇夜だった。

ホーマーは高𨊂を掻いていた。ボズマンは荷馬車の輪から彼女の鎖を引き抜いた。金具どうしがぶつかって音をたてないよう気を配りながら。彼は足枷もほどき、手首の鎖を黙らせておくためしっかりと握りしめた。ボズマンが先に荷馬車を降り、続いてコーラが降りるのを助けた。数ヤード先にある道はぼんやりとしか見えなかった。充分な暗闇だ。

そのときリッジウェイが怒鳴り声とともにボズマンを地面に殴り倒した。そして幾度も蹴りつけた。ボズマンが防御の姿勢を取ると今度は正面から口を蹴った。コーラは逃げ出そうとした。ほとんど逃げ出すところだった。けれど目の前で振るわれる暴力の鋭さ、刃を思わせる敏捷さに身体が動かなくなってしまった。リッジウェイに怯えていた。ホーマーが荷馬車の後ろへ来て、彼の角灯に照らし出されると、奴隷狩り人は抑えの利かない怒りをあらわにコーラを睨んでいるのがわかった。彼女は逃げる機会があり、そしてそれを失った。彼の顔を見ると安堵すら覚えた。

「どうするつもりさ、リッジウェイ」ボズマンは泣いていた。荷馬車の車輪に取り縋って身体を支えていた。血にまみれた両手を彼は見た。首飾りは千切られて足許に落ち、まるで地面が聞き耳を立てているみたいに見えた。「気違いリッジウェイめ、気がすむまでやり放題だ。手下で残ったのはおれひとり。おれがいなくなったら、ホーマーを殴るしかない」ボズマンは言った。「あいつもそれが気に入るだろう」

ホーマーはくすくす笑った。彼はコーラの足鎖を馬車のなかから持ってきた。リッジウェイは拳を拭い、荒い息をついていた。

「素敵なドレスだ」ボズマンは言って、折れた歯を引き抜いた。

「それ以上動いたら、歯の一本ではすまないぞ。お前たち全員だ」男の声がした。三人の男たちが暗がりのなかから進み出た。

声を発したのは先ほど街で見た若い黒人だった。彼女に頷いて見せた青年だ。いま彼はコーラを見ておらず、リッジウェイを見張っていた。金縁の眼鏡に角灯の輝きが映り込み、炎が彼の内側で燃えているかのようだった。手にしたピストルは二人の白人を交互に指して揺れ動き、水脈を探す占い棒を思わせた。

二人目の男はライフルを持っていた。背が高く筋肉質で、分厚い作業着はコーラの目には衣装のようだった。顔幅が広く、赤茶色の髪を長く伸ばしてライオンの鬣《たてがみ》のように上へ梳かしつけていた。彼の姿勢から、命令を受けるのを好む人間ではないことが伝わってきた。その目に宿る横柄さは、奴隷が持てるような無力な見せかけの横柄さではなく、厳然たる事実としてのそれだった。三人目の男は猟刀を振った。身体は神経質そうに震え、夜気を呼吸する短い息づかいが仲間の声の合間を縫って聞こえていた。彼の物腰に、コーラは見覚えがあった。それは逃亡奴隷のものにほかならなかった。脱出の果ての選択が正しかったのか、自信を持てずにいる人間の。コーラはシーザーにもおなじものを見たし、サウス・カロライナの寮へやってくる新入りたち、そして彼女自身何度もそれを示したことがあるはずだった。彼は震える猟刀をホーマーへと差し向けていた。

銃を手にした黒人を見るのは初めてだった。その図はあまりに衝撃的で、発想の途方もなさに頭が追いつかなかった。

「坊やたち、道に迷ったのかい？」リッジウェイが言った。彼は丸腰だった。

「テネシーはあまり気に入らないから、その意味では道を間違ったかな。そろそろ家に帰りたくなってきた」首領格の青年が言った。「そっちこそ、途方に暮れてるようだけど」

ボズマンが咳払いをして、リッジウェイと目配せした。身体を起こして居ずまいを正すと、二挺の銃はどちらも彼へ向けられた。

首領格が言った。「これから家へ帰るところだが、その前にそこのご婦人に、一緒に来ないか尋ねようと思ってね。旅の友としては、こっちのほうがまともなはずだから」

「きみたちはどこから来たんだね」リッジウェイの口調から、何か企んでいるのがコーラにはわかった。

「そこらじゅうからさ」青年は言った。その声には北部の響きがあった。シーザーとおなじ、北の発音だった。「だけど互いを気に入ったから、一緒に行動している。あなたは動かないでいてくれるかな、リッジウェイさん」そしてわずかに頭を動かした。「そしてきみはコーラと呼ばれていた。それが名前？」

　コーラは頷いた。

「彼女はコーラだ」とリッジウェイが言った。「おれのことは知ってるようだな。こっちがボズマン。そしてそっちはホーマー」

　ホーマーは名前を呼ばれた瞬間、手にした角灯を猟刀を持った男へと投げつけた。それは男の胸元にぶつかり、跳ね返って地面に落ちるとガラスが割れた。炎が噴き出した。首領格がリッジウェイに発砲したが命中しなかった。奴隷狩り人は相手を組み伏せようとし、二人はもつれ合って泥のなかへと倒れ込んだ。赤毛の男のライフルのほうが腕は確かだった。ボズマンが撃たれて後ろへ吹き飛び、その腹には瞬時にどす黒い血しぶきの花が咲いた。

　銃を取りに駆けだしたホーマーをライフルの男が追った。少年のシルクハットは炎のなかへ転がった。リッジウェイとその相手は泥のなかで取っ組み合い、唸り、叫び声をあげた。二人は燃え上がる灯油の炎のすぐそばまで転がっていった。数刻前の恐怖のなかにコーラはふたたび捕らえられていた――リッジウェイは彼女をすっかり飼い慣らしてしまっていた。奴隷狩り人が優勢になり、相手を地面に押さえつけた。

いまなら逃げられる。手首に鎖がついているだけなのだ。

コーラはリッジウェイの背中に飛び乗り、その鎖で首を絞めた。肉へ食い込ませて捻り上げるようにした。コーラの内側深くから叫び声が迸《ほとばし》り出た。トンネルのうちで谺する地下鉄道の汽笛のように。力を込めて締め付けた。奴隷狩り人は身をのけぞらせて彼女を地面に擦りつけた。だがコーラを振り切ったときにはすでに、街から来た男が再度ピストルを構えていた。

逃亡奴隷らしき男がコーラを手助けして立たせてくれた。「あの男の子は何」と彼は訊いた。

ホーマーとライフル銃の男はまだ戻ってこなかった。首領格が猟刀の男に行って見てくるよう指示を出した。そのあいだも銃口はリッジウェイに向けられていた。

奴隷狩り人はその太い指で首に受けた傷を擦っていた。コーラのほうを見ることはなく、それが彼女の恐怖をふたたび煽った。

ボズマンは啜り泣いていた。彼は聖歌を口ずさんだ。「主は汝の魂を覗き込まれ、汝の成せるわざをお知りになる。罪人よ……」燃える灯油の作るひかりは一定していなかったが、足許の血溜まりがおおきくなっていくのは誰の目にも明らかだった。

「そいつは出血多量で死ぬ」リッジウェイが言った。

「ここは自由の国だ」街から来た男が言った。

「これはお前の所有物じゃない」リッジウェイが言った。

「法律の定めたことだろう？　でもそれは白人の法律だ。この世にはべつの法だってある」そして優しい口調になって、コーラに話しかけた。「あなたがお望みならば、この男を銃で撃ち抜きます」表情は穏やかだった。

リッジウェイとボズマンについては、あらゆる災厄に見舞われるよう望んだ。けれどホーマーは？　あの奇妙な黒人少年について、自分の心が何を望むのかコーラにはわからなかった。あの子はまるでべつの国から来た密使のようだった。

彼女が口をひらく前に、男は言った。「とはいえ、我々としては彼らを鉄の鎖で繋いでしまうほうがいい」コーラは泥のなかから彼の眼鏡を拾い、袖口でレンズを拭った。三人で待っていると、もうひとりの仲間が戻ってきたが、ホーマーは連れていなかった。

男たちが荷馬車の車輪にリッジウェイの手首を鎖で繋ぐあいだ、彼は微笑を浮かべていた。

「あの少年は信用ならない」首領格の男が言った。「道を逸れてしまってるのがわかる。置いていこう」そしてコーラを見た。「一緒に来ますか」

まああたらしい木靴の先で、コーラはリッジウェイの顔面を三度蹴りつけた。仕方ないじゃないか、と彼女は思っていた。この世界が悪人どもをひとりでに罰してくれないならば。誰もコーラを止めはしなかった。後に彼女は、あれは三つの殺人への報いだったのだと語った。そしてラヴィーのことを、シーザーのことを、ジャスパーのことを語り、言葉のなかで束の間彼らを生き返らせた。けれども、それは真実ではなかった。それは三度とも、彼女自身のためだった。

シーザー

　ジョッキーの誕生日の騒ぎに紛れてシーザーは、ランドル農園でただひとつの避難所へ向かうことができた。馬小屋のそばの校舎は荒れ果てて、たいてい誰もいなかった。夜には恋人たちが忍び込むこともあるが、彼は夜には行かなかった。シーザーは明かりが欲しかったし、蠟燭の炎を点す危険は犯したくなかった。校舎へ行くのは本を読むためだ。さんざん反対された挙げ句に、フレッチャーから譲り受けた本。気持ちが落ち込んだとき、重荷に泣きたくなったとき。またはほかの奴隷たちが農園を動きまわるのを見たいときに、シーザーはそこへ行った。校舎の窓から眺めると、自分はあの不幸な部族の一員ではなく、ただその仕事を見守っているだけのような気がした。まるで家の前をゆく通行人を眺めるかのように。校舎にいると、ここにはいないような気持ちになれた。

隷属させられ、恐怖に囚われ、死ぬまで束縛されている。

もしも計画が実を結べば、ジョッキーの誕生日を祝うのもこれが最後になるだろう。神の思し召しがあるならば。ジョッキー爺さんのことだから、きっと来月にも誕生日の報を告げてくるだろう。一帯が喜びに沸き、ささやかな楽しみのために農園じゅうから何かを掻き集めてくる。骨折って働いたあと、満月の下でっちあげの誕生日会で踊る。ヴァージニアではお祝いはもっと派手だった。主の祝いの日や新年になると、シーザーは家族と一緒に所有主である未亡人の馬車に乗り込んで、自由黒人の農場へ出掛け、地所に住む親類を訪ねた。子豚や鹿肉のステーキ、生姜パイに玉蜀黍粉のケーキ。遊びは一日じゅう続き、シーザーと仲間たちは息を切らして倒れ込んだ。ヴァージニアの主人たちは、宴の日には距離を置いていた。ランドルの奴隷たちは、あれでどうして楽しめるのか。言葉を失うほどの脅威がすぐそばで待ち受けて、隙あらば襲ってこようというなかで？　ここのひとたちは誕生日を知らないから、自分ででっちあげるしかない。そのさらに半数は、両親が誰かも知らない。

ぼくの誕生日は八月十四日。母親の名前はリリー・ジェーン。父親はジェロームだ。両親がいまどこにいるかは知らない。

校舎の窓越しに、二軒の古い小屋――白かった壁の塗料は灰色に汚れ、なかで寝起きするひとびと同様疲れている——に挟まれて、コーラがお気に入りの子どもと身を寄せ合ってスタート位置についているのが見える。あのチェスターという男の子は、羨ましくなるほど屈託のない笑顔で地所のなかをぶらついている。これまで鞭打たれたことがないに違いない。

コーラが何か言うと、彼は恥ずかしそうに顔を背けた。彼女は微笑んだ——とても素早く。チェスターに、ラヴィーに、そしておなじ小屋に住む女たちに微笑みかけた。短く、とても効果的に。ちょうど地面に鳥の影が映って、けれど見上げたときにはもうそこには何もないような、そんな笑みだ。こんなことにおいてさえも、わずかな割り当てですべてをやり繰りする。シーザーはまだ一度もコーラに話しかけなかったが、彼女を言い当てる言葉を知っていた。分別がある——彼女は自分のものと呼べるちいさな分け前の、その価値を知っていた。彼女の喜び、彼女の区画。まるで禿鷲がとまるみたいに腰掛けている、あの砂糖楓の木塊。

シーザーはある晩、納屋の屋根裏部屋で、マーティンと一緒に玉蜀黍ウィスキーを飲んでいた。マーティン少年は酒瓶をどこで手に入れたか言おうとしなかった。やがて話題はランドル農園の女たちのことになった。乳房に顔を埋めさせてくれそうな女はどれか、地所じゅうに聞こえるほどのよがり声をあげるのは？　秘密を守る女は誰か。シーザーはコーラについて尋ねた。

「ホブの女と遊ぶのだけはやめとけ」マーティンは答えた。「あいつらお前のナニをちょん切って、スープの出汁《だし》にしちまうぞ」そしてシーザーにコーラの来歴を、彼女の庭とブレイクの犬小屋の顛末を語って聞かせた。妥当なところだな、とシーザーは思った。マーティンは次に、コーラは沼地へ忍んでいっては動物と姦通していると言った。シーザーはこの綿花摘みの少年が、思っていたより頭が悪いのだと気づいた。

ランドル農園の男たちに、賢い者はいなかった。この場所が駄目にしてしまったのだ。彼らは軽口を叩いては、奴隷頭が目をひからせているときだけ急いで摘む。偉そうに振舞っているけれど、真夜中過ぎには小屋で啜り泣く。悪夢や残忍な記憶に悲鳴をあげる。シーザーの小屋でも、隣接するどの小屋でも、近くや遠くの奴隷村でもおなじだった。仕事が終わり、その日の刑罰が終わった後は、真の孤独と絶望の闘技場としての夜が待ち受けていた。

歓声と叫び声があがった——競走がひとつ終わったのだ。コーラは両手を腰に当て、頭を軽く傾けていた。喧騒に隠された旋律を聴き取ろうとするかのように。あの横顔を彫刻に写し取るにはどうしたらいいだろう。あの優しさと強さの両方を、木彫りのなかに閉じ込めるには。損なわずにいられる自信はなかった。綿花摘みの仕事のせいで、両手は繊細な木工には耐えられなくなってしまった。なだらかに傾斜する女性の頬や、いまにも囁こうとしている唇。一日の仕事を終えると両腕は震え、筋肉はずきずきと痛んだ。

あの白人婆《ばばあ》が嘘をついたんだ！　いまごろ彼は父や母と一緒に自分たちのコテージに住み、樽屋で働いて樽に丸みをつけたり、街の職人の誰かに弟子入りしたりして暮らしているはずだった。将来は人種的にも限られていただろうが、それでもシーザーは運命を自由に選べると言われて育ってきたのだ。「お前はなんでも好きなものになれる」父親は彼に言った。

「リッチモンドへだって行ける？」聞いた話からすると、リッチモンドはとても遠くてとても素晴らしい場所だった。

「ああ、リッチモンドへもな。望むなら」

だが老女は嘘をつき、人生の辻はたったひとつの終着地――ジョージアで少しずつ死んでいくという道にしか通じていなかった。シーザーにとっても、家族にとっても。母親はほっそりとした繊細な女性で、畑仕事には生まれつき不向きだったし、農園での残虐な暴行を堪え忍ぶには優しすぎた。重鈍なところのある父親はもう少し持ちこたえるだろうが、でもそう長くは無理だろう。老女はこんなにも完膚なきまでに彼の一家を壊したのだから、それが偶然だったはずはなかった。姪の欲深さのせいなどではない――老女は終生騙していたのだ。シーザーを膝に乗せてひとつ言葉を教えるたびに、罠の結び目はきつく縛られた。

シーザーは父親がフロリダの地獄で砂糖黍を切っているところを想像した。熱で溶けた砂糖の巨大な窯に屈み込むたび父の肉は焼け焦げる。あるいは母親が穀物を袋詰めにする手が遅れるたび、九尾の鞭がその背中に食い込む。強情さは曲がらないので折れるだけだ。そして一家はあまりに長いこと、北部の親切な白人と一緒にすごしすぎた。彼らは、さっさと殺さなかったという意味において親切だった。南部の特徴のひとつは、黒人を殺す段になるとひどくせっかちだということだ。

農園でシーザーは、手足の機能を損なわれた老人や老女たちのなかに、自分の父母を待っているものを見るのだった。そして遅かれ早かれ、彼自身もこんなふうにされるのだ。夜になると、両親はもう死んだに違いないと思った。昼間のひかりのなかでは、不具者にされて半殺しの目に遭ってはいるが生きている、とも。いずれにせよこの世界で彼はたったひとりだった。

徒競走のあとでシーザーはコーラに近づいた。彼女は無論、払いのけた。コーラは彼を知らなかった。ランドル兄弟が暇に飽かせて仕掛けた悪戯か罠だと思われたのだ。逃亡はあまりに法外な企てだった。頭に落ち着くまでにしばらくかかり、さらに裏や表に返してみなければならない。シーザー自身その考えに慣れるまでに数カ月かかったし、現実味のある計画にするにはフレッチャーの励ましが必要だった。道中手助けしてくれる者が必要なのだ。承諾するかどうか、コーラ自身わからなかったとしても、彼にはわかっていた。彼女が持つ幸運ゆえに必要なのだとシーザーは告げた――彼女の母は逃げおおせた唯一の者なのだ。だがそれは侮辱ではなかったにせよ失言だった。コーラのような相手には。彼女は旅のあいだ携えておく兎の足のお守りではない。蒸気機関そのものだった。彼女なしには成し遂げられない。

踊りの時間に起きたおぞましい出来事がそのことを証しだてた。家付きの奴隷が彼に、ランドル兄弟は邸宅で酒を飲んでいると教えた。シーザーは悪い予感がした。少年が角灯をさげて地所へやってくると、主人たちも続いてやってきた。暴力沙汰は免れなかった。チェスターは打擲されたことがなかったが、いまや打たれてしまったし、明日は初の鞭打ちにもあうはずだ。駆けっこや隠れん坊といった子どもの遊びはもう終わりだった。これからは奴隷が受けるおぞましい試練の始まりだ。村の住人はほかの誰ひとり、少年を助けようと動かなかった――動けるはずがないじゃないか？　過去に数え切れないほど見てきた光景だ、犠牲者として、または目撃者として。そして未来にも数え切れないほど、死ぬまで見続ける光景だった。だがコーラは助けた。身体を盾にして少年を守り、代わりに打擲を受け止めた。彼女はどこまでも孤独なはぐれ者だった。ひとり道を遠く離れていたから、まるでとうの昔に逃亡を果たしてきたかのようだった。

打擲のあとでシーザーは、初めて夜に校舎を訪れた。そこへ隠した本を握りしめるためだけに。本がそこにあることを確かめるため、読みたい本はすべて手許にあり、いつでも読むことのできた時代を思い出すよすがに触れるために。

ボートに同乗した者たちに何が起こったのか。また岩礁へと逃げた者たちや、客船に残った者たちがどうなったのか、わたしにはわからない。ただ彼らはすべて失われてしまったのだと結論した。本など持っていたら殺されるぞ。フレッチャーはそう警告した。シーザーは『ガリヴァー旅行記』を二枚の黄麻布に包み、校舎の土のなかに隠した。きみの逃亡の手筈が整うまで、もう少し待て、と小売店主は言った。そうすれば好きなだけ本も読めると。けれど本を読んでいなければ、シーザーは奴隷なのだった。本を譲り受ける前は、米の袋に書かれた文字しか読むものがなかった。または痛みを約束するかのように金属の表面に刻まれた、鎖を製造した会社の名前。

いまはここにも、そこにもページがある。黄金の午後のひかりのなかで、それはシーザーの支えとなった。策略に次ぐ策略、勇気に次ぐ勇気。本に出てくるガリヴァーという白人は、危機からまた次の危機へと渡り歩いていた。あたらしい島へ着くたびに、解決せねば帰還できない窮地に立たされる。それこそが彼の真の困難だった。遭遇する未開人や奇妙な文明が問題なのではない——自分が何を持っていたかを、彼は絶えず忘れていた。白人はいたるところでそうだった。校舎を建てては朽ちるままにする。家を建てては外を彷徨い続ける。家へと続く道が見つかれば、シーザーはもう旅に出たりはしない。さもなければ彼も同様に、厄介ごとばかりの島から島へ移動し続けるかもしれない。自分がどこにいるのかもわからずに、この世界が尽きるところまで。彼女が来てくれなければそうなるだろう。コーラと一緒ならシーザーにも、家へと続く道が見つかるはずだ。

インディアナ

賞金50ドル

26日金曜、夜10時頃、我が家を出て行ったスーキーなる黒人女（いかなる用事もなしに）。歳のころは28歳、肌色は薄め、頬骨は高く、ほっそりとした体つき。身なりにはとても気を遣う。出ていったときは綾織り地に縦縞のドレスを着用。以前にはL・B・ピアース殿の、その以前には故ウィリアム・M・ヘリテージ氏の所有であった。彼女は現在（振るまいからすると）この界隈のメソジスト教会における厳格な信者で、他の信者の大部分に知られていることは疑いない。

ジェイムズ・エイクロイド
10月4日

そしてコーラが教室のなかで遅れた生徒になった。まわりは我慢の利かない子どもたちばかりだった。サウス・カロライナや屋根裏での読書による自分の進歩を誇りに思ってきた。あたらしい単語に出会うたび、そのぐらつく足場を一文字ずつ、未知の領域へと踠《もが》き進んだ。ドナルドの年鑑を一巡するたび一勝した。そして次の対戦へ向けて最初のページに戻った。

ジョージーナの教室で、コーラは自分の達成がいかにちっぽけだったか思い知らされた。集会所での授業に初めて参加したとき、彼らの詠唱しているのが独立宣言だとわからなかった。子どもたちの発音は歯切れよく熟《こな》れていて、ランドル農園でマイケルが聞かせた強ばった棒読みとは程遠かった。ここでは一語一語に音楽が宿り、旋律がおのずとあらわれた。子どもたちは順繰りに、大胆かつ堂々と読み上げた。少年も少女も席から立ちあがり、文言を写し取った紙を伏せ、建国の父の誓いを朗唱した。

コーラが入ると生徒は全部で二十五人になった。最年少の子どもたち――六歳とか七歳とか――は暗唱を免除された。彼らは席に着いたまま囁き交わして騒いでいたが、やがてジョージーナが黙らせた。コーラもまた、免除された。この教室の新参者だし、農園やこのやり方すべてをまだ知らなかった。コーラは悪目立ちしている気がした。ほかの誰より年長なのに、ずっと後れを取っている。かつてハンドラー嬢の学校でハワード老人が泣いていた理由がわかった。自分は場違いな闖入者、壁を食い破って入ってきてしまった齧歯類みたいなものだった。

料理人が鐘を鳴らして、授業はお終いになった。昼食がすむと幼い者たちはふたたび授業に戻り、年長者は身のまわりの仕事をしに行く。集会所から出て行く途中でコーラはジョージーナを呼び止めた。「ピッカニニーにまともな話し方を仕込んだのね」

教師はあたりを見まわして、生徒たちがコーラの発言を聞いていなかったことを確かめた。「ここでは、子ども《チルドレン》たちと言うのよ」

コーラは頬が熱くなった。ああした言葉がどういう意味なのか、いまもよくわからないのだと早口に付けくわえた。もったいぶった言葉の意味を、あの子たちはわかっているのだろうかと。

　ジョージーナはデラウェアの出身で、デラウェア女性らしい厄介なところがあり、喜びをあまり顔に出さなかった。ここヴァレンタイン農場で、その州の出身者に何人か出会った。彼女たちはパイを上手に焼くコツを心得ていたが、それでもなおこの地域の特徴を好きになれなかった。ジョージーナは言った――子どもたちは自分にわかるものを理解すると。今日わからなくても明日わかるかもしれない。「独立宣言は地図みたいなものよ。あなたはそれを正しいと信じる。けれどほんとうのところは、出掛けていって自分で確かめないといけない」

「あなたは信じてるの？」コーラは尋ねた。教師の表情からは、どう思っているのかわからなかった。

　あの最初の授業から四ヵ月が経った。収穫も終わった。ヴァレンタイン農場にも新入りがやってきて、コーラもまた口籠もるばかりの未熟な学習者ではなくなった。コーラと同年輩の男がふたり集会所での授業に加わった。熱意に満ちた逃亡奴隷たちはコーラよりさらに物を知らなかった。彼らは本を指でなぞった。書物にまじないがかかっており、魔法に満ちているかのように。コーラはもう勝手がわかっていた。いつ自分で料理を用意すべきか――スープを台無しにしてしまう者が料理当番になっている日。肩掛けを持っていくべき日はいつか——インディアナの夜は身震いするほどで、こんな寒さは経験したことがなかった。木陰のどの場所でなら、ひとり静かにいられるか。

コーラはこのごろでは教室の一番前に座っていた。綴り方に算数、話法などをジョージーナに直されても、もはや傷つくことはなかった。彼女とは友達になっていた。ジョージーナはいつも噂話に熱を上げており、授業時間はそこからの一時的な休息だった。農場での事件について絶えず何かを報告してきた。ヴァージニア出身のあの大男、彼はちょっとかわいらしい顔をしてると思わない？　わたしたちが目を離した隙に、パトリシアったら豚の足を全部食べちゃったのよ。デラウェア女性の特徴には、無駄話を好むというのもあるらしい。

その日の午後、昼食の鐘が鳴った後で、コーラはモリーと外に出た。コーラは彼女とその母と一緒に丸太小屋で共同生活をしていた。モリーは十歳、アーモンド型の目をした控えめな少女で、感情を表に出すことについて用心深かった。友達は多かったが、輪の外に立っているほうを好んだ。部屋に緑色の広口瓶を持っていて、宝物が詰まっていた。大理石、鏃《やじり》、顔写真のないロケット。モリーは外で遊ぶよりも、宝を小屋の床に広げ、青い石英のつめたさを頰に感じているほうが多くの喜びを得られるのだ。

近ごろの日課をコーラが嬉しく思うにはそんな理由があった。母親が朝早く仕事に出た朝には、モリーの髪を編んでやるようになった。そしてここ数日、モリーは学校が終わるとコーラの手に手を伸ばしてきた。以前にはなかったことだ。モリーはその手を強く握って引っ張っていった。コーラは引かれていくのが心地よかった。チェスターと別れて以来、ちいさな子どもに好かれ、選ばれるのはひさしぶりのことだった。

土曜の夜はご馳走が出るから昼食は抜きだった。地面に掘ったバーベキュー用オーブンから漂う匂いに生徒たちは引きつけられた。バーベキュー係の男たちは昨日の深夜から豚を焼き続けており、地所じゅうをその魔法で虜《とりこ》にしていた。豪華な晩餐を腹一杯詰め込む夢を見て、目が覚めて落胆した者も少なくなかった。夕食までは何時間もある。コーラとモリーは腹を空かせた見物人に加わった。

緑の森の燻し炭の上に、放射状に組んだ長い棒が二匹の豚を乗せていた。この穴を守っているのはジミーだった。彼の父はジャマイカで育ち、マルーンに伝わる火の秘術を息子に残していた。ジミーは炙られつつある肉を指で突くと炭を動かした。炎のまわりを歩きまわる様子は、喧嘩相手を品定めするかのようだった。彼はこの農場でもっとも萎びた年寄りの住人で、ノース・カロライナとその地の虐殺を生き延びており、肉は蕩《とろ》けるように柔らかく料理するのを好んだ。歯が二本しかなかったのだ。

弟子のひとりが酢と胡椒の入った瓶を振った。焚き火の輪の外れにいた幼い少女に身振りで合図し、その手を豚の内側へ導き、混合液で拭わせた。溝のなかで灼ける炭に肉汁が滴り落ちた。白い煙がもうもうと立ちのぼると、観衆は後ろへ下がり、少女は歓声をあげた。食事は素晴らしいものとなるだろう。

コーラとモリーは家ですることがあった。家までは歩いてすぐだった。農場の多くの作業場同様、築年数の経った丸太小屋は地所の東の端にかたまっていた。共同体がどれくらいの規模になるかわからないうちに、急いで建てられたものだった。ひとびとはありとあらゆる土地から来ていて、部屋をどう配置するかも出身農園によって好みが分かれた。その結果、小屋はさまざまなかたちをしていた。新築の小屋は——先日玉蜀黍の収穫がすんだあとに建てられたものが最新だったが——広々とした部屋があり、地所内での位置も考慮されていた。

ハリエットが結婚して出ていったため、コーラとモリー、そしてシビルの三人だけが彼女たちの小屋に住んでいた。居間と隣接する二つの部屋にわかれて眠った。ここでは通常、ひとつの家に三世帯が住む。新入りや一時的な滞在者がコーラの部屋に束の間泊まっていったが、三つあるベッドのうち二つは、ほとんど使われていなかった。

コーラだけの部屋だった。囚われの日々のあとで、それはヴァレンタイン農場からの思いがけない贈り物のひとつだった。

シビルとその娘モリーにとっては自慢の家だった。外壁は生石灰の漆喰で、白く、かすかに桃色を足した色で塗っていた。正面の居間は黄色を基調に、扉や木枠は白く塗られ、陽光のいっぱいに差し込む日には歌い出したくなった。春や夏には野の花が彩ったし、秋になってもなお赤や金色の木の葉が冠になってくれた。窓には紫色のカーテンが襞を作った。農場に住む二人の大工がしょっちゅう家具を引き摺ってきて入れた。二人ともシビルに夢中で、冷淡な彼女の気を惹こうと手を替え品を替えていた。シビルは黄麻の布袋を染めて絨毯を作った。コーラは頭痛がするたびにそこで横になった。正面の居間に吹く心地よい風が、痛みを和らげてくれた。

玄関ポーチに帰り着くとモリーは母親を呼んだ。シビルは煎じ薬にするためにサルサ根を茹でており、炙り肉の匂いを打ち消すほどの香気が漂っていた。コーラはまっすぐ揺り椅子へ向かった。農場へ来た初日から自分の椅子だと決めており、モリーとシビルもそれで構わないようだった。法外な音をたてて軋む揺り椅子は、求婚者のうち腕の悪いほうの大工が作ったもので、わざと鳴るように作ったのではないかとシビルは疑っていた。彼の熱意をその都度思い返してもらえるようにだ。

シビルはエプロンで両手を拭きつつ、家の奥からあらわれた。「ジミーは頑張ってるみたいね」と言いながら、空腹のあまり首を振った。

「もう待ちきれない」とモリーも言った。彼女は炉床の傍らの松材でできた櫃《ひつ》をあけ、キルトを取りだした。夕食の前に、作業中のキルトを断固として仕上げるつもりなのだ。

二人は取りかかった。コーラはメイベルがいなくなって以来、ごく簡単な繕い物を除けば針仕事をしていなかった。ホブの女たちが教えてくれようとしたが無駄だった。教室にいるときと同様、コーラはつねに誰かのお手本が必要だった。猩々紅冠鳥のかたちを切り抜こうとしたが、できたのは犬が争って食べた残骸みたいな代物だった。シビルとモリーはコーラを励ました。暇を見つけて続けるようにと言い聞かせた。だがキルトは失敗しなかった。中綿に蚤が住み着いたのだとコーラは言い訳した。縫い目には皺が寄り、隅は繋がっていなかった。キルトは作り手の心の歪《いびつ》さを露呈していた。彼女の荒れた国の旗を旗竿に掲げるように。コーラは投げ出してしまいたかったが、シビルが許してくれなかった。「ほかのことを始めるのは、いまやってることが終わってから」とシビルは言った。「これは、まだ終わってないでしょ」

忍耐の美徳を説かれる筋合いはなかったが、コーラはその産物を膝に載せると、放り出した箇所からふたたび針を刺していった。

シビルはコーラの十二歳上だった。ドレスのせいで少し痩せて見えたが、農園を離れた時間がよいかたちであらわれているだけだとわかった。シビルのあたらしい生活には、あたらしい強さが必要だった。彼女は姿勢に気を遣い、歩く姿は槍のようだった。背を屈め続けるように仕込まれた、そして二度とは屈まないことを決意した者の在り方だった。自分は所有主に脅かされてきたと彼女は語った。煙草農園の経営者で、誰が一番収穫をあげるか、近隣の農園主たちと毎年競い合っていた。残念な結果に終わると、主人は憎悪に駆り立てられた。「ものすごく働かされた」そう言うときシビルの心は、悲惨な過去へと戻ってしまう。するとモリーはどこにいようとそばへやってきて、母親の膝に座り、抱きついた。

三人の女はしばし無言で作業した。バーベキューの穴から歓声が響いてきた。豚がひっくり返されるたびに声をあげるのだ。コーラは気が散っていて、キルトで失敗した箇所をやり直すことができなかった。シビルとモリーのあいだにある愛は無言の劇場のようで、コーラはそこには入れなかった。娘は母に無言で助けを求め、母はただ指さして頷き、どうやって直せばいいか娘に手振りで示してやる。小屋が静かだということにコーラは慣れていなかった——ランドル農園ではつねに誰かが泣き叫び、あるいは溜め息をついて静寂を破っていた。そしてそれ以上に、こうした類いの母子の仕草に慣れていなかった。

シビルがモリーを連れて逃げたとき、娘はたった二歳で、母は彼女をずっと抱えて運んだ。収穫が上がらず借金を作った分を埋め合わせるために、所有主は財産を一部売却するらしいという噂が邸宅から聞こえてきた。シビルは競売に掛けられることになる。その晩に彼女は逃げた――満月の恩恵が、森をゆく彼女を導いてくれた。「モリーはまったく音をたてなかった」シビルは言った。「何をしようとしてるか、この子は知ってたのね」ペンシルヴェニアの州境から三マイル離れたところで、彼女は黒人農家のコテージを訪ねるという危険に挑んだ。家主の男は食べ物を与えてくれた。ちいさな娘には木を削って玩具も作ってくれた。そして一連の仲介者たちを通して、地下鉄道に連絡を取った。ウスターの婦人帽子屋で短期間働いたあと、シビルとモリーはインディアナへやってきた。この農場の評判を聞きつけたのだ。

ヴァレンタイン農場を通過した逃亡奴隷はあまりに多く、ここですごした可能性のある人物を挙げていくことは難しかった。ひょっとして、ジョージアから来た女と知り合わなかった？　ある夕方、コーラはシビルに訊いた。二人と暮らして二、三週間ほどが経っていた。ぐっすり眠れた夜も一、二度あったし、屋根裏の生活で失った体重も少し戻っていた。水面に浮く毛針が音をたてるのをやめ、夜のなかにぽっかりとあいた穴に問いが残された。ジョージアから来た、もしかしたらメイベルと名乗っているかもしれない女と、会ったことがある？

シビルは首を横に振った。

もちろん、ないだろう。娘をあとに残してきた女は、その恥ずべき行いを隠すだろうから。それでもコーラは遅かれ早かれ全員に訊くことになる。この農場は一種の発着所で、どこかとどこかの中間にいるひとびとを引きつけていた。ヴァレンタイン農場に何年もいる者たちに訊いた。新参者たちにも訊いたし、評判がほんとうかどうか確かめるために立ち寄っただけの訪問者にも尋ねて困らせた。自由黒人の男女たち、留まることにした逃亡者、または移動し続ける者たちにも。玉蜀黍畑で労働歌を歌う合間に、街へと向かう馬車のなかで揺られているときに、訊いた。瞳は灰色、右手の甲に火傷痕がある、メイベルと名乗っているかもしれない女と、会ったことがありませんか？

「もしかしたらカナダにいるのかも」コーラが尋ねたとき、リンジーはそう答えた。痩せていて蜂鳥のような女性で、最近テネシーから来たところだった。熱に浮かされたように騒ぐ癖があり、コーラには理解できなかった。見てきた限りでは、テネシーは炎と病気と暴力の州だった。ロイヤルとその一味が彼女を救い出してくれたのもその場所だったが。「たくさんいるわよ。近頃ではカナダが人気なんだから」リンジーは言った。「もんのすごく寒いらしいけど」

つめたい夜は、つめたい心の人間にお誂え向きなんだろう。

コーラはキルトを畳むと自室へ退いた。母親と娘について考えたために心が乱れていた。もう三日も帰りが遅れているロイヤルにも気が揉めた。雷の近づくように頭痛のやってくるのがわかった。コーラは壁に顔を向け、そのままじっとしていた。

夕食会は、地所でもっともおおきな建物である集会所の外で催された。話によれば、ひとびとはこの建物を一日で作り上げたそうだ。最初の大規模な集会をひらこうとしたとき、ヴァレンタインの家屋には入りきらないほどの人間が集まっていることに気づいたのだという。ほとんどのとき、集会所の建物は学校として使われていた。日曜は教会として。土曜の夜には農場じゅうが食事と気晴らしのために集まった。州南部の裁判所で働く石工たちも腹を空かせて帰ってきたし、地元の白人女性のために働くお針子たちも、戻ってきて見目のよいドレスに着替えた。節酒の規則は土曜の晩にだけは適用されず、酒好きの者が参加すると、翌朝の訓話の時間にはいろいろと思いを致すことになった。

最初に取りかかるべきは豚の丸焼きだった。松材の長テーブルの上でぶつ切りにされ、ディプニー・ソースが掛けられている。燻したケールの葉や蕪や甘藷のパイ、その他台所から掻き集めたすべてがヴァレンタイン家の素敵な皿の上に鎮座していた。住人たちはみな慎ましかったが、ジミーの焼いたバーベキューがあらわれたときだけはべつだった。取り澄ましたご婦人たちすら、このときばかりは肘で押し退けあった。投げかけられる賛辞のひとつひとつにバーベキュー係長はお辞儀をし、頭のなかはすでに次回の焼き具合をどう改善するか考えていた。さっくりと焼けた耳の部分をコーラはうまく確保すると、モリーへの贈り物にした。この少女の好物なのだ。

ヴァレンタイン氏は自分の地所に何組の家族が住んでいるか、もはや把握してはいなかった。百人に達したところで、もう充分な数だった。いかなる観点からしても素晴らしい数字だ。そしてその数には、近隣の土地を購入し各々の農場を営んでいる黒人たちは含まれていないのだ。五十人ほどの子どもたちのうち、ほとんどは五歳にも満たなかった。「自由は多産にするのよ」とジョージーナは言った。産んだ子どもたちが売られる心配もないしね、とコーラは付け加えた。サウス・カロライナの寮にいた女たちは、自分が自由だと信じていた。だが手術用のメスに切り裂かれて、そうではなかったと証明される。

豚が平らげられてしまうと、ジョージーナは何人かの若い女と一緒に、子どもたちを納屋に連れていってゲームや歌の集いをさせた。集会での話し合いのあいだ、子どもは静かに座っていてくれない。子どもたちがいないことで、大事な議論を落ち着いて運ぶことができた。究極的には、彼らの計画は子どもたちのためなのだ。大人は自分を縛っていた足枷から自由になったとはいえ、人生のうち多くの時間を奪われてしまっている。彼らの夢の恩恵は、子どもたちだけが充分に受けることができるだろう。白人に妨げられなければ、だが。

集会所はひとでいっぱいだった。コーラはシビルの隣の席についた。今晩は抑え気味の会になる予定だった。来月、玉蜀黍の皮剝き大会が終わったら、近ごろ議論されている移住の問題について発言しあうために、農場ではかつてない重要な集会を催すことになっていた。それに先駆けて、ヴァレンタイン夫妻は土曜の楽しみを幾らか小規模なものにしていた。すごしやすい気候だったし、やがて来るインディアナの冬に、雪をまだ知らない大部分の者たちは警戒していたから、皆はせっせと活動していた。都会へ出れば街歩きをした。表敬訪問はいまや夜まで続くようになっていた。黒人入植者たちの多くがこの地に根付きつつあったからだ。大移住の先陣を切る者たちだった。

農場の主導者たちはほとんどが街の外にいた。ヴァレンタイン氏そのひとからして、銀行との打ち合わせのためシカゴへ行っていた。二人の息子も充分成長し、農場の業務運営を手伝えるようになっていたため連れていった。ランダー氏は、ニューヨークにあたらしくできた奴隷廃止論者の団体とともに、ニューイングランドへ講演旅行に出掛けていた。忙しい予定が組まれていた。この最新の遠征で彼が得ることは、次の大規模集会にかたちとなってあらわれてくれるはずだった。

　コーラは周囲を観察した。ジミーの焼いた豚がロイヤルを連れ戻してくれることを望んでいたが、彼とその相棒たちは相変わらず地下鉄道の使命に従事していた。一団からは何の便りもなかった。民警団にまつわる身の毛もよだつような報告が農場へ伝わっていた。すなわち、連中は昨晩、彼らにとって厄介な黒人を何人か絞首刑にしたというのだ。ここから三十マイルほど州の南へ下がったところでの出来事で、犠牲者は地下鉄道に関わっていたと見られるが、それ以上のことははっきりしなかった。コーラには馴染みのない雀斑《そばかす》のある女――このごろではどんどん知らない人間が増えていく――が、彼らの私刑について大声で喋り続けていた。シビルが振り返って、しぃっ、と黙らせた。それからコーラをすばやく抱きしめた。ちょうどグロリア・ヴァレンタインが演台へ登っていくところだった。

　ジョン・ヴァレンタインと出会ったとき、グロリアは藍を栽培する農園で洗濯女として働いていた。「この目が見てきたもののうち、もっとも美しい姿だった」あたらしくやってくるひとびとに、ヴァレンタイン氏は好んでそう語った。美しい、という言葉を、熱く蕩けたキャラメルを掬《すく》うかのように引き伸ばした。ヴァレンタイン氏は当時、奴隷所有者を訪れる習慣を持たなかったが、グロリアの所有主と共同で飼料を購入したのだった。その週の終わりには、グロリアに自由を買ってやった。一週間後、二人は結婚した。

彼女はいまでも美しく、優美で落ち着きがあった。白人の子女が通う花嫁学校を出ているかのようだった。夫の代役を務めるのは気が進まないと言い続けていたが、聴衆の前に出た落ち着きからは、まるでそうは思えなかった。グロリアは農園で刷り込まれた言葉遣いをぬぐい去ろうと努めていた――会話が気さくな調子に流れたとき、彼女がしくじるのをコーラは耳にした――だがグロリアには生まれつき、ひとに感銘を与える資質が備わっていた。黒人の言葉を喋っても白人の言葉を喋っても、それは変わらなかった。ヴァレンタイン氏の演説が厳しい口調になり、彼の功利性を重んじる気質が優しさを上回ってしまうようなとき、グロリアはそっと前に出て流れを整えるのだった。

「みなさん、素敵な一日をすごしましたか」室内が静かになると、グロリアは言った。「わたしは日がな根菜貯蔵庫にいました。そしてそこから出てくると、神がどんなに素晴らしい贈り物をくださっていたかに気づきました。あの空の色。そして豚……」

彼女は夫の不在を詫びた。ジョン・ヴァレンタインはこの豊作を最大限利用して、貸し付けについての再交渉を成功させようとしているのだと。「ほんとうに、近い将来とてもたくさんのことが起こりそうですね。しばらく心を平静に保つのも、悪くないでしょう」

彼女はミンゴに会釈をした。いつもヴァレンタイン氏が座る正面の空席の隣に彼は座っていた。ミンゴはずんぐりとした中背の男で、西インド諸島風の肌の色は、今夜は赤い格子柄のスーツによって生き生きと映えていた。彼はアーメンを唱えると、振り返って集会所の仲間たちに頷いた。

シビルはコーラをそっと肘で突くと、農場の政治的なこのやり取りに注意を促した。つまりミンゴの立ち場が認められつつあることを。いますぐ西へ行くべきだという意見が、このごろではしばしば聞かれる。アーカンザス河の向こう岸には黒人街が増えており、そこは奴隷州と境を接していないし、奴隷という唾棄すべき制度をかつて容認したこともない地域だ。ミンゴはインディアナに留まることを主唱したが、ただし匿っている者たちは容赦なく切り捨てるべきだとしていた。すなわち逃亡奴隷や道を踏み迷った者たち。コーラのような者たちだ。著名人の引きも切らない来訪が農場の評判を広め、いまや黒人の地位向上を象徴する場ともなっていた――と同時に、標的にも。いずれにせよ白人入植者たちは、南部で怒れる黒い顔たちに囲まれ、黒人の反乱が起きるという見通しのもと不安に駆られて出てきたのだ。そしてやってきたここインディアナで、すぐ隣に黒人の国が打ち立てられつつある。暴力沙汰は目に見えている。

シビルはミンゴを軽蔑し、立ち回りの上手いおべっか遣いだと考えていた。社交的な外面の下にはひどく傲慢な人間が隠れていると。確かに彼は尊敬を集める逸話の持ち主だった。週末の雇われ仕事に従事し、まず妻に、次に子どもたちに、最後に彼自身に自由を買ってやった。だがシビルはそれが偉業だとは認めなかった。彼はたまたま主人に恵まれていただけだと。ミンゴはただの日和見主義者にすぎないし、黒人の地位向上に関する偏った考え方で農場を困らせているだけだ。農場の未来を決める来月の集会で、彼はランダー氏とともに演台に登ることになっていた。

コーラは友人と一緒に嘲る気にはならなかった。初めのうちミンゴは、逃亡奴隷は農場に注目を集めるという理由で、コーラを敬遠していた。やがて彼女が指名手配を受けていることを知ると、完全に避けるようになった。それでもなお、彼は家族を助けたのだし、やり遂げる前に死ぬことだってあり得た仕事なのだから、それは並外れた行いだった。コーラが授業に出た最初の日、彼の二人の娘たち、アマンダとマリーの読みあげた独立宣言は堂々たるものだった。称賛に値する娘たちだ。けれどもコーラはミンゴの賢《さか》しげな話し方が好きになれなかった。その笑顔のうちの何物かがブレイクを、かつての農園で得意げな顔をのさばらせていたあの男を思い出させるのだ。ミンゴは犬小屋を建てようとしているわけではなかったが、自身の領分を拡げたがっていることは明らかだった。

グロリアは皆に、もうすぐ音楽が始まると請け合った。ヴァレンタイン氏が〝お歴々〟と呼ぶひとびと――凝った意匠の服を着て、北部訛りで喋る――は、今晩は来ていなかったが、郡からの客人が来ていた。グロリアは皆に立ちあがるよう頼み、歓迎の意を示した。

娯楽の時間が始まるのだ。「みなさんがあの豪華な料理を胃に落ち着けているあいだのお楽しみを用意しました」グロリアは言った。「以前にも一度ヴァレンタイン農場にいらしているから、憶えているひともいるかもしれません。もっとも卓越した若い芸術家のひとりです」

前回の土曜には、モントリオールから身重のオペラ歌手がやってきた。その前の土曜にはコネティカットのヴァイオリン奏者で、女たちの半数が感情を揺すぶられて啜り泣いた。今夜は詩人だった。ラムジー・ブルックスはしかつめらしく痩せて、黒いスーツに黒い蝶ネクタイを締めていた。旅の途上にある宣教師を思わせた。

彼は三カ月前にオハイオからの代表団と一緒に訪れていた。ヴァレンタイン農場は果たしてその評判に見合ったものなのか？　遠征を企画したのは、黒人の地位向上運動に従事する白人の老婦人だった。ボストンの名のある弁護士の未亡人で、さまざまな事業のために資金を集めてやっていたが、なかでも黒人文学の出版と普及が最たる関心事だった。ランダー氏の演説を聴いたあとで、彼女はその自伝を流通まで手配してやった。版元はシェイクスピア悲劇を出版していたようなところで、初版は数日のうちに売り切れた。イライジャ・ランダーの名が金で箔押しされた美しい造本だった。来月にはラムジーそのひとの原稿も本になるのだと、グロリアは言った。

詩人は主催者の手にキスすると、幾つかの詩を朗読しても構わないかと問うた。ひとを惹きつけるところが確かにある、とコーラは感じた。それは認めざるを得ない。ジョージーナによれば、ラムジーは搾乳小屋の娘を口説いていたが、その他の娘にも賛辞を惜しまず、甘やかで神秘的な運命の訪れにはいつでも応じるというふうだった。「どんな運命が待ち受けているかなんて、誰にもわからない」最初の訪問のとき、彼はコーラに言った。「そしてどんな相手に出会えるかということもね」そこへロイヤルがさっとあらわれて、コーラの腕を引っ張り、詩人の甘い言葉から引き離したのだった。

そのときのロイヤルの意図に気づくべきだった。ロイヤルがいなくなったらどんな気持ちになるか、あらかじめ知っていたら、そんな誘いは自分から振り切っていたはずだった。

グロリアの承認を得て、詩人は咳払いをした。「かつて私はまだらな不可思議に出会った」朗々と歌いあげる声は、高まってはぐっと低くなった。向かい風に立ち向かうかのように。「草原を横切って、天使の翼に乗って空を舞い、燃えたつ盾を振るった……」

集会所に集まった全員が祈りの文句を口にし、溜め息をついた。ラムジーはその様子を見て、自身の弁舌がもたらした効果に笑みを浮かべそうになるのを堪えていた。コーラには彼の詩はよく理解できなかった——おおいなる存在の訪れ、啓示を待ち受ける求道者。

団栗《どんぐり》と若木の、または力強い樫の木との会話。ベンジャミン・フランクリンと彼の創意への賛辞もあった。詩を聞いているとコーラの気持ちは冷めた。詩はあまりに祈りに近すぎる。それは嘆かわしい受難へ気持ちを掻きたてる。自分でなんとかしなければならないときでも神の救いを待つ。詩と祈りがひとびとの頭に叩き込む考えは、彼らを死へと導くものだ。冷酷なこの世の仕組みから、ひとびとの目を逸らさせる。

詩の朗読が終わると音楽の演奏がはじまった。奏者の何人かは最近この農場へ加わった者だ。詩人のおかげで皆はすぐに輪を作り、踊ることができた。飛翔と解放の夢にうっとりと酔っていたためだ。詩が彼らを幸福にするのなら、それを見くびったコーラが間違っていたのだろうか？　彼らは自分の一部を、詩人の人格と同化させていた。詩人の韻律にあらわれる形象と自身の顔とを結びつけていた。ひとびとはベンジャミン・フランクリンのなかに、自分自身を見るのだろうか？　それともフランクリンの発明のなかに？　奴隷とは道具なのだから、たぶん後者なのだろう。けれどもここに奴隷はいない。遠くの誰かの所有物に数えられているかもしれないが、少なくともここでは違う。

この農場全体が、コーラの想像を超えていた。ヴァレンタイン夫妻は奇跡を起こした。コーラはその証拠の上に座っていた。いや、それ以上だった。彼女もその奇跡の一部なのだ。かつてコーラはサウス・カロライナの差し出した偽の約束に、あまりに容易に身を委ねてしまった。そしていま、世知辛さを覚えたその部分ゆえに、ヴァレンタイン農場の宝の数々を受け入れられなかった。何かしらの素晴らしい恩恵が、毎日、花のように開くというのに。たとえばこちらの手を取ってくれる幼い少女とか。好意を持つようになった男性を心配する気持ちとか。

ラムジーは最後に、若者にも老いたひとたちにも同様に、創造的な気質を育むことの重要性を説いた。「不死ならぬ存在の裡《うち》にも棲む、アポロン神の余燼に訴えかけるのだ」と。新参者のひとりが演台を押してステージの脇へ寄せた。演奏者たちへの合図であり、コーラへの合図だった。シビルはすでに友人の習慣をわかっていて、キスをして送り出してくれた。広間はひとで溢れていた。戸外は寒く、暗かった。踊りのため場所を確保しようと躍起になる大騒ぎから、コーラはひとり離れていった。途中で擦れ違った誰かが、「そっちは逆方向だよ、娘さん！」と呼びかけた。

家に帰り着くと、ポーチの柱に凭れてロイヤルが立っていた。暗かったが、彼だとわかった。「バンジョーが始まったら、こっちに来ると思ってたよ」

コーラがランプを灯すと、青痣のできた目許や黄と紫に変色した腫れ物が視界に飛び込んできた。「なんてこと」コーラはロイヤルを抱きしめると、首に顔をつけた。

「ちょっとした摑み合いだよ」彼は答えた。「みんな逃げることができた」コーラが身震いすると、小声で続けた。「きみが心配してたのはわかっている。今夜は大勢と会う気にはなれなかった。それで、ここで待っていることにした」

二人は玄関ポーチで、恋煩《こいわずら》いの大工が作った椅子に座って夜気を吸った。ロイヤルがそばへ寄ったので、二人の肩が触れ合った。

コーラは詩人や晩餐といった、彼が見逃したものを教えてやった。

「これからさらにあるだろうね」彼は答えて、「ちょっとしたものを持ってきた」そして革の肩掛け鞄を探った。「今年の版だよ。もう十月だけど、きみは喜ぶんじゃないかと思って。来年の分を置いている場所に行ったら、今度はそっちを持ってくる」

コーラは彼の手を取って握りしめた。年鑑は独特な、石鹸のような匂いを放っていて、ページをめくるとぱりぱりという炎の爆ぜるような音がした。誰もひらいたことのない本を、ひらくのは初めてだった。

コーラが農場に来て一カ月が経ったころ、ロイヤルが幽霊トンネルへ連れていってくれた。

コーラは二日目から働きはじめていた。ヴァレンタイン氏の提唱する言葉——「留まれ、そして貢献せよ」について、頭を絞って考えた末のことだった。それは要請であると同時に癒やしだった。最初の貢献は、洗濯小屋で行った。洗い場を取りまとめていたのはアメリアという女で、ヴァージニアにいたときにヴァレンタイン家と知り合い、その二年後に付いてきた。彼女はコーラに優しく注意した。「服を虐めるのはやめてね」と。ランドルの地所にいたとき、長年やってきたおぞましい仕事をするコーラの手つきは素早かった。アメリアと話し合った結果、べつの仕事が向いているだろうという結論に達した。一週間のあいだ搾乳小屋を手伝い、次に子守りの女性と一緒に、親たちが働いているあいだ赤ん坊の面倒を見た。そのあとでは玉蜀黍の葉が黄色くなるころに畑に肥料を撒く仕事をした。

畝のあいだに身をかがめると、無意識のうちに奴隷監督官の姿を探してしまっていた。

「疲れてるみたいだね」ロイヤルが言った。八月のとある夕べ、ランダー氏の講演が終わったあとのことだった。ランダー氏の話は聖職者の説教に近く、奴隷という軛から抜け出したあとで、自己の目的を探す際に陥りがちな矛盾について語られた。自由状態における多様な挫折。農場のほかのひとたちと同様、コーラはランダー氏を畏怖の目で見ていた。彼は異国の王子のようだった。遠い国から旅をしてきて、まともな土地で人間はどう振る舞うべきかをひとびとに説いて聞かせている。けれどそんな土地はあまりに遠い。地図から零れ落ちてしまうほどに。

　イライジャ・ランダーの父親は裕福な弁護士の白人で、ボストンで黒人の妻と一緒に公然と暮らしていた。二人は仲間内からの非難に耐え、真夜中にはわが子をアフリカの女神と白い肌の死すべき人間との融合だと囁きあった。つまり半神であると。白人のお歴々がランダー氏を紹介する、まどろっこしい前口上を聞いていると、氏はどうやらごく幼いうちから類い稀な資質を示していたらしい。病気がちな子どもだったため自宅の図書室が遊び場で、書架から苦労して取ってきた何巻もの分厚い書物に没頭していた。六歳のときすでにヨーロッパの巨匠のようにピアノを弾きこなした。誰もいない客間でひとり演奏会をひらき、音のしない拍手に向かってお辞儀した。

家族の友人たちの仲介で、彼は特権的な白人の学ぶ大学に、初の黒人学生として入学することになった。ランダー氏の言によると、「そこで奴隷のための通行許可証を与えられました」ということだった。「わたしはそれを悪戯のために使いましたがね」ランダー氏に割り振られた部屋は掃除用具入れだった。部屋を共有してもいいという生徒はいなかったから。四年後、彼は卒業生総代に選ばれた。まるで障害物を避けながら柔軟に進む太初の生き物のようだった。この現代世界の裏を巧みに掻いてゆく。ランダー氏は望むもの何にでもなることができた。外科医でも、判事でも。知識人たちはこの国の首都へゆくよう促した。そして政治で名をあげるのだと。彼はアメリカ的成功のちいさな一角へと突き抜けてゆくことができた。人種的な呪いを免れた一角だ。そこに安住し、自分だけが上へ行くことを選ぶ者もいるだろう。だがランダー氏はほかのひとびととの場所を作りたがった。ひとびととともにあることは、ときに素晴らしいことだったから。

最終的に彼の選んだのは弁舌家の道だった。初めは両親の家の客間でボストンの著名人に、次にはボストンの著名人の家で。やがてニューイングランドじゅうの黒人集会所で、メソジスト教会で、公会堂で演説した。その建物に足を踏み入れる最初の黒人となることも少なくなかった。建物を建設した黒人、清掃をする黒人女性を除けばだが。

赤ら顔の郡保安官が、彼を扇動罪で逮捕した。ランダー氏が反乱を教唆したといって牢獄へ入れた。それは反乱などではなく、平和的な集会だったのだが。メリーランド州の判事エドマンド・ハリソン閣下は氏の逮捕令状を発行した。「悪魔的な教えを広め、善良な社会の枠組みを危険にさらした」という罪だった。白人の暴徒が彼を打擲したが、やがて氏の朗読を聞きにきたひとびとによって助け出された。ランダー氏は自著『アメリカ黒人の権利に関する宣言』の一部を読み上げることになっていた。フロリダ州からメイン州まで、氏の言葉が載った冊子や後に刊行された自伝が焚書にされた。その肖像画とともに。

「燃やされたのがわたしではなくて、肖像画でよかったです」とランダー氏は言った。

そうした穏やかな物腰の下にどれほどの痛みが隠されているのか、誰にも知ることはできなかった。彼はいつでも冷静沈着で、そして少し変わっていた。「わたしは園芸家の言うところの、掛け合わせなのです」コーラが初めて聞いた演説で、ランダー氏はそう言った。「二つの違う系統どうしを混ぜ合わせたもの。花であれば、そうした混淆はひとの目を楽しませます。けれど融合の結果が血肉のかたちを取ると、一部のひとにとってひじょうな嫌悪をもたらすらしい。この部屋にいると、それがほんとうはどんなものなのかがわかります——この世界に来たるべきあらたな美、それがいたるところで花開きつつあるのです」

八月のその晩、ランダー氏の講演が終わったあと、コーラとロイヤルは集会所入り口の階段に座っていた。目の前をほかの居住者たちが川のように行き来した。コーラはランダー氏の言葉に気持ちが沈んでいた。「あたし、放り出されたくない」と彼女は言った。

ロイヤルはコーラの手のひらを裏返し、できたばかりの胼胝《たこ》に親指を滑らせた。そのことを思い悩む必要はないと、彼は言った。そしてちょっと仕事を休んで、インディアナのほかの場所を見に出掛けないかと誘った。

翌日、二頭の駁毛《ぶちげ》の馬が引く二輪馬車で出発した。コーラは給金で、あたらしいドレスとボンネット帽を買っていた。ボンネット帽のおかげで、こめかみの傷はあらかた隠すことができた。傷跡はこのところ彼女を悩ませていた。ここに来るまでとても長いあいだ、烙印のことを考えなかった。XやTやクローバーの葉のかたちをした、主人が自分の所有物に焼き入れるあのしるし。シビルの首には蹄鉄が、紫色の醜い皺を刻んでいた——最初の主人が輓馬《ばんば》の飼育を生業としていたのだ。自分がそんなふうには肌を焼かれなかったことを、コーラは神に感謝した。それでもなお、わたしたちは全員が烙印を押されている。目には見えなくても、外側にではなくても内側に。ランドルの杖が作った傷もまさにおなじで、所有物のしるしだった。

コーラはこれまで何度も街に行ったことがあり、菓子を買うため白人のパン屋の玄関口へ昇ったことすらあった。ロイヤルがその日連れていったのは、反対の方角だった。空は石版のように曇っていたが気温は高く、こうした気候ももう長くはないと感じさせる八月の午後だった。二人は草地の脇に馬車を停め、野生の林檎の木の下で弁当を広げることにした。ロイヤルはパンとジャム、ソーセージを包んできていた。コーラは自分の膝に彼が頭を載せるのを許した。その耳のそば、柔らかな黒い巻き毛に手を触れようかと思ったが、躊躇した。遠い日に暴行を受けた記憶がそうすることを妨げた。

ピクニックからの帰路、ロイヤルは馬車を草の生い茂った脇道へ入れた。馬車が入っていかなければ、コーラはその道に気づかなかっただろう。ポプラの枝が入り口を呑み込み、覆い隠していた。あるものを見せたいのだとロイヤルは言った。池とか、誰も知らない静かな場所とか、そうしたものをコーラは思い浮かべた。けれども馬車が迂回して停まったところは小屋だった。打ち棄てられ、いまにも壊れそうな、嚙み砕かれた肉片のように灰色のあばら屋。鎧戸は斜めに傾ぎ、屋根からは野草が頭を垂れていた。風雨に打たれ続けてきたのだ――この家はまさに、鞭打たれた駄犬のようなものだった。コーラは敷居を跨ぐのを躊躇した。煤と苔が寂しさを掻きたてた。ロイヤルがいてくれたにもかかわらず。

主室の床にもまた雑草がはびこっていた。コーラは悪臭に鼻を摘まんだ。「ここに較べたら、堆肥だって甘い匂いがすると思うよ」ロイヤルは笑って、そして堆肥というのは甘い匂いがすると、ずっと思っていたのだと言った。彼は地下室へ続く落とし戸を持ち上げ、蠟燭に火をつけた。階段はひどく軋んだ。動物たちが地下を駆けまわり、闖入者がやってきたことに腹を立てていた。ロイヤルは六歩を数えると、そこで止まって地面を掘りはじめた。第二の落とし戸があらわれた。そして二人は駅へと降りていった。足許に気をつけるよう彼は注意した。灰色の濡れた泥がついて、ぬるぬると滑りやすくなっていた。

それはもっとも哀れな、寂しい駅だった。線路とのあいだに段差すらなかった。階段の途切れたところから線路は始まっていて、真っ暗なトンネルの奥へと伸びていた。線路上にはちいさなトロッコが一台だけ停まっていて、鉄でできたその心臓に、人間の手が触れ命を吹き込んでくれるのを待っていた。ノース・カロライナの雲母鉱床のように、長い木の厚板と柱が壁と天井とを支えていた。

「蒸気機関車が走るようには作られていない」ロイヤルが言った。「見ての通り、ここのトンネルはちいさすぎる。ほかの支線とは繫がっていない」

長いこと、ここへは誰も来ていない。どこへ向かっているのかとコーラは尋ねた。

ロイヤルはにやりとした。「ぼくの前の代からあるものだ。車掌を引き継いだとき、前任者がぼくに見せてくれたよ。あのトロッコで何マイルか進んでみたけど、あまりに不安定だった。壁はすぐそこまで迫っていて、ほとんどくっついてくるみたいだ」誰がこれを作ったか、訊いても無駄だとわかっていた。ランブリーからロイヤルにいたるまで、地下鉄道に関わる者たちは「誰が建てたんだと思う？　こういうもの全部を作るのは誰か？」といったような質問で返答してくる。いつか彼には語らせてみせる。コーラは心中でそう決めた。

この幽霊トンネルが使われたことは、ひとびとの記憶を辿る限り、一度もないのだとロイヤルは言った。いつ掘られたのか、上の小屋には誰が住んでいたのか、知る者はいない。機関士のなかには、この家を建てたのは最初期の測量技師、ルイスやクラークといった、アメリカの原野を踏査して地図を作った者のひとりではないかと言う者もいた。「だけどこの国ぜんたいを見たあとで」とロイヤルは言った。「大西洋から太平洋、ナイアガラの巨大な滝からリオ・グランデまでを見てきたあとで、ここに家を建てるだろうか。このインディアナの森のなかに？」年老いた駅長は、これは独立戦争時の陸軍少将の家だったのではないかという意見を述べた。若い国家の誕生を助けてさまざまな流血の惨事を見たあと、もう手を引きたくなったのではないかと。

隠遁者説には説得力があったが、軍人だったというところは安っぽくてつまらないとロイヤルは思っていた。ここには人間が住んでいた痕跡がまったくない。爪楊枝のかけらや壁に打ち込まれた鋲のあとすらないことに、コーラは気づいたろうか？

とある考えが、コーラに暗い影のように忍び寄ってきた。つまり、この駅は支線の出発点ではなくて、終点なのではないかと。線路の建設はこの家の地下ではなく、あの真っ暗な穴の向こう側で始められたのではないか。この世界には真に脱出できる場所などなくて、ただ一時凌ぎの待避場所があるだけだ、というかのように。

頭上の地下室では地面を漁る生き物が起き出し、あちこち引っ掻きまわっていた。ひどく湿っぽく、狭い穴。こんな場所から始まる旅はなんであれ、不運に終わるに決まっている。前回コーラが出発した地下鉄道の駅は明るく照らされ、惜しみない快適さで、ヴァレンタイン農場の恩恵へと送り出してくれた。それはテネシーの駅であり、一行はリッジウェイの一味相手の危うい冒険のあとで、運び去られるのを待っていた。あの晩の出来事を思い出すと、いまでもコーラは心臓の鼓動が速くなる。

奴隷狩り人とその馬車から離れると、救出者たちはそれぞれに名乗りをあげた。街で彼女を見ていたのがロイヤル。その相方がレッドで、錆びた鉄を思わせる赤い巻き毛のためにそう呼ばれていた。気の弱いのはジャスティンで、コーラとおなじく逃亡奴隷であり、白人に猟刀を向けるなんていうことには慣れていなかった。

一緒に行くことをコーラが承諾すると——ほかに選択肢のないことについて、こんなに礼儀正しく意思を問われたのは初めてだった——三人の男たちは諍いの痕跡を急いで隠した。この夜闇のどこかにホーマーがいるに違いないという不気味さが、彼らをさらに急きたてた。レッドがライフル銃を構えて見張るあいだ、ロイヤルとジャスティンはまずボズマンを、次にリッジウェイを馬車に鎖で繫いだ。そのあいだ奴隷狩り人は黙ったまま、血塗れの口に嘲るような笑みを浮かべてコーラを見ていた。

「そこの輪に」とコーラが指さすと、レッドは彼を馬車の床の輪に繫いだ。捕獲者がかつてジャスパーを繫ぐのに使っていた輪だ。

男たちは奴隷狩り人の馬車を牧草地の遠い隅まで運転し、道路から見えないところへ隠した。レッドは馬車の固定具についた鎖をすべて使い、リッジウェイを五回以上手枷と足枷に繫いだ。そして鍵を草むらへ放った。馬たちは追い払った。ホーマーについては、何の音沙汰もなかった。あの少年はおそらく、角灯のひかりのすぐ外を忍び歩いているのだろう。先んじるに越したことはない。ボズマンが無念の声をあげた。コーラはそれを死に際の荒い息と受け取った。

救出者たちの二輪馬車は、リッジウェイの野営地から道をわずかに歩いたところに停めてあった。馬車が進んでいくあいだ、コーラとジャスティンは後部座席で分厚い毛布に身を隠していた。テネシーの道はいったいに悪路で、あたりが真っ暗なことも考え合わせると、馬車は危険なほどの速度を出していた。乱闘のために気が高ぶっていたのか、ロイヤルとレッドは積み荷である二人に目隠しをすることを忘れていた。数マイルほど走ったあとで気づいた。ロイヤルは羞恥をあらわしながら、「発着地の安全を守るためです、お嬢さん」と言った。

地下鉄道の三度目の旅は、馬小屋の地下から始まった。駅に行くには信じられないほど地下深くに潜ることになり、そこではあたらしい駅の特徴を発見することになるのがコーラにももうわかっていた。敷地の主は仕事で留守にしているのだと、ロイヤルは二人の目を覆った布きれをほどきながら言った。この事業において自分の存在を隠しておくための知恵なのだと。コーラは家の主人の名前を知らされず、出発地の街の名もわからないままだった。わかることはただ、その人間もまた地下にこだわりをもっているということ――そして輸入物の白いタイルを好むということだ。駅の壁はそのタイルで覆われていた。

「ここに降りるたび、何かしらあたらしいものが付け加えられている」ロイヤルが言った。汽車の到着を待つあいだ、四人は白いテーブルクロスの掛かった卓に着き、深紅の布張りをした重厚な椅子に腰掛けた。花瓶には生花が生けられ、農地を描いた油彩画が壁に掛かっていた。たっぷりと水を湛えた切り子細工の水差し、籠いっぱいの果物、ふすま入りの黒ライ麦パンが食事として用意されていた。

「金持ちの家なんだね」ジャスティンが言った。

「こういう雰囲気にしておくのが好きなんだ」ロイヤルが答えた。

レッドは白いタイルがいいと言って褒めた。以前使われていた松材の板よりだいぶいい、と。「あんなに高いところまで、よくひとりで貼れたもんだ」

手伝った人間が動かない舌の持ち主だといいけど、とロイヤルが言った。

「あんたはあの男を殺した」ジャスティンが言った。感覚が麻痺しているようだった。戸棚のなかに陶製の瓶に入ったワインが見つかったので、逃亡奴隷はしこたま飲んでいた。

「自業自得だったかどうか、そこにいる彼女に訊いてみろ」レッドが言った。

ロイヤルはレッドの前腕を摑み、震えを止めようとした。この友人はこれまで一度もひとの命を奪ったことがなかった。彼らの活動だけで絞首刑になるには充分だったが、殺人が発覚すれば、吊るされる前に無惨な暴行を受けるに違いなかった。あとでコーラが、自分はジョージアで犯した殺人で指名手配を受けていると打ち明けると、ロイヤルは面食らった。だが気を取り直して言った。「じゃあぼくたちの道は、あの埃っぽい通りできみを目に留めた瞬間から決まっていたということだね」

ロイヤルはコーラの初めて会った、生まれつき自由な黒人だった。サウス・カロライナには多くの自由黒人がいて、いわゆる雇用機会のために移住していたが、彼らには奴隷として生きた時間があった。ロイヤルはこの世で呼吸を始めた瞬間から自由を身に帯びていたのだ。

彼はコネティカットで育った。父は床屋で母は助産師だった。二人ともやはり自由黒人で、ニューヨーク市の出身だった。ロイヤルは働ける年齢に達すると、両親に言われるまま印刷工の見習いとなった。両親は堅実な職に就くことの価値を重んじ、自分たちの家系が未来に枝分かれし、子孫はそれぞれ前の代より成功するものと信じていた。北部が奴隷制を廃止したのなら、この忌むべき制度がいたるところで崩れ去る日も来るだろう。この国の黒人の物語はもっとも劣悪な幕開けをしたかもしれない。けれどいつの日か勝利と繁栄とがその手にもたらされるだろう。

思い出話が息子に与える影響を自覚していたら、両親は生まれた街について語ることを控えていただろう。ロイヤルは十八歳のときマンハッタンへ出奔した。フェリーの手すり越しに見た巨大都市の眺めが彼の運命を決めてしまった。ファイブ・ポインツの黒人下宿屋で三人の男たちとおなじ部屋に住み、床屋を開業したが、やがてユージーン・ウィーラーに出会った。彼は著名な白人で、反奴隷制度の集会でロイヤルと対話した。ウィーラーは感心し、明日になったら事務所を訪ねてくるようにと言った。ロイヤルは男の偉業については新聞で読んでいた——弁護士で廃止論者の運動家、奴隷使役者や不正をおこなう連中には悩みの種である。ロイヤルに与えられた仕事は、街の牢獄を偵察して法的に弁護できる逃亡奴隷を探したり、謎めいた人物たちの伝言を運んだり、反奴隷制の社会団体からの資金を逃亡奴隷の再出発のために分配したりすることだった。働きはじめてしばらく経ったころ、地下鉄道に公式に加わった。

「ぼくの仕事はピストンに油を点《さ》すこと」とは、彼が好んで口にする言葉だった。ロイヤルは暗号化された伝言を新聞の広告欄に載せ、逃亡奴隷と出発地の車掌とに情報をもたらした。船の船長や巡査に賄賂を使い、震える妊婦を水漏れのする小舟で向こう岸へと渡してやり、判事の釈放命令を顰め面の保安官代理へ届けた。たいていのとき仲間の白人と組になっていたが、ロイヤルの機転と堂々たるたたずまいは肌の色を障害と思っていないことを示していた。「自由黒人は奴隷とは歩き方が違う」と彼は言った。「白人はその違いにすぐに気づく。何に気づいているかは気づかなくても。歩き方が違う、話し方が違う、立ち居振る舞いが違う。骨身に染みついているんだ」巡査が彼を拘留することはなく、誘拐者も近づいてこなかった。

レッドと組むようになったのはインディアナに配置されて以来のことだ。レッドはノース・カロライナ出身で、取締人に妻と子どもを縛り首にされたあとでそこを逃げてきた。〝自由の道〟を何マイルも歩き、家族の遺体を探して別れを告げようとしたが、できなかった——死体の道は永遠に、あらゆる方向に伸びているかのようだった。北に辿り着いたレッドは、地下鉄道に加わった。そして不気味なほどの才覚をもって活動に身を捧げた。コーラがジョージアで事故ではあったものの少年を殺したことを聞くと、彼は笑みを浮かべた。「よくやった」

ジャスティンについての指令は初めから変則的だった。テネシーはロイヤルの任地から外れていたが、森林火災以来地元の責任者と連絡が取れなくなっていた。列車が走らなければ惨劇が起こる。ほかに動ける者がいなかったので、ロイヤルの上官はしぶしぶながら、二人の黒人鉄道員を荒れ果てたテネシーの奥地へと派遣したのだった。

銃を携帯するというのはレッドの思いつきだった。ロイヤルは銃を持ったことがなかった。

「手にはしっくり馴染むんだけど」と彼は言った。「まるで大砲みたいに重かった」

「恐ろしげに見えたわ」コーラが言った。

「震えてはいた、心のなかでね」ロイヤルが言った。

ジャスティンの主人はしばしば彼を石工職人として貸し出していた。貸し出し先の雇用者はジャスティンのことを慮り、地下鉄道に乗れるよう手配してくれた。ひとつだけ条件があった——その男の地所を囲む石壁を完成させないうちは立ち去らない、ということだ。

石三つぶんの隙間くらいは許容する、完成させるための指示を残していってくれるなら。

　約束した日、ジャスティンは最後の仕事に出掛けていった。彼が消えてしまったことは、夜になるまで気づかれないだろう。雇用者はのちに、ジャスティンはその朝そもそも姿を見せなかったと言い張った。ジャスティンは午前十時にはもう、ロイヤルとレッドの二輪馬車の後部に乗っていた。計画が変更になったのは、一行が街でコーラに遭遇したときだった。

　汽車がテネシーの駅へと入ってきた。これまでのなかでもっとも豪奢な蒸気機関車で、艶やかな赤に塗られた車体は、煙幕を通してですらひかりを撥ね返した。機関士は轟くような声の陽気な男で、もったいをつけることは一切なしに、乗客たちへ扉をひらいた。トンネルがもたらす一種の狂気が、機関士の男たちにひとり残らずなんらかの影響を与えているのではないかとコーラは考えた。

　ぐらつく有蓋貨車、そして次には荷物用の台座に乗せられノース・カロライナへと運ばれたあとでは、コーラが年鑑で読んだような、快適で設備の整った、まともな客車に足を踏み入れることは望外の喜びだった。三十人は座れるだけの座席があり、座面は贅沢な柔らかさで、真鍮製の金具は蠟燭のあかりが落ちてきらめいていた。あたらしいニスの匂いがして、コーラは自分がこの列車の魔法のような処女走行の、記念すべき最初の客であるような気分になった。座席三つを使って身体を横たえた。手足を縛る鎖からも屋根裏の暗闇からも自由になって眠るのは、この数カ月で初めてだった。

目が覚めたときもまだ、鉄の馬は蹄を轟かせてトンネルを駆け抜けていた。ランブリーの言葉が思い出された――**この国がどんなものか知りたいなら、わたしはつねに言うさ、鉄道に乗らなければならないと。列車が走るあいだ外を見ておくがいい。アメリカの真の顔がわかるだろう。**それは最初から冗談だった。旅のあいだ窓の外には暗闇しかなかったし、これからもずっと暗闇だろう。

ジャスティンは彼女の正面の席に座って話していた。兄と、まだ見たことのない三人の姪とがカナダに住んでいるのだと彼は言った。農場で数日をすごしたあとは、だから北へ向かうのだと。

ロイヤルは逃げてきたこの男に対し、地下鉄道を使っていいと請け合った。コーラが起き上がると、ロイヤルは彼女の仲間の逃亡奴隷に言ったことを繰り返してやった。インディアナで乗り換えて先に進み続けてもいいし、ヴァレンタイン農場に留まってもいい、と。

白人はジョン・ヴァレンタインを仲間と見なしているとロイヤルは言った。ヴァレンタイン氏の肌色はとても薄いから。だが黒人であれば誰しも、彼がエチオピア人の血を受け継いでいることはただちにわかった。鼻のかたち、唇のかたち、髪が直毛であろうとなかろうと。氏の母親はお針子で、父親は白人で行商人であり、数カ月に一度家に帰ってきた。その男は死ぬと財産を息子に遺した。少年を屋敷の塀の外で初めて承認した瞬間だった。働かせた。

ヴァレンタイン氏は馬鈴薯の栽培に着手した。六人の自由黒人を雇って、自分の土地でもまたなかった。みずから自分を偽ることはなかったが、自分についての世間の誤解を解くこともまたなかった。氏がグロリアを買い入れたとき、深く考える者は誰もいなかった。女を引き留めておく方法のひとつに、鎖に繋いでおくということがある。とくにジョン・ヴァレンタインのように、色恋の駆け引きに慣れない人間にはうってつけだろう。ジョンとグロリア、そして州の反対側にいた判事だけが、グロリアが自由の身であることを知っていた。氏は読書家であり、妻にも字を教えた。夫婦は二人の息子を育てた。彼が息子たちを自由にしてやると、金の無駄使いとしても寛大だと周囲の者たちは考えた。

長男が五歳のとき、ヴァレンタイン氏の御者のひとりが首を吊られた挙げ句燃やされた。無躾な色目を使ったという理由で。殺されたジョーの友人は、彼はその日街に出掛けてすらいないと証言した。ヴァレンタイン氏と親しい銀行員が、問題の女性はただ愛人を嫉妬させたかっただけだという噂を教えてくれた。年月が経つにつれ、人種差別の暴力は残虐になる一方だとヴァレンタイン氏は思った。ここ南部では当分のあいだ、それは減少も消滅もしないだろう。ヴァージニアは家族が暮らすのに適切な場所ではないと、彼と妻とは結論した。夫婦は農場を売り払って移住することにした。インディアナでは土地を安く買える。そこにも白人は住んでいたが、すぐ近所というわけではなかった。

ヴァレンタイン氏は玉蜀黍の性質について勉強した。三季連続で畑にとっては幸運な気候が続いた。ヴァージニアに戻って親戚を訪ねると、彼は自分のあたらしい拠点について長所を述べたてた。そして旧知の者たちを雇い入れた。彼らは足場を見つけるまで、働きつつヴァレンタイン氏の地所に住むこともできた。氏の敷地は拡張されていた。

ここまでは彼が招いた客たちの話である。コーラの知ったところでは、農場がいまの姿になった切っ掛けはある冬の夜の出来事にあった。雪が頻りと降っていて、視界を霞ませる晩だった。戸口にやってきた女は、ひどいなりをして凍死しかかっていた。マーガレットという名前で、デラウェアからの逃亡奴隷だった。ヴァレンタイン農場に来るまで苦難の連続だった――屈強な男たちが、彼女が主人の許から離れる紆余曲折の道のりを先導した。罠猟師、薬売りの露天商人。旅まわりの歯医者とともに街から街へとさまよったが、やがてその男が暴力を振るいはじめた。旅の途中で嵐に見舞われた。マーガレットは神に救いを求めた。逃避行のあいだに自分の見せた、意地悪なところや道徳的な欠点をあらためると誓った。するとヴァレンタイン農場のあかりが暗闇のなかに見えたのだ。

グロリアはこの訪問者に献身的な看護をした。医者がポニーに乗って診察に来た。マーガレットの悪寒が鎮まることはなく、数日後息を引き取った。

次に商用で東部へ行ったとき、反奴隷制の集会を宣伝する大判紙にヴァレンタイン氏は足を止めた。あの雪の日にあらわれた女は、疎外された部族からの使者だった。氏はその一族に仕えることを決意した。

その年の秋には農場は地下鉄道のあたらしい事務所となっており、逃亡奴隷や車掌たちで賑わうようになった。留まる逃亡者も少なくなかった。貢献すれば、好きなだけ滞在することができた。彼らは玉蜀黍を植えた。農園で煉瓦職人だった男は、農園で鍛冶屋だった者のために、草の茂った区画に鍛冶場を作ってやった。その鍛冶場から目を見張るべき速さで釘が生み出された。男たちは木々を切り倒して丸太小屋を建てた。とある著名な奴隷廃止論者がシカゴへの旅の途上で一日立ち寄り、そのまま一週間滞在した。土曜の夜恒例の黒人問題を議論する会に、知的指導者、弁舌家、芸術家が参加するようになった。ひとりの自由黒人の姉が、デラウェアで苦境に陥っていた。彼女は再出発のためにも西へやってきた。ヴァレンタイン氏と農場の親たちは、彼女に賃金を払って子どもたちの教育を任せた。子どもの数は増え続けていた。

ロイヤルの言うには、ヴァレンタイン氏は白っぽい顔をしていたから、郡庁所在地に行くたびに黒い顔の友人たちへ商品の包みを買ってくることができた。黒い顔の友人とは、綿花の摘み手をやめて西へ移ってきた者や、彼の農場に避難所を得た、目的を見出した逃亡奴隷たちだった。ヴァレンタイン一家が移住してきたとき、インディアナのその地域にひとはほとんどいなかった。街がやむことのないアメリカの渇きに促され、急速に出来ていったのに較べ、黒人の農場は、山や渓谷と同様、自然の風景の一部のように、そこにあった。白人の商店はおおかたが決まった仕入れ先を持っていたので、ヴァレンタイン農場の住人が広場や日曜市を工芸品で埋め尽くした。「それは癒やしの場なんだ」北へ向かう列車のなかでロイヤルはコーラに言った。「旅の次の行程に進む前に、蓄えを作っておくためのね」

その前夜テネシーで、リッジウェイはコーラと彼女の母親を、アメリカという制度における瑕疵のようなものだと称した。女性二人で瑕疵ならば、それが共同体になればどうなるだろう？

毎週の集会で場を独占する哲学的議論には、ロイヤルは触れなかった。黒人という種族の次なる進歩について策略を練っているミンゴ。またランダー氏の、優雅だがどこか不明瞭な訴えは、容易な救済策を提示してはくれない。この黒人の前哨部隊に白人入植者たちが募らせている憤懣については、車掌も言及することを避けた。分裂はおのずと目に見えてくるだろう。

地下鉄道を列車が駆け抜けているあいだに――それは不可能の海をゆくちっぽけな船だった――農場に対するロイヤルの賛辞はついに目的を果たした。コーラは客車の座席を叩き、その農場は自分にぴったりだと言ったのだ。

ジャスティンは二日間だけ滞在し、空腹をたっぷり満たしてから、北に住む親戚のところへ旅立った。彼はのちに手紙を寄越し、こちらへ来たら歓迎すること、建築会社に職を得たことを書いてきた。姪たちもまた自分の名前を、それぞれ色の違うインクで書いていた。元気で素朴な署名だった。ヴァレンタイン農場の豊かな魅力を目の当たりにしたとたん、コーラはここから出ていくなんて論外だと思った。彼女は農場の生活に貢献した。仕事は馴染んだものであり、植え付けと収穫の基本的なリズムや、移りゆく季節のもたらす教訓や要請を理解することができた。街での暮らしというヴィジョンはぼやけていった――ニューヨーク市やボストンといった都会の何を、自分は知っているだろう？　コーラは両手で土に触れながら育ってきたのだ。

農場へ来てから一カ月後、幽霊トンネルの入り口に立ったときも気持ちは揺らがなかった。ロイヤルと一緒に農場へと引き返そうとしたとき、一陣の陰気な風がトンネルの奥深くから吹きつけた。まるで何かが彼らのほうへと迫りくるかのようだった。古くて暗い、何かが。彼女はロイヤルの腕を握った。

「なぜ、あたしをここへ連れてきたの」

「ぼくたちは地下の活動について、話さないことになっている」ロイヤルは言った。「乗客も、地下鉄道がどう運営されているか、話さないことになってる――それはたくさんの善人を危険にさらす。望めば話すことは止められないけど、でもみんな話さない」

その通りだった。コーラもまた逃亡劇について語るとき、地下のトンネルのくだりは省いて大枠だけを喋っていた。悪い秘密ではない、でも、自分の核に深く、親密に関わっていて、わけはならなかった。それは個人的な、自分だけの秘密で、他人に打ち明ける気になることはできない。ひとに話したら、それは消えてしまう。

「きみに見せたのは、きみがこれまでたくさんの地下鉄道を見てきたからだ。ほかの誰よりも」ロイヤルは続けた。「だから見て欲しかった。これがどんなふうに繋がっているか。または、繋がっていないか」

「あたしはただの乗客だけど」

「だからさ」と彼は言って、眼鏡のレンズをシャツの裾で擦った。「地下鉄道はその運営者たちよりおおきい――それはきみたちすべてなんだよ。ちいさな支線も、おおきな本線も。ぼくたちには最新の蒸気機関もあれば、旧式の動力もある。あんなふうなトロッコも。

それはどこへでも行く。知っている場所へも、知らない場所へも。ここにトンネルがあって、ぼくたちの真下を通っているけど、どこへ続いているか誰も知らない。地下鉄道を走らせ続けても、ぼくたちにはわからないんだ。でも、きみならわかるかもしれない」

コーラは、これがなぜここにあるか、何を意味するか、自分にもわからないと言った。わかるのはただ、もうこれ以上逃げたくはないということだった。

十一月のインディアナの気候は活力を奪っていくものだったが、二つのできごとのおかげでコーラは寒さを忘れていることができた。ひとつめは、農場にサムがやってきたことだった。小屋の扉を叩いてあらわれたところをコーラがあまりに強く抱きしめたので、サムはやめてくれと頼んだほどだった。二人が啜り泣き、気持ちを落ち着けるあいだに、シビルが草の根を使ったお茶を淹れてくれた。

ごわごわした髭には白いものが混じり、腹もだいぶん突き出ていたが、サムは何カ月も前に彼女とシーザーを迎えてくれたのとおなじ、お喋りで陽気な男だった。奴隷狩り人が街へやってきた夜、彼の人生はそれ以前の日々から引き裂かれてしまった。サムが警告する間もなく、リッジウェイは工場にいたシーザーを拉致していった。友人が牢獄でどんな打擲を受けたか語るとき、サムの声は震え、先を躊躇った。仲間についてシーザーが口を割ることはなかったが、この黒んぼが一度ならずサムと話すのを見たと証言する男がいた。

仕事の真っ最中だったが、サムは酒場の持ち場を放り出した——子どものころからの顔なじみが彼の独り善がりな性格を嫌っていた。それで充分だった。サムの家は焼き尽くされ、土に帰した。

「祖父の家だった。そしてぼくの家だ。財産のすべてだった」暴徒がシーザーを牢獄から引っ張り出し、死ぬまで傷めつけていたころ、サムはもう北へ向かう道中にいた。行商人に金を払って乗せてもらい、翌日にはデラウェア行きの船に乗っていた。

一ヵ月後には組織の方針に則って、地下鉄道のトンネル入り口を熟練した工員たちが夜闇に紛れて埋めた。ランブリーの駅も似たような処置を施されていた。「念には念を入れるから」と彼は言った。熱で歪んだ銅製のマグを、工員たちは思い出のよすがに持ってきてくれた。原型を留めていなかったが、それでも大切に取っておいた。

「ぼくは駅長だった。組織はべつの仕事を見つけてくれた」サムは逃亡奴隷たちをボストンやニューヨークへ運んだ。逃走経路を作成する上では最新の調査に基づく情報にこだわった。逃亡者の命を救うことになる最終的な準備には、取りわけ慎重になった。サムはジェイムズ・オルニーという奴隷狩り人の名を騙ることとすらし、主人の許へ移送するという名目で、牢獄の奴隷を連れ出した。巡査や保安官代理は間が抜けていた。人種的先入観が判断力を曇らせるんだ、と彼は言った。そして奴隷狩り人の尊大な調子を真似てみせ、コーラとシビルを笑わせた。

サムはちょうど積み荷を——ニュージャージー近郊に隠れていた三人家族をヴァレンタイン農場へ連れてきたところだった。彼らは土地の黒人コミュニティに溶け込んでいたのだが、奴隷狩り人が嗅ぎまわりだしたので、逃亡の潮時になったのだ。それがサムの、地下鉄道での最後の任務だった。彼は西へ向かっていた。「ぼくが出会った開拓者は残らずウィスキーが好きだった。カリフォルニアにバーテンダーの需要があるのは間違いないね」

この友人がふくよかで幸福そうにしているのを見ると、コーラの心はあたたかくなった。コーラを助けたひとの多くが破滅的な最後を迎えたのだから。少なくともこのひとだけは、コーラのせいで死ぬことはなかった。

サムは次にランドル農園の近況を伝えた。インディアナの寒さがもたらす苦しみを和らげたこととのふたつめだ。

テランス・ランドルが死んだ。

皆の揃って言うことには、逃亡したコーラへの所有者の執着は、時とともに深まった。彼は農園の業務を怠った。地所での日々は、邸宅で催される浅ましい宴会や、おぞましい悦楽に奴隷を使い、コーラの身代わりに犠牲にするといったことに費やされるようになった。テランスは捕獲のための広告を出し続け、遙か遠くの州にいたるまで新聞広告欄を、彼女の特徴とその罪の記述で埋め続けた。もともと相当な額だった報酬を一度ならず引き上げた――サム自身そのビラを見て仰天した――そして通りすがる奴隷狩り人をことごとくもてなして、コーラの悪行をすべて語って聞かせ、リッジウェイの無能さを罵倒した。あの男はまず父の期待に背き、次にはわたしの期待に背いたと。

テランスはニューオリンズで死んだ。クレオールの娼館の一室だった。数ヵ月にわたる放埒の果てに、彼の心臓は徐々に弱まり、停まりつつあった。

「持ち主があんまり邪悪だから、心臓が愛想をつかしたのかもね」コーラは言った。サムの報告が一通りすむと、彼女はリッジウェイについて尋ねた。

サムは話にもならないというふうに手を振った。「あの男はいまや物笑いの種さ。それ以前にも終わってたようなものだけど」サムはそこで言葉を切った。「テネシーの一件以前にもさ」

コーラも頷いた。レッドの殺人については触れなかった。この件が明らかになると地下鉄道は彼を免職した。レッドが構うことはなかった。彼には奴隷制の軛を断ち切るためのあらたな考えがあり、また銃を手放すことも拒否した。「一度困難な仕事に取りかかったら」とロイヤルがレッドを評して言った。「けっして後戻りしないやつなんだ」友人が去ることをロイヤルは悲しんだが、彼らの流儀を全体と一致させるのは無理だった。とくにテネシーの件のあとでは。コーラの殺人は自己防衛の結果だと彼は弁護したが、あからさまに血に飢えていたレッドの行為はそれとは別物だった。

暴力への嗜好とおかしな執着ゆえに、リッジウェイは一緒に組む相手をなかなか見つけられなかった。地に落ちた評判とボズマンの死、また黒んぼのならず者に負かされた屈辱のせいで、仲間内でも最低の地位にあった。テネシーの郡保安官たちは無論、殺人犯一味の捜索を続けていたが、リッジウェイはその狩りに加わっていなかった。夏からこちら、この男の消息は不明だった。

「あの男の子、ホーマーは?」

サムはこのちいさく奇妙な生き物についての噂を耳にしていた。最終的に森から出てきて奴隷狩り人を助けたのはこの少年だった。ホーマーの奇妙な振る舞いはリッジウェイの地位に何ももたらさなかった。周囲は二人の関係を邪推した。いずれにせよ彼らは一緒に姿を消し、その絆は暴行に遭っても断ち切られることがなかったのだ。

「じめじめした洞窟にでも隠れてるんじゃ」とサムは言った。「屑みたいな奴らにはお誂え向きだ」

サムは農場に三日間滞在し、ジョージーナの気を惹こうとし続けたが無駄に終わった。

だが玉蜀黍の皮剝き大会に出るには充分な時間があった。

競技会は満月の最初の晩にひらかれた。子どもたちは丸一日かけて、赤い木の葉で作った線の内側に、玉蜀黍を巨大な二つの山にして積み上げた。片方の組はミンゴが指揮した。二年連続だわ、とシビルは苦々しげに言った。ミンゴは農場社会の幅広さを表現することなど考えず、味方だけで組を固めた。ヴァレンタイン氏の長男オリヴァーは、新入りから古参の者まで多様に集めて組にした。「もちろん、ぼくたちの素晴らしいお客さんもね」彼は最後にそう言うと、サムを手招きした。

幼い少年が笛を吹いて、寒空の下、皮剝きが始まった。今年の賞品はヴァレンタイン氏がシカゴで見つけてきたおおきな銀の鏡だった。鏡は二つの山のあいだで青いリボンを結ばれて、お化けカボチャの橙色に揺らめく灯火を映していた。両組の主将は声を限りに男たちへ指示を出し、観客は野次を飛ばして手を叩いた。フィドルの軽快な伴奏が速くなっていく。幼な子は山のあいだを駆けまわり、男たちが剝いて投げた皮を、ときには着地する前に拾った。

「あの玉蜀黍を取れ！」

「そこ、もう少し早く！」

コーラは脇で見ていた。その腰にはロイヤルの手が置かれていた。コーラは前夜ロイヤルにキスを許していて、彼がそれをコーラからの、先へ進んでもいいというしるしだと受け取ったのも無理はなかった。コーラはロイヤルをずっと待たせていた。彼はさらに待つこともできただろう。けれどサムのもたらしたテランスの訃報が、頑なだった彼女の心を和らがせた。と同時に悪意ある空想も育んだ。かつての主人がシーツの上で身体を悶えさせ、紫色の舌が唇から飛び出すのを思い浮かべた。助けを呼んでもけっして来ない。その身体は棺のなかで血まみれの塊に溶けてゆく。そして黙示録にある地獄の苦悶。コーラは聖書を、少なくともそのくだりだけは信じていた。それは暗号で描かれた奴隷農園そのものだった。

「ランドルのところの収穫とは全然違う」とコーラは言った。「満月の夜の綿花摘みもあったけど、いつも流血沙汰がつきまとっていた」

「きみはもう、ランドル農園にはいない」ロイヤルが言った。「きみは自由だ」

コーラはなんとか感情を抑えて、囁いた。「なぜそう言えるの？　土地は所有物。道具も所有物。誰かがランドルの農園を競売に掛ける。奴隷ごと。主人が死ねば親戚が出てくる。ここインディアナにいても、あたしはまだ所有物だ」

「彼は死んだんだ。従兄弟もわざわざきみを取り戻しには来ないよ。ランドルがやったみたいにはね」ロイヤルは言った。「きみは自由なんだ」

彼は歌の輪に加わった。話題を変えるため、身体が快く感じるものをコーラに思い出させるために。種蒔きから収穫の競技会まで、すべてをともにする共同体。けれど歌そのものは、綿花畑にいたころから聞いていた労働歌で、ランドルの残虐さがよみがえって心臓が早鐘を打った。コネリーはこの歌を、鞭打ちのあとで綿花摘みに戻るよう命じる合図として歌ったものだ。

あんな苦しみがどうやったら楽しみに変わるのか？　ヴァレンタイン農場ではすべてが逆さまだった。労働はかならずしも苦痛でなく、むしろひとびとを結びつけている。チェスターのように賢い子どもなら、すくすく育って才能を伸ばしただろう。モリーやその友人たちのように。母親は娘たちを、愛情を込めて優しく育てる。シーザーのような美しい心の持ち主なら、ここでは誰もがそうであるように、なんだってなりたいものになれる。土地を所有することも、学校の先生になることも、黒人の権利のために闘うことも。詩人になることだってできる。ジョージアにいた惨めな時代、コーラは自由を思い描いたが、それはこんなふうではなかった。自由とは、何か素敵で掛け替えのないもののために働く共同体だったのだ。

勝ったのはミンゴだった。組の男たちは彼を肩車し、剝かれた玉蜀黍の山のまわりを練

ー が言い、サムは喜びに顔を輝かせた。

り歩き、声を嗄らして快哉を叫んだ。こんなに懸命に働く白人は見たことがないとジミーが言い、サムは喜びに顔を輝かせた。ジョージーナを振り向かせることはできなかったが。

サムの出発の日、コーラは彼を抱きしめて髭の生えた頬にキスした。どこになるかわからないけど、落ち着いたら葉書を送ると彼は言った。

昼は短く夜の長い季節にさしかかっていた。気候が変わるにつれ、コーラが図書館を訪れる日は増えた。ちいさなモリーを説き伏せることができたときは一緒に連れていった。二人は隣りあって座り、コーラは歴史書か小説、モリーはおとぎ話のページをめくった。ある日なかへ入ろうとすると、ひとりの御者に引き留められた。「おれの主人は言った。銃を持った黒んぼより危険なのは、本を読む黒んぼだと。そいつは積もり積もって黒い火薬になるんだ！」

ヴァレンタイン氏に感謝する居住者が、氏の家に図書室を増設しようと申し出たとき、グロリアは別棟を建ててはどうかと提案した。「本を手に取りたいひとが誰でも、好きなときに読めるように」それに家族の私的な空間も守られる。一家は惜しみなく与えるひとたちだったが、限界というものはあった。

図書館は燻製小屋の隣に建てられた。ヴァレンタイン氏の本を抱えておおきな椅子のひとつに座ると、燻煙の心地よい匂いがした。ロイヤルによれば、シカゴ以南ではここが、もっとも充実した黒人文学の蔵書だということだった。その真偽はコーラにはわからないが、読むものに事欠かないのは確かだった。さまざまな作物の育て方や畑作の決まりごと以外には、何列にもわたって歴史の書物がならんでいた。ローマ人の野心とムーア人の勝利、ヨーロッパ王室の争い。大型本にはコーラが聞いたこともないような土地の地図もあった。いまだ征服されない世界の輪郭だった。

そして黒人のさまざまな部族による、さまざまな文学。アフリカの王たちの物語や、ピラミッドを築きあげたエジプト奴隷の偉業。この農場の大工たちは素晴らしい職人だった。というのもこれらすべての書物が、そこに含んだ無数の驚きと奇跡とともに飛び出さないよう、支える棚を作ったのだから。黒人詩人の韻文を載せた小冊子、黒人弁舌家の自伝。フィリス・ウィートリーにジュピター・ハモン。ベンジャミン・バネカーという名の人物は暦の作成者であり——暦！　コーラが貪るように読み尽くした年鑑の中心だったものだ——独立宣言を物したトマス・ジェファソンに相談相手として仕えていた。コーラは奴隷たちの物語を、生まれつき鎖に繋がれていたが文字を覚えたひとびとの手記を読んだ。またアフリカから拉致され、故郷や家族と引き裂かれたひとびとの拘束の悲惨さ、そして逃亡の恐怖を描いた物語を読んだ。自分の物語だとコーラは感じた。コーラの知るすべての黒人の物語、そしてこれから生まれてくる黒人の物語。彼らがいつか勝利するための足掛かりとなるものだ。

　ひとびとはそうしたすべてを、狭隘な部屋で紙に書きつけた。なかにはコーラほど黒い肌を持ったひともいた。図書館の扉を開けるたびに、コーラは頭に霧が掛かるような気がした。すっかり読もうと思うなら、本腰を入れて取り掛からねばならない。

　とある午後、ヴァレンタイン氏がコーラのそばへやってきた。グロリアとはこれまでも仲がよかった。長く込み入った旅路を聞いて、グロリアはコーラを〝冒険家のお嬢さん〟と呼んでいた。でも彼女の夫とは、挨拶以上の会話をしたことがない。氏への借りは法外であり、言葉に尽くせなかったので、そもそも顔を合わせないようにしていたのだ。

　コーラの手にした本の表紙をヴァレンタイン氏は眺めた。七つの海を制覇することになったムーア人の少年が出てくる小説だった。文体は平易で、時間を掛けずに読むことができた。「その本は読んだことがないな」とヴァレンタイン氏は言った。「きみは図書館にいるのが好きらしいと聞いた。確か、ジョージアから来たんだったね」

　コーラは頷いた。

「わたしは行ったことがないが――伝え聞くところではひどいところらしいね。わたしのような者は怒りに我を忘れて、グロリアは寡婦になってしまうだろう」

　コーラは笑みを返した。この夏のあいだ氏は農場にいて、玉蜀黍の様子を見ていた。農場の働き手たちは、藍や煙草、そしてもちろん綿花の栽培には精通していたが、玉蜀黍は手懐けることのできない獣だった。ヴァレンタイン氏は進んで、そして辛抱強く指導した。季節の変わり目には、氏は姿を見せないことが多かった。気分がすぐれないのだろうと皆は言った。ほとんどの時間を自宅ですごし、農場の収支を計上していた。

いま彼は地図を収めた棚のあいだを歩いていた。こうしておなじ部屋にいるからには、コーラもこの数カ月にわたる沈黙を埋めなければならなかった。集会の準備について尋ねてみた。

「ああ、そのことだが」と氏は応えた。「集会は、ひらかれると思うかね？」

「ひらかれないと、駄目だと思います」コーラは言った。

集会はこれまでに二度、延期されていた。ランダー氏に講演の予定が入っていたためだ。農場で議論という文化が生まれたのは、ヴァレンタイン氏のテーブルからだった。ヴァレンタイン氏とその友人たちは——のちには訪れた学者や著名な廃止論者たちを含めて、深夜を過ぎても眠ることなく、黒人をめぐる問題について意見を戦わせた。職業指導所の必要性、黒人のための医学学校。議会でも発言できるようにするべきだ、議員になることはできなくても、進歩的な白人と強い同盟を結ぶなどして。また精神機能に負った奴隷としての傷をいかに癒やすか——自由になっても、かつて受けた恐怖に束縛されたままであることはとても多かった。

夕食時のそうした対話は習慣となり、やがて氏の家には収まらない人数となって、集会所へ移動した。そこではグロリアも飲食物を饗するのをやめ、各自で賄わせることにした。黒人の進歩について慎重かつ緩やかな展望を望む者は、より急進的な計画を好む者たちと激論を戦わせた。ランダー氏が到着したとき――こんなにも威厳ある雄弁な黒人を皆は初めて見た――議論はより地域的な性格を帯びた。国家ぜんたいの向かうところと、農場の未来はわけて考えたほうがいい。

「忘れられない会になるはずだとミンゴが請け合っていた」ヴァレンタイン氏が言った。「弁舌が見物になるだろうと。このごろわたしは、そんな見物は早めに終えて、まともな時間に眠りに就きたいと思っているがね」ミンゴの陳情運動に疲れたのだろう、ヴァレンタイン氏は討論会の編成から手を引いた。

ミンゴはこの農場で長いこと暮らしを立てていたし、ランダー氏の訴求に応じるとなると、現地の声の持ち主のほうがいい。ミンゴは洗練された話者ではなかったが、かつて奴隷だった者として農場の多くの者を代弁することができた。

開催の遅れに乗じて、彼は白人街との関係改善を迫った。ランダー氏の陣営から何人かを自分の側に引き込んだ。そのことをランダー氏がどう思ったか、正確なところはわからない。氏は率直な人物だったが、見透かせないところがあった。

「あのひとたちが、農場は移住するべきだと決めたら、どうなるんでしょう」言葉を発するのに困難を覚え、コーラは自分で驚いた。

「あのひとたち？　きみもその一部じゃないか。われわれの」ヴァレンタイン氏は手近な椅子に腰掛けた。モリーが来るときは好んで座る椅子だ。近くに来ると、あまりに多くの人間という重荷で彼の健康が損なわれていることは明白だった。このひとは疲弊そのものだ。「わたしたちの手には負えないかもしれない」彼は言った。「ここにわたしたちが建てたもの……白人のなかには、これがここにあることを望まない者があまりに多い。地下鉄道との関わりに疑念を持たれないにしてもだ。まわりを見てごらん。彼らが奴隷を、文字を覚えたという理由で殺すなら、この図書館はどう思われるか？　黒人や女性について、多様な思想に溢れた部屋がここにある」

　コーラはヴァレンタイン農場の、信じがたい宝の数々を心から愛するあまり、それが本来、どれほどあり得ないものかを忘れかけていた。黒人の関係者が経営する農場と隣接する機関とは、いまやあまりにおおきく豊かだった。まだ年若い州の、黒い孤立地帯。ヴァレンタイン氏の黒人居住区はここ数年知名度を上げていた。騙されたのだと感じる白人もいた。黒んぼを平等に遇してやったら、その生意気な黒んぼが成り上がって恥を搔かされたと。

コーラは先週のとある事件をヴァレンタイン氏に打ち明けた。道を歩いていたところ、四輪馬車に踏みつぶされそうになった。御者は汚らしい罵声を浴びせて通りすぎていった。こうした暴力の被害に遭ったのはコーラだけではない。近隣の街に越してきた者、低所得者の荒っぽい白人たちが、買い出しに来た農場の黒人と衝突することが増えていた。若い女性には嫌がらせをした。先週は飼料店の軒先に「白人のみ」と大書された板が貼り出されていた。南部の悪夢が絡め取ろうと追ってきたかのようだった。

ヴァレンタイン氏が言った。「わたしたちはアメリカ市民として、ここにいる法的な権利を有する」だが逃亡奴隷法もまた法的事実であるのは確かだ。農場が地下鉄道に協力していることも事態を複雑にしていた。奴隷狩り人の姿を見ることは少なかったが、噂を聞かないわけでもなかった。春には二人の狩り人が、農場のすべての家を捜索する令状を持ってあらわれた。二人の探していた獲物はだいぶ前にここを去っていたが、奴隷を取り締まる警邏団の記憶は、居住者の安寧が不確実であることを露呈した。料理人のひとりは家捜しの恐怖に食堂で失禁した。

「インディアナはかつて奴隷州だった」ヴァレンタイン氏は続けた。「その害悪は土地に深く染みついている。むしろ傾向は強くなっていると言う者もいる。われわれの場所ではないのかもしれない。グロリアとわたしはヴァージニアを離れたあとでも、さらに遠ざかるべきだったのかもしれない」

「街に行くと、そのことを感じます」コーラは言った。「ひとびとの目のなかに、かつて知っていたものを見るんです」コーラがそこに見るのはテランスやコネリー、リッジウェイといった残酷な者たちだけではなかった。ノース・カロライナの公園の、昼のあいだは憩い夜は残虐な集会をひらいた群衆の顔を見た。白く丸い顔たちは、果てしなく続く綿花畑の綿花のようで、すべておなじ素材でできていた。

コーラの沈んだ表情に気づくと、ヴァレンタイン氏はこう言った。「ここに築いたものを誇りに思っている。だがそれは無から始めたものだ。だからもう一度おなじことだってやれる。いまは腕力のある息子も二人手伝ってくれるし、土地を売れば充分な資金も得られるだろう。グロリアはオクラホマへ行ってみたいと以前から言っている。どうしてなのか、わたしにはよく理解できないがね。それでも彼女を喜ばせたい」

「ここに留まるなら」とコーラは言った。「ミンゴはあたしみたいな人間を許さないと思います。つまり逃亡者、ほかに行くところのない者たちを」

「話し合いはよいことだ」ヴァレンタイン氏は言った。「対話は誤解を解いてくれるし、物の道理もおのずとわかってくる。農場がどんな空気に包まれているかも。ここはわたしのものだが、同時に全員のものだ。きみのものでもある。わたしは皆の決断を遵守する」

連日の議論に彼が消耗していることがわかった。「なぜ、そこまでしてくれるんです」コーラは言った。「あたしたちのために、どうして」

「きみは賢いんだと思っていたよ」ヴァレンタイン氏は答えた。「わからないかい？ 白人がやろうとしないからだ。だからわたしたちは、自分でやらなくてはならない」

特定の本を探しに来たのだったとしても、この農場主は何も持たずに出ていった。ひらいた扉から風の音が笛のように吹き込んできて、コーラは肩掛けにぎゅっと包《くる》まった。このまま読み続ければ、夕食までにはべつの本に取りかかることもできるだろう。

ヴァレンタイン農場最後の集会は、十二月の晩、身の引き締まるような寒さのなかで行われた。生き残った者たちは何年にもわたり、その晩何が起こったか、またなぜ起こったかについて、各々の見解を述べ続けた。密告者はミンゴだったのだと、シビルは死ぬときまで主張した。老婦人となった彼女はミシガン湖のほとりに住み、大勢の孫たちはその家族の物語を聞かされ続けた。シビルによればミンゴは、農場が逃亡奴隷を匿っていると巡査に密告し、奇襲を成功させるための詳細も伝えたのだという。不意の劇的な襲撃は地下鉄道との繋がりに終止符を打つだろう。困窮した黒人の果てしない流入を終わらせ、農場の永続性を保証することになる。では彼は暴力沙汰を予測していたかと問われると、シビルは唇を一文字に結び、それ以上は言わなかった。

べつの生き残り、鍛冶師のトムは、警察が数カ月にわたりランダー氏に目を付けていたという見方をした。あらかじめ意図された標的だったというのだ。ランダー氏の用いる修辞はひとの心に情熱の火をつける――つまり反乱を誘発する。野放しにしておくにはあまりに目障りだったと。トムは字を習い覚えたことこそなかったが、ランダー氏の著書『訴え』を見せびらかすのを好んでいた。偉大なる弁舌家のサインが入った一冊だった。

ジョーン・ワトソンは農場で生まれた。あの晩には六歳だった。襲撃の余波のなかで、彼女は三日間森を彷徨い、幌馬車隊に発見されるまで団栗を齧って生き延びた。大人になったとき彼女は、自分はアメリカ史を学ぶ者であり、必然に耳を傾けてきたのだと言った。白人街は一致団結して、彼らのただなかにあった黒い要塞を取り除いたにすぎない。ヨーロッパの部族たちはずっとそうやってきたと彼女は言った。支配できないものは、破壊する。

これから起こる出来事を知っていた者が農場にいたとしても、彼らはなんの合図もしなかった。土曜は気怠い静けさのうちに過ぎていった。コーラは日中のほとんどをベッドに横たわり、ロイヤルがくれた最新の年鑑を読んですごした。シカゴから持って帰ってくれたのだ。コーラに渡すため、彼は深夜に扉をノックした。起きていることを知っていたのだ。遅い時間だったため、コーラはシビルやモリーが目を覚まさないか心配になり、彼を自室へ招き入れた。初めてのことだった。

来年の年鑑を目にすると、コーラは泣き出した。それは祈禱書のように分厚かった。ノース・カロライナの屋根裏ですごした日々のことはロイヤルに話していた。けれど表紙に刻まれた暦年を目にすると――それは未来から呼び出された物体だった――コーラ自身の魔法が掻き立てられた。彼女はロイヤルに、ランドル農園で綿花を摘み、麻袋を引き摺った子ども時代の話をした。またアフリカの家族のもとから拉致され、たったひとつ自分のものと呼ぶことのできたちいさな片隅の土地を耕し続けた祖母アジャリーの話を。ある日逃亡し、ごくまれにしか恵みをもたらさない世界に娘を置いていった母親メイベルの話もした。ブレイクと彼の犬小屋、手斧で彼に立ち向かった話も。男たちに燻製小屋の裏手へ連れて行かれた晩の話をしたとき、コーラはロイヤルに、そんな事件を起こさせてしまったことを謝った。するとと彼はその言葉を遮った。謝られるべきは彼女のほうだと、ロイヤルは言った。これまで受けてきた傷のすべてについて。彼女の敵の全員、主人と奴隷監督官はその与えた苦しみの罰を受けるはずだと。この世においてでないなら、来世においてというのも正義とは目には見え難く、また素早くもないものだから。それでも最後にはかならず真の判決を下す。彼はコーラへ身を屈めると震える身体と啜り泣きとをなだめた。二人はそのまま眠りに落ちた。ヴァレンタイン農場の、小屋の奥の部屋で。

彼が正義について語ったことを、コーラは信じたわけではなかった。けれどロイヤルがそんなふうに言うのを聞いているのは心地よかった。

そして翌朝、目が覚めるとだいぶ気分がよくなっていて、だからコーラは、自分が彼の言葉を信じたと認めざるを得なかった。たとえ少しではあったとしても。

シビルはコーラが頭痛で寝込んでいるのだと思い、昼頃に食事を運んできた。ロイヤルが一夜をすごしていったことを彼女はからかった。シビルが集会に着ていく予定のドレスを繕っていると、ロイヤルが「まるで食べ物を盗んだ犬みたいにこっそり、ブーツを手にして忍び足でこの部屋から出てきた」のだと言った。コーラはただ微笑んだ。

「昨晩帰ってきたのは、あんたの男だけじゃないよ」とシビルは言った。ランダー氏が戻ってきたのだ。

機嫌のよさはそれで説明がついた。シビルはランダー氏に強く魅了され、訪れるとその後数日は気力が高まるのだった。蜂蜜のような甘い言葉。彼がとうとうヴァレンタイン農場へ戻ってきたのだ。集会がひらかれる。その結果は予想がつかなくても。シビルは西に移ること、家を捨てることは気が進まなかったが、それがランダー氏の提案する解決だと予想されていた。移住の議論が始まって以来、彼女は留まることにこだわっていた。けれど避難所を必要とするひとへの援助を断つというミンゴの条件も、受け入れるつもりはなかった。「ここみたいな場所はほかにない。どこにもないよ。あの男はそれを駄目にしようとしてる」

「ヴァレンタインさんがそんなことをさせるはずない」とコーラは言ったが、図書館での対話のあとでは、彼は心中ですでに荷作りをすませているように思えた。

「もうすぐわかるわ」とシビルは言った。「わたし自身、自分で演説しなければならないかもしれない。そしてみんなに、ほんとうに聞くべきことを聞かせる」

そしてその晩になると、ロイヤルとコーラは最前席で、ミンゴとその家族の隣に座っていた。彼が奴隷の軛から救ったという妻と子どもたちの隣に。ミンゴの妻アンジェラは、つねとおなじように寡黙だった。この女性が喋るのを聞くには、一家の住む丸太小屋の窓の外にしゃがんで、夫に内密の助言をするのを待たなければならない。ミンゴの娘たちは明るい青のドレスを纏い、三つ編みにした髪には白いリボンが編み込まれていた。ランダー氏は居住者が集会所へ集まってくるあいだ、ミンゴの一番幼い娘と謎々遊びをしていた。彼女はアマンダといった。布でできた花束を手にして、ランダー氏がそれに何か冗談を言うと、二人して笑い声をあげた。こうした折、講演のあいだのちょっとした隙にランダー氏を目にするとき、コーラはモリーを思い出した。親しげに話していても、彼はほんとうは家に帰りたいのではないかという気がした。空っぽの部屋で、誰に向けてでもないピアノを弾いていたいのではないかと。

彼の指は長く、品がよかった。綿花を摘んだことも側溝を掘ったこともなく、九尾の鞭を受けたこともないひとが、そうした事物により定義されてきた者を代弁するのは不思議なことだった。体軀はすんなりと痩せて、艶を帯びた肌色は混血のしるしだった。彼が急いだり慌てたりするところをコーラは見たことがなかった。その動作の洗練された静けさは、池の表面に浮かび穏やかな流れに身を任せる木の葉を思わせた。そうして彼が口をひらくと、こちらへ向けて迫りくる言葉の力は、穏やかさとは程遠いのだった。

その晩、白人の来訪者はいなかった。農場に住んで働く者たちは全員、また近隣の黒人農場の家族も参加していた。一堂に会したところを目にして、コーラはこれがどれほどおおきな集団なのかをようやく認識した。初めて見る者も少なくなく、そのうちのやんちゃな少年は目が合うとコーラにウィンクした。知らない人間だが家族であり、紹介されたことはないが従兄弟だった。アフリカで生まれ、または奴隷として生まれ、そしてみずからを自由にした、または逃げてきた者たちにコーラは囲まれていた。烙印を押され、鞭打たれ、強姦された者たち。その者たちがいま、ここにいる。彼らは自由であり黒人でありそして彼ら自身の運命をつかさどっていた。その事実にコーラは震えた。

演台に向かって立ったヴァレンタイン氏は、その縁を握って身体を支えていた。「わたしの生い立ちは、あなたがたとは違っている」と彼は言った。「母がわたしの身の危険を案じることはなかったし、夜中に奴隷商人がやってきて拉致され、南部へ売られるようなこともなかった。白人はわたしの肌色を見ただけで自由にさせてくれた。わたしは自分に、何も悪いことはしていないと言い聞かせた。だがわたしはそうした日々のあいだ、何も知らずに生きていた。あなたがたがここへ来て、わたしと暮らしてくれるまで」

わたしはヴァージニアを離れた、と氏は続けた。偏見とその友である暴力が、子どもたちを破壊してしまうのを避けるためだ。だが神によってあまりに多くを与えられた人間には、二人の子どもを助けるだけでは不充分だった。「凍るような冬の日、ひとりの女性がわたしたちのもとを訪れた。病気で、そして絶望していた。彼女を助けられなかった」ヴァレンタイン氏の声は掠れた。「わたしは自身の義務を怠っていたのだ。われわれの血族のうち誰かが束縛の苦しみを受けているうちは、わたしの自由黒人とは名ばかりだ。ここにいるすべてのひとびとに感謝の意を伝えたい。わたしが正しき行いをする手助けをしてくれたことに。長年ともにいてくれた者も、やってきて数時間の者も、等しく我が生を救ってくれた」

ヴァレンタイン氏はよろめいた。グロリアがそばに寄り、身体を支えた。「いま、わたしたちの仲間のうちに、皆に伝えたいことのある者がいる」と氏は言って、咳払いをした。「彼らの話に、耳を傾けてくれるように。わたしに耳を傾けたように。荒野に道を刻んでいくわたしたちには、意見の違う者がいたとしても、充分に広い場所がある。荒野の夜は暗く、危険が足音を響かせているのだとしても」

農場の創始者は演台から退き、ミンゴがその場所へ立った。彼の子どもたちが後をついてきて、ミンゴの手に健闘を祈るキスをしてからまた席へ戻っていった。

ミンゴは遍歴の物語から始めた。主に導きを求めてすごした夜、家族に自由を購《あがな》うまでの長い年月。「わしはまっとうに働いて、ひとり、またひとりと買っていった。ちょうど皆さん方が、自分自身を買ったように」そう言って指の節で目を擦った。

そして次に調子を変えて、「わしらは不可能を成し遂げた」と言った。「だがここにいる全員が同様の人格を持っているわけではない。皆が皆、成し遂げられるわけではないのだ。なかにはやりすぎている者もいる。奴隷状態にあるなかで心が捻じくれてしまい、悪魔によって間違った考えを詰め込まれた者たちもいるのだ。ウィスキーとそのもたらす偽の快楽に耽っている。望みのなさと、それにつきまとう悪霊だ。そうして道を失った者たちを、皆さん方も農園や街や都市部の路上で見てきたことだろう。みずからを尊重することを、しない、できない者たちを。そしてここでも見てきたはずだ。この場所の恩恵を享受しながら、適応することのできない者たち。その者らは夜になると姿を消す。なぜなら心の深いところで、自身に価値はないと知っているからだ。連中には、もう手遅れなのだ」

会場の後ろのほうから、ミンゴの取り巻きが祈りの文句を唱えるのが聞こえた。直面すべき現実がここにある、とミンゴは説いた。白人は一夜にして変わったりはしない。農園の目指す夢には価値があるし、それは真理だ。だが歩みは少しずつ進めねばならん。「全員を残らず救うことはできないし、そうできるかのように振る舞うことはわしらを破滅へ導くだろう。皆さんがたはあの白人が――ここから、たった数マイルのところに住む者たちが、ここでの行き過ぎたおこないをいつまでも許すと思うかね？　わしらは連中の弱さを甘く見ている。逃亡者を匿っているし、地下鉄道の仲介人が銃を持って出入りしている。殺人罪で指名手配中の者も。犯罪者たちだ」ミンゴの視線がこちらを向いて、コーラは拳を握りしめた。

ヴァレンタイン農場は未来への輝かしい一歩を踏み出した、とミンゴは言った。白人が基金を提供してくれて、子どもたちに教科書を買ってやれた。ならば今度はさらに彼らの寄付を募って、学校を建ててはどうだろう？　ひとつやふたつじゃない、一ダース、いやもっとたくさん建てるのだ。黒人の慎ましさと知性を証明することで、アメリカ社会に生産的構成員として、全的な権利をもって参入できるとミンゴは主張した。なぜわざわざそれを危うくするのか？　われらは歩みを遅くせねばならない。まず第一に近隣との共生をはかり、白人たちの怒りを買う活動はやめなければならない。「ここに築きあげたものは驚嘆に値する」とミンゴは結びに入った。「だがそれは希少なものであるだけに、守られ、滋養を与えられねばならん。さもなければそれは枯れ凋《しぼ》む。霜の降りた日の薔薇のように」

拍手が鳴り響くあいだ、ランダー氏はミンゴの娘に何か囁き、二人は忍び笑いを漏らした。彼女は布の花束から一本抜き取り、ランダー氏の緑色のスーツの、一番上のボタン穴に差し込んだ。彼はその花の香を嗅ぐ振りをし、恍惚の表情を浮かべてみせた。

「時間だ」とロイヤルが言い、ランダー氏がミンゴと握手してから交替し、演台のその場所に立った。ロイヤルはランダー氏とその日をすごし、ともに地所を歩きながら語り合っていた。氏がその晩何を話すかは聞かされていなかったが、彼は楽観視している様子だった。かつて移住の議論が浮上したとき、ロイヤルはコーラに、西へ行くよりカナダのほうがいいと話していた。「あそこでは自由黒人にどう接するべきかわかっている」と彼は言った。でも地下鉄道の仕事はどうするの？　するとロイヤルは、いつかは身を落ち着けねばならない、と言った。鉄道の任務に駆けまわりながら家庭を作ることはできないから、と。彼がそうした話を始めようとすると、コーラは話題を変えた。

いまここで、彼女にもわかるだろう――全員にわかるだろう――ボストンから来た男が、胸中に何を抱いているか。

「同志ミンゴはよい点を指摘した」ランダー氏は言った。「われわれは全員を救うことはできない。だがそれは、救う努力ができないということではない。意義ある幻想は無意味な事実よりもときに価値がある。この過酷な寒さのなかで育つ作物はないが、それでも花は咲く。

ここにひとつの幻想がある——われわれは奴隷状態から逃れられるという幻想だ。実際は不可能で、奴隷の傷が消えることはけっしてない。母親が売られてゆくのを、父親が鞭打たれるのを、姉が奴隷頭や主人によって暴行されるのを目にしたとき、あなたがたは自分が今日、こうしてここに座ることを予想できただろうか？　鎖もなく、足枷もなく、あらたな家族に囲まれて？　あなたがたがこれまで教わってきたこと、それは自由とはまやかしだということだ。それでもなお、あなたがたはここにいる。わたしたちはなおも逃げ、明るい満月に照らされて聖域への道を辿る。

ヴァレンタイン農場は幻想だ。黒人が避難所にありつけるなどと、これまで誰か言った者があるだろうか？　そんな権利があると言った者が？　あなたがたの生きたすべての苦しみの刻《とき》が、まるで逆のことを教えただろう。歴史上すべての事実からして、それは存在するはずがないのだ。この場所もまた幻想に違いない。それでもなお、われらはここにいる。

そしてアメリカも。アメリカこそが、もっともおおきな幻想である。白人種の者たちは信じている——この土地を手に入れることが彼らの権利だと、心の底から信じているのだ。インディアンを殺すことが。戦争を起こすことが。その兄弟を奴隷とすることが。この国は存在するべきではなかった。もしこの世に正義というものがひとかけらなりとあるならば。なぜならこの国の土台は殺人、強奪、残虐さでできているから。それでもなお、われらはここにいる。

わたしはミンゴの、歩みを緩めるべきだという提言に応答しなければならない。必要とする者に扉を閉ざせという提言に。わたしはまた、この土地は奴隷制の忌まわしき影響に近すぎると考える者たち、従って西へ移るべきだとする者たちにも応答せねばならない。わたしはあなたがたへの答えを持たない。われらがどうすべきかを知らない。この、**われら**、という言葉。われらに共通しているのは、肌の色だけだと言うこともできる。われらの祖先はアフリカ大陸のありとあらゆる土地からやってきた。それは極めて広範だ。同志ヴァレンタインは彼の輝かしき図書館に世界地図を所蔵しており、皆さんも自分の目で見ることができる。そこではそれぞれ違った暮らし方と習慣があり、百にものぼる違う言語が話されていることがわかるだろう。それらが奴隷船の船艙で渾然一体となり、アメリカへともたらされたのだ。北部へ、そして南部へと。その子孫たちは煙草の葉を摘み、綿花を育て、広大な地所で、またはちいさな農場で働いた。われらは職人であり、助産婦であり説教師であり、また行商人だった。国の行政府が座するところ、ホワイトハウスを建てたのは、黒い労働者たちだ。**われら**、という言葉。われらはただ一種類のひとびとではなく、何種類ものひとびとの集まりだ。たったひとりの人間に、この偉大なる、美しい人種を代弁することなどできるだろうか。それもまたひとつの人種ではなく、さまざまの人種、百万もの欲求と願いと希望とを、自分自身とその子孫に対して抱く者たちなのだ。

というのもわれらはアメリカのなかのアフリカ人だから。世界の歴史上、これまで類を見なかったものだ。従って目指すべき模範もない。

肌色だけで充分とせねばならない。この色が、われらを今夜ここに、この議論の場へ連れてきたし、また未来へも連れていくだろう。わたしが真実知っているのは、われらは昇り詰めるときも落ちてゆくときも一体であるということだ。白人という一家の隣に住む、黒いおおきなひとつの家族として。この森を抜ける道をわれらは知らない。だが落ちてゆこうとする者を互いに引っ張り上げることはできる。そして辿り着くときは、皆、一緒だ」

ヴァレンタイン農場の元居住者たちがその瞬間を思い出すとき、そこでの暮らしがどんなふうであり、またどんなふうに終わりを迎えたか、訪ねてきた客や孫に語るとき、その声は何年も経ったあとでもなお震えたのだった。フィラデルフィアで、サン・フランシスコで、牧畜を営むちいさな町で、または大牧場で——終の住みかとすることになったそれぞれの場所で、彼らはその日死んだ者たちの喪に服した。場の空気が一転して張り詰めるのがわかったと、彼らは家族に語った。目に見えない力に引っ張られるように。自由に生まれついた者も奴隷だった者も、等しくおなじ瞬間にいた——北極星を目印に、逃走を決意する瞬間。おそらく彼らは何かあたらしい秩序の始まる境目にいたのだろう。動乱の起こる理由を把握し、歴史の教訓すべてを未来へと運ばねばならないときに。あるいはしばしばあることだが、時間というものがその出来事に本来なかった重みを与えたのかもしれない。そしてすべてはランダー氏の主張の通り——幻想だったのかもしれない。

だがそうだったとしても、真実でなかったことにはならない。

銃弾がランダー氏の胸を撃ち抜いた。彼は後ろに倒れ、演台も一緒に引き倒された。ロイヤルが真っ先に立ちあがった。倒れた男の許へ駆け寄るその背中に三発の弾が命中した。彼は舞踏病に罹ったように痙攣してから崩れ落ちた。続いてライフルの銃声、悲鳴とガラスの割れる音、そして狂ったように動きまわる音が合唱となって集会所に響き渡った。

戸外の白人たちはこの殺戮に歓声をあげ、吠えたてた。居住者たちは右往左往して出口へ押しかけ、椅子のあいだを掻き分け、椅子を乗り越え、互いの身体を乗り越えた。正面入り口が渋滞を起こすと、今度は窓枠によじ登った。さらなる銃声が響いた。ヴァレンタイン氏の息子たちは父親を助けて扉へ導いた。舞台左手ではグロリアがランダー氏に身を屈めていた。もうなす術はないことを知ると、出ていく家族に従った。

コーラは膝にロイヤルの頭を載せた。ちょうどあのピクニックの午後にしたように。巻き毛の髪を指で梳き、優しく揺すりながら啜り泣いた。ロイヤルは唇から泡となって零れる血のあいだで微笑んだ。心配しなくていいと、トンネルがふたたび助けてくれると、彼はコーラに言い聞かせた。「あの森の家へ行くんだ。トンネルがどこに続いていたか、ぼくに教えておくれ」そしてぐったりと動かなくなった。

二人の男が彼女を摑み、ロイヤルの遺体から引き離した。ここは危ない、と彼らは言った。ひとりはオリヴァー・ヴァレンタインで、ほかのひとびとを集会所から避難させるべく戻ってきたのだ。彼は声を限りに呼びかけていた。外に出るとコーラは救助者たちから離れ、ひとりで階段を降りていった。農園は動乱のなかにあった。白人の民警団がひとびとを夜の闇へ引き摺り出していた。その顔はおぞましい喜びに溢れていた。マスケット銃の一撃が、シビルに恋していた大工のひとりを撃ち殺した。その腕には赤ん坊が抱えられていたが、もろともに地面へ崩れ落ちた。どこへ逃げるのが正しいのか誰にも判らなかったし、飛び交う怒号のなかでは理性の声は掻き消された。皆が皆、たったひとりで何とかするしかなかった。これまでずっとそうだったように。

ミンゴの娘アマンダは、家族の不在のなか膝をついて震えていた。土埃にまみれてひとりきりだった。花束はすっかり花弁を散らし、剝き出しの茎を彼女は握っていた。鍛冶師が先週鉄床の上で、彼女のために打ってくれたものだ。あまりに強く握ったので、鉄の針金が手のひらを切った。土の上にさらなる血が流れた。歳を取ってからヨーロッパの大戦について読んだとき、彼女はこの晩のことを思い出した。国じゅうを渡り歩いたあとで、アマンダはそのときロング・アイランドにいた。彼女を溺愛するシネコックの水夫とこぢんまりとした家に住んでいた。ルイジアナとヴァージニアですごしたこともあった。父親がそこで黒人のための教育施設をひらいたのだ。カリフォルニアに住んだこともあった。短かったがオクラホマにも。それはヴァレンタイン氏の移住先だった。ヨーロッパでの紛争は激しく悲惨なものだと、彼女は水夫に告げたけれども、その名称については不満だった。大戦と称すべきものはつねに白人と黒人のあいだで起きている。これからもずっとそうだろう、と。

コーラはモリーの名前を呼んだ。知っている顔はどこにもなかった——ひとびとの顔は恐怖で変形してしまっていた。熱波が彼女へ押し寄せてきた。ヴァレンタイン氏の家が燃えていた。油の入った壺が二階に投げつけられて爆発し、ジョンとグロリアの部屋に火がついたのだ。図書館の窓が割れ、なかで棚の本が燃えるのをコーラは見た。そちらへ向かって二歩歩いたところでリッジウェイに腕を摑まれた。二人はその場で組み合ったがリッジウェイの太い両腕に絡め取られ、コーラはまるで木に首を吊られたひとのように両脚で宙を虚しく蹴った。

男の傍らにはホーマーがいた――長椅子に腰掛けているのを見た少年、彼女にウィンクしてみせたのはホーマーだった。吊りズボンに白いシャツを着て、世が世なら彼もそうだっただろう無邪気な子どもに見えた。その姿を見たコーラは、農場に響き渡る悲嘆の唱和に自身の叫び声を加えた。

「トンネルがありますよ、旦那」ホーマーが言った。「そう言ってるのを聞きました」

メイベル

愛娘へ最初に、そして最後に送ったのは謝罪の言葉だった。これから彼女を連れ出そうとする世界のことをメイベルが謝ったとき、コーラはまだ腹のなかにいて拳くらいのおおきさだった。その十年後、彼女をみなし子にしてしまうことを謝ったときには、コーラは屋根裏で隣に寝ていた。そのどちらの言葉も、娘は聞かなかった。

メイベルは最初の空き地で北極星を見出し、進行方向を調整した。気持ちを奮い立たせると、暗い水域を通過する逃亡の途にふたたび着いた。目は正面を見据えたまま。というのも振り返ったら、あとに残してきた者たちの顔が浮かんできてしまうから。

モーゼスの顔が浮かんだ。まだ幼かったモーゼスを思い出した。手脚をぴくぴくとさせるその赤子はあまりに脆弱で、子ども奴隷の仕事をする年齢まで生き延びるとは誰も思わなかった。つまり屑拾いをしたり、綿花に柄杓で水をやったりする仕事だ。ランドル農園の多くの子どもが、発達の第一段階に達することなく死んでしまう時代にあってはなおのことだった。モーゼスの母は魔女の技を用いて癒やそうとした。湿布に植物の根の生薬、そして毎晩のように優しい声で、丸太小屋で歌を歌ってやった。子守歌と労働歌、母親としての彼女の願いが歌になったもの。お腹にはいつも食べ物を、熱に打ち勝ち、朝までちゃんと息をし続けるように。モーゼスはその年に生まれたほとんどの男の子より長く生きた。彼を苦痛から救い、また農園の奴隷たちが最初に掛けられる篩《ふるい》から救ったのは母親のケイトだと、誰もが知っていた。

ケイトの片腕が麻痺して労働に適さなくなるや否や、老ランドルが彼女を売り払ったことをメイベルは思い出した。モーゼスが最初に鞭打たれた理由は馬鈴薯を盗んだ咎で、二度目の鞭打ちは怠惰が理由で、このときコネリーは少年が泣き喚くまで唐辛子を使ってその傷を洗い流した。そうしたことのどれひとつ、モーゼスを冷酷にはしなかった。それはただ彼を寡黙に、強く、そして速くした。仲間うちのどの摘み手よりも速く。彼が冷酷になったのは、コネリーによって奴隷頭に任じられたときだった。すなわち主人の目や耳となり、自身とおなじ人種を見張る者に。彼が怪物モーゼスになったのはそのときだった。ほかの奴隷たちを身震いさせる、畝のあいだの黒い恐怖モーゼスに。

　校舎に来るよう彼に言われたとき、メイベルはモーゼスの顔を引っ掻き、唾を吐きかけた。男はただ薄ら笑いを浮かべ、お前がやらせないんなら、べつの誰かを見つけるまでだと言った——娘のコーラは幾つになったかな？　コーラは八歳だった。以来メイベルは抵抗をやめた。モーゼスは素早く事を終えたし、最初のとき以外は手荒な真似もしなかった。女と動物ってやつはさ、と彼は言った、壊すのは一度だけでいいんだ。あとはずっと壊れたままだから。

　生きている者、死んだ者、それらすべての顔たち。アジャリーは綿花畑で痙攣し、唇から血の泡を吹いた。ポリーはメイベルとおない歳でおなじ月生まれだったが、あるとき地所で縄の先にぶら下がっているところに出くわした。優しかったポリー。コネリーは二人をおなじ日に囲い地から綿花畑へと移した。ポリーとは何をするにも一緒だった。コーラが生き延び、ポリーの赤子が死んでしまうそのときまで——二人の女は二週間と間をおかずに女の赤ん坊を産み落とした。助産婦に引っ張り出され、片方は産声をあげたが、一方はまるで音をたてなかった。石のような死産だった。ポリーが納屋で麻縄を使い首を吊ったとき、ジョッキー爺さんは、あんたたちは何をするにも一緒だったなあと言った。まるでメイベル自身これから首を吊ることになっているかのように。

　コーラの顔が浮かびはじめ、メイベルは目を背けた。彼女は逃げた。

ひとは善良に生まれつくが、世界がそれを冷酷に変える。世界はそもそもの初めから冷酷であり、日々より冷酷になっていく。ひとが死を望むようになるまで使い尽くそうとする。メイベルは自身の生まれた場所から一マイルと離れたことはなかったが、それでもランドルの地所で死ぬのは嫌だった。暑さに息の詰まる屋根裏で、真夜中に彼女は決意した――**わたしは生き延びるのだ**、と。そしてその次の真夜中には沼地にいた。盗んだ靴で満月のあとを追いかけていた。逃走経路については一日掛けて頭のなかで練ってあり、ほかの考えに邪魔されたり止めだてされたりはしなかった。沼地には幾つかの島があり、辿ってゆけば自由という大陸に着くことができるはずだった。彼女は育てていた野菜と、火打ち石と火口と手斧を携えていた。そのほかのものはすべて置いてきた。彼女の娘も。

コーラは自分の生まれた丸太小屋の奥で眠っていた。メイベルもその小屋で生まれた。まだ人生の最悪のときを知らない少女、女に背負わされたものの重さもおおきさもいまだ知らない。コーラの父親が生きていたら、いまメイベルはこうして湿地を踏みしめ進んでいただろうか？　グレイソンが南半分の農場へやってきたとき、彼女は十四歳だった。彼はノース・カロライナに住む酒飲みの藍農家のもとから買われてきた。背が高く漆黒の肌をして、いつも目尻に笑みを浮かべた気立ての優しい男だった。つらい重労働のあとでも威容を崩さなかった。彼には誰も手出しできなかった。

彼女は彼を着いた初日に選び、そして決めた――このひとだ、と。彼が顔いっぱいに微笑むと、月に照らされているかのような気がした。空にあって彼女を祝福するもの。踊るときには軽々と抱きあげ、くるりとまわしてくれた。おれたち二人ともに自由を買うよ、と彼は言った。髪には二人で寝そべっていた干し草の一筋が引っかかっていた。老ランドルは認めていないが、かならず説得してみせるよ、と。たくさん働いて、農園いちの摘み手になると――そうすれば鎖を逃れられるし、彼女も連れていける。メイベルは言った、約束してくれる？　ほんとうにできるかどうかは半信半疑だったが。心優しきグレイソンは熱病で死んだ。身籠もっていることに気づいたのはそのあとだ。彼の名前が彼女の唇にのぼることは二度となかった。

メイベルは糸杉の根に躓き、水のなかに突っ込んだ。葦の茂みに歩みを取られながら島のひとつに辿り着き、地面に倒れ込んだ。もうどれだけ逃げているのかわからなかった。くたびれ、息を切らしていた。

彼女は袋から蕪を取り出した。まだ若く柔らかい蕪に、彼女は歯を突きたてた。沼の味がしたけれど、それでもアジャリーの区画で育ったなかでは一番甘い作物だった。メイベルの母は少なくともその土地を遺してくれた。手入れされ、見張るべき畑。ひとはその子どもに何か有益なものを遺さねばならない。アジャリーの美質はメイベルには受け継がれなかった。不屈の精神も、忍耐力も。それでも二平米半の区画はあったし、そこに育つ植物には心を慰められた。母親は全霊を懸けてそれを守ったのだ。ジョージアじゅうでもっとも価値ある土地だった。

メイベルは仰向けになって、もうひとつ蕪を食べた。水音も荒い息もたてずにいると、沼地はふたたび騒がしくなった。鋤足蛙《スキアシガエル》や水亀、地面を這う生き物たち、また黒い虫たちのお喋りも聞こえてきた。天上では沼地に生える木々の枝葉のあいだから、空が旋回しながらあたらしい星座を闇のなかに見せていた。気持ちが落ち着いた。ここには警邏団も奴隷頭もいない。さらなる絶望へと追い込む苦悶の叫びも聞こえない。夜の海から隔てる奴隷船の船艙のような、丸太小屋の壁もない。カナダ鶴やムシクイ科の鳴鳥《めいちょう》、獺が水飛沫《しぶき》をあげる。湿った土を寝床にしていると呼吸は遅くなり、自分と沼地を隔てるものは徐々に消滅していった。彼女は、自由だった。

いまこのときは。

戻らなければならない、と思った。あの子がわたしを待っている。いまはこれで我慢しなくてはならない。思考の底から悪魔のように囁きかける絶望に支配されていたのだ。この瞬間は肌身離さず持ち続けよう、自分だけの宝として。これをコーラに伝える言葉を見つけられれば、娘は農園を超えた何かがあることを理解するだろう、彼女の知るすべてを超えた何かがあることを。そして強いままでいられたら、娘自身、それを手に入れられるだろうことを。

この世は冷酷かもしれない。だが人間までそうある必要はない。拒みさえすれば。

メイベルは布袋を手に立ちあがり、現在地を確かめた。順調に走っていったなら、曙光が射して農園の早起きが目を覚ます前に戻ることができるだろう。逃亡は途方もない思いつきだったが、ほんのわずかそこに触れただけでも、人生で最良の冒険となった。

メイベルはもうひとつ蕪を取り出すと、ひとくち齧った。ほんとうに甘かった。

帰途に就いて間もなく、一匹の蛇が彼女に目をつけた。堅い葦の群生するなかを苦労して進んでいたときに、眠っていた蛇を起こしてしまった。沼蝮はその脚を二度咬《か》んだ。脹ら脛と太腿の肉の深くに牙を食い込ませた。音はなく痛みだけがあった。メイベルは信じようとしなかった。ただの水蛇だ、そうに違いない。水蛇は短気だが毒はない。口腔に薄《はっ》荷《か》の味がして脚が疼きはじめたとき、彼女にもわかった。メイベルはさらに一マイル進んだ。途中で袋が背から落ち、黒々とした水のなかで進路を見失っていた。もっと先まで行けたはずだ――ランドル農園での労働は彼女を強くしたのだから、少なくともその身体は――でもメイベルは柔らかな苔の寝床へ崩折れた。正しい場所だと思えた。そして呟いた。ここだ、と。沼地が彼女を呑み込んだ。

北部

逃亡者

法的な、ただし不当な主人から、コーラと呼ばれる奴隷少女が、15カ月前に逃亡。身長は平均的、肌は暗い茶色。こめかみに星形の傷跡。性質は活発で、道を外れた行為も辞さない。ベシーと呼ぶと応えるかもしれない。

最後の目撃地はインディアナ、ジョン・ヴァレンタイン農場の無法者たちと一緒にいた。

彼女はもはや逃げていない。

賞金はいまだ請求されていない。

彼女は所有物ではない。

12月23日

　地下鉄道における彼女の最後の出発地は、打ち棄てられた小屋の地下にあるちっぽけな駅だった。幽霊駅だ。

　捕獲されたコーラは二人をその場所へ案内した。血に飢えた白人の民警団は、一行が出てきたときもまだヴァレンタイン農場で暴行を続けていた。銃声と悲鳴が彼方から、地所の奥から聞こえていた。あたらしくできた丸太小屋や製粉所。恐らくリヴィングストンの拡張地まで、破壊行為は近隣の農場を巻き込んでいた。白人たちは黒人居住区をそっくり根絶やしにするつもりらしかった。

　四輪馬車に連れていこうとするリッジウェイに、コーラは脚をばたつかせて抵抗した。図書館と邸宅が燃えていて、地面を明るく照らしていた。顔に何発も蹴りを食らったあとでホーマーはコーラの脚をひとまとめにし、二人して馬車に運び入れると、両手首に鎖をつけて懐かしいあの床の金具に括りつけた。白人青年がひとり馬車馬を見て歓声をあげ、仕事がすんだら方向転換してこっちに来てくれと頼んだ。リッジウェイはその顔に蹄をぶち当てるように進んだ。

奴隷狩り人がコーラの目に拳銃を突きつけてくると、彼女も観念して森のなかの家の位置を漏らした。コーラは持病の頭痛に捕らわれ、馬車の長椅子に横たわっていた。蠟燭を消すみたいに思考を消すにはどうしたらいいんだろう？　ロイヤルとランダー氏は死んだ。ほかのひとたちも殺された。

「保安官代理のなかに、ちょうど昔のインディアン急襲を思い出すと言ってるやつがいた」リッジウェイは言った。「ビター渓谷にブルー・フォールズ。そんな戦いを記憶しているには若すぎると思った。父親の経験かもしれない」奴隷狩り人は後部座席でコーフの向かいの長椅子に腰掛けていた。彼の装備はこの馬車と、それを引く二頭の瘦せ馬だけになっていた。幌にできた穴や長い裂け目から、戸外で火が踊るのが見えた。

リッジウェイが咳をした。テネシー以来、すっかり縮んでしまっていた。奴隷狩り人の髪は完全な白髪で、服装は乱れ、血色も悪くなっていた。話し方も変わり、命令するような調子は減っていた。最後の衝突でコーラが折った歯は義歯に取って代わられていた。

「ボズマンは疫病患者の集団墓地に埋められた」と彼は言った。「やつも嫌がっただろうが、まあ文句は言えないだろう。さっき床で血を流していた男——あいつはおれたちを不意打ちした生意気な若造だな？　あの眼鏡には見覚えがある」

ロイヤルのことを、あんなに長いこと受け入れずにいてしまったなんて。どうしてだろう。自分たちには幾らでも時間があると思っていた。これもまた根本から断ち切られてしまったことなのかもしれない。まるでスティーブンス医師の手術用メスで斬られたかのように。自分がずっといたような場所以外の世界もあり得るのだと、農場にいるあいだに信じてしまった。彼女が愛していたことを、彼は知っていたはずだと思う。告げたことはなかったけれど。きっと、知っていたはずだ。

夜の鳥が鋭い鳴き声をあげた。リッジウェイは間もなくしてコーラに、道を探し続けるよう言った。ホーマーが馬の歩みを遅くした。コーラは二度それを見逃した。道が分岐しているところまで来ると、行き過ぎている証拠だった。リッジウェイはコーラの頰を張り、おれの身になってみろと言った。「テネシーの事件のあとで足場を得るのは手間だった。でもやりとげた。お前もとうとう、家へ帰るんだぞ。名高い地下鉄道を、おれがこの目で見てからな」そしてもう一度頰を叩いた。三度目の挑戦で、コーラは脇道の目印となるポプラの木を見つけることができた。

ホーマーが角灯で照らし、悲しげに建つその古い家へ彼らは足を踏み入れた。少年はさっきの衣装から、黒いスーツとシルクハットといういつもの出で立ちに着替えていた。

「下に、地下室がある」とコーラが言った。リッジウェイは警戒を怠らず、落とし戸を引き上げるとその瞬間に後ろへ退いた。ならず者の黒人たちが待ち伏せし、飛び出してくるのを恐れるかのように。奴隷狩り人はコーラに蠟燭を渡すと、先に降りるように命じた。

「ほとんどの連中は、それをただの比喩だと思っている。地下鉄道、というのを。だがおれにはわかっていた。秘密はずっと、そこにあった。おれたちの足の真下に。今晩以降、引っぺがして明らかにしてやろう。路線も関係者も、ぜんぶだ」

　地下室に生息する動物も今晩は静かだった。ホーマーは地下室の四隅を調べた。彼は鋤を見つけると、コーラに渡した。

　彼女は自分に繋がれた鎖を持ちあげて示した。リッジウェイが頷いた。「さもないと、一晩じゅうここにいることになる」ホーマーが彼女の枷を外した。白人男はひどく嬉しそうで、余裕を取り戻したその声には以前のような威厳が宿っていた。かつてノース・カロライナで、マーティンは父親の埋めた宝を期待して鉱道を掘り、トンネルを見出した。だがこの奴隷狩り人にとって、地下のトンネルはこの世の金をすべて集めただけの価値があるのだ。

「お前の主人は死んだよ」コーラが床を掘るあいだリッジウェイは言った。「報せを聞いても驚かなかった。あれは退廃的な男だったからな。ランドル農園のいまの主人が報賞金を払うかどうかわからない。だがおれにはどうでもいい」彼はそう言って、自分の言葉に驚いたようだった。「そもそも容易なことじゃなかったと、最初に見越しておくべきだった。お前はなんせ、骨の髄まであの母親の娘なんだ」

鋤の先が落とし戸にぶつかった。その四角い板から土を払った。コーラはもうリッジウェイの話を聞いていなかったし、ホーマーの気味の悪い忍び笑いも耳に入ってはいなかった。彼女とロイヤルとレッドは確かに、前回この奴隷狩り人の威信を傷つけたかもしれないが、最初に打ちのめしたのはメイベルだった。それは母の代から続いていている。彼女の一族に対するこの男の異常な執着は。母親の存在がなければ、奴隷狩り人もコーラの捕獲にここまでこだわりはしなかっただろう。逃げおおせた彼女がいなければ。それは結局、コーラに負担を強いた。彼女を誇るべきか恨むべきか、コーラにはわからなかった。

今度はホーマーが落とし戸を引き上げた。黴臭い空気が下から吹き付けた。

「これがそうか？」リッジウェイが訊いた。

「そうです、旦那」ホーマーが言った。

ピストルを持った手を振って、リッジウェイはコーラに先に行くよう促した。

白人として地下鉄道を目にする人間は彼が最初ではないが、敵としては初めてだった。降りかかったすべての出来事のあとで、彼女の逃亡を手伝ってくれたひとびとを裏切る面目のなさ。最初の一段を踏む足が躊躇った。ランドル農園で、ヴァレンタイン農場で、コーラは一度も踊りの輪に加わったことがなかった。くるくると踊る身体から身を縮めていた。そんなに近くに他人が、制御の利かない状態でいることが怖かった。これまで何年ものあいだ、男性には恐怖を覚えてきた。でも今夜は、と言い聞かせた。今夜は、すぐそばへ抱き寄せる。チークダンスを踊るときのように。まるでこの世にあるのは彼と自分だけ、曲の終わるまで二人きり、身を寄せ合おうとするかのように。彼女は彼が——奴隷狩り人が三段目までくるのを待って、さっと身体を回転させると両腕を男のまわりに鉄の鎖のように絡みつけた。蠟燭が落ちた。彼女の全体重を掛けられても男は踏みとどまろうとし、壁に支えを求めたが、コーラは彼をさらに近く恋人のように引き寄せて、二人は縺《もつ》れあったまま石の階段を暗闇へと転げた。

激しく落下しながらさらに摑み合って争った。衝突の混乱のなかで、コーラは石に斜めに頭をぶつけた。脚の片側は皮膚が裂け、腕の片方は最下段で身体の下敷きになった。先に落ちたのはリッジウェイだった。自分の雇い主が転落した音に、ホーマーは短い叫び声をあげた。少年はゆっくりと階段を降り、角灯の震えるひかりが駅を暗闇から引き出した。

コーラはリッジウェイに絡みついた身体を離すと、トロッコのほうへ這うように進んだ。左脚は痛みに引き摺っていた。奴隷狩り人は音をたてなかった。コーラは武器を探したが何も見つからなかった。

ホーマーは彼の雇い人のすぐそばに蹲った。少年の手はリッジウェイの後頭部から流れる血に染まっていた。白人男のズボンからは太い大腿骨が飛び出して、もう一方の脚はおぞましいかたちに曲がってしまっていた。ホーマーが顔を近づけると、リッジウェイは唸り声をあげた。

「そこにいるのか、坊主」

「はい、旦那」

「よし」リッジウェイは背筋を伸ばそうとして苦痛に呻いた。鉄道駅の暗がりを見まわしたが、その目は何も見とめなかった。まなざしはコーラをただ通過した。「ここはどこだ」

「狩りの途上です」ホーマーが答えた。

「狩り出さねばならん黒んぼは後を絶たんからな。日誌は持ってるか」

「はい、旦那」

「思いついたことがある」

肩掛け鞄から帳面を取り出すと、ホーマーはあたらしいページをひらいた。

「天命とは、……いや、違うな。そうじゃない。アメリカの至上命令は輝かしいものであり、……信号灯……ひかりを放つ信号灯で」男は咳き込み、その身体を痙攣が走った。「必要と美徳のもとに生まれ、また金槌と……鉄床、のあいだに……。聞いてるか、ホーマー？」

「はい、旦那」

「もう一度言うぞ……」

コーラはトロッコのポンプ式動力装置に屈み込んでいた。体重を掛けてのしかかっても動かない。木製の乗り場の足許に、金属のちいさな留め具があった。それを折り取ると、動力が音をたてた。もう一度レバーを動かしてみると、トロッコはのろのろと進みはじめた。コーラはリッジウェイとホーマーを振り返った。奴隷狩り人は演説の言葉を呟き、黒人の少年はそれを記録していた。コーラは動力をひたすら上下させ、あかりの外へ出た。

やがてトンネルのなかへ、誰が作ったわけでもない、どこへも通じていないその通路へ出ていった。

だんだんコツがわかってきた。両腕を上下させ、動きに全身を委ねるのだ。北へ向けて。トンネルを進んでいるのか、それとも自分で掘っているのだろうか？　両手でレバーを下ろすたびに、彼女はみずから鶴嘴を岩に打ち込み、鉄道の大釘にハンマーを打ち下ろした。ロイヤルにはとうとう、地下鉄道を作ったひとたちについて話してもらうことがなかった。夥しい量の岩と土を取り除き、コーラのような奴隷を運ぶために、地球のはらわた深くで懸命に働いたひとたち。また逃亡者たちを家に迎え入れ、食べさせ、みずから背負うようにして北部へ連れていき、そのために死んだ者たちを支持するひとたち。駅長や車掌、賛同者たち。こんな偉大な何事かを成し遂げたあとでは、ひとはどうなるのだろうか――地下鉄道を建設する上で、彼らもまた反対側へ出たはずだ。一方の端ではもともとの自分だったものが、反対側のひかりのなかに出たときにはあたらしい誰かになっている。地上の世界は凡庸で、血と汗とで成し遂げたこの地下の奇跡には比するべくもない。胸のうちに仕舞われた、それは秘密の勝利。

　彼女は何マイルも後にした。紛いものの聖域とどこまでも続く鎖、ヴァレンタイン農場での殺戮を後にしてきた。ここからはトンネルの暗闇があるだけ、そしてその先に、出口が。または結末は死なのだろうか――運命の宣するものは？　つまり何もない無慈悲な壁にぶつかること。笑えない冗談だ。コーラはついに疲れ果て、トロッコの上に蹲った。闇のなかで身体が浮かぶようだった。まるで夜空のどこか深くにある窪みに抱かれるように。目が覚めたとき、残りの道は徒歩で行こうと決意した。両手は空っぽだ。跛《びっこ》を引きながら、枕木に躓いては進んだ。コーラは片手をトンネルの壁に這わせて、その隆起や穴をなぞった。谷間や川、山の頂にぶつかるたび指の先が跳ねた。それは古い国の下に隠されたあたらしい国の輪郭だった。列車が走るあいだ外を見ておくがいい。アメリカの真の顔がわかるだろう。目で見ることはできなかったが、感じることはできた。その心臓部を通っているのだから。眠って起きたときに方向転換していないかが不安だった。自分はさらに進んでいるのか、それとも来た道を戻っているのか？　奴隷の選択が自分を導いてくれると信じた——どこでもいい、どこでも、自分が逃げてきた場所以外なら。その選択こそが彼女をこんなにも遠くまで連れてきた。終着点を見つけるか、または線路上で死ぬかだった。

コーラはそれから二度眠った。丸太小屋を訪れたロイヤルの夢を見た。彼女は彼に過去を語り、彼が彼女を抱きしめて、そして振り向かせたから二人は向き合った。彼は彼女のドレスを頭まで持ちあげて脱がせると、自分もズボンとシャツを脱いだ。コーラは彼にキスをして、彼の身体のその場所に手をやった。彼が彼女の脚をひらくと彼女は濡れていて、彼がそのなかへと滑り込み、彼女の名前をこれまで誰もしたことがないような、またすることもないような仕方で、甘く、優しく、呼んだ。目を覚ますといつもトンネルの虚無のなかだった。彼のための涙を流し尽くすと、ふたたび立ちあがって歩いた。

トンネルの出口は初め、闇のなかのごくちいさな穴にすぎなかった。一歩進むごとにひかりの円となり、やがて茂みや蔦に覆われた洞窟の出口となった。彼女は低木を押し退けて、外へ出た。

暖かかった。陽光はまだ冬で、乏しかったが、インディアナより暖かだった。太陽は頭上に差し掛かっていた。岩の裂け目は細い松や樅《もみ》から成る森へとひらいていた。ミシガンやイリノイ、またはカナダがどんなところかコーラは知らなかった。もしかしたらもうアメリカにはいなくて、その先に来ているのかもしれない。渓流に足を取られると、膝をついてその水を飲んだ。つめたく澄んだ水だった。腕や顔から煤と埃を洗い流した。「山々から」と彼女は呟いた。あの汚れた年鑑にあった言葉だった。「雪溶け水は流れてくる」と。空腹のために目眩がした。太陽が北の方角を教えてくれた。

小径にゆきあたったときには暗くなりはじめていた。それはでこぼことした轍のあとにすぎなかった。しばらく岩の上に座っていると、馬車の音が聞こえてきた。馬車は三台あり、どれも長旅に備えていた。身のまわり品や家具などの財産が、車両の脇に重たげに結わえられていた。彼らは西を目指していた。

ひとつめの馬車を運転するのは背の高い白人で、麦藁帽をかぶり灰色の頬髭を生やしていたが、岩壁のように無表情だった。その妻も御者台の傍らに座っており、格子縞の毛布から桃色の顔と首を覗かせていた。コーラを見ても表情を変えず、そのまま通りすぎていった。彼らがやってきたところでありがたくはなかった。二台目の馬車を運転していたのは青年で、アイルランド人らしい風体の赤毛の男だった。その青い目には彼女が映ったらしい。彼は馬車を停めた。

「やあ、驚いた」と青年は言った。甲高い声は鳥の囀《さえず》りを思わせた。「助けがいるかい?」

コーラは首を振った。

「助けてやろうか、って言ってるんだよ」

コーラはふたたび首を横に振り、冷えてきた腕をさすった。

三台目の馬車を御していたのは年配の黒人だった。ずんぐりしていて髪は白髪で、長年農場で作業着にしていたらしい分厚い上着を着ていた。その優しい目を見て彼女は決めた。誰かに似ていたが誰かわからなかった。パイプからあがる煙は馬鈴薯の匂いがして、コーラは胃袋が鳴った。

「腹が減っているのかね」男は訊いた。その声で南部から来たことがわかった。

「とても減ってる」とコーラは言った。

「こっちへ来て、何か食べるといい」

コーラは御者台へよじ登った。男は食糧籠の蓋をあけた。コーラはパンをひとかけ千切り、呑み下した。

「たくさんあるぞ」と彼は言った。男の首には蹄鉄でつけられた烙印があり、コーラが視線を向けると襟を立てて隠した。「身の上話でもするか」

「いいね」とコーラは言った。

男は馬に合図して、馬車は轍を進んでいった。

「これからどこへ行くの」コーラは尋ねた。

「セント・ルイスさ。そこからはカリフォルニアへの道がある。何人かの仲間たちとミズーリで落ち合う予定だ」コーラが黙っていると、「あんたは南部から来たのかい？」と訊いた。

「ジョージアから来た。逃亡してきたの」自分の名前はコーラだと言った。足許にあった毛布を広げて包まった。

「わしはオリーと呼ばれている」男は言った。曲がり角へ差し掛かったとき、さっきの二台の馬車が見えた。

毛布は硬く、あごのあたりがちくちくしたが、気にしなかった。このひとはどこから逃げてきたんだろう、とコーラは考えていた。どんな酷いことがあって、そしてそれらを忘れるまでに、どれだけ遠く旅をしてきたのかと。

謝辞

ニコール・アラジ、ビル・トマス、ローズ・コルトー、マイクル・ゴールドスミス、デュヴァル・オスティーン、アリソン・リッチ（今回も）に、この本を手に取ってくれたことを感謝する。ハンザー社では長年にわたり、アンナ・ロイベ、クリスティーナ・クネヒト、ピエロ・サラーベに助けられた。また一九三〇年代の元奴隷たちの伝記を収集する、連邦作家プロジェクトを設立してくれたフランクリン・D・ルーズベルトにも。フレデリック・ダグラスとハリエット・ジェイコブスにも、もちろん。ネイサン・ハギンズ、スティーヴン・ジェイ・グールド、エドワード・E・バプティスト、エリック・フォーナー、ファーガス・ボードウィッチ、ジェイムズ・H・ジョーンズの仕事にはとても助けられた。ジョサイア・ノットの〝混血〟理論、『死体盗掘人の日記』にも助けられた。逃亡奴隷の手配書は、ノース・カロライナ大学グリーンズボロ校のデジタルコレクションを参照した。最初の百ページの燃料は、ミスフィッツの初期楽曲（「ホエア・イーグルズ・デア（ファストバージョン)」「ホラー・ビジネス」「ハイブリッド・モメンツ」)、ブランク・マス(「デッド・フォーマット」)だった。デイヴィッド・ボウイはこの本のいたるところにいて、「パープル・レイン」と「デイドリーム・ネイション」は結末部分を書くあいだずっと流れていた。だから彼にも、プリンスとソニック・ユースにも感謝する。そして最後に、ジュリーとマディー、ベケットに――愛と支えをいつもありがとう。

訳者あとがき

東日本大震災が起きたとき、事故とその後に続く数々の報道を茫然と眺めながら、あることに不思議な感覚を抱いた。それは「逃げる」ということについてだ。アナウンサーは逃げてくださいと何度も繰り返し、特集番組でもどうやったら速やかに、安全に逃げられるかが真剣に議論された。逃げることの重要性が、こんなにも強く説かれるのを耳にするのは初めてだった。わたしたちはそれまで、逃げてはいけないと教えられて育ってきたはずだった。逃げるのは臆病者のすること、逃げてはいけない、立ち向かえと。けれどそのときから、たぶんいまでも、逃げるということの意味は変わった。それは生き延びるために必要なこと——。二〇一六年のアメリカでもっとも熱狂的に読まれたという Colson Whitehead『地下鉄道』（*The Underground Railroad*）は、逃げることについての小説である。

十九世紀前半、ジョージアの大規模農園《プランテーション》に住む十五歳の少女コーラは奴隷だ。おなじく奴隷の青年シーザーに、あるとき逃亡を持ちかけられる。当時のアメリカは、古くからの大農園が多い南部は奴隷を使役する州で、北部はそれに反対する自由州だった。この奴隷をめぐる対立がおおきな原因のひとつとなり、一八六一年に南北戦争が勃発、北軍が勝利を収め、六五年には奴隷制が廃止されることになるのだが、物語の舞台とされている時代からはまだ三十年ほど先のことである。

奴隷州から自由州へ。州境を越えて北へ逃げれば自由になれる決まりだった。おぞましい南部の奴隷地獄にあっても奴隷制廃止論者《アボリショニスト》たちは秘密裏に活動し、奴隷たちの逃亡を助けた。それが「地下鉄道」と呼ばれる組織である。この時代、地上の鉄道は徐々に敷かれはじめていたが、地下に走るようになるのはまだ先で、「地下鉄道」というのは暗号名《コードネーム》だった。南部で奴隷の逃亡を助けることは違法であり、見つかれば白人といえども厳罰を免れなかった。すべては符牒と暗号でやり取りされた。逃がすための奴隷は「積み荷」、その輸送を助けるのは「車掌」、そして奴隷を匿《かくま》う小屋は「駅」と呼ばれた。

コーラの逃亡を手助けするのがこの地下鉄道の組織だが、本作でホワイトヘッドは、それを文字通り、〝地下を走る鉄道〟として描いている。What if（もしも）とは、エレベーター技師を主人公にしたデビュー作 ***The Intuitionist*** のころから、この作家の着想の原点にしばしばあるものらしい。もしも地下鉄道がほんとうに地下の鉄道だったら――子ども時代はそう思い込んでいたし、それが比喩にもとづく呼称だと知ったときには落胆さえしたそうだ。小説にすることを思いついたのは二〇〇〇年のことで、以来十六年間、機の熟するのを待っていたという。大量の調査を必要とするし、また奴隷制という重いテーマに取り組むため心構えをする時間も必要だった。とはいえ、ホワイトヘッドの祖母はバルバドス諸島の砂糖プランテーション出身であり、この題材を選んだことには必然性もまた感じられる。ファミリー・ストーリーもテーマのひとつで、作者には二人の子どもがいるが、そうでなければメイベルをめぐる物語はこんなふうにはならなかっただろうとも語っている。また本作の読みどころとして、アメリカの各州がそれぞれべつのパラダイムを有する異世界として描かれていることがあるが、この構造はスウィフトの『ガリバー旅行記』から得たのだそうだ。章ごとに世界が変わって、主人公はその都度に難題を突きつけられる。

冒頭にコーラの祖母の物語が置かれ、続くジョージアの章は、プランテーションにおける奴隷の生活を史料にもとづき綿密に再現したものとなっている。一九三〇年代に、かつて奴隷を経験したひとが存命中のうちに証言を残すプロジェクトが行われており、ホワイトヘッドはそこから多くを学んだ。また各章の始まりに掲げられた逃亡奴隷の捕獲依頼は、実際の新聞広告をそのまま使っている。小説がフィクションであることとの大胆さを見せはじめるのは、シーザーとコーラが地下鉄道のトンネルに入っていくところからだ。車掌によって告げられる鉄道運行の謎めいたルール、そして逃げ続けねばならないという事実が、小説全体に一種ゲーム的な緊張と興奮を与える。

根底に黒人問題への意識があることは間違いない。人種差別が再燃するトランプ政権下でおおいに読まれたこともそれと関係があるだろう。しかしこの小説の美質は、そうしたものを扱いながらも抜群に面白いということである。政治的な物事や史実を描くとき、小説家の手はともすれば過度に慎重になってしまう。だがホワイトヘッドはそのぎりぎりの一線を、越えるか越えないかのバランスを取っていると感じる。残酷な場面の描写も容赦がなく、訳しながら時折、これを書いたのが当事者側の黒人ではなく白人作家だったら、受け取られ方は変わっただろうかと考えた。ホラー映画が好きでアメコミを描こうと思った時期もあるというホワイトヘッドの作風には、エンターテインメントの要素もしっかりと根付いていて、たとえば奴隷狩り人リッジウェイ一行の奇抜さは、「マッドマックス」風の演出で映像化したら、たいそう映えるのではないかと思う。

サウス・カロライナ、ノース・カロライナ。ユートピアに見せかけたディストピア、またこれ以上はないほどのディストピア。ここから先はリアリズムではない。けれど時代を鑑みて、当時なかったテクノロジーは登場させていないし、またサウス・カロライナの摩天楼は実在したものではないけれど、彼らの企みの裏にある優生思想や人種観は、その時代に書かれた書物を参照している。博物館のくだりはスティーブン・ミルハウザーを想起させると感じたが、それも故のないことではなく、ここでホワイトヘッドは興行師P・T・バーナムの行った巡業をモデルにしているという（ミルハウザーにも『バーナム博物館』という小説がある）。続くノース・カロライナでコーラが屋根裏に閉じ込められる設定は、ハリエット・A・ジェイコブズ『ある奴隷少女に起こった出来事』（堀越ゆき訳、新潮文庫）から着想を得たらしい。ここでもまた、黒人の首を吊られた遺体がどこまでも続く道や、クー・クラックス・クランを思わせる結社の存在は、この時代よりずっと後、公民権が獲得された反動で高まった暴力を思わせる。この架空のアメリカの地図には、黒人をめぐるさまざまな時代のさまざまな要素が配されている。いや、黒人だけではない。ここには監視や支配をめぐる普遍的な問題が織り込まれている。遠い国の遠い時代の話ではまったくなく、国家を動力に、人間を燃料に見立てるくだりなどはアメリカだろうと日本だろうと変わらない。そして移民の問題だ。十九世紀はアイルランドを始めとするヨーロッパの国々から、貧しい白人が職を求めて大量に渡米した時代でもあった。彼らはもっとも熱心に黒人を虐めたという。本作でもそうした白人の姿が幾つか描かれる（監督官のコネリー、小間使いのフィオナ）。これもまた今日見られるホワイトプライドの問題を映しており、もとを辿れば遡《さかのぼ》れるのだと知る。続くテネシーではさらに、アメリカという国の起源を考えさせられる。そしてインディアナの章で最大の見所は、黒人たちのなかの対立する二派が交わす議論だと思うのだが、ここにきてわたしたちは、運動というもの、変革というものが、根源的に孕《はら》むものを思い知らされる。静かな章だが、じつはもっとも読み応えがあり、作者の想いが込められているのではないだろうか。

ここまで、おもな物語であるコーラの動きに沿って眺めたが、それとはべつに差し挟まれる短い物語——人物の名前を冠した各章が素晴らしい。全体に密度の高い小説だが、それぞれの人生を早回しするかのようなこれらの章は取りわけ緻密で、痛ましくも感傷には落ちない筆致が心地よい。辛口で知られるニューヨーク・タイムズの批評家ミチコ・カクタニは、「容赦のないリアリズムと寓話的アレゴリーの共存しうる」文体をホワイトヘッドは見出しており、それは「飾り気のないものでありながら詩的だ」との賛辞を寄せている。リッジウェイやスティーブンス、エセルといった矛盾を抱えたひとたち。現代を生きるわたしたちもまた共感を覚えるところのある彼らこそ、奴隷制度を支えたひとびとの肖像であることは、恐らく何度胸に刻んでも足りないことだろう。またこれらの短い章がもたらす多角的な視点が、メインストーリーに奥行きを与えているのは言うまでもない。

二〇一六年八月にダブルデイ社より出版されて以来、本作は数々の反響を得てきた。作者のウェブサイトにはこのように書かれている。


『地下鉄道』が出版され一年が経った。

それはピュリッツァー賞を、全米図書賞を、カーネギー・メダルを、アーサー・C・クラーク賞を受賞した。ブッカー賞のロングリストに残り、カーカス賞の最終候補となった。ニューヨーク・タイムズ・ベストセラーの一位となり、オプラ・ウィンフリーのブッククラブに選ばれた。オバマ大統領が夏の読書リストに選び、ニューヨーク・タイムズ、サンフランシスコ・クロニクル、ワシントン・ポスト、ウォールストリート・ジャーナル、ニューズデイズ、GQ、パブリッシャーズ・ウィークリー、エスクワイア、バズフィードのベスト・ブック・オブ・ザ・イヤーとなった。現在四十の言語に翻訳されているところだ。

そろそろ仕事に戻る頃合いだと思っている。

　ここに挙げられている以外にも、いまも賞を取り続けている。また「ムーンライト」でアカデミー賞を受賞したバリー・ジェンキンス監督による映像化も決まっている。

コルソン・ホワイトヘッドは一九六九年ニューヨーク生まれ。ハーバード大学卒業後ヴィレッジ・ヴォイスの記者をしながら小説を書きはじめる。これまでに、*The Intuitionist*（1999）、*John Henry Days*（2001）、*Apex Hides the Hurt*（2006）、*Sag Harbor*（2009）、*Zone One*（2011）の五冊の小説を発表し、またノンフィクション作品に、*The Colossus of New York*（2003）、*The Noble Hustle: Poker, Beef Jerky and Death*（2014）の二冊がある。

　話題作ゆえ、わたしのような未熟者が訳してよいものか、また十九世紀的な雰囲気作りもあって文体が凝っており、戸惑いつつ苦戦しつつの作業だった。けれどたくさんのものを得たと思っている。願わくは、それが読者の方々にも届けられていますように。

　早川書房の永野渓子さんには、このたびも大変助けていただいた。ほんとうにありがとうございました。

＊

　以上が単行本刊行時に付したあとがきだ。

その後、日本語版である本書は、第八回ツイッター文学賞海外篇で第一位をいただいた。『地下鉄道』の絢爛たる受賞歴に加えておかなければならない。

「仕事に戻」ったホワイトヘッドの次作『ニッケル・ボーイズ』（*The Nickel Boys*, 2019、藤井光訳にて早川書房より近刊）は、フロリダに実在した少年感化院で一九六〇年代に起きた事件がモデルになっている。ジム・クロウ法と総称される黒人隔離制度により、徹底的な人種差別が行われていた時代のことだ。過酷な状況下に置かれたふたりの少年の物語を、ホワイトヘッドはある必然をもって書くことにしたという。つまりドナルド・トランプの大統領就任に駆り立てられたのだと。『地下鉄道』のようなファンタジックな作風ではなくリアリズムが貫かれており、現実を抉ろうとする著者の危機意識が窺える。昨年刊行され、今年のピュリッツァー賞を受賞した。じつに二作連続である。同賞を二度受賞した作家は氏を含めて過去に四人しかいない。

Black Lives Matter が世界ぜんたいに渦のように波及していくなかで、ホワイトヘッドの扱う主題は、ますますのっぴきならないものとして感知されている。人種問題はアメリカという国の根源的な問題のひとつ、というより、まさにそれこそがアメリカの抱える矛盾の正体ではないかとすら思える。

いまこのときに、文庫というかたちで再度この小説を送り出すこと。訳者としての責任を感じるとともに、読者にとっての何かの一助となればとも願っている。

二〇二〇年　晩夏

聞こえるが聞こえない声

作家
円城　塔

本作は、まごうかたなきフィクションである。その証拠には黒人奴隷を救うべく地下を駆け抜ける「鉄道」が登場する。

そうして、極上無比のエンターテイメント小説でもある。卓越した描写、工夫された文体、練りこまれた構成が読者を強く捉えて離さない。

ただし、ページをめくり続ける間に、息が詰まったり、胸が苦しくなったりした場合には、すぐに閉じて休憩すること。本書の扱うテーマは重く、苦しい。全く、無理をして読む必要はない。それはこの解説にしても同じである。

人は数多《あまた》の「当たり前」の間で暮らす。これはおそらく人間というものが、自分というものがなにかもわからぬ赤ん坊時代や幼児時代をくぐりぬけて成長してくることと関係していて、「当たり前」がなければまず生きるということが成り立たない。

子は親に従うものだし、盗みは悪い。人を傷つけてはいけないし、間違いを起こせば謝らなければならない。そのどれもが「当たり前」のこととしてはじまるし、乳幼児というものは道理を説いてもそれを自ら判定するということがほぼ起こらない。

「当たり前」とされることの中には、よく考えると意味の通らぬ決まりもあれば、その起源は失われ、とにかく従うことになっているという事柄もある。本来ならばそれらのことは、十分に成熟した人々が時をおいてはあらためて振り返り、その妥当さをいちいち検討するべき種類のものであるはずなのだが、日々はあらゆるものをどうしようもなく押し流してゆく。

この解説を書くわたしは一九七二年の生まれであるが、子供時代は親戚たちが集まると、下の世代の体にやたらと触れる、という光景がよくみられた。赤ん坊相手ではなく、相手が十代の後半にさしかかっている場合でも。性別を問わず。

無論それは信頼の現れで、さらには信頼を確認しあう行為でもあったわけであり、これはなんの告発でもない。ただその時代においては、親族とはいえ「相手の拒絶があった上でなお」そうした行為が社会的関係を維持するために必要な儀式である、とされるような場面が当たり前に存在していたというだけのことである。やや表現が固くなったので手短に言えば、親戚に尻を触られる、というようなことはありふれていた。

今でもこうして思い出すのは、わたしはその行為をとても不快なものとして眺め、そうして可能な限り接触されない間合いをとり、自分が不快であると感じていることを伝えもしていたのだが、それが何も変わらなかったことである。

いや、わたしの方でも、変わらないことを、そういうものだ、と受け入れていたことである。

さらには、当時のその雰囲気を自分が脱していると言うことさえできない。

誰しもが「当たり前」の正しさから自由ではない。

たとえばあなたが、「黒人は知能が劣っている」と聞かされて育てられたとする。周囲の人々の振る舞いもそれを補強する証拠のように見える。であれば「黒人は白人が導いてやらなければならない」と聞いたときにも、そういうものだと思うかもしれない。「知能が劣っているがゆえに、肉体的な罰を与えない限り、何かを教えることができない」と耳にして、なるほどと思うかもしれない。「動物のようなものだ」と誰かが言い、その通りだと思うかもしれない。「動物と同じだ」ということになれば、非道な目に合わせることも、金銭で取引をすることにも抵抗感というものはなくなる。

人間の権利は可能な限り守られねばならない。

これは多くの人々が受け入れることのできる命題である。可能な限り、という条件は重要であり、そこには苦しい選択が無数にありえ、理性と合理性が動員されて駆け引きが起こる。労働は厳しく、必要な物資は膨大である上に不足しており、相反する意思がしばしば衝突を起こす。しかし、この命題が述べているのはあくまでも「人間の権利」についてであって、幸か不幸か「人間」に関する定義は付随していない。

つまりこの命題は「人間ではないもの」については何も言っていないのであり、「人間」の範囲は「人間」が決めるべしと言っているようにもとれる。

あの者たちは人間とは多少なりとも異なる存在である、という宣言は、された側からしてみれば、不条理極まりないものである。自分たちの主張をもってしては、その宣言を覆すことができないからだ。

たとえ話をしてみよう。あなたの前に人工知能がいるとして、「自分は人間であり、人間と同じ権利を主張する」と言い出したりする。多くの人はそれを一笑に付す。そんなものはただ「人間の口真似をしているだけで、人工知能に本当の知性などは宿っていない」と言う。人工知能側には相手の主張を覆す術がない。理路整然と語る人工知能に耳を傾けた人間は「機械の仲間だ」「頭がおかしくなった」と言われるだろう。

　これと同じような光景が、十九世紀前半のアメリカ合衆国では当たり前に展開されていた。ただしその主人公は人間の頭の中から生まれ出てその社会内で運用される人工知能ではなくて、人間同士の肉体的な結びつきを経て生まれてきた人間であったというところが本質的に異なっている。


　あらためて確認して頂きたいところだが、本書の舞台は十九世紀の前半である。日本でいえば、江戸時代後期の終わり頃、開国に国が動揺する以前の話ということになる。

　直接の証言をできる者はもういないながら、歴史の中でも多くの資料が残る時代であり、黒人の奴隷労働についても様々な調査、研究がなされ、アクセスできる情報も多い。この時代を描くのならば、誰か実在の人物を中心にすえたノンフィクションにすることもできるだろうし、具体的な事件を直接想起させるようなフィクションにすることもまたできただろう。

　しかし本作が採用したのは北部における人的な逃走支援組織を意味する「地下鉄道」の語を、そのまま実際に地下を駆ける鉄道として登場させ、しかもタイトルとしても表示するような、明らかなフィクション性である。これは作者自身が、フィクションを用いることが最も有効な手段であると判断したことを意味しており、その効用は明らかだ。

まずは日常、十九世紀の黒人奴隷の境遇に興味を持っていない読者層の手にも渡ることが期待される。また、過酷な歴史に目を向けることを躊躇《ためら》う向きへの心理的な障壁を下げることも可能となる。そしてなにより、嚙み砕き呑み込むことの難しい、ときに平坦極まりなく味気ない、生のままの証言や記録の中の脈絡を掘り起こし起伏を添えて、物語として読み進められるようにする。

フィクションを経由しない現実は一般的に、混乱と脱線に満ち、意味を読み取ることは難しく、一貫性は失われ、進行していく方向も、読み手が現在どこに位置しているのかも定かではない。

本作は理想的なエンターテイメントとしての性質を備える。逃亡を続ける少女と、少女の歴史とつながる幕間劇からなる構成は、訳者あとがきにもあるとおり、様々な国を訪れるガリバーの旅のようにも見え、自らの居場所を探して星々の間を（地下鉄道で）飛び回るSFのようでさえある。

だがしかし、本作が提示し続けるのは、「ほぼ二百年前の忘れられた過去を舞台としたファンタジー」ではなく「現在にいたるも解消されない、切実な問題を抱えたフィクション」である。

虚構というなら当時、黒人奴隷の存在を許容するためになされた言説の全てが虚構であって、そこまでに語られてきた証拠の全てが「よくできた」虚構であった。その虚構は読者の知る「当たり前」の感覚にあまりに馴染んでしまったために虚構であることさえも疑われることがなく、そうして驚くべきことに、いまだにその命脈をつないでいる。そう見るならば、本作は、フィクションをもってフィクションに対抗する作品である、ということになるだろう。

本作の射程は、黒人の奴隷問題だけにとどまらない。黒人を見る白人、それを見る黒人という連鎖だけにもとどまらない。差別に気がついていてもなお、差別を行いうること、自分が差別されていると気がつきさえもしないことが可能であること、差別から距離をおいてもまた別の差別に加担しているということがありふれていること。差別されつつ差別することは可能であること。およそ差別についての様々に入り組む形態が本作の中には現れる。

ただしそれは、差別は不可避であるとか、どうしたって差別は生まれてくると主張するためのものではありえず、差別の撤回への願いに貫かれていることは言うまでもない。

本作はかつて存在し、今も存在し続ける黒人の差別問題を扱う。そうして普遍的な差別についても。しかしそのために、黒人の差別をひとつの「例」として提示しようとするわけではない。ここでは抜き差しならぬ問題としての黒人の差別が扱われている。それはひとつの「例」ではない。あなた自身へも直接つながる「現実」の問題である。

本書では作品の性質、時代背景を考慮し、現在では使われていない表現を使用している箇所があります。ご了承ください。

本書は、二〇一七年十二月に早川書房より単行本として刊行された作品を文庫化したものです。

動物農場〔新訳版〕

Animal Farm

ジョージ・オーウェル
山形浩生訳

ディストピア小説の古典

飲んだくれの農場主ジョーンズを追い出した動物たちは、すべての動物は平等という理想を実現した「動物農場」を設立したが、指導者であるブタは手に入れた特権を徐々に拡大していき……。権力構造に対する痛烈な批判を寓話形式で描いた風刺文学の名作。『一九八四年』と並ぶオーウェルもう一つの代表作、新訳版

ハヤカワepi文庫

オリーヴ・キタリッジの生活

Olive Kitteridge

エリザベス・ストラウト
小川高義訳

〈ピュリッツァー賞受賞作〉アメリカ北東部にある港町クロズビー。一見平穏な町の暮らしだが、人々の心にはまれに嵐も吹き荒れて、癒えない傷痕を残していく——。住人のひとりオリーヴ・キタリッジは、繊細で、気分屋で、傍若無人。その言動が生む波紋は、ときに激しく、ときにひそやかに広がっていく。人生の苦しみや喜び、後悔や希望を、静謐に描き上げた連作短篇集

ハヤカワ epi 文庫は、すぐれた文芸の発信源（epicentre）です。

訳者略歴　京都大学文学研究科修士課程修了，作家，翻訳家，近畿大学准教授　著書『藁の王』（新潮社），『遠の眠りの』（集英社）他　訳書『ならずものがやってくる』イーガン，『あたらしい名前』ブラワヨ（以上早川書房）他多数

地下鉄道《ちかてつどう》

〈epi 100〉

二〇二〇年十月二十五日　発行
二〇二一年九月二十五日　三刷

（定価はカバーに表示してあります）

著者　コルソン・ホワイトヘッド
訳者　谷《たに》崎《ざき》由《ゆ》依《い》
発行者　早川　浩
発行所　株式会社　早川書房
郵便番号　一〇一 - 〇〇四六
東京都千代田区神田多町二ノ二
電話　〇三 - 三二五二 - 三一一一
振替　〇〇一六〇 - 三 - 四七七九九
https://www.hayakawa-online.co.jp

乱丁・落丁本は小社制作部宛お送り下さい。
送料小社負担にてお取りかえいたします。

印刷・株式会社亨有堂印刷所　製本・株式会社明光社
Printed and bound in Japan
ISBN978-4-15-120100-4 C0197

本書は活字が大きく読みやすい〈トールサイズ〉です。